LYNSAY SANDS

Vampir für dich

Lynsay Sands bei LYX:

Die Argeneaus:

1. Verliebt in einen Vampir
2. Ein Vampir zum Vernaschen
3. Eine Vampirin auf Abwegen
4. Immer Ärger mit Vampiren
5. Vampire haben's auch nicht leicht
6. Ein Vampir für gewisse Stunden
7. Ein Vampir und Gentleman
8. Wer will schon einen Vampir?
9. Vampire sind die beste Medizin
10. Im siebten Himmel mit einem Vampir
11. Vampire und andere Katastrophen
12. Vampire küsst man nicht
13. Vampir zu verschenken
14. Vampir à la carte
15. Rendezvous mit einem Vampir
16. Der Vampir in meinem Bett
17. Ein Vampir für alle Sinne
18. Vampir verzweifelt gesucht
19. Ein Vampir für alle Lebenslagen
20. Ein Vampir zur rechten Zeit
21. Ohne Vampir nichts los
22. Tatsächlich … Vampir
23. Ein Vampir im Handgepäck
24. Frühstück mit Vampir
25. Ran an den Vampir
26. Vampir für dich

Romantic History:

Einzeltitel:
Liebe auf den zweiten Blick
Eine Braut von stürmischer Natur

Die Madison Sisters:
1. Ein Earl kommt selten allein
2. Ein Lord mit gewissen Vorzügen
3. Wie angelt man sich einen Lord?

Die Highlander-Reihe:
1. Die Braut des Schotten
2. Mein rebellischer Highlander
3. Meine ungezähmte Highland-Braut

Außerdem erschienen:
Ein Vampir für jede Jahreszeit (Anthologie)

Weitere Romane der Autorin sind bei LYX in Vorbereitung.

LYNSAY SANDS

Vampir für dich

Roman

Ins Deutsche übertragen
Von Ralph Sander

LYX

LYX in der Bastei Lübbe AG
Dieser Titel ist auch als E-Book erschienen.

MIX
Papier aus verantwortungsvollen Quellen
FSC® C083411

Die Originalausgabe erschien 2017 unter dem Titel
»Immortally Yours« bei AVON BOOKS,
an Imprint of HarperCollinsPublishers, New York.

Textredaktion: Birgit Sarrafian
Umschlaggestaltung: © Birgit Gitschier, Augsburg unter
Verwendung der Motive von © sirtravelalot/shutterstock;
Vera Petruk/shutterstock; TatianaKost69/shutterstock
Satz: Greiner & Reichel, Köln
Gesetzt aus der New Caledonia
Druck und Verarbeitung: CPI books GmbH, Leck – Germany
ISBN 978-3-7363-0709-4

1 3 5 7 6 4 2

Sie finden uns im Internet unter www.lyx-verlag.de
Bitte beachten Sie auch: www.luebbe.de und www.lesejury.de

1

»Tybo, es wird Zeit zu gehen«, sprach Beth in ihr Headset, während sie zusah, wie das Garagentor sich schloss.

»Gott sei Dank! Wir haben jetzt die ganze Nacht hier draußen in Kälte und Morast zugebracht. Mir reicht's«, kam die Beschwerde über den Ohrhörer zu ihr zurück.

»Uns allen reicht's«, gab Beth mürrisch zurück. »Also hör lieber auf zu jammern und geh in Position, sonst komme ich rüber und trete dir höchstpersönlich in den Arsch.«

»Oh Gott, Beth, ich liebe das, wie dein Akzent durchkommt, wenn du wütend bist. Das ist ganz Eliza Doolittle.« Diesmal klang Tybos Stimme sanft und ausgesprochen amüsiert. Sie vermutete, dass seine Beschwerde einzig und allein dem Zweck gedient hatte, sie zu einer entsprechenden Reaktion zu verleiten. Was umso wahrscheinlicher wurde, als er hinzufügte: »Am liebsten hab ich's, wenn du auf Dirty Talk machst. Das bringt mich richtig in Fahrt.«

»Dirty Talk?« Sie stutzte verständnislos.

»Mmm-hmm«, schmachtete Tybo. »Du hast *Arsch* gesagt.«

Beth bedeckte das Mikro ihres Headsets mit der Hand, da sie lauthals lachen musste. Sie arbeitete noch nicht lange mit Tybo zusammen, aber ihr war längst klar, dass der Mann ein Original war. Kopfschüttelnd nahm sie die Hand wieder weg und sagte: »Hör auf, mit mir zu flirten, du Frechdachs, und geh lieber in Posit…« Ein ersticktes Geräusch und das Rascheln von Stoff aus dem Kopfhörer ließen sie verstummen und stattdessen angestrengt lauschen. Dann fragte sie: »Tybo? Tybo?«

Beth wartete einen Moment lang, dann sprach sie wieder in ihr Headset: »Valerian? Kannst du Tybo sehen?«

Stille schlug ihr entgegen.

»Oh, verdammt«, murmelte sie. Sie kam hinter dem Baum hervor, der ihr als Deckung gedient hatte, und ging in Tybos Richtung. In einer Hand hielt sie die Betäubungspistole, die man ihr gegeben hatte, in der anderen trug sie das Schwert. Es war das Schwert, das ihr das Leben rettete. Noch bevor sie die Stelle erreichte, an der Tybo ihrem Befehl entsprechend in Deckung hatte gehen sollen, wurde ihr die Pistole aus der Hand getreten. Diese Attacke hatte sie nicht kommen sehen, doch sie reagierte instinktiv, riss die Schwerthand hoch und holte mit aller Kraft aus, während sie sich in die Richtung drehte, aus der der Angriff gekommen war. Sie erwischte den Unbekannten am Halsansatz, wo sich die Klinge tief in sein Fleisch schnitt.

Beth zerrte die Klinge aus dem Leib ihres Angreifers und verzog den Mund angesichts des lauten Schmatzens, das dabei entstand. Sie sah zu, wie der Mann zur Seite kippte und auf dem Boden landete, dann wischte sie die Klinge an seinem Mantel ab und hob die Betäubungspistole auf, die ihr aus der Hand gefallen war. Sie feuerte einen Pfeil auf ihren Gegner ab, damit er sich nicht zu schnell erholte und wieder in das Kampfgeschehen eingreifen konnte, kehrte ihm dann den Rücken zu und pirschte weiter vor. Beth entdeckte Tybo rücklings im Morast liegend, gut vier Meter von der Stelle entfernt, an der sie angegriffen worden war. In seiner Brust steckte ein Messer.

»Du hättest dich von der Stelle bewegen sollen, als ich es dir gesagt habe«, murmelte Beth, während sie sich vorbeugte, um das Messer mit dem Elfenbeinheft aus seinem Herz zu ziehen. Weder machte er die Augen auf, noch setzte er sich hin, aber das hatte sie auch nicht erwartet. Er brauchte etwas Zeit, um zu heilen. Beth griff in ihre Umhängetasche, holte einen Blutbeutel heraus und drückte seinen Mund auf. Sie massierte sein Zahnfleisch so lange, bis seine Fangzähne zum Vorschein kamen und sie den Plastikbeutel voll Blut auf die nadelfeinen Spitzen schieben konnte.

Sie ließ Tybo dort liegen, richtete sich auf und sah sich um, ehe sie weiter dem Weg folgte. Valerian war zehn Meter weiter im Wald, dort, wo das Haus war, in Stellung gegangen. Sie fand den Jäger genau dort, wo sie es erwartet hatte, und auch in seinem Herz steckte ein Messer. Als sie es herauszog, stellte sie fest, dass es genau so ein Messer war, wie es in Tybos Brust gebohrt worden war.

Sie warf das Messer zur Seite und drückte auch Valerian einen Blutbeutel auf die Fangzähne. Dann spähte sie zwischen den Büschen hindurch zu dem Haus, das sie seit Sonnenuntergang beobachteten. Es war verlassen gewesen, als sie im Hauptquartier der Vollstrecker von Mortimer den Auftrag erhalten hatten, sich hierherzubegeben. Die Bewohner – ein abtrünniger Unsterblicher und sein Gefolge – waren da bereits aus dem Haus gegangen, vermutlich zu dem Zweck, neue Opfer zu jagen. Beth, Tybo und Valerian hatten den größten Teil der Nacht damit verbracht, auf deren Rückkehr zu warten, und inzwischen setzte schon fast die Dämmerung ein. Doch vor ein paar Minuten war ein Van in die Auffahrt zum Haus eingebogen, dann hatte sich das Garagentor geöffnet und so schnell wieder geschlossen, dass sie nicht sehen konnten, wie viele Leute in diesem Van saßen. Aus diesem Grund hatte Beth Tybo befohlen, näher an das Haus heranzugehen. Sie mussten erst wissen, mit wie vielen Abtrünnigen sie es zu tun hatten und auf welche Situation im Haus sie sich einstellen mussten. Sollten sich unschuldige Sterbliche dort aufhalten, würde das von entscheidender Bedeutung für ihr weiteres Vorgehen sein.

Doch es hatte den Anschein, dass ihre Anwesenheit nicht unbemerkt geblieben war. Offenbar war es einem der zurückgekehrten Abtrünnigen gelungen, sich unbemerkt aus dem Haus zu schleichen und sich ihnen zu nähern. Die Frage, die ihr jetzt durch den Kopf ging, war die, ob es dabei nur um einen einzigen Abtrünnigen ging. Und ob der vielleicht nur losgeschickt worden war, um generell nach dem Rechten zu sehen und so durch Zufall auf ihre beiden Kollegen gestoßen war. Oder ob man ihnen auf die Schliche gekommen war und er den Befehl erhalten hatte, sie auszuschalten?

Falls das der Fall war, wie viele außer ihm durchkämmten dann vielleicht noch das Gestrüpp rings um das Anwesen, um sie aufzuspüren?

Abgesehen von der Frage, ob Unschuldige im Haus anwesend waren, musste Beth auch noch wissen, wie viele Abtrünnige Walter Simpson als Kopf der Gruppe um sich geschart hatte. Dabei war es nicht nur schwierig, Antworten auf diese Fragen zu bekommen, es war sogar noch viel schwieriger, nach Erhalt der Antworten irgendwelche Maßnahmen zu ergreifen, da ihr ohnehin schon kleines Team durch die Ausfälle bedingt auf eine einzige Person zusammengeschrumpft war: sie selbst.

Leise fluchend sah Beth sich hastig um, dann lief sie zum nächsten Baum und kletterte nach oben in die Krone. Sie ließ sich auf einem dicken Ast in gut fünf Metern Höhe nieder und vergewisserte sich, dass sie von hier oben tatsächlich einen guten Überblick über die nähere Umgebung hatte und dass sich niemand unbemerkt an sie heranschleichen konnte. Dann holte sie ihr Handy aus der Tasche.

Mortimer meldete sich beim ersten Klingeln. »Gibt's Probleme?«

»Wo denkst du hin, Mortimer, ich wollte nur mal Hallo sagen«, erwiderte sie in einem unbeschwerten Tonfall, verdrehte die Augen und fuhr mit ernster Stimme fort: »Tybo und Valerian wurden jeder mit einem Messerstich genau ins Herz kaltgestellt. Die Klingen sind jetzt wieder draußen, und ich glaube, ich habe ihren Angreifer erwischt, sofern da nicht noch ein zweiter unterwegs ist. Aber ich bin jetzt auf mich allein gestellt und habe es mit einem Abtrünnigen zu tun, der womöglich andere von seiner Art bei sich hat, die ihm bei seinem Unterfangen helfen können, und der möglicherweise weiß, dass wir hier draußen unterwegs sind.«

»Kann der Angreifer nichts dazu sagen?«, wollte Mortimer wissen.

»Das ist ein wenig problematisch, wenn einem die Kehle durchtrennt wurde«, konterte Beth ironisch.

»Das kann ich mir vorstellen«, stimmte er ihr in einem Tonfall zu, der ein Lächeln mitschwingen ließ. »Na gut, aber du hast Glück. Gerade eben sind ein paar Leute als Verstärkung eingetrudelt. Die werden in zwanzig Minuten bei dir sein. Bleib so lange in Deckung, bis sie da sind.«

Beth wollte etwas erwidern, aber da drang ein Schrei aus dem Haus an ihre Ohren. Es war ein langer und lauter, von Entsetzen erfüllter Schrei einer Frau.

Aha, dachte sie. *Das beantwortet schon mal eine meiner Fragen. Es sind also wirklich Unschuldige dort im Haus.*

»Beth«, rief Mortimer angespannt. »Geh nicht allein da rein. Warte auf die Verstärkung.«

»Ja ... aber das kann ich dir nicht wirklich versprechen«, entgegnete sie, gerade als aus dem Schreckens- ein Schmerzensschrei wurde. »Sag ihnen, sie sollen sich beeilen.«

»Beth«, rief Mortimer besorgt, doch da legte sie auch schon auf, steckte das Handy zurück in die Hosentasche und ließ sich von dem Ast in die Tiefe fallen.

»Verdammt!«, fauchte Scotty und stürmte zur Tür. Mortimer hatte das Telefon auf Lautsprecher geschaltet, als er auf dem Display die Nummer des Anrufers gesehen hatte. Sie alle hatten Beths Bericht genauso deutlich hören können wie den Schrei aus dem Hintergrund. Scotty wusste nur zu gut, dass Beth diesen Schrei zum Anlass nehmen würde, ohne Rücksicht auf ihr eigenes Wohlergehen in das Haus zu stürmen.

Sie brauchte *jetzt sofort* Verstärkung.

»Donny, du gehst mit!«, brüllte Mortimer und knallte den Hörer auf die Gabel, als ihm klar war, dass die Verbindung unterbrochen worden war.

»Wirklich?«, fragte der junge Mann überrascht.

»Beweg schon deinen Arsch!«, herrschte ihn Scotty über die Schulter an, da er die Unterhaltung der beiden mitangehört hatte. Er hatte den Weg durch den Flur schon zur Hälfte hinter sich, und ohne das Tempo zu drosseln, fügte er hinzu: »Ich warte nicht auf dich.«

»Geh schon!« Auf Mortimers Befehl folgte das Geräusch hastiger Schritte, da Donny den Befehl bereits ausführte. Scotty schwang sich in den SUV und zog die Tür zu, noch bevor der rothaarige Junge ihn einholen konnte.

»Schlüssel«, knurrte Scotty und streckte den Arm durch das offene Fenster nach draußen. Donny kam schlitternd neben dem Wagen zum Stehen und sah den Mann auf dem Fahrersitz unschlüssig an. Der Junge hatte ihn zuvor mit dem Wagen abgeholt, weshalb er ganz offensichtlich davon ausging, dass er jetzt auch wieder fahren würde, doch das kümmerte Scotty überhaupt nicht. Er warf ihm einen energischen Blick zu und befahl kurz und knapp: »Jetzt.« Es verwunderte ihn, dass der junge Mann nicht prompt reagierte. Donny sah ihn mit aufgerissenen Augen an, und sein Gesicht verriet eindeutig Angst, trotzdem lief er einfach hinten um den Wagen herum.

»Verdammt, du wandelnder Drecksack!«, brüllte Scotty und machte die Tür auf, um ihm hinterherzulaufen, doch dann hielt er inne und drehte sich verdutzt um, als er hörte, dass die Beifahrertür geöffnet wurde. Scotty zog erstaunt die Augenbrauen hoch, als der Junge neben ihm Platz nahm und die Tür zuschlug. Wortlos zog er die Fahrertür wieder zu und hielt seinem Beifahrer die Hand hin, damit der ihm den Schlüssel gab.

»Du brauchst für den Wagen keinen Zündschlüssel mehr. Du musst nur das Gaspedal durchtreten und …« Donny machte sich gar nicht erst die Mühe, seinen Satz zu beenden, da der Motor soeben angesprungen war.

Scotty hatte schon andere Wagen gefahren, für die man keinen Zündschlüssel benötigte. Solange sich der Schlüssel im Fahrzeug befand, war alles in bester Ordnung. Ihm entging zwar nicht die Tatsache, dass Donny ihm den Schlüssel nicht ausgehändigt hatte, aber das war ihm egal.

»Wo lang?«, wollte er wissen, während er den SUV über die Auffahrt in Richtung Tor lenkte. Als der Junge nicht sofort antwortete, bedachte er ihn mit einem wütenden Blick. »Also?«

»Ich …«, begann Donny unbeholfen und zog sofort erleichtert sein Handy aus der Tasche, das genau in diesem Moment zu klingeln begann. »Ja? Oh, Mortimer. Gott sei Dank, ich …« Er unterbrach sich, um zuzuhören, dann sagte er: »Ja, ja. Eine Minute.«

Scotty hielt den Wagen an, während die Männer das Tor öffneten. Er nutzte den Moment, um herauszufinden, was der Junge gerade machte. Verwundert sah er zu, wie Donny eine Adresse ins Navigationssystem eintippte. Zum Glück war er damit in dem Augenblick fertig, als das Tor weit genug geöffnet war, dass der SUV hindurchpasste, denn Scotty hätte keine Sekunde länger gewartet. Dann hätte Mortimer ihnen eben die ganze Zeit über Anweisungen geben müssen, bis sie dort angekommen waren, wo sich Beth befand.

»Wo lang?«, fragte er, als der SUV das erste Tor hinter sich ließ.

»Die Route wird noch berechnet«, murmelte Donny und nahm den Blick nicht vom Monitor.

»Wo lang?«, wiederholte Scotty ungehalten, als sie das zweite Tor passierten.

»Der rechnet noch imm… nach rechts!«, korrigierte er sich erleichtert, da soeben die Strecke angezeigt wurde.

Scotty drehte das Lenkrad nach rechts und bog mit quietschenden Reifen auf die Straße ein.

»Rechte Spur! Rechte Spur!«, kreischte Donny, als Scotty zielstrebig auf die linke Spur fuhr.

Scotty presste die Lippen zusammen und lenkte den Wagen auf die andere Fahrbahnseite, während er sich vor Augen hielt, dass er jetzt in Nordamerika unterwegs war, nicht in seinem geliebten Schottland und auch nicht im Land dieser verdammten Engländer … die immerhin wussten, auf welcher Seite der Straße ein Auto unterwegs sein sollte.

»Das Tempolimit liegt hier bei achtzig Stundenkilometer«, sagte Donny nervös, als Scotty immer weiter beschleunigte.

»Ich glaube, mein Schwein pfeift«, murmelte Scotty rein gewohnheitsmäßig und wollte damit eigentlich nur zum Ausdruck bringen, dass er nicht fassen konnte, was er gerade gehört hatte.

»Was?«, fragte Donny verständnislos.

Scotty presste kurz die Lippen zusammen und warf seinem Beifahrer einen flüchtigen Blick zu. »Du bist kein Jäger, richtig, Kleiner?«

»Doch … das heißt, ich bin noch in der Ausbildung«, antwortete er steif.

»Ja, natürlich«, stöhnte Scotty frustriert und musste den Kopf schütteln. Er hätte es wissen müssen. Bevor er von Schottland hergeflogen war, hatte man ihn über die Situation in Nordamerika aufgeklärt, die von einem massiven Personalmangel geprägt war. Fast drei Viertel aller Jäger war unten in Venezuela und versuchte, einem verrückten Dreckskerl das Handwerk zu legen, der Unsterbliche entführt und irgendwo in diesem Land versteckt gehalten hatte. Diese Nachricht hatte sich unter den Unsterblichen wie ein Lauffeuer verbreitet, und da die verbliebenen Jäger sehr dünn gesät waren, schien es so, als würde jeder Abtrünnige und jeder, der im Begriff war, ein solcher zu werden, die Gelegenheit nutzen und aus seinem Versteck kommen, um für Chaos zu sorgen. Da war es nur verständlich, dass Mortimer auf jeden Jäger zurückgriff – auch auf solche, die noch in der Ausbildung waren –, um Herr der Lage zu bleiben.

»Also gut«, sagte Scotty schließlich in einem ernsten Tonfall. »Lass dir Folgendes gesagt sein, Junge. Ein Tempolimit ist völlig egal, wenn du unterwegs bist, um einem Jäger zu helfen, der allein und in Gefahr ist. Wenn dich ein Bobby beim Rasen erwischt und dich zum Anhalten zwingen will, dann kontrollierst du ihn und schickst ihn dorthin zurück, wo er hergekommen ist.«

»Aha«, machte Donny, während er sich am Sitz und an der Armlehne festklammerte. »Und wenn man einen Unfall baut, weil man hundert Stundenkilometer zu schnell fährt?«

»Man baut keinen Unfall«, versicherte Scotty ihm und schaute auf den Bildschirm, da sich das Navigationssystem soeben zu Wort meldete, um darauf hinzuweisen, dass sie in Kürze abbiegen mussten. Er ging vom Gas und ergänzte: »Und falls du doch mal einen Unfall baust, dann steck den Kopf zwischen die Beine und schütz deinen Nacken. Du kannst so ziemlich alles überstehen, nur keine Enthauptung.«

»Richtig«, murmelte Donny und sank auf seinem Platz weiter in sich zusammen.

Scotty bemerkte die Reaktion und lächelte finster. »Sei kein Hasenfuß, Junge.«

»Häh?« Donny sah ihn verständnislos an, woraufhin Scotty den Kopf schüttelte.

»Ich habe dich damit aufgefordert«, erklärte er leise seufzend, »all deinen Mut zusammenzunehmen für das, was vor uns liegt.«

»Oh.« Schweigend fuhren sie durch die Nacht, die allmählich der Dämmerung zu weichen begann. Nach einer Weile räusperte sich Donny. »Du kennst diese Jägerin Beth, die wir retten sollen?«

Es hatte als Feststellung begonnen und als Frage geendet. Scotty vermutete, dass der Junge etwas von der Unterhaltung zwischen ihm und Mortimer mitbekommen hatte, unmittelbar bevor das Telefon geklingelt hatte. Donny war zu dem Zeitpunkt zwar gerade erst ins Zimmer gekommen, aber er konnte im Flur gehört haben, was Scotty zu sagen gehabt hatte.

»Aye«, antwortete er kurz und knapp.

»Du bist speziell ihretwegen hier?«

Scotty nickte. »Ich bin hergekommen, um ihr zu helfen.«

»Aber woher hast du gewusst, dass sie deine Hilfe brauchen würde?«

»Weil ein Narr von Weihnachten bis Ostern auch nicht klüger wird«, grummelte er vor sich hin.

»Wie bitte?«, erwiderte Donny verwirrt.

Scotty schnalzte mit der Zunge. »Das bedeutet … ach, vergiss es. Ich wusste, dass sie mich brauchen würde, weil ich wusste, welche Zustände hier herrschen. Außerdem kenne ich ihr Temperament. Beth ist ungestüm und klug und tapfer, aber sie neigt einfach dazu, sich in Schwierigkeiten zu bringen, wenn sie anderen zu helfen versucht.« Wieder sah Scotty den anderen Mann an und zog fragend eine Augenbraue hoch. »War das jetzt verständlich genug?«

»Eigentlich nicht«, sagte der jüngere Unsterbliche betreten und erklärte hastig: »Du hast einen sehr ausgeprägten schottischen Akzent. Ich kriege höchstens die Hälfte von dem mit, was du sagst.«

»Na, wenigstens gibst du das zu«, meinte Scotty. »Das macht dich zu einem ausgebufften Burschen.«

Donny schaute unschlüssig drein. »Ist ›ausgebufft‹ was Gutes?«

»Aye«, bestätigte er belustigt. »Und jetzt halt deinen Rand. Das ist ein Kiesweg voller Kurven. Bei der Geschwindigkeit muss ich mich ganz darauf konzentrieren, wo wir fahren.«

Nach kurzem Zögern fragte Donny: »Heißt ›Rand‹ …»

»Klappe. Es heißt Klappe. Du sollst die Klappe halten, Junge«, knurrte Scotty.

»Aye, Sir … ich meinte, yes, Sir. Ich werde ruhig sein«, versicherte Donny ihm und schaffte es, diesen Vorsatz ganze zwei Minuten lang durchzuhalten, dann fragte er: »Aber woher kennst du diese Beth? Ich meine, du kommst aus Schottland und sie aus Spanien. Wie kannst …«

»Halt die Klappe«, fuhr Scotty ihn an und fragte gleich darauf: »Wie weit noch?«

Als von dem jungen Mann nicht sofort eine Antwort kam, sah Scotty ihn fragend an. Ein Blick in das Gesicht des Jungen verriet ihm, welch inneren Kampf er mit sich selbst austrug, da er nicht wusste, welche der Aufforderungen er denn nun befolgen sollte.

»Also? Jetzt sei kein Dämlack und antworte mir!«, herrschte er den Jungen an.

»Wir sind fast da!«, platzte Donny heraus. »Am Ende dieser

Straße musst du nach rechts abbiegen, und dann müssen wir noch einen halben Block weiterfahren, bis es links von uns irgendwo sein muss.«

Scotty nickte leise brummend vor sich hin, er konnte sich aber nicht entspannen. Er hatte das ungute Gefühl, dass Beth ihn brauchte, und entspannen würde er sich erst, wenn sie wirklich in Sicherheit war.

Beth machte einen Satz nach hinten und wurde nur um Haaresbreite davor bewahrt, geköpft zu werden. Sie konnte den Lufthauch der mörderisch scharfen Axt spüren, mit welcher der Abtrünnige nach ihr ausgeholt hatte. Es kam ihr so vor, als wären ihre Haare dabei leicht umhergewirbelt worden, doch als sie nach unten sah, musste sie feststellen, dass ein säuberlich abgetrenntes Büschel dunkelroter Haare auf dem Boden gelandet war. »Du Bastard!«, fauchte sie. »Ich war gerade erst beim Friseur!«

Aufgebracht stürmte sie vor und holte mit dem Schwert aus. Sein abgeschlagener Kopf war noch nicht auf dem Boden gelandet, da drehte sie sich schon um und suchte die Umgebung ab, ob nicht doch noch irgendwo weitere Angreifer lauerten. Ungläubig riss sie die Augen auf, und ein tiefes Tosen erfüllte ihre Ohren, da sie ein Dutzend Männer und Frauen sah, die aus dem Haus gekommen und zu ihr gerannt waren, um jetzt einen Halbkreis um sie zu bilden.

»Das soll wohl ein Witz sein«, murmelte sie. Ihr Mund war mit einem Mal wie ausgedörrt. Mortimer war sich nicht sicher gewesen, wie viele Gefolgsleute dieser Abtrünnige hinter sich geschart hatte, doch er war von nicht mehr als drei oder vier ausgegangen. Immerhin besagten die Informationen, die ihm zur Verfügung standen, dass Walter Simpson erst seit gut einer Woche ein Abtrünniger war. Und trotzdem hatte sie bereits vier Männer und zwei Frauen ausgeschaltet – und jetzt wurde sie mit einem ganzen Dutzend mehr konfrontiert! Entweder hatte Mortimer unzuverlässige Informanten, oder Walter arbeitete im Akkord, überlegte sie missgelaunt, während sie Gefechtshaltung einnahm und sich innerlich darauf vorbereitete, denjenigen aufzuspießen, der als Erster auf sie losging.

Sie würde es wohl kaum mit dem ganzen Dutzend aufnehmen können, wenn die alle gleichzeitig angriffen, aber sie hatte auch nicht die Absicht, sich kampflos geschlagen zu geben. Mit dem Schwert machte sie eine auffordernde Geste, damit sich einer von ihnen näherte, doch niemand rührte sich von der Stelle. Das machte sie ungehalten, da sie noch nie ein geduldiger Mensch gewesen war. Wenn sie schon sterben sollte, wollte sie es lieber schnell hinter sich bringen. Allerdings hoffte sie, dass nichts von dem stimmte, was man sich erzählte, dass nämlich im Moment des Todes das ganze Leben an einem vorbeizog. Darauf konnte sie gut verzichten, denn dieses Leben war alles andere als ein Vergnügen gewesen.

»Na, kommt schon«, knurrte sie und hob das Schwert noch etwas höher. »Ich habe vor, vier von euch in den Tod mitzunehmen. Wer von euch meldet sich freiwillig?«

Dummerweise veranlasste diese Äußerung ihre lauernden Angreifer nur dazu, vor lauter Nervosität einen Schritt nach hinten zu machen. Wie es schien, wollte wohl keiner von ihnen sterben.

»Worauf wartet ihr?«, ertönte eine aufgebrachte Stimme, die Beths Aufmerksamkeit auf das Haus lenkte.

Walter Simpson stand vor dem Haus und hielt eine wimmernde blonde Frau an sich gedrückt, die sich wohl nur wegen dieses Griffs noch auf den Beinen hielt. Sie war totenbleich, Blut lief ihr an der Kehle entlang und wurde von ihrem zerrissenen pastellgrünen Sweater aufgesogen. Aber sie lebte, und sie war noch immer eine Sterbliche, überlegte Beth. Fast wäre sie hingelaufen, doch sie wurde schnell daran erinnert, in welcher Situation sie selbst sich gerade befand. Walter brüllte nämlich aufgebracht: »Jetzt tötet sie schon, verdammt noch mal!«

Ein Befehl von dem Mann, der sie gewandelt hatte, war offenbar etwas, dem sie Folge leisten mussten. Besorgt sah sie die Abtrünnigen an, die sich ihr näherten und dabei ihre Reihen schlossen … und die Sekunden später von einem schwarzen SUV niedergewalzt wurden, der einfach durch die Menge raste und auf das Haus zusteuerte.

Beth wollte ihren Augen nicht trauen, als einige ihrer Widersacher durch die Luft geschleudert und die übrigen unter den Rädern des schweren Gefährts zermalmt wurden. So als hätte man eine riesige Bowlingkugel benutzt, lagen die Abtrünnigen wie Kegel auf dem Rasen vor ihr verstreut.

Ein lauter Knall lenkte ihre Aufmerksamkeit zurück auf den SUV. Bei der Geschwindigkeit, mit der der Fahrer durch die Menge gerast war, hätte er den Wagen niemals rechtzeitig zum Stehen bringen können, weshalb er auch mit dem Haus kollidiert war. Das war genau dort geschehen, wo gerade eben noch Walter mit seinem nächsten Opfer gestanden hatte. Ihr blieb beinahe das Herz stehen, als sie sich vorstellte, wie die beiden von dem SUV gegen die Hauswand gedrückt wurden. Nicht, dass es ihr um Walter Simpson leidgetan hätte, aber die Frau war unschuldig gewesen, und Beth war untröstlich, dass sie sie nicht hatte retten können. Dann jedoch ließ ein Schluchzen sie aufhorchen, und sie sah, dass Walter sein Opfer hinter sich her zu einem Wagen zerrte, der in der Auffahrt parkte. Offenbar hatte er sich mitsamt der Frau doch noch vor dem auf Kollisionskurs befindlichen SUV in Sicherheit bringen können. Und jetzt trat er die Flucht an … und wollte die Frau mitnehmen.

Ein kehliges Knurren kam ihr über die Lippen, als Beth losrannte. Sie war eindeutig im Vorteil, denn sie musste niemanden hinter sich herschleifen, der sich dagegen zu wehren versuchte. Beth zielte im Laufen mit ihrer Pistole und drückte ab, um im nächsten Moment zu fluchen, weil reinweg gar nichts geschah. Und nun hatte sie keine Pfeile mehr. Sie wusste, dass ihr Vorrat allmählich zur Neige gegangen war, aber sie war der Meinung gewesen, noch einen Pfeil zu haben, wenn nicht sogar zwei.

Aufgebracht schleuderte sie die Pistole von sich, packte mit beiden Händen das Schwert und hielt die Klinge beim Laufen leicht nach unten. Dann hob sie das Schwert in die Höhe und machte einen Satz wie jemand, der im Begriff war, einem anderen in den Rücken zu springen. Allerdings geriet Beths Sprung etwas höher, und als sie sich wieder dem Boden näherte, trieb sie Simpson die Klinge genau oberhalb des Schulterblatts in den Rücken. Von ihrem Gewicht und der Wucht des Sprungs getrieben, bohrte sich der Stahl fast vertikal durch Fleisch, Muskeln und Knochen, ehe er unterhalb des Hüftknochens wieder austrat.

Walter Simpson verlor das Gleichgewicht, ließ die blonde Frau los und landete mit dem Gesicht voran auf dem Boden. Beth fiel auf ihn, beschrieb aber vom eigenen Schwung vorangetrieben einen Purzelbaum, ohne dabei das Schwert loszulassen, das wieder aus seinem Körper herausgerissen wurde.

»Himmel, das ist ja eklig! Musst du immer so eine Sauerei veranstalten, Mädchen?«

Beth stutzte, als sie die Stimme hörte, und setzte sich auf, um sich in die Richtung zu drehen, aus der die Stimme gekommen war. Ungläubig sah sie den Mann an, der auf sie zugelaufen kam. Er war groß und hatte so muskelbepackte Schultern und Arme, wie man sie nur haben konnte, wenn man im

Mittelalter mit dem Breitschwert gekämpft hatte. Der Mann war Cullen MacDonald oder einfach nur Scotty, wie man ihn inzwischen nannte; er hatte lange Haare, deren Farbe sich irgendwo zwischen einem tiefen Rot und einem dunklen Kastanienbraun bewegte. Als er sich ihr näherte, wirkte er auf sie daher auch wie ein mittelalterlicher Krieger, nur dass er keinen Plaid, sondern eine schwarze Lederhose und dazu ein weißes T-Shirt trug.

»Scotty?«, fragte sie, überzeugt davon, dass ihre Augen ihr einen Streich spielten. Aber es sah ganz nach ihm aus, musste sie zugeben, als sie sein Gesicht betrachtete und die vertrauten grauen Augen mit den silbernen Sprenkeln sah, die Adlernase, die schmale Ober- und die umso vollere Unterlippe. Es war ein Gesicht, das sie in der Realität nur ein paar Mal gesehen hatte, das ihr aber aus ihren Träumen – denen von der feuchten Art – umso vertrauter war.

»Aye.« Er blieb bei ihr stehen und hielt ihr die Hand hin, um ihr aufzuhelfen. »Ich bin froh zu sehen, dass du dich nicht hast enthaupten lassen, bevor ich hier eingetroffen bin und dich gerettet habe.«

»Bescheiden wie immer«, meinte Beth amüsiert, ignorierte seine Hand und stand ohne fremde Hilfe auf.

»Ähm … Mr Scotty?«, rief eine ängstliche Stimme. »Dieser Typ wacht wieder auf.«

Beth drehte den Kopf noch etwas weiter herum und sah einen jungen rothaarigen Unsterblichen, der neben einem der Abtrünnigen stand, die sie eben überfahren hatten. Der Mann stöhnte leise und bewegte sich träge hin und her.

»Dann schieß mit der Betäubungspistole auf ihn, Donny-Boy«, wies Scotty ihn an, ohne sich zu ihm umzudrehen.

»Mit welcher Betäubungspistole?«, fragte Donny zögerlich.

Beth biss sich auf die Lippe, um nicht zu grinsen, als sie sah, wie Scotty kurz die Augen zukniff und ungeduldig die Zähne aufeinanderpresste. Als er die Augen wieder aufmachte, fiel sein Blick auf eine belustigte Beth. »Bitte, sag mir, Junge«, gab er zurück, »dass du nicht ohne Pistole auf die Jagd gegangen bist.«

»Okay«, kam Donnys Antwort nach einer kurzen Pause.

Aus dem Augenwinkel schaute Scotty ihn an. »Was heißt ›okay‹, Junge?«

»Dass … dass ich dir das nicht sagen werde.« Seine Stimme krächzte so, dass er sich erst einmal räuspern musste. Dabei beobachtete er mit sorgenvoller Miene den Mann vor ihm auf dem Boden, der langsam eine sitzende Position einnahm. »Hast du eine Pistole, die ich mal kurz benutzen kann?«, fragte Donny.

Scotty atmete frustriert aus, dann ging er zu dem jüngeren Unsterblichen zurück und zog dabei sein Schwert. »Nay, Junge. Ich trage nie eine Pistole bei mir. Ich benutze das hier.« Dabei hielt er das Heft seiner Waffe fest umschlossen und mit der Klinge nach oben, und schließlich rammte er den Messingknauf des Griffs mit aller Wucht auf den Kopf des Abtrünnigen.

Beth zuckte zusammen, als sie Knochen zerbersten hörte. Kopfschüttelnd sah sie mit an, wie der Abtrünnige in sich zusammensackte.

»Ich glaube, du hast ihm den Schädel zertrümmert«, stellte Donny voller Ehrfurcht fest und starrte den Abtrünnigen an.

»Allerdings habe ich das«, bestätigte Scotty zufrieden. »Und jetzt hol dir eine Betäubungspistole und die Ketten aus der Waffentruhe hinten im SUV, bevor die alle wieder aufwachen. Und, Donny«, fügte er hinzu und veranlasste den jungen Mann dazu, noch einmal stehen zu bleiben, nachdem der bereits hatte davoneilen wollen. Als er sich widerwillig wieder zu Scotty umdrehte, sagte der völlig ernst: »Lektion zwei: Geh niemals ohne Waffe auf die Jagd.«

Donny nickte beflissen, dann lief er zum SUV, dessen vordere Partie tief in der Hausfront steckte.

Sofort drehte sich Scotty zu Beth um.

»Was machst du denn hier in Kanada, Scotty?«, wollte sie wissen, als er sich ihr wieder zuwandte. »Gibt es im Vereinten Königreich nicht genug Abtrünnige, mit denen du dich herumschlagen kannst?«

»In letzter Zeit war es wirklich ein bisschen ruhig«, meinte er mit einem Schulterzucken. Als Beth daraufhin lediglich eine Augenbraue hochzog, fügte er hinzu: »Tja, und als ich dann überlegte, wo ich meinen Urlaub verbringen sollte, hörte ich, dass ihr hier eine etwas dünne Personaldecke habt, weil die meisten von euren Jägern in Venezuela zu tun haben. Also dachte ich mir …« Er machte sich nicht die Mühe, den Satz zu Ende zu führen, und hob nur wieder die Schultern an.

»Also hast du dir gedacht, du entspannst dich mal ein wenig von der Jagd auf Abtrünnige im Vereinten Königreich, indem du stattdessen hier ein paar jagst?«, fragte sie verständnislos, stellte sich auf die Zehenspitzen und klopfte gegen seine Stirn, als hätte sie eine Tür vor sich. »Hallo? Irgendjemand zu Hause?«

»Autsch!« Scotty zog den Kopf nach hinten, um ihrer Hand auszuweichen, und sah sie finster an. »Ich schwöre, du bist das einzige Mädchen, das sich traut, so was mit mir zu machen.«

»Ja, weil alle anderen Mädchen dich für den Buhmann halten und eine Mordsangst vor dir haben«, konterte Beth ironisch.

»Aber du nicht«, stellte er fest.

Beth atmete schnaubend aus. »Ich habe den wahren Buhmann gesehen, und der bist du nicht.«

»Aye, das glaube ich dir gern«, erwiderte Scotty ernst.

Für einen Moment kniff sie die Lippen zusammen, entspannte sich dann aber und lächelte, während sie den Kopf schüttelte. »Genug drum herumgeredet. Warum solltest du deinen Urlaub damit vergeuden, hier in Kanada zu arbeiten?«

»Ich brauchte einen Tapetenwechsel«, meinte er beiläufig. »Veränderung ist immer eine gute Sache, sonst kann das Leben ganz schön fad werden.«

»Hmpf«, kommentierte sie seine Worte mit unüberhörbarem Zweifel in der Stimme. Während sie mit leicht zusammengekniffenen Augen den Mann anstarrte, musste sie einräumen, dass er mit seiner sexy Männlichkeit einen angenehmen Anblick bot. Dennoch traute sie ihm nicht von hier bis zur nächsten Ecke. Seit er sie und Dree vor hundertfünfundzwanzig Jahren in England vor einem Abtrünnigen und dessen Gefolgschaft gerettet hatte, war er in unregelmäßigen Abständen immer wieder in ihrem Leben aufgetaucht. In den ersten hundert Jahren hatte er sie stets von oben herab behandelt, oder aber er war so auf Abstand gegangen, als könnte er sich etwas Ansteckendes von ihr einfangen. Er hatte auch hinter ihrem Rücken mit ihren Vorgesetzten gesprochen und versucht, ihre Position als Jägerin in der Gruppe zu sabotieren. Und jetzt auf einmal gab er den Charmanten und Freundlichen? Das kaufte sie ihm nicht ab. Er führte irgendetwas im Schilde.

Hätte er nicht so gut geduftet, wäre er nicht so attraktiv gewesen, hätte er nicht so oft eine zentrale Rolle in ihren sexuellen Fantasien gespielt, dann hätte sie mit dem Mann nicht mal ein Wort gewechselt. Leider war er ein sexy Biest, und er war nun mal ein unverzichtbarer Teil ihrer Fantasien. Genau genommen war er der Einzige, den sie in ihren feuchten Träumen zu Gesicht bekam. Im wahren Leben mochte er nicht vertrauenswürdig sein, aber in ihren Träumen war er wie der Duracell-Hase – er machte auch immer weiter und weiter. Schlimmer jedoch war, dass jeder Mann, mit dem sie in den letzten hundertfünfundzwanzig Jahren seit ihrer Wandlung geschlafen hatte, vor ihrem geistigen Auge immer sein Gesicht gehabt hatte. Dieser Mann brachte sie »auf Touren«, wie Tybo es formuliert hatte. In körperlicher Hinsicht zumindest traf das zu.

»Wie ich hörte, hast du die spanischen Jäger verlassen und bist hierhergezogen«, redete er weiter.

Beth schob ihre Gedankenspiele beiseite und sah ihn mit verkniffenen Augen an. Zwar war sie in England geboren, aber sie hatte mehr als zwei Drittel ihres bisherigen Lebens in Spanien verbracht. In dieser Zeit hatte Scotty – obwohl er in England lebte – sich immer wieder in ihr Leben eingemischt. Daher konnte sie nicht umhin zu glauben, dass dies für ihn nur eine weitere Chance war, seine Nase in ihre Angelegenheiten zu stecken, auch wenn die da nichts zu suchen hatte. Nach all diesen Überlegungen sagte sie dann aber nur: »Dree hat ihren Lebensgefährten gefunden, deshalb will sie natürlich hier mit ihm sesshaft werden.«

Scott sah sie verdutzt an: »Und das ist für dich Grund genug, ihr wie ein junges Hündchen zu folgen und auch hierherzuziehen?«

Trotzig hob Beth das Kinn. »Sie ist meine Familie. Natürlich ziehe ich dann hierher.«

»Bist du dir sicher, dass sie das will?«, fragte er. »Die Dinge verändern sich, wenn ein Unsterblicher seiner Lebensgefährtin begegnet. Die beiden neigen dazu …«

»Das kannst du dir sparen«, unterbrach sie ihn und musste grinsen. Scotty konnte sie von vielem überzeugen, aber nicht davon, dass Dree sie nicht in ihrer Nähe haben wollte. Seit über einem Jahrhundert verstanden sie sich bestens, und schon davor waren sie Freundinnen gewesen. »Dree hat sich nicht verändert. Sie hat mich gebeten, dass ich hierher umziehe.« Sie beugte sich vor, lächelte ihn süßlich an und fügte hinzu: »Und da Mortimer momentan so knapp an Leuten ist, wirst du kaum Erfolg damit haben, ihm einzureden, dass er mich nicht hier arbeiten lassen soll – falls genau das deine Absicht war.«

»Ich hatte nicht die Absicht, dir …«, begann er.

»Lass gut sein«, fiel sie ihm lachend ins Wort. »Scotty, ich weiß, dass du damals versucht hast, dem Spanischen Rat auszureden, mich zur Jägerin auszubilden. Und ich weiß auch, dass du dich seitdem immer wieder eingemischt und versucht hast, mich von bestimmten Jobs fernzuhalten.« Sie schüttelte den Kopf. »Ich weiß nicht, warum du dir diese Mühe machst. Aber während du zu glauben scheinst, dass ich zu nichts zu gebrauchen bin, sieht Dree das anders. Sie ist wie eine Schwester zu mir und …«

»Ach, Mädchen, deshalb habe ich mich doch nicht eingemischt«, unterbrach Scotty sie. »Ich glaube überhaupt nicht, dass du zu nichts zu gebrauchen bist. Es tut mir weh, wenn ich mir vorstelle, dass du das von mir denkst, wenn ich in Wahrheit …«

Beth stutzte und fragte sich, warum er nicht weiterredete, doch dann machte sie einen raschen Schritt zur Seite, da sie sah, dass er nach vorn kippte. Es war, als würde man eine riesige alte Eiche fällen. Beth hätte schwören können, dass der Boden erzitterte, als der Mann der Länge nach aufschlug. Dann fiel ihr der Betäubungspfeil auf, der in seinem Hintern steckte.

»Oh, verdammt«, ächzte Donny. »Er wird so was von sauer sein, wenn er aufwacht.«

Sie warf dem jüngeren Unsterblichen einen Blick zu und sah, dass er die Pistole in der Hand hielt und erschrocken das Gesicht verzog.

»Die ist einfach losgegangen«, murmelte er fassungslos. »Ich schwöre, ich habe den Abzug nicht mal berührt … glaube ich jedenfalls«, fügte er nachdenklich hinzu und sah Beth an. »Was glaubst du, wie sauer er sein wird, wenn er herausfindet, dass ich ihn zu Boden geschickt habe?«

Beth betrachtete Scotty, dann schüttelte sie den Kopf und ging zu dem jüngeren Unsterblichen. Sie nahm ihm die Pistole aus der Hand, klopfte ihm auf den Rücken und verschoss die vorhandenen Betäubungspfeile auf alle langsam heilenden Unsterblichen auf dem Rasen. »Er wird gar nicht sauer sein. Wir sagen ihm einfach, dass einer der Abtrünnigen aufgewacht ist und nach deiner Pistole gegriffen hat, gerade als du auf ihn schießen wolltest. Der Pfeil hat sich gelöst und ihn getroffen.«

»Aber er wird unsere Gedanken lesen und wissen, dass es nicht stimmt«, wandte Donny ein.

»Nein, nein, wir werden ihm das ja gar nicht erzählen«, versicherte sie ihm.

»Nicht?« Donny schaute verwundert drein.

»Nein. Ich rufe Mortimer an und sage es ihm am Telefon, dann kann er mich nicht lesen. Er wird daraufhin mehr Verstärkung schicken, damit alle Abtrünnigen eingesammelt werden können. Und Scotty, Tybo und Valerian werden sie bei der Gelegenheit auch mitnehmen. Dann kann Mortimer ihnen unsere Version der Ereignisse erzählen, und keiner erfährt, was wirklich war.«

Sie drehte sich zu Scotty um und jagte ihm einen zweiten Pfeil in den Hintern. Das bereitete ihr ein ausgesprochen gutes Gefühl, nachdem er ihr jahrelang so viel Ärger beschert hatte, dass sie einfach noch was drauflegen wollte und ihm einen weiteren Pfeil in den Hintern jagte. An Donny gewandt erklärte sie mit einem breiten Lächeln auf den Lippen: »Nur um sicherzustellen, dass er nicht aufwacht, bevor die Verstärkung eingetroffen ist. Dann können wir nämlich weg von hier.«

Donny schien vom Wahrheitsgehalt ihrer Äußerung nicht völlig überzeugt zu sein, doch dann entspannte er sich. »Vielen Dank. Ich weiß wirklich zu schätzen, was du hier alles für mich tust.«

»Oh, ich tue das nicht für dich«, widersprach sie amüsiert und machte ihm klar: »Ich kenne dich doch so gut wie gar nicht.«

»Und … und für wen machst du das dann?«, fragte er unschlüssig.

»Nur für mich.«

»Aber du hast doch gar nichts damit zu tun«, wandte er ein.

»Stimmt. Aber das hier hat mir zum ersten Mal seit Jahrzehnten ein Lächeln auf die Lippen gezaubert, und deshalb will ich nicht, dass du dafür auch noch bestraft wirst«, erklärte sie sichtlich amüsiert, während sie zu Simpson zurückkehrte und auch auf ihn schoss. Dann ließ sie ihre Blicke in alle Richtungen schweifen und entdeckte schließlich die blonde Sterbliche, die in Ohnmacht gefallen war, als Beth Simpson das Schwert in den Leib getrieben hatte. Sie hätte gern nach der Frau gesehen, um sich zu vergewissern, dass mit ihr alles in Ordnung war. Aber sie und Donny waren jetzt die Einzigen, die sich um alles kümmern mussten. Da waren die Abtrünnigen, die es zu bewachen galt, außerdem Tybo und Valerian und … dabei fiel ihr ein, dass im Wald noch ein weiterer Abtrünniger lag, der bald wieder aufwachen würde.

Beth ging in Richtung Waldrand los. »Schnapp dir eine Betäubungspistole und schaff diese Typen in den SUV. Wenn sich einer von ihnen rührt, musst du sofort schießen. Ich muss nach Tybo, Valerian und dem Abtrünnigen sehen, von dem sie angegriffen wurden.« Sie ging zügig los, ohne erst noch abzuwarten, ob er auch tat, was sie ihm aufgetragen hatte.

2

»Was ist ein Dämlack?«

Beth sah Donny überrascht an. Sie waren in einvernehmlichem Schweigen unterwegs, seit sie Walter Simpsons Versteck verlassen hatten. Bevor sie darauf antwortete, warf sie einen Blick auf den Rücksitz, wo Scotty der Länge nach ausgestreckt lag und fest schlief. Zwar hatte Mortimer ein Team losgeschickt, das sich um die betäubten Abtrünnigen und um die verletzten Jäger kümmerte, doch Donnys schlechtes Gewissen machte ihm so sehr zu schaffen, dass er Scotty in ihrem SUV hatte mitnehmen wollen. Beth hatte mit dem jungen Mann gar nicht erst darüber diskutiert. Wenn er sich Ärger einhandeln wollte, obwohl sie ihm mit ihrem Telefonat längst aus der Klemme geholfen hatte, dann würde sie das nicht weiter kümmern. Daher hatte sie auch auf dem Beifahrersitz Platz genommen und es Donny überlassen, Scotty auf die Rückbank zu wuchten und dann das Lenkrad zu übernehmen. Sie war jetzt nur die Beifahrerin.

Sie drehte sich wieder nach vorn. »*Dämlack* heißt so viel wie Idiot oder Blödmann«, antwortete sie schließlich. Neugierig ergänzte sie: »Wieso? Hat Scotty dich so genannt?«

»Ja. Das heißt, er hat gesagt, ich sei ausgebufft, und dann stellte er mir eine Frage und sagte: ›Jetzt sei kein Dämlack und antworte gefälligst.‹«

»Ah«, machte Beth und schüttelte den Kopf. »Dann hat er seinen Charme bei dir spielen lassen.«

»Er war ganz okay«, meinte er achselzuckend und fuhr nach

einer kurzen Pause fort: »Aber er war total in Sorge um dich. Ich dachte, er bringt uns beide noch um, so ist er gerast, um zu diesem Haus zu kommen. Ich habe noch nie Telefonmasten so schnell an mir vorbeihuschen sehen.«

Das kam für Beth völlig überraschend. Soweit sie wusste, hielt Scotty nicht viel von ihr, welchen Grund hätte er also haben sollen, ihr so zu Hilfe zu eilen. Allerdings hatte er ihr gesagt, dass sie sich irrte, was seine Einstellung ihr gegenüber betraf. Bedauerlicherweise war er unterbrochen worden, bevor er das genauer hatte ausführen können. Doch das war vielleicht auch besser so. Wenn der Mann ihr sagen wollte, dass sie ihm leidtat oder etwas in der Art, dann würde sie ihm eine runterhauen müssen, weil er ihr damit jede zukünftige sexuelle Fantasie zunichtemachte, in der er eine Rolle spielte. Sie konnte unmöglich Sex mit einem Mann haben, der Mitleid für sie empfand, selbst wenn das nur in ihren Träumen geschah.

»Wieso kannst du ihn eigentlich nicht leiden?«, fragte Donny plötzlich.

Beth sah den rothaarigen Mann verdutzt an. »Wer sagt, dass ich ihn nicht leiden kann?«

»Na ja«, antwortete er zurückhaltend. »Wenn du ihn leiden könntest, hättest du dich nicht so darüber amüsiert, dass ich ihn versehentlich mit einem Betäubungspfeil getroffen habe. Und es schien dir großen Spaß zu machen, selbst auch noch einen Pfeil auf ihn abzufeuern.«

»Ach, das meinst du.« Beth machte eine abwehrende Geste. »Es ist nicht so, dass ich ihn nicht leiden kann, aber er …« Sie zögerte sekundenlang, dann platzte sie heraus: »Der Mann hasst mich.«

»Was?«, gab Donny schockiert zurück, dann schüttelte er energisch den Kopf. »Das tut er nicht.«

»Tut er wohl«, versicherte sie ihm.

»Aber er …« Donny verstummte abrupt und fragte stattdessen: »Wie kommst du auf diese Idee?«

»Er …«, begann sie, sagte dann aber zunächst nichts weiter. Vor zehn Jahren hatte sie begonnen, nicht mehr über negative Dinge nachzudenken. Mehr als hundert Jahre hatte sie damit verbracht, sich von dem Elend ihres sterblichen Lebens und ihrer Wandlung unterkriegen zu lassen. Schon allein deshalb war sie nicht in der Lage gewesen, mit der Vergangenheit abzuschließen und nach vorn zu schauen. Es war einfach nicht möglich, das Leben zu genießen und glücklich zu sein, wenn man von Wut und Depressionen beherrscht wurde. Indem sie genau diesen Fehler gemacht hatte, war sie weiter den Qualen und Demütigungen unterworfen gewesen, die ihr damals von Schändern zugefügt worden waren, die vor langer Zeit damit aufgehört hatten, weil sie irgendwann gestorben waren. Beth war zu der Erkenntnis gekommen, dass sie all diese Jahre einfach nur vergeudet hatte, also hatte sie beschlossen, dass es an der Zeit war, die Vergangenheit auf sich beruhen zu lassen und nur noch für den Augenblick zu leben. Das Sonderbare daran war, dass ein Hund sie zu dieser Einsicht gebracht hatte.

»Nicht so wichtig«, fuhr sie schließlich fort und wechselte das Thema: »Und du stammst aus Toronto?«

»Nein, ich bin kein Kanadier, ich bin in Kansas geboren und aufgewachsen«, sagte Donny.

»Kansas?«, wiederholte sie überrascht.

Donny nickte bekräftigend. »Da wurde ich gewandelt. Und Leigh ebenfalls.«

»Die Lebensgefährtin von Lucian Argeneau?«, fragte Beth interessiert.

Wieder nickte Donny. »Wir wurden beide vom selben Abtrünnigen gewandelt.« Einen Moment lang hielt er inne, dann konnte er nicht anders und gestand: »Es ist meine Schuld, dass sie gewandelt wurde. Ich war in sie verknallt, was mein Erzeuger in meinen Gedanken lesen konnte. Daraufhin versprach er mir, ich könne sie wandeln. Aber in Wahrheit hatte er längst entschieden, sie selbst zu wandeln. Am Ende hatte ich noch großes Glück, weil …« Er schüttelte den Kopf. »Na ja, wäre sie nicht gewesen, dann wäre ich jetzt wahrscheinlich tot. Lucian rettete sie, und ich bin mir ziemlich sicher, dass sie ihn dazu überredete, mich ebenfalls zu retten und so mein Leben zu verschonen.«

»Dann wurdest du so wie ich gewandelt, aber nicht unsterblich geboren«, murmelte Beth und sah zu den Telefonmasten am Straßenrand, die an ihnen vorbeizogen.

»Ja, das war ziemlich übel«, meinte Donny.

Beth gab einen zustimmenden Laut von sich, doch ihre Gedanken kreisten längst um ihre eigene Wandlung. Sie presste die Lippen zusammen und verschränkte die Arme vor der Brust, um das Schaudern zu unterdrücken, das von diesen Erinnerungen ausgelöst wurde.

Donny musste ihre Reaktion bemerkt haben, da er fast schon betreten hinzufügte: »Ich schätze, das ist es immer.«

»Ja«, stimmte sie ihm betroffen zu, dann holte sie tief Luft und verdrängte die unschönen Erinnerungen. »Aber das liegt jetzt hinter uns. Außerdem darfst du nicht vergessen, was wir dafür bekommen haben: Unsterblichkeit, tadellose Gesundheit, makellose Zähne … einfach von allem das Beste. Körperlich könnten wir in keiner besseren Verfassung sein, und das wird auch immer so bleiben, solange wir nicht enthauptet oder bei lebendigem Leib verbrannt werden.«

»Und Enthaupten wirkt auch nur dann, wenn der Kopf weit genug vom restlichen Körper getrennt bleibt.«

»Richtig«, sagte sie und nickte kurz.

»Und wir sind weder tot noch seelenlos«, ergänzte Donny amüsiert. »Ich war erleichtert, als ich davon erfuhr.«

Beth machte eine erstaunte Miene. »Hast du denn nach deiner Wandlung geglaubt, dass das so wäre?«

»Na, klar. So heißt es schließlich in jedem Film. Vampire sind seelenlose Tote.« Er schaute sie neugierig an. »Hast du das nicht auch geglaubt?«

»Nein.«

»Aber du wurdest doch von einem Abtrünnigen gewandelt«, fuhr er irritiert fort. »Bestimmt hat der sich nicht die Mühe gemacht, dir zu erklären …«

»Nein, hat er tatsächlich nicht«, bestätigte sie amüsiert. »Aber ich kannte Dree schon lange, bevor dieser Abtrünnige auftauchte, der mich wandelte. Sie …«

»Dree?«, unterbrach Donny sie.

»Alexandrina Argenis Stoyan«, antwortete Beth, um jeglichen Zweifel auszuräumen.

»Augenblick mal, du hast Drina Argeneau gekannt, bevor dieser Abtrünnige auftauchte, der dich wandelte?«, fragte er irritiert.

»Argenis«, berichtigte sie ihn. »Dree gehört zum spanischen Zweig der Familie.«

Donny reagierte darauf mit einem abfälligen Schnauben. »Sie ist die Nichte von Lucian Argeneau, was sie zu einer Argeneau macht, auch wenn sie den Namen hundertmal ändern.«

Beth wollte erst widersprechen, lenkte dann aber ein und sagte: »Da hast du auch wieder recht.«

»Und woher genau hast du Drina gekannt, bevor du gewandelt wurdest? Hast du für sie als Dienstmädchen gearbeitet? Das sind doch üblicherweise die einzigen Sterblichen, die von der Existenz unserer Art wissen. Vor ihnen kann man das auf die Dauer kaum verheimlichen, oder …«

»Wir waren Freundinnen«, unterbrach Beth ihn. »Und so was wie Geschäftspartner, aber in erster Linie Freundinnen – und das gut dreißig Jahre lang, ehe ich gewandelt wurde. In dieser Zeit hatte sie mir bereits alles erklärt, was es zu erklären gab. Ich würde sagen, das war das interessanteste Gespräch meines gesamten Lebens«, fügte sie lächelnd an. Sie erinnerte sich noch gut daran, wie sie davon erfuhr, dass Atlantis tatsächlich existiert hatte. Dass die dort arbeitenden Wissenschaftler schon zur damaligen Zeit auf technologischem Gebiet weiter waren als der Rest der Menschheit zum heutigen Zeitpunkt. Dass sie auf der Suche nach besseren Heilmethoden für Krankheiten und Verletzungen sogenannte Nanos entwickelt hatten, die in den Blutkreislauf injiziert wurden, damit sie sich durch den ganzen Körper bewegen konnten, um Krankheiten zu bekämpfen und Verletzungen zu heilen.

Am bemerkenswertesten fand sie dabei, dass bei einer Gesellschaft, die so viel weiter entwickelt gewesen sein sollte, ausgerechnet Faulheit der ausschlaggebende Faktor gewesen war, um etwas zu erfinden, was letztlich zu einer Quasi-Unsterblichkeit geführt hatte. Da die Wissenschaftler schlichtweg keine Lust gehabt hatten, Hunderte von verschiedenen Programmen für die Nanos zu schreiben, damit die je nach Krankheit oder Verletzung eines Sterblichen zum Einsatz kommen konnten, programmierte man die Nanos einfach mit je einem Muster eines Mannes und einer Frau in bester körperlicher Verfassung und gab ihnen die Anweisung, dafür zu sorgen, dass der Wirtskörper wieder in diesen Zustand versetzt wurde, um sich anschließend selbst zu zerstören.

Dabei hatten die Wissenschaftler allerdings übersehen, dass die Nanos auch das Altern als Krankheit interpretieren und alles unternehmen würden, um dessen Auswirkungen auf den Körper zu unterbinden. Ebenso war ihnen nicht bewusst gewesen, dass sich Sonnenschein, Luftverschmutzung und allein schon das Verstreichen der Zeit schädlich auf den Körper auswirkten, dass also die Nanos ihre Arbeit niemals als beendet betrachten und somit auch nie die Selbstzerstörung einleiten konnten.

Stattdessen arbeiteten sie unablässig daran, ihren Wirtskörper stets im Bestzustand zu erhalten. »Für immer jung, für immer gesund …«

Beth war nicht bewusst, dass sie die letzten Worte laut ausgesprochen hatte, bis Donny ironisch anmerkte: »Und für immer auf der Suche nach Blut, das die Nanos benötigen, um ihre Reparaturen am menschlichen Körper ausführen zu können und um sich von der Stelle zu bewegen und sich selbst zu reproduzieren. Mehr Blut, als wir selbst produzieren könnten.«

»Tja, es ist eben niemand vollkommen«, kommentierte Beth mit einem Schulterzucken.

»Blutsaugende Vampire sind weit davon entfernt, vollkommen zu sein«, machte er ihr klar.

»Blutsaugende Vampire?«, wiederholte sie amüsiert.

»Na, das sind wir doch«, erklärte er.

Beth schüttelte den Kopf. »Ich würde uns eher als eine Art Bluter betrachten. Die brauchen von Zeit zu Zeit eine Bluttransfusion, weil ihr Blut nicht gerinnt. Wir benötigen solche Transfusionen auch, nur halt etwas öfter, weil die Nanos in unserem Körper versorgt werden wollen. Es ist nichts weiter als eine simple medizinische Notwendigkeit.«

»Bluter haben keine Fangzähne«, hielt Donny dagegen.

»Und deswegen sind Bluter vor der Erfindung der Injektionsnadel und der Transfusion alle über kurz oder lang gestorben«, sagte sie und fügte hinzu: »Und da es heute Blutbanken gibt, müssen wir mit unseren Fangzähnen nur noch Blutbeutel aufreißen. Was macht es also aus?«

»Ich dachte, du bist aus Spanien«, warf Donny unvermittelt ein.

»Bin ich doch auch. Wieso?«

»Na ja, ist das Beißen von Sterblichen in Europa nicht erlaubt?«

Beth verzog den Mund. »Grundsätzlich ja, aber es ist ein bisschen so wie mit dem Zigarettenrauchen. Es gibt immer ein paar Leute, die von ihren Gewohnheiten nicht lassen können. Üblicherweise sind das die älteren Unsterblichen, aber die meisten haben längst damit aufgehört, Sterbliche zu beißen. Es ist sozusagen verpönt.«

»Oh, das wusste ich nicht«, murmelte Donny und ging vom Gas, als sie sich der Einfahrt zum Hauptquartier der Jäger näherten.

Beth drehte sich um und sah nach Scotty, während Donny in die Einfahrt einbog und auf das erste Tor zufuhr. Der Schotte hatte die Augen fest geschlossen, er schien noch immer bewusstlos zu sein, dennoch hätte sie schwören können, dass er seine Position auf der Rückbank ein wenig verändert hatte. Das konnte durchaus im Tiefschlaf geschehen sein, überlegte sie und beobachtete ihn noch etwas länger, weil sie sehen wollte, ob er sich rührte. Aber auch als sie beide Tore passiert hatten, war bei ihm nicht die geringste Regung zu beobachten. Sie drehte sich nach vorn, um ihre Umgebung im Auge zu behalten, während sie die Auffahrt entlangfuhren.

Sie war wirklich froh, dass ihr Auftrag erledigt war und sie hierher zurückkehren konnte. Doch sie würde sich noch mehr freuen, wenn sie endlich wieder zu Hause war. Es war eine lange Nacht und ein ebenso langer Morgen gewesen, wurde ihr bewusst. Und ein Blick auf die Uhr am Armaturenbrett zeigte ihr, dass es kurz nach Mittag war. Das Aufräumen hatte einige Zeit in Anspruch genommen, und sie freute sich schon darauf, in ihr untervermietetes Apartment zurückzukehren und den versäumten Schlaf nachzuholen.

Mortimer musste bereits auf sie gewartet haben, denn kaum hatte Donny den SUV vor dem Haus angehalten, ging die Eingangstür auf, und Mortimer kam nach draußen.

»Schläft Scotty noch?«, fragte Garrett Mortimer verdutzt, als er sich neben den Wagen stellte und durch die Seitenscheibe den reglosen Mann auf der Rückbank betrachtete.

»Ja, und er schnarcht wie ein ganzer Trupp Holzfäller«, erwiderte Beth, als sie auf ihrer Seite des Wagens ausstieg.

»Ich habe überhaupt nicht geschnarcht«, protestierte Scotty und setzte sich auf der Rückbank auf.

Beth beugte sich auf der Beifahrerseite in den Wagen vor und grinste frech. »Ich wusste, du hast dich nur schlafend gestellt.«

Scotty grummelte etwas vor sich hin, machte die Tür auf und stieg ebenfalls aus, wobei er Donny einen finsteren Blick zuwarf. »Aye, das stimmt. Und ich habe dabei den jungen Donny gelesen, ich weiß jetzt, was es mit diesem Betäubungspfeil auf sich hatte.«

»Oh … ähm …« Donny machte einen panischen Eindruck, während Beth nur unbekümmert mit den Schultern zuckte.

»Er hat dich ein Mal aus Versehen angeschossen, ich hab's zwei Mal absichtlich gemacht. Wenn du also irgendwen anbrüllen willst, sollte ich diejenige sein. Aber damit musst du schon bis heute Abend warten, ich bin nämlich im Moment viel zu müde, als dass ich dir zuhören könnte.« Sie ging los, um sich zu ihrem Wagen zu begeben, der hinter dem Haus geparkt war. »Ich fahre jetzt nach Hause und schlafe mich erst mal aus.«

»Ähm … Beth?«, machte Mortimer sich bemerkbar, woraufhin sie stehen blieb, sich langsam umdrehte und die Augenbrauen fragend in die Höhe zog. »Ich hätte da noch einen Auftrag für dich«, sagte er ein wenig zerknirscht.

»Jetzt auf der Stelle?«, fragte sie verblüfft. Seit diese Geschichte über Dressler unten in Venezuela für Unruhe gesorgt hatte, waren sie sieben Tage die Woche im Einsatz, und das täglich über viele Stunden hinweg. Aber bislang hatten sie sich zwischen zwei Einsätzen immer ein wenig ausruhen und zumindest ein paar Stunden schlafen können.

»Nein, nicht jetzt sofort. Du wirst dich noch ein bisschen ausruhen können, bis es losgeht«, versicherte er ihr hastig. »Nur eben nicht viel. Deine Maschine wird in nicht ganz sechs Stunden landen, darum wäre es wohl besser, wenn du dich hier im Haus schlafen legst, anstatt erst noch nach Hause zu fahren.«

»Oh«, machte Beth ein wenig betrübt. Sie hatte sich so darauf gefreut, wieder in ihrem eigenen Bett schlafen zu können. Seufzend machte sie kehrt und ging zu Mortimer. »Also gut, was für ein Auftrag ist das?«

»Wir reden drinnen weiter. Scotty könnte wohl etwas Blut gebrauchen, immerhin hat sein Körper mit dem Betäubungsmittel zu kämpfen gehabt«, betonte er und sah Donny an. »Bring den SUV in die Garage, damit er für seinen nächsten Einsatz sauber und vollgetankt ist.«

Donny war so darauf erpicht, Scotty aus dem Weg zu gehen, dass er bereits losgestürmt und zurück in den Wagen gesprungen war, um losfahren zu können, noch bevor Mortimer seine Anweisung ganz ausgesprochen hatte.

»So schnell habe ich ihn noch nie laufen sehen«, kommentierte Mortimer amüsiert und sah dem Wagen hinterher, wie der hinter dem Haus verschwand. Kopfschüttelnd gab er Scotty und Beth ein Zeichen, ihm nach drinnen zu folgen, während er vor ihnen her ins Haus ging. »Wir unterhalten uns am besten in der Küche. Da ist schließlich der Kühlschrank mit dem Blut.«

Scotty nickte und gab Beth ein Zeichen, dass sie vorgehen solle. Sie folgte Mortimer und musste sich bei jedem Schritt davon abhalten, einen Blick über die Schulter zu werfen, weil sie sich nicht sicher war, ob der Schotte nicht vielleicht vorhatte, ihr ebenfalls einen Betäubungspfeil in den Hintern zu jagen oder sich auf irgendeine andere Weise zu rächen. Zu ihrer großen Erleichterung erreichte sie die Küche unbehelligt.

»Ich bin froh, dass ihr Simpson und seine Leute einkassiert habt. Das war gute Arbeit«, sagte Mortimer, während er zum Kühlschrank ging. »Wie ich hörte, war es ihm gelungen, eine deutlich größere Gruppe um sich zu scharen, als wir vermutet haben.«

»Oh ja«, antwortete Beth und sah ihm zu, wie er drei Blutbeutel aus dem Kühlschrank holte. »Entweder ist er schon länger ein Abtrünniger, als deine geheime Quelle dir verraten hat, oder aber er hat zwei oder drei Sterbliche pro Nacht gewandelt.«

»Ich vermute, er hat jeden Tag mehr als nur zwei oder drei gewandelt. Kurz vor eurer Ankunft habe ich noch einen Anruf erhalten. Er hatte den Keller mit Ketten und allem möglichen Zubehör ausgestattet. Da unten waren allein vier Personen, die sich alle mitten in der Wandlung befanden.« Mortimer reichte ihr und Scotty je einen Blutbeutel. »Und dann war da noch die Sterbliche, die ihr gerettet habt. Entweder wollte er sie auch noch anketten und wandeln oder …«

»… oder sie sollte als Frühstück für alle dienen«, führte Beth den Satz für ihn zu Ende und nahm den Blutbeutel in die andere Hand.

»Hmm.« Mortimer schaute finster drein. »Im Keller stehen mehrere Kühltruhen mit tiefgekühlten Leichen. Blutleer und gefroren. Das Schicksal hätte sie auch erwarten können.«

Beth nickte nur und drückte den Beutel auf ihre Fangzähne. Sie war froh, dass die Frau in Sicherheit war, doch ihre Gedanken kreisten jetzt um die Leichen in den Kühltruhen – die Opfer, die sie nicht vor diesem Schicksal hatte bewahren können.

»Was passiert mit den vier Sterblichen, die sich mitten in der Wandlung befinden?«, wollte Scotty wissen.

Mortimer zuckte mit den Schultern. »Das wird der Rat entscheiden. Üblicherweise läuft es so ab, dass die von Abtrünnigen neu Gewandelten gelesen werden, und wenn sich herausstellt, dass sie zuvor noch nie jemandem etwas angetan haben und dass sie aller Wahrscheinlichkeit nach keine Psychopathen sind, dann werden sie auf verschiedene Familien verteilt, die ihnen dabei helfen, sich mit ihrem neuen Leben zu arrangieren.«

Scotty nickte verstehend und drückte sich ebenfalls einen Blutbeutel auf seine Zähne, bevor Mortimer das Gleiche tat. In der Küche herrschte Stille, da sie alle darauf warteten, dass sich die Beutel leerten. Dann zogen sie einer nach dem anderen die Beutel von den Zähnen und warfen sie in den Abfalleimer unter der Spüle.

»Du siehst immer noch ziemlich blass aus, Scotty. Willst du noch einen …«

»Nein, nein.« Er winkte ab. »Ich glaube nicht, dass das was nützen würde. Was ich allerdings gern hätte, wäre ein Bett, damit ich schlafen kann, bis die Wirkung dieser Pfeile vollständig nachgelassen hat.«

»Ja, natürlich.« Mortimer lächelte flüchtig, als er sich aufrichtete, nachdem er den Unterschrank geschlossen hatte, in dem der Abfalleimer untergebracht war. »Sam hat das blaue Zimmer für dich hergerichtet. Es ist oben, dritte Tür links. Dein Gepäck ist schon dort.«

Wieder nickte Scotty und drehte sich zur Tür um. »Ich werd's schon finden. Danke. Und richte deiner Sam meinen Dank aus. Ich weiß das wirklich zu schätzen.«

Beth sah ihm hinterher und spürte, wie sie sich in dem Moment entspannte, als er die Küche verließ. Sie drehte sich zu Mortimer um. »Und was für einen Job hast du für mich?«

Er schüttelte abwehrend den Kopf. »Schlaf erst mal ein paar Stunden. Wenn ich dir das jetzt erzählen würde, hättest du beim Aufwachen ohnehin wieder die Hälfte vergessen. Ich werde es dir erklären, wenn du wieder auf bist.«

»Wie du meinst«, sagte Beth unbekümmert. Normalerweise hätte sie darauf gedrängt, Einzelheiten zu erfahren, damit sie sich geistig auf das einstellen konnte, was ihr bevorstand. Aber jetzt war sie tatsächlich so müde, dass Mortimer vermutlich recht hatte und es ratsam war zu warten. Auf dem Weg zur Tür sagte sie: »Dann haue ich mich mal auf die Couch.«

»Nicht nötig. Sam hat für dich auch ein Zimmer hergerichtet«, sagte Mortimer und schob sie vor sich her in den Flur. »Erster Stock, letztes Zimmer auf der rechten Seite.«

»Danke«, murmelte Beth, als sie an der Treppe angekommen waren. Er ließ sie dort zurück und ging den Flur entlang zu seinem Büro. Zweifellos wollte er noch den Papierkram erledigen, der die von ihnen dingfest gemachten Abtrünnigen betraf. Sie wartete nicht ab, um zu sehen, ob er tatsächlich in sein Büro ging, sondern lief leichtfüßig die Treppe hoch.

Das letzte Zimmer rechts war in einem Gelbton gestrichen, wie er blasser nicht hätte sein können. Ein genauso blasses Blau sorgte für ein paar andersfarbige Akzente. Beth sah sich um und entdeckte das Nachthemd, das bereits auf dem Bett ausgebreitet lag. Eine neue Jeans und ein frisches T-Shirt lagen über der Rückenlehne eines Stuhls, der zum Fenster hin stand. Dabei fand sich sogar ein neuer Slip, an dem noch das Etikett hing, nur einen BH konnte sie nirgends entdecken. Aber das war auch egal, denn BHs trug Beth ohnehin nur anstandshalber. Gebraucht hatte sie diese seit ihrer Wandlung längst nicht mehr, da ihre Brüste seitdem beharrlich der Schwerkraft trotzten.

Der Gedanke ließ sie lächeln, während sie nach den Etiketten von Jeans und T-Shirt suchte. Oh ja, Mortimers Lebensgefährtin Sam war wirklich gründlich und effektiv, denn sie hatte exakt die richtige Größe ausgewählt.

Beth legte die Sachen wieder über die Stuhllehne, ging ins Badezimmer und sah sich dort um. Eine neue Zahnbürste und Zahnpasta lagen noch in ihrer Originalverpackung da, außerdem Seife, Shampoo, Spülung, Deo und sogar ihre Parfummarke sowie eine Handvoll Kosmetika.

Beth wusch sich das Gesicht und putzte sich die Zähne, dann zog sie sich auf dem Weg vom Bad zum Bett Stück für Stück aus und ließ alles einfach dort zu Boden fallen, wo sie gerade stand. Am Bett angekommen trug sie nur noch ihren hübschen lavendelfarbenen Slip. Das Nachthemd zog sie gar nicht erst an, weil sie um ihren rastlosen Schlaf wusste. Sie wälzte sich oft hin und her, wodurch sich Nachthemden fast immer so um ihre Taille wickelten, dass es sie in ihrer Bewegungsfreiheit einengte, bis sie irgendwann vor Angst keuchend aus dem Schlaf gerissen wurde.

Der Slip würde genügen, überlegte sie und kroch unter die Bettdecke. Dann lag sie da und starrte an die Decke, während sie über diesen oft so ärgerlichen Mann nachdachte, der in einem der anderen Zimmer schlief. Sie fragte sich, warum er bloß schon wieder in ihrem Leben aufgetaucht war.

Scotty war einer von diesen selbstbewussten, alleskönnenden, überaus männlichen Kerlen, die in jeder Situation das Sagen hatten und die die Dinge in die Hand nahmen – und die in ihren Augen so verdammt attraktiv waren. Und, ja, sie fühlte sich auch zu diesem Mann hingezogen, aber davon hatte sie nichts. Scotty war so was wie eine Kombination aus Lucian und Mortimer, da er dem britischen Rat angehörte und zugleich die dortigen Jäger unter sich hatte. Auch wenn es genau genommen das war, was Lucian hier machte, denn obwohl Mortimer eigentlich das Sagen über die Jäger hatte, war es Lucian, der immer dann die Befehle gab, wenn er zugegen war.

Scotty war zudem noch ein Laird. Er kam 1172 als Sohn des Lairds des MacDonald-Clans zur Welt. Beth wusste nicht viel über sein Leben als Sterblicher, aber Dree hatte ihr mal erzählt, dass er mit achtzehn Jahren den Titel geerbt hatte, um dann noch zehn Jahre lang den Clan zu führen. Er gab den Titel erst ab, nachdem er gewandelt worden war und es zu riskant für ihn wurde, bei seinem Clan zu bleiben, dem nicht entgehen würde, dass Scotty mit einem Mal nicht mehr alterte.

Aber auch ohne seinen Titel dachte und handelte er weiter wie ein Laird, wodurch sie für ihn nur eine Frau aus dem Volk war, die seine Beachtung nicht verdiente. Seit ihrer ersten Begegnung vor hundertfünfundzwanzig Jahren hatte er sie diese Einstellung jedes Mal spüren lassen, wenn sie sich über den Weg gelaufen waren. Üblicherweise behandelte er sie mit Desinteresse und von oben herab, wobei er jedes Mal ein Gesicht aufsetzte, als wäre ihre bloße Gegenwart schon eine grobe Beleidigung. Jedenfalls war es bislang immer so gewesen, deshalb konnte sie sich nur wundern und fragen, was er im Schilde führte, dass er auf einmal so nett zu ihr war. Oder deutete sie zu viel in ein paar freundliche Worte hinein, die sie im Haus des Abtrünnigen miteinander gewechselt hatten. Es irritierte sie und ließ sie wünschen, Dree wäre jetzt hier, damit sie mit ihr darüber reden konnte. Dummerweise war sie mit dem größten Teil der nordamerikanischen Jäger in Venezuela unterwegs, um nach verschwundenen Unsterblichen und nach dem verrückten Wissenschaftler zu suchen, der sie entführt hatte. Diesmal war Beth auf sich allein gestellt.

Was soll's?, sagte sie sich und drehte sich auf die Seite. In ein paar Stunden würde sie in ein Flugzeug steigen und alle Verwirrung rund um Laird Cullen MacDonald alias Scotty hinter sich zurücklassen. Sie konnte nur hoffen, dass ihr anstehender Auftrag lange genug dauern würde, sodass sie erst zurückkehrte, wenn Scottys Urlaub bereits vorüber war. Dann konnte sie weiter von ihm träumen, anstatt sich mit dem Mann persönlich befassen zu müssen. Hoffen durfte man ja schließlich noch.

»Hallo, Cullen. Ich hoffe, du hast gut geschlafen.«

Scotty sah in Richtung Herd, da die Stimme, die ihn beim Betreten der Küche begrüßte, von dort kam. Er lächelte, als er Mortimers Frau Sam entdeckte, die eben damit beschäftigt war, mehrere Streifen Frühstücksspeck kross anzubraten. Er war es nicht gewohnt, dass andere ihn mit seinem Vornamen anredeten. Seit er mit den Jägern zu tun hatte, war er für jeden immer nur Scotty gewesen. Seine erste Partnerin hatte darauf bestanden, ihn so anzureden, weil er diesen ausgeprägten schottischen Akzent hatte. Danach war der Name einfach von allen übernommen worden. Inzwischen kam ihm Scotty bereits normaler vor als der Name, den sein Vater ihm als Geburtsname gegeben hatte. Aber Sam sprach ihn immer mit Cullen an, da Mortimer ihn ihr als Laird Cullen MacDonald vorgestellt und nur nebenbei auf seinen Spitznamen hingewiesen hatte.

»Aye, bestens. Danke der Nachfrage, Samantha«, antwortete er.

»Das freut mich.« Sie klang erleichtert. »Ich hätte ein schlechtes Gewissen, wenn keiner von euch ein wenig Schlaf bekommen hätte.«

»Wieso? Hat Beth schlecht geschlafen?«, fragte er beiläufig. Es überraschte ihn nicht, dass Sam den Kopf schüttelte. Ihm war bereits der Gedanke gekommen, dass die Frau gar nicht geschlafen hatte, weil das erklären würde, wieso er nicht von ihr geträumt hatte.

»Kein Auge hat sie zugetan. Sie sagt, sie wäre nach der Jagd zu aufgedreht gewesen und wäre besser noch eine Runde joggen gegangen, um erschöpft genug zu sein. Aber das ist nicht weiter tragisch. Sie kann während des Flugs immer noch schlafen.«

»Wo ist sie eigentlich?«, erkundigte sich Scotty, der versuchte, nicht zu interessiert zu klingen.

»Sie hat beschlossen, noch schnell zu Hause vorbeizufahren, um für den Flug etwas zum Anziehen einzupacken. Ich habe ihr zwar gesagt, dass sie sich einfach in BC neue Sachen kaufen soll, weil der Rat dafür aufkommt, aber sie hat darauf bestanden, dass sie sich in ihrer gewohnten Kleidung wohler fühlt.« Sie blickte auf die Uhr am Herd und legte die Stirn in Falten, als sie sah, wie spät es war. »Ich hatte sie eigentlich längst zurückerwartet. Beth weiß, wann die Maschine landen wird, und Mortimer muss ihr erst noch ihren Auftrag erklären.«

Scotty sah ebenfalls auf die Uhr und verstand, wieso Sam so besorgt war. Nach allem zu urteilen, was er in den letzten Jahrzehnten von ihr mitbekommen hatte, war Beth lieber zehn Minuten zu früh, anstatt Gefahr zu laufen, dass sie eine Minute zu spät eintraf.

»Vielleicht sollte ich sie anrufen und mich vergewissern, dass mit ihr alles in Ordnung ist«, überlegte Sam und wartete Scottys Reaktion gar nicht erst ab, sondern legte die Gabel zur Seite, mit der sie den Speck gewendet hatte, und zog ihr Handy aus der Tasche. Sie tippte die Nummer ein, dann lauschte sie dem Freizeichen, das aus dem Hörer drang. Sie wartete … und wartete … bis sie eine skeptische Miene zog und den Anruf abbrach. »Sie meldet sich nicht. Bestimmt ist sie auf dem Weg hierher.«

»Haben eure SUVs denn keine Freisprecheinrichtung?«, wunderte sich Scotty.

»Doch, haben sie«, antwortete Sam, biss sich auf die Lippe und sah zu ihrem Handy, das sie auf den Tresen gelegt hatte. »Aber sie wird ihren eigenen Wagen genommen haben, keinen von unseren SUVs«, erklärte Donny, der mit seiner Äußerung die Aufmerksamkeit der beiden darauf lenkte, dass er in die Küche gekommen war. »Allerdings sieht der ziemlich neu aus, und vermutlich hat der auch eine Freisprecheinrichtung.«

»Hat er. Das weiß ich, weil sie mich neulich von unterwegs angerufen hat«, murmelte Sam, griff nach ihrem Handy und versuchte es noch einmal. Einen Moment später legte sie es missmutig zur Seite. »Ich halte sie nicht für den unpünktlichen Typ Frau.«

»Das siehst du richtig, Mädchen. Beth kommt nie irgendwo zu spät«, sagte Scotty und drehte sich zu Donny um. »Hol einen Wagen.«

»Machen wir uns auf die Suche nach ihr?«, wollte Donny wissen und sah ihn mit großen Augen an.

»Aye«, bestätigte Scotty mit finsterer Miene und setzte sich in Bewegung.

Donny nickte knapp und eilte aus der Küche.

»Ich werde es Mortimer ausrichten, wenn er auf der Suche nach dir hier auftaucht«, sagte Sam. »Und ruf an, sobald du sie gefunden hast.«

»Mach ich«, versicherte Scotty und verließ ebenfalls den Raum.

Missmutig verzog Beth den Mund. Ihr Blick war auf das Tastenfeld des Lifts gerichtet, als ihr Telefon erneut klingelte. Sie versuchte gar nicht erst, sich zu melden. Wer immer das sein mochte, musste warten, bis sie an ihrem Wagen angekommen war. Erst dann würde sie die Kiste und die Tasche absetzen können, vorher hatte sie keine Hand frei, um nach ihrem Smartphone zu greifen. Vorausgesetzt, sie erreichte irgendwann doch noch ihre gewünschte Etage.

Der verdammte Aufzug hatte bislang auf jeder Etage angehalten, seit sie zugestiegen war, und das würde auch noch bis ganz nach unten in die Tiefgarage so weitergehen, weil irgendein nerviges Kind auf jede einzelne Taste gedrückt hatte und dann schnell auf ihrer Etage ausgestiegen war. Hätte sie nicht alle Hände voll gehabt, dann hätte sie die Mutter dieses Bengels geohrfeigt, weil die ihr Kind nicht im Griff hatte.

Was war eigentlich mit diesen Leuten heutzutage los? Zu ihrer Zeit hätte der Junge so etwas nicht gewagt, weil ihm eine Tracht Prügel sicher gewesen wäre. Stattdessen hatte diese Mutter dagestanden und unnütze Ermahnungen von sich gegeben: »Lass das, Tommy. Jetzt komm schon her, Daddy wartet auf dich, Tommy.«

Sie seufzte, als der Aufzug erneut anhielt und einmal mehr die Türen aufgingen, und ließ sich frustriert gegen die Rückwand der Kabine sinken. Seit sie losgefahren war, um ihre Anziehsachen zu holen, war sie aufgehalten worden, wo es nur irgend möglich war. Auf fast jeder Straße, die sie genommen hatte, waren Baustellen im Weg gewesen, und dann hatte sie auch noch vor einer geschlossenen Schranke eine halbe Ewigkeit herumgestanden, während der vorbeifahrende Zug immer langsamer geworden und schließlich sogar zum Stehen gekommen war. Bevor er wieder losfuhr, war er auf einmal ein Stück zurückgerollt, um sich dann endlich in die richtige Richtung in

Bewegung zu setzen. Es war Beth so vorgekommen, als hätte sich das Universum dagegen verschworen, dass sie ihr Apartment erreichte.

Auf halber Strecke hatte Beth bereits bedauert, dass sie das Angebot ausgeschlagen hatte, auf Kosten des Rates einkaufen zu gehen, sobald sie in British Columbia eingetroffen war. Jetzt wünschte sie, sie hätte in dem Moment kehrtgemacht, als ihr dieser Gedanke durch den Kopf gegangen war.

»Es sind ja nur zwanzig Etagen«, sagte sie sich missmutig, als sich die Lifttüren wieder einmal schlossen. Kopfschüttelnd betrachtete sie, was sie mitgenommen hatte. Über jede Schulter hatte sie eine Reisetasche gehängt, eine mit Jeans, zwei T-Shirts, Bürste, Parfum, Deo, Zahnbürste und all den anderen Dingen, die eine Frau für eine Kurzreise so brauchte. In der zweiten Tasche fanden sich noch eine Jeans, eine schwarze Stoffhose, weitere T-Shirts, eine feine Bluse und das altbewährte kleine Schwarze.

Nachdem die erste Tasche gepackt war, hatte sie schon wieder gehen wollen, aber dann war ihr bewusst geworden, dass Mortimer ihr nicht gesagt hatte, wie lange sie eigentlich unterwegs sein würde … und was das überhaupt für ein Auftrag war. Aus Sorge, es könnte länger als die von ihr zuerst angenommenen ein oder zwei Tage dauern, und von Zweifeln heimgesucht, Jeans und T-Shirt könnten nicht genügen, hatte sie dann die zweite Tasche in Angriff genommen. In der Einkaufstasche, deren Griff sie um das linke Handgelenk gewickelt hatte, fanden sich ein Paar High Heels und Laufschuhe. Von ihrem rechten Handgelenk baumelte die Reißverschlusstasche, in die sie den kompletten Satz Lieblingsmesser sowie zwei maßgeschneiderte Pistolen und ihr iPad gepackt hatte.

Dazu kam noch ein Karton voll mit Lebensmitteln, die alle schlecht sein würden, wenn sie nicht innerhalb von zwei Tagen verzehrt wurden. Wenn Mortimer ihr sagte, sie würde maximal vierundzwanzig Stunden benötigen, konnte sie alles in einen der Kühlschränke in der Garage hinter dem Hauptquartier der Vollstrecker verstauen und nach der Rückkehr wieder mit nach Hause nehmen. Und wenn sie mindestens vier oder fünf Tage unterwegs sein würde, konnte sie alles Sam überlassen, damit die es entweder selbst verwenden oder bei der nächsten Anlaufstelle für Obdachlose abgeben konnte. Dann würde wenigstens irgendjemand etwas davon haben.

Wieder hielt der Aufzug mit einem dezenten *Pling* an, und die Türen öffneten sich. Beth sah auf das Tastenfeld. Die Anzeige stand auf »19«. Ihre Miene verfinsterte sich, dann stieß sie sich spontan von der Wand ab und verließ die Kabine. Sie würde die Treppe nehmen, das ging deutlich schneller. Was sie zu tragen hatte, war nicht allzu schwer, jedenfalls nicht für jemanden mit ihren Kräften. Es war lediglich etwas unpraktisch. Die Taschen, die über jeder Schulter hingen, beulten sich links und rechts von ihr so weit aus, dass sie unweigerlich gegen die eine oder andere Wand stieß, wenn sie nicht genau in der Mitte des Korridors ging. Dass sie keine Hand frei hatte, war ein weiteres Problem, das ihr in dem Moment bewusst wurde, als sie die Tür zum Treppenhaus erreicht hatte.

»Na, großartig«, knurrte sie, während sie den Türknauf anstarrte, den sie mit vollen Händen nicht drehen konnte. Seufzend stellte sie den Karton auf den Boden, richtete sich halb auf, zog die Metalltür auf, platzierte einen Fuß so, dass sie nicht wieder zufiel, hob den Karton hoch und betrat schnaufend das Treppenhaus. Sie lief zügig die Treppe runter, wobei sie darauf achtete, dass sie weder der Wand noch dem Geländer zu nahe kam. Ein Kontakt mit einer der Taschen hätte sie ernsthaft aus dem Tritt bringen können. Dennoch kam sie deutlich schneller voran als mit einem Aufzug, der auf jeder Etage anhielt. Wenig später hatte sie die Tiefgarage erreicht, wo sie den Karton wieder abstellen musste, um die nächste Metalltür zu öffnen. Das gleiche Prozedere war dann noch einmal erforderlich, um die Heckklappe ihres roten Ford Explorer zu öffnen, damit sie ihre Sachen auf der Ladefläche abstellen konnte.

Dann endlich war sie bereit loszufahren. Erst auf dem Weg aus der Tiefgarage fiel Beth ein, dass sie zwei Anrufe unbeantwortet gelassen hatte. Fast wäre sie rechts rangefahren, um zu sehen, wer sie hatte erreichen wollen, doch dann fiel ihr Blick auf die Uhr im Armaturenbrett, und sie entschied sich prompt dagegen. Die Fahrt nach Hause hatte viel mehr Zeit in Anspruch genommen, als sie eingeplant hatte, sodass sie jetzt sogar ein wenig über dem Tempolimit fahren musste, um die verlorene Zeit wieder wettzumachen.

Auch wenn Mortimer zweifellos auf sie warten würde, ärgerte sie sich so sehr, dass sie aufgebracht mit der Zunge schnalzte. Es gab für sie kaum etwas Ärgerlicheres als zu spät zu kommen, vor allem weil es normalerweise verdammt einfach war, Verspätungen zu vermeiden. Das würde heute allerdings nicht der Fall sein, wie sie missmutig feststellen musste. Dann zwang sie sich, ein paar Mal tief durchzuatmen, um sich zu entspannen. Sie konnte jetzt eh nichts mehr daran ändern. Normalerweise hätte die veranschlagte Zeit für die Hin- und Rückfahrt bequem ausreichen müssen, doch es war nicht alles ganz nach Plan verlaufen. Wie es im Leben eben so kommen konnte.

Nach den vielen Baustellen und Umleitungen auf dem Hinweg wählte sie für die Fahrt zurück eine andere Route, bei der sie einen Großteil der Strecke auf dem Highway unterwegs sein würde. So hätte sie auch zum Apartment fahren sollen, doch in aller Regel machte sie einen Bogen um den Highway. Das lag vor allem daran, dass sich viele Autofahrer wie die Verrückten aufführten, wenn sie auf dem Highway unterwegs waren. Mal fuhren sie zu schnell, dann wieder zu langsam, und gleich darauf gaben sie wieder Gas, als könnte keiner von ihnen den Tempomat bedienen.

Und wann immer sie in den Rückspiegel sah, entdeckte sie prompt jemanden, der die Spur wechselte, ohne den Blinker zu setzen und sich darum zu scheren, ob da ein anderer Wagen unterwegs war oder nicht.

Beth bemerkte einen Lastwagen, der einen Tieflader mit Stahlträgern zog, lange bevor der für sie zu einem Problem werden konnte. Er fädelte sich ein Stück weit vor ihr in den fließenden Verkehr auf der rechten Spur ein. Sie selbst befand sich auf der mittleren Spur, weshalb sie sich in keiner Gefahr wähnte – bis der Laster auf einmal einen Schlenker in Richtung mittlere Fahrspur machte, gerade als sie auf gleicher Höhe mit dem Heck war. Instinktiv bremste sie ab und wollte auf die linke Fahrspur ausweichen, als sie dort eine blaue Limousine entdeckte. Sofort korrigierte sie wieder nach rechts und trat auf die Bremse, wobei sie jetzt nur noch das Beste hoffen konnte.

Sie sah, wie die Stahlträger förmlich auf sie zuzukommen schienen, und warf sich zur Seite, um sich flach auf die Vordersitze zu pressen. Dummerweise hatte sie dabei nicht an ihren Sicherheitsgurt gedacht, der auf das heftige Bremsmanöver kurz zuvor reagiert hatte und sie fest in ihren Sitz drückte, während die Windschutzscheibe regelrecht explodierte.

3

»Weißt du, wo Beth wohnt?«

»Aye«, antwortete Scotty, während er den SUV in Richtung Tor lenkte. Vor dem Flug nach Kanada hatte er sich mit allen möglichen Informationen und sogar mit Straßenkarten eingedeckt. Und er hatte darauf bestanden, auch diesmal den Wagen zu fahren. Auf der ersten gemeinsamen Fahrt war es ziemlich offensichtlich gewesen, dass Donny kein Freund von schnellen Autofahrten war, aber Scotty hatte das ungute Gefühl, dass auch diesmal Schnelligkeit wieder erforderlich sein würde.

Der junge Unsterbliche hatte diesen Entschluss kommentarlos hingenommen, ihn dann aber einige Sekunden lang neugierig betrachtet, bis er schließlich sagte: »Du solltest am besten den Highway nehmen. Wir haben Sommer, und die meisten Straßen werden momentan aufgerissen und neu geteert. Beth wird auch den Highway genommen haben, um die Staus zu umgehen.«

Scotty reagierte mit einem Brummen. Er hätte ohnehin den Highway genommen, weil das die einzige Strecke war, die er in den zusammengetragenen Informationen gefunden hatte. Außerdem war der Highway als die schnellste Verbindung ausgewiesen worden. Das war gut, denn sein Gefühl sagte ihm, dass Eile geboten war.

Donny schwieg eine Weile und meldete sich erst zu Wort, als Scotty in die Auffahrt zum Highway einbog: »Was ist, wenn sie längst auf dem Rückweg ist und wir aneinander vorbeifahren, ohne es zu merken?«

Das war tatsächlich nicht auszuschließen, und genau das hatte er nicht in Erwägung gezogen. Er machte eine nachdenkliche Miene, während er sich in den fließenden Verkehr einfädelte. Als das erledigt war, erwiderte er: »Wir haben zu Hause in unsere Wagen Sender eingebaut. Habt ihr hier …?«

»Das haben wir auch!«, unterbrach Donny ihn aufgeregt und holte sein Handy aus der Tasche.

Scotty schnitt eine Grimasse, als der junge Mann Mortimer anrief. Hätte er bereits vorher die Möglichkeit in Erwägung gezogen, wäre ihnen vielleicht diese Fahrt erspart geblieben. Zumindest dann, wenn mit Beth alles in Ordnung war, schränkte er für sich selbst ein, während er mit anhörte, wie Donny Mortimer erklärte, was ihnen eingefallen war.

»Er startet jetzt das Programm«, verkündete Donny.

Scotty nickte nur, da er ganz auf den Verkehr auf allen Fahrspuren konzentriert war.

Nachdem fast zehn Minuten verstrichen waren, sagte Donny: »Er kann jetzt unseren Wagen und Beths Wagen sehen. Er sagt, sie befindet sich auf der anderen Seite des Highways und kommt uns entgegen. Er …«

Donny verstummte abrupt und wartete, dann fragte er erschrocken: »Was?«

»Was ist los?«, wollte Scotty sofort wissen.

»Er sagt, dass ihr Wagen anscheinend mitten auf dem Highway stehen geblieben ist. In ein paar Minuten müssen wir an der Stelle vorbeikommen.«

Scotty kniff die Lippen zusammen. Wenn er sah, wie langsam die Blechlawine im Augenblick über den Highway rollte, würde es mehr als nur ein paar Minuten dauern, bis sie die Stelle auf der gegenüberliegenden Seite erreichten. So abrupt, wie der Stau entstanden war, mussten die Leute ganz vorn fast bis zum Stillstand abgebremst haben, um sich etwas anzusehen, was auf der Gegenfahrbahn geschehen sein musste. Noch während er diese Beobachtung machte, fiel ihm auf, dass der in die Gegenrichtung führende Highway fast völlig frei von Autos war. Das konnte nur bedeuten, dass auf dieser Seite etwas passiert sein musste, was den Verkehr nahezu komplett zum Erliegen gebracht hatte.

Vermutlich ein Unfall, überlegte er und wechselte auf die linke Spur, da sich dort gerade noch eine Lücke gebildet hatte. Er wollte Beths Wagen sehen und Gewissheit haben, dass mit ihr alles in Ordnung war – und dass sie nichts mit dem zu tun hatte, was auf der Gegenseite den Verkehr zum Erliegen gebracht hatte.

»Sieht nach einem Unfall aus«, meinte Donny.

Scotty nickte nur. Mit zusammengekniffenen Augen sah er abwechselnd auf die Wagen vor ihm und rüber zu einem Sattelschlepper, der zwei von drei Fahrspuren blockierte. Nur die linke Spur war noch frei, doch keiner der Wagen jagte mit hundert Stundenkilometern an der Unfallstelle vorbei, um sie hinter sich zu lassen. Stattdessen schlichen sie im Schneckentempo, weil die Insassen sämtlicher Wagen nichts Besseres zu tun hatten, als sich den Hals zu verdrehen.

»Das erklärt, warum Beths Wagen stehen geblieben ist«, überlegte Donny. »Sie wird auf einer der blockierten Spuren stehen und nicht wegkommen. Halt nach einem roten Explorer Ausschau. So einen fährt sie.«

»Mhm«, machte Scotty nur. Auf dieser Seite ging es genauso langsam voran wie drüben, da auch hier die Gaffer nicht genug bekommen konnten. Sein Magen verkrampfte sich, da ihn das Gefühl beschlich, dass etwas Übles passiert war.

»Kannst du irgendeinen von den anderen Wagen sehen, die in den Unfall verwickelt sind?«, fragte Scotty, während sie allmählich auf gleicher Höhe mit dem Heck des Sattelschleppers waren und sie die ersten Fahrzeuge unmittelbar hinter der Unfallstelle sehen konnten.

»Mortimer sagt, wir müssten jetzt genau neben ihrem Wagen sein«, sagte Donny leise, der immer noch das Handy ans Ohr drückte. Er machte einen langen Hals, um besser an Scotty vorbeisehen zu können. »Ich kann aber nur einen roten Wagen sehen, und der …«

»… der steckt unter dem Heck des Aufliegers fest«, führte Scotty den Satz zu Ende, da der Junge einfach verstummt war. Er wartete nicht dessen Reaktion ab, sondern sah sich rasch um, damit er sich ein Bild von der Lage machen konnte.

Dummerweise waren die beiden Richtungsfahrbahnen durch eine Betonwand voneinander getrennt, und gleich neben der linken Spur gab es keinen Seitenstreifen. Wenn er anhalten wollte, musste er ganz nach rechts kommen. Also kontrollierte er einfach mehrere Fahrer gleichzeitig, damit sie ihre Wagen anhielten und eine Gasse entstehen ließen, die ihn ganz nach rechts auf den dortigen Standstreifen führte.

Donny löste seinen Sicherheitsgurt und kletterte nach hinten über die Rückbank, um an die Waffenkiste und die Kühlbox mit den Blutkonserven zu gelangen.

»Guter Junge«, murmelte Scotty, der den Wagen auf dem Standstreifen abstellte und den Motor ausmachte.

»Wie kommen wir bei dem Verkehr da rüber?«, wollte Donny wissen, als er sich zu Scotty stellte, der soeben ausgestiegen war. In einer Hand hielt er die Kühlbox.

»Was glaubst du denn?«, gab Scotty zurück und konzentrierte sich auf die Fahrer gleich mehrerer Wagen.

»Gedankenkontrolle, damit sie anhalten?«, fragte Donny.

»Der Kandidat hat hundert Punkte«, gab Scotty zurück und ließ die Fahrer abbremsen, dass sie fast stillstanden. Dann lief er zur Mitte des Highways, dicht gefolgt von Donny.

Sie mussten nur die nicht mal einen Meter hohe Betonwand, einen Grünstreifen und die Betonwand auf der anderen Seite überqueren. Dort angekommen war es nicht nötig, dass Scotty erst einmal irgendeinen Fahrer kontrollierte, um die Fahrbahn zu überqueren. Der Wagen, der sich ihnen in dem Moment näherte, bremste sogar ab, um sie rüberzulassen. Das war vermutlich auch gut so, denn jetzt konnte Scotty den Wagen sehen, der sich unter den Sattelschlepper geschoben hatte. Dieser Anblick war so verstörend, dass er Mühe gehabt hätte, sich auf einen Sterblichen zu konzentrieren. Es war eindeutig ein roter Explorer. Die Stahlträger hatten das Dach bis zur Unterkante der Fenster abgetrennt und auf die Fahrbahn geschleudert, sodass sie ungehinderte Sicht auf die blutverschmierte Rückseite der Vordersitze hatten.

»Diese Träger haben auch die Kopfstützen abgetrennt«, sagte Donny voller Sorge. »Denkst du, sie …«

… sie haben auch Beths Kopf abgetrennt?, führte Scotty die Frage in Gedanken zu Ende, die der Junge nicht aussprechen wollte oder konnte. Er erwiderte nichts auf die unvollendete Frage, weil er es nicht ertrug, über eine solche Möglichkeit auch nur nachzudenken. Wie hätte er das auch in Worte fassen sollen? Sie konnte nicht enthauptet worden sein, redete er sich ein, während sie sich dem Wrack näherten. Er hatte zu lange gewartet, um …

»Sie ist nicht hier«, stellte Donny überrascht fest, als sie am Wagen angekommen waren und einen vorsichtigen Blick auf die Vordersitze warfen. Nicht nur, dass keine Spur von Beth zu sehen war, es fand sich von ein paar Tropfen abgesehen auch kein Blut auf den Sitzen.

Scotty nickte nur und konzentrierte sich auf die zertrümmerte Frontpartie des Explorers, die bis zu den Hinterreifen des Aufliegers vorgedrungen war. Nicht nur, dass der Explorer wie eine Ziehharmonika zusammengedrückt worden war, er hatte auch die Hinterreifen des Sattelschleppers platzen lassen, sodass das Heck des Aufliegers mit den gestapelten Stahlträgern die zerquetschte Frontpartie auch noch auf die Fahrbahn gepresst hatte. Es erstaunte ihn, dass es nicht zu einer Explosion gekommen war, und er fragte sich, ob nicht jeder hier mehr Abstand zu den beiden Unfallfahrzeugen halten sollte.

»Donny? Scotty?«

Beide Männer drehten sich um und sahen, wie Beth sich aufrichtete, nachdem sie gerade noch am Straßenrand neben einem ziemlich traumatisierten Mann von Ende fünfzig gekniet hatte. Überrascht kam sie auf die beiden zu und zog verdutzt die Augenbrauen hoch. »Was macht ihr denn hier?«

»Wir waren auf der Suche nach dir«, erklärte Donny. »Du warst spät dran, und Mr Scotty hatte das Gefühl, dass irgendetwas nicht stimmt.«

»Wenn du schon eine förmliche Anrede benutzen willst, dann musst du auch Mr MacDonald sagen«, machte sie ihm klar und lächelte ihn schief an, als sie sich selbst korrigierte. »Na ja, genau genommen musst du dann Laird MacDonald sagen. Aber Mr Scotty klingt völlig falsch.«

»Oh, sorry, Laird Scotty«, verbesserte sich der Junge hastig.

Scotty schüttelte nur den Kopf, während er Beth aufmerksam musterte. Zu seiner großen Erleichterung schien sie überhaupt keine Verletzungen davongetragen zu haben. Allerdings waren ein paar Blutspritzer auf dem Rücken und an den Seiten zu sehen. »Und das Blut in deinem Wagen?«

»Für Notfälle habe ich immer eine Kühlbox mit Blutbeuteln dabei«, erklärte sie, sah zu ihrem Wagen und verzog das Gesicht beim Anblick des Wracks.

»Aha«, murmelte er und entspannte sich sichtlich. Offenbar waren die Blutbeutel beim Zusammenstoß durch den Wagen geschleudert worden und zerplatzt. Das erklärte die großen Mengen Blut auf der Rückseite der Vordersitze, während so gut wie gar nichts auf der Vorderseite oder auf ihrer Kleidung war.

Schließlich trafen sich ihre Blicke wieder, und er sagte: »Du bist unverletzt davongekommen.« Er hielt kurz inne und musste tief durchatmen, um sich zu beruhigen, nachdem ihm bewusst geworden war, dass er sie beinahe verloren hätte. Dann aber fragte er: »Und der Fahrer des Sattelschleppers?«

Beth deutete über die Schulter zu dem Mann, der am Straßenrand saß. Mit ihm hatte sie geredet, als sie auf Scotty und Donny aufmerksam geworden war. »Ihm scheint es gut zu gehen, aber er ist ein bisschen neben sich. Ich habe ihn eben erst aus dem Führerhaus geholt und musste ihn praktisch bis dahin tragen. Ich wollte in seinem Kopf nach Hinweisen darauf suchen, warum er mir in den Weg gefahren ist, aber dann habe ich euch zwei gesehen. Das Ganze hat sich erst vor ein paar Minuten abgespielt.«

Scotty nickte kurz. »Ich kümmere mich um ihn. Und du siehst nach, ob noch irgendwelche Habseligkeiten den Unfall überlebt haben.«

Beth lächelte ironisch und schüttelte den Kopf, murmelte dann aber: »Wie Ihr wünscht, mein Laird.« Sie drehte sich um und ging zu ihrem Wagen.

Scottys Mundwinkel zuckten, als er sie so reden hörte. Er wusste, Beth konnte es überhaupt nicht ausstehen, wenn er auf den »großen Laird des Hauses« machte, wie sie es einmal formuliert hatte. Aber dazu war er nun mal ausgebildet worden. Er war der Laird des Clans MacDonald gewesen, von ihm erwartete man einfach, dass er das Kommando an sich riss und mit jeder Situation spielend fertigwurde. Nach diesem Titel hatte er viele andere Titel getragen, aber jeder von ihnen bezeichnete einen Mann, der das Sagen hatte, sogar in dem ganz akuten Fall als Leiter des britischen Rats und als Chef der britischen Jäger. Auf den »großen Laird des Hauses« zu machen war für ihn etwas ganz Natürliches.

Wichtiger war ihm aber, wie sie heute darauf reagiert hatte. In der Vergangenheit hatte sie ihn angeknurrt, als wäre sie eine tollwütige Hündin. Diesmal war ihr keine Wut anzumerken, stattdessen war sie bloß ein bisschen gereizt und sogar eine Spur amüsiert. Es schien zu bedeuten, dass die eingegangenen Berichte die Lage durchaus zutreffend beschrieben hatten und dass die Narben der Vergangenheit allmählich doch verheilten. Möglicherweise war sie jetzt bereit, von ihm zur Lebensgefährtin genommen zu werden. Immerhin wartete er darauf seit fast genau hundertfünfundzwanzig Jahren.

»Donny«, sagte er plötzlich und riss sich vom hüftenschwingenden Anblick dieser Frau ab, die zum Wrack ihres Explorers ging.

»Ja, Mr Laird Scotty«, antwortete Donny beflissen und ging dabei tatsächlich in Habtachthaltung.

»Scotty reicht«, knurrte er. »Ich bin kein Laird mehr. Den Titel habe ich kurz nach meiner Wandlung aufgegeben.«

»Oh, ja, natürlich. Die Sache mit dem Altern kann Ihnen ja keine andere Wahl gelassen haben«, stimmte Donny ihm zu.

»Aye, die Sache mit dem Altern«, wiederholte er und sagte dann: »Ruf Mortimer an und sag ihm, was hier passiert ist. Er soll ein Team herschicken, das hier aufräumt.«

»Ja, Sir«, entgegnete er und zog sein Smartphone aus der Tasche.

Scotty machte sich auf den Weg zum Fahrer des Sattelschleppers. Inzwischen hatten mehrere Wagen angehalten, deren Fahrer ausgestiegen waren, um zu sehen, ob sie in irgendeiner Weise helfen konnten. Die meisten hatten sich um den

Trucker geschart und sahen immer wieder zu dem verdecklosen roten Explorer mit der völlig zerquetschten Front. Scotty schickte alle ohne nennenswerte Anstrengung weg, damit sie weiterfuhren, und hockte sich neben den Lastwagenfahrer, um seinen Verstand zu durchforsten. Der Mann war benommen und verwirrt. Er erinnerte sich daran, dass er auf den Highway gefahren war und sich in den fließenden Verkehr eingefädelt hatte. Dann aber machte sein Gedächtnis einen Sprung, und als Nächstes saß er vor Schreck zitternd hinter seinem Lenkrad und betrachtete im Außenspiegel den Explorer, der ihm ins Heck gefahren war.

Dass ein Teil der Erinnerung nicht vorhanden war, irritierte Scotty, der daraufhin tiefer in den Geist des Mannes vorzudringen versuchte. Doch da war nichts. Der Zeitraum, in dem sich der Unfall ereignet hatte, war völlig leer, so als wäre er in dem Moment gar nicht dabei gewesen.

Oder als hätte ihn jemand kontrolliert, überlegte Scotty erschrocken. Er nahm sich die Zeit, um den Mann zu beruhigen, dann richtete er sich auf und drehte sich zu Beths Wagen um.

Sie konnte wirklich von Glück reden, dass sie noch lebte. Wäre nicht ihr Sicherheitsgurt gerissen, hätte sie den Stahlträgern nicht ausweichen können und wäre vermutlich enthauptet worden. Es war ihm allerdings immer noch ein Rätsel, wieso der Explorer bei diesem Zusammenprall nicht in Flammen aufgegangen war, die Beth bei lebendigem Leib verbrannt hätten. Es waren die beiden einzigen Methoden, mit denen man einen Unsterblichen töten konnte: Enthaupten oder Verbrennen. Bei einem derartigen Unfall hätte das eine oder das andere eigentlich zwangsläufig eintreten müssen.

»Mortimer sagt, dass das Team hierher unterwegs ist. Sie werden in etwa fünf Minuten eintreffen.«

Scotty nickte Donny bestätigend zu, dann ging er mit ihm zu Beth, die in ihren Wagen gebeugt dastand. Verwundert zog er die Augenbrauen hoch, als er sie frustriert grummeln hörte: »Verdammt.«

»Was ist los?«, fragte er.

Sie richtete sich auf und hielt einen Schuh hoch, der aus einem Plastikbeutel gerutscht war. »Der Explorer hat meinen Schuh gefressen.«

»Gefressen?«, wiederholte Scotty grinsend. »Wirklich?«

Beth sah den verbliebenen Schuh an und stöhnte leise auf. »Das waren meine Lieblingsschuhe.«

Scotty wandte den Blick ab von ihrem hübschen, leicht geröteten Gesicht, das von roten Haaren eingerahmt war, und betrachtete den Schuh. Ihm stockte der Atem. Großer Gott! Dieser Schuh war so rot wie ein Liebesapfel, und der Absatz war sicher zehn bis zwölf Zentimeter hoch. Ehe er sich davon abhalten konnte, entstand in seinem Kopf ein Bild, das sie zeigte, wie sie diese Schuhe trug – und sonst gar nichts. Aber dann wurde ihm klar, dass sie nur noch diesen einen Schuh hatte und dass sie nie wieder dieses Paar tragen würde, ganz gleich, wie viel Kleidung sie sonst noch am Leib trug. Diese Erkenntnis frustrierte ihn fast genauso, wie ihr der Verlust zu schaffen machte.

»Na gut«, knurrte Beth und warf den unglaublichen Schuh zurück in den Wagen. »Wenigstens ist mein Waffenkoffer unversehrt geblieben. Und meine Reisetaschen scheinen auch nichts abbekommen zu haben.« Sie zog ein Teil nach dem anderen aus dem Explorer.

Scotty nahm ihr alles ab, hängte die Taschen über seine Schulter und griff nach dem jeweils nächsten Gegenstand, den sie ihm reichte. Auf einmal drückte sie ihm etwas Langes, Rohrförmiges in die Hand, das er hin und her drehte und schließlich daran schnupperte. »Was ist das?«

»Hm?« Sie drehte sich um, in der Hand hielt sie etwas Weißes, Stinkendes, das in etwa die Form eines Ziegelsteins hatte. Sie sah, was er so interessiert betrachtete. »Ach, das. Das ist Gänsewurst. Habe ich von einer Freundin bekommen. Schmeckt richtig gut, aber ich wollte nicht, dass meine Lebensmittel schlecht werden, wenn ich zu lange weg bin. Sam und Mortimer können sich daran bedienen oder sie für einen guten Zweck spenden.«

Als sie fertig war, drückte sie ihm den miefigen weißen Klotz in die Hand und durchsuchte weiter ihren Wagen.

Kaum hatte sie sich umgedreht, gab Scotty das weiße Etwas an Donny weiter, behielt aber die Wurst. Die duftete so köstlich, dass er am liebsten davon abgebissen hätte.

»Das müsste eigentlich alles sein«, verkündete Beth und wandte sich vom Wagen ab. In den Händen hielt sie einen leicht eingedrückten Karton mit noch mehr Lebensmitteln.

»Gut, denn wenn ich mich nicht irre, ist der Truck, der da hinter unserem SUV angehalten hat, der Wagen mit Mortimers Leuten«, merkte Scotty an und beobachtete genau das Geschehen auf der anderen Fahrbahnseite. Zwei Männer stiegen aus dem Wagen, einer blond, der andere dunkelhaarig.

»Das sind Russell und Francis«, sagte Donny, der die zwei sofort wiedererkannte. Dann fügte er fast erschrocken hinzu: »Oh Mann, Mortimer muss ja wirklich knapp an Personal sein, wenn er die zwei vom Tor abzieht, damit sie das hier erledigen.«

Scotty stutzte, als er diese Bemerkung hörte, und griff nach seinem Handy, während die Männer die Gegenfahrbahn überquerten. Er überlegte, ob er ein halbes Dutzend von seinen eigenen Jägern rüberkommen lassen sollte, damit sie aushalfen – zumindest bis diese Sache in Venezuela überstanden war. Vielleicht sollte er sogar ein paar von seinen Leuten da runterschicken, um auf dem Laufenden zu sein, was genau da eigentlich los war.

»*Hola!*«

Er stellte den Gedanken zurück und sah den dunkelhaarigen Mann an, der mit einem Sprung die zweite Betonwand überwand und vor seinem Partner auf Scotty und die anderen zugelaufen kam. Er tänzelte zwischen den schleichenden Fahrzeugen auf der linken Spur hindurch und eilte zu Beth, um sie in die Arme zu nehmen.

Scotty versteifte sich und bedachte den Mann mit einem finsteren Blick, während der Beth an sich drückte und sagte: »Elizabeth Argenis! Du musst besser aufpassen! Du kannst doch nicht einfach ums Leben kommen, kaum dass wir Freunde geworden sind!«

»MacDonald.«

Scotty hörte, dass der blonde Mann ihn begrüßte, aber er hatte noch genug damit zu tun, den Dunkelhaarigen mit seinen Blicken zu durchbohren.

»Ich glaube, du hast Francis noch nicht kennengelernt, meinen Lebensgefährten, oder?«

Das ließ Scotty aufhorchen. Er wandte sich dem Blonden zu und erkannte das Gesicht wieder. »Russell.« Dann schaute er wieder zu Beth, die von dem anderen Mann immer noch festgehalten wurden. »Dein Lebensgefährte?«

»Ja«, sagte Russell mit einem amüsierten Funkeln in den Augen, dann rief er dem anderen Mann zu: »Francis, jetzt lass Beth endlich los. Ich will dir Scotty vorstellen.«

Francis erstarrte mitten in der Bewegung und sah zu Scotty. Dabei drehte er Beth so, dass sie neben ihm stand und er den Arm um ihre Schultern legen konnte. »Doch nicht etwa Scotty, der Chef der britischen Vollstrecker? Der Mann, zu dem wir nett sein müssen, wenn wir auf unserer Rundreise durch

Europa nach London kommen wollen, damit du mich dem Grünen Riesen vorstellen kannst, über den Victoria und Julianna sich hinter vorgehaltener Hand amüsiert haben?«

»Dafür hat er jetzt nicht ein einziges Mal Luft geholt«, sagte Scotty erstaunt zu Russell und sah wieder zu Francis hin. »Aber was du da redest, ist für den Arsch, Junge.«

»Für den Arsch?«, wiederholte Francis verdutzt und verdrehte sich so, dass er einen Blick auf sein Hinterteil werfen konnte, um festzustellen, ob da irgendwas nicht stimmte.

»Das soll heißen, dass du Unsinn redest«, erklärte Russell amüsiert.

»Aye«, bestätigte Scotty. »Du brauchst nicht meine Erlaubnis, um nach London zu kommen. Alle Unsterblichen sind willkommen, solange sie sich benehmen.«

»Und solange du tust, was er sagt«, scherzte Beth und bedachte Scotty mit einem Lächeln, als er sie ansah.

Russell stutzte kurz über ihre kesse Antwort, dann erklärte er abrupt: »Na ja, jedenfalls bin ich froh, dass du lebst und wohlauf bist, Beth. Mortimer wartet nämlich schon auf dich. Offenbar hat er einen Auftrag für dich.«

»Oh verdammt. Stimmt ja. Ich muss mich auf den Weg machen«, sagte sie und warf einen letzten Blick auf ihren völlig zerstörten Explorer.

»Wir fahren dich hin«, ließ Scotty sie wissen, nahm sie am Arm und nickte Russell zu. »War schön, dich wiederzusehen, Argeneau.«

»In diesem Jahrzehnt heiße ich Jones«, erwiderte Russell lächelnd. »Francis' Familienname Renart ist dann für die nächsten zehn Jahre dran, und dann ist wieder Argeneau an der Reihe.«

»Dann also Jones«, berichtigte sich Scotty, nickte den beiden Männern zu und ging mit Beth davon. Sie mussten zum Haus zurück, denn das Flugzeug war inzwischen sicher gelandet und wartete nur auf sie. So hektisch, wie es momentan zuging, würde es den Piloten nicht freuen, wenn er die Turbinen seines Jets abkühlen lassen müsste.

Bedauerlicherweise würde sich die Verspätung noch etwas mehr in die Länge ziehen, denn sobald sie das Haus erreicht hatten, musste Mortimer ihr ja immer noch erst ihren Auftrag erklären … und ihr mitteilen, dass Scotty sie dabei begleiten würde.

»Moment mal. Was?«, fragte Beth und sah Mortimer ungläubig an.

Nachdem sie vor ein oder zwei Minuten zum Haus zurückgekehrt waren, hatte Sam ihnen geöffnet und sie gleich nach hinten ins Büro geschickt, wo Mortimer sie mit den Worten begrüßt hatte: »Ich bin froh, dass du bei dem Unfall nicht verletzt wurdest. Ich glaube, ohne dich könnten Scotty und Donny den Auftrag nicht erledigen. Der erfordert nämlich eine sanfte Hand.«

Verwirrt schüttelte sie den Kopf. »Aber ich arbeite mit Tybo und Valerian zusammen. Beide …«

»Beiden hat man ein Messer ins Herz gejagt«, unterbrach Mortimer sie ernst. »Rachel – Dr. Argeneau – möchte ihnen wenigstens noch einen Tag Ruhe gönnen, damit sie sich vollständig erholen können.«

»Oh«, machte Beth leise. Sie war davon ausgegangen, dass beide wieder in vollem Umfang einsatzbereit sein würden, nachdem sie genügend Bluttransfusionen erhalten hatten. Aber offenbar waren die zwei noch nicht vollständig wiederhergestellt. Sie war keine Ärztin, daher konnte sie das Ganze nicht beurteilen. So wie es aussah, würde sie Scotty noch etwas länger am Hals haben.

»Zum Glück«, fuhr Mortimer fort, »können Scotty und Donny sofort für Tybo und Valerian einspringen.«

Beth wusste nicht so recht, was das mit Glück zu tun haben sollte, aber sie würde wohl abwarten müssen, wenn sie herausfinden wollte, was Scotty mit seinem Besuch in Kanada wirklich bezweckte.

»Also«, redete Mortimer weiter und kam zum Kern der Sache. »Ihr fliegt nach Vancouver in British Columbia und erledigt einen etwas heiklen Auftrag.«

»Inwiefern ist der heikel?«, wollte Beth wissen, während sie die Tatsache zu ignorieren versuchte, dass sie den gut fünfstündigen Flug an der Seite von Mr Sexybeast verbringen würde.

Jedenfalls schätzte sie, dass der Flug so lange dauern würde.

»Insofern heikel, als dass er Kira Sarka betrifft«, antwortete Mortimer.

»Wer ist Kira Sarka?«, fragte Donny und kam damit Beth zuvor.

»Die jüngste Tochter von Athanasios Sarka.«

Nach Mortimers Tonfall zu urteilen, war dieser Sarka jemand, den sie alle kennen sollten. Der Name kam ihr zwar irgendwie vertraut vor, aber Beth wusste beim besten Willen nicht, um wen es sich bei diesem Mann handelte.

Mortimer war das wohl nicht entgangen, denn er fügte erläuternd hinzu: »Er ist der Vorsitzende des Russischen Unsterblichenrats.«

Aha, in diesem Zusammenhang hatte sie den Namen wohl schon gehört. Zweifellos war von ihm schon mal in der einen oder anderen Unterhaltung die Rede gewesen, nur hatte sie dem nie so genau Beachtung geschenkt. Schließlich hatte Beth für Politik nichts übrig. Aber noch viel weniger konnte sie es ausstehen, wenn Sterbliche oder Unsterbliche eine Vorzugsbehandlung erfuhren, nur weil sie über mehr Vermögen, mehr Macht oder die besseren politischen Verbindungen verfügten.

»Aha, dann ist er also der Chef des Russischen Unsterblichenrates«, murmelte sie und zog eine Augenbraue hoch. »Und was haben wir damit zu tun?«

Als Mortimer zögerte, warf Scotty ein: »Athanasios ist Altgriechisch für *der Unsterbliche*.«

Sie wusste zwar nicht, was das mit dem Auftrag zu tun haben sollte, dennoch wurde sie hellhörig. »Seine Eltern haben ihm einen Namen gegeben, der *Unsterblicher* bedeutet?«

»Nein, das hat sein Volk getan, als er in Griechenland lebte«, erklärte Scotty, »weil er ihnen unsterblich erschien und weil er seine Feinde schnell und brutal tötete. Athan war schon immer ein bisschen hitzköpfig und blutrünstig.«

»Hmm«, machte Beth, die das Ganze nicht beeindrucken konnte.

»Er ist einer von den Leuten, die wir nicht leichtfertig verärgern wollen«, sagte Mortimer. »Er ist unberechenbar, und er neigt zu umgehenden Vergeltungsmaßnahmen, wenn er sich übergangen oder angegriffen fühlt. Deshalb muss seine Tochter mit besonderer Sorgfalt behandelt werden.«

Beth dachte darüber nach, dann fragte sie: »Was hat sie angestellt?«

»Sie ist vor Kurzem nach British Columbia umgezogen, um an der Universität einige Sommerkurse zu belegen. Sie wohnt auf dem Campus und hat offenbar hier und da von der Quelle getrunken.«

»Von der Quelle getrunken? Das heißt, sie hat Sterbliche gebissen, richtig?«, fragte Donny und verzog den Mund, als Mortimer nickte. »Das ist übel.«

»Allerdings«, stimmte Mortimer ihm zu.

»Das heißt …« Beth zog bedächtig eine Augenbraue hoch.

»Du willst, dass wir für diese Kira einen Unfall inszenieren? Vielleicht so etwas wie der Unfall heute, der mich fast das Leben gekostet hätte?«

»Was?« Mortimer sah sie entsetzt an.

»Wie ›was‹?«, fragte sie, ohne sich irgendeiner Schuld bewusst zu sein. »Von Sterblichen zu trinken ist hier nicht gestattet. Das ist ein abtrünniges Verhalten, auf das die Enthauptung steht. Aber offenbar wollt ihr ihren Vater Mr Deathhead nicht mit einer Verurteilung verärgern, was es also unmöglich macht, sie vor den Rat zu zitieren. Bleibt also nur eine Bestrafung für etwas, das man als Unfall einstufen kann, damit der Rat außen vor bleibt«, argumentierte sie.

»Wir verüben keine Attentate auf die Kinder der Anführer anderer Räte«, machte Mortimer entschieden klar.

»Wer redet denn von Attentat?«, konterte Beth amüsiert. »Ich sage, dass der Rat abstimmen soll, was mit ihr passieren soll – was wahrscheinlich zu einer Enthauptung führt, wenn sie wissentlich und vorsätzlich gegen unsere Gesetze verstößt. Dann können wir …«

»Der Rat hat bereits abgestimmt«, schnitt Mortimer ihr gereizt das Wort ab. »Es wurde entschieden, jemanden zu ihr zu schicken, der ihr unsere Gesetze genau erklärt und der ihr vor Augen hält, welche Strafe sie erwartet, wenn sie gegen diese Gesetze verstößt. Dann wird man beobachten, ob sie ihr Verhalten ändert. Falls sie so weitermacht wie bisher, wird sie sich für ihre Verstöße verantworten müssen.«

»Ah, verstehe«, meinte Beth mit ernster Miene. »Die Kleine ist ein Dummchen und besitzt nicht genug Verstand, um unsere Gesetze zu verstehen. Sie braucht jemanden, der ihr erst einmal alles ganz genau erklärt.«

Mortimer setzte zum Reden an, brach jedoch ab und sah Beth mit zusammengekniffenen Augen an. Schließlich warf er ihr vor: »Du versuchst mir wohl weiszumachen, dass du nicht das nötige Feingefühl besitzt, damit ich dir den Auftrag nicht gebe.«

Beth verzog den Mund, stritt den Vorwurf jedoch nicht ab. Stattdessen fragte sie: »Wir wissen doch alle, dass sie weiß, welche Gesetze hier gelten, oder nicht?«

»Ja«, räumte Mortimer ein, stellte dann aber klar: »Allerdings kann es sein, dass sie glaubt, diese Gesetze hätten für sie keine Gültigkeit. Sie ist jung und offenbar von der aufsässigen Sorte. Es gefällt ihr, ihren Vater in Schwierigkeiten zu bringen. Womöglich glaubt sie, dass sie hier eine Art diplomatische Immunität genießt oder dass wir von ihrem Vater eine Geldbuße kassieren werden.«

Beth dachte kurz darüber nach, dann seufzte sie laut. »Also gut, wir gehen zu ihr, reden mit ihr, und dann haben wir ein Auge darauf, ob sie sich benimmt.«

»Ihr müsst nur mit ihr reden, ihr unsere Gesetze erläutern und ihr klarmachen, dass sie sich daran zu halten hat. Und ihr müsst ihr die Konsequenzen vor Augen führen, die sie zu spüren bekommt, wenn sie weiterhin gegen diese Gesetze verstößt«, betonte Mortimer. »Es gibt bereits welche, die sie im Auge behalten.«

»Warum reden die denn nicht einfach mit ihr?«, wunderte sie sich.

»Weil diejenigen, die sie beobachten, keine Jäger sind. Das ist nicht deren Aufgabe. Dass sie sie für uns im Auge behalten, ist eine Gefälligkeit, weil wir so unterbesetzt sind.«

»Ah.« Beth nickte, fragte dann aber: »Gibt es einen Grund, warum wir zu dritt mit ihr reden müssen?«

»Athanasios hat Kira mehrere Leibwächter zur Seite gestellt. Die sehen es womöglich nicht so gern, dass jemand mit ihr redet. Es wird das Beste sein, nicht allein zu ihr zu gehen.«

»Ah«, machte Beth erneut. »Wenn wir hinfliegen, heißt das, wir nehmen uns dort einen Mietwagen?«

»Nein, wir haben eine Außenstelle in Vancouver. Von diesen Außenstellen gibt es in jeder Provinz mindestens eine.«

»Soll das heißen, es gibt da genauso ein Haus wie das hier?«, fragte Donny interessiert.

»Mehr oder weniger«, antwortete Mortimer und fuhr fort: »Jemand wird euch am Flughafen abholen und dorthin fahren. Hoffe ich jedenfalls«, fügte er murmelnd hinzu.

Beth war das nicht entgangen, und sie fragte argwöhnisch: »Hoffst du? Wie meinst du das?«

Nach kurzem Schweigen gab er schwer seufzend zu: »Ich habe unseren Ansprechpartner in Vancouver noch nicht erreichen können. Aber ich bin mir sicher, dass ich das noch erledigen kann, bevor ihr landet«, ergänzte er hastig, klang aber nicht so, als sei er von seinen eigenen Worten überzeugt.

»Und wenn nicht?«, wollte sie wissen.

Mortimer dachte einen Moment lang über die Frage nach, dann antwortete er: »Wenn nach der Landung niemand auf euch wartet, dann ruft mich an, und ich werde euch weitere Anweisungen geben. Aber bis dahin gehen wir davon aus, dass jemand euch abholt. Er bringt euch zum Haus, ihr macht es euch da bequem, und morgen Abend könnt ihr euch dann Kira Sarka vornehmen und …«

»Augenblick mal«, ging Beth dazwischen. »Warum erst morgen Abend? Warum machen wir das nicht gleich heute Abend?«

»Weil sie momentan außer Landes ist«, musste er zugeben und sah auf die Akte, die aufgeschlagen vor ihm auf dem Tisch lag. »Sie wird morgen zum Abendessen zurückerwartet. Genau jetzt ist sie in Hollywood auf einer Party irgendeines Stars. Ich hatte mir irgendwo den Namen notiert.« Mit dem Zeigefinger strich er über das oberste Blatt in der Akte, das mit unleserlichem Gekritzel überzogen war.

Da ihr völlig egal war, auf wessen Party sich die Kleine tummelte, fragte Beth ungeduldig: »Und warum müssen wir dann noch heute Abend los? Warum fliegen wir nicht einfach morgen?«

»Weil das Flugzeug heute zur Verfügung steht und ich nicht weiß, ob das morgen auch der Fall sein wird.« Mortimer klang ein wenig gereizt.

»Aber …«, setzte Beth an, doch Mortimer fuhr ihr sofort in die Parade.

»Ich will kein ›Aber‹ hören, Beth. Ich habe schon genug um die Ohren, da muss ich dir nicht auch noch Rede und Antwort stehen. Hast du eine Vorstellung davon, wie schwierig es ist, hier irgendetwas auf die Reihe zu bekommen, wenn ich auf über fünfundsiebzig Prozent meiner Leute verzichten muss, weil die alle in Südamerika unterwegs sind und diesen verdammten Dressler jagen? Ich arbeite mit einer Handvoll echter Jäger, einem Haufen Auszubildender und sogar mit Freiwilligen, die in keiner Weise ausgebildet sind. Und wenn ich dann noch aus irgendeinem Grund versuchen soll, ein Flugzeug zu organisieren, dann ist das so gut wie aussichtslos. Ich habe Leute, die mit dem Auto sechs oder acht oder zum Teil sogar zwölf Stunden unterwegs sind, um irgendwelchen Meldungen nachzugehen, hinter denen oft überhaupt nichts steckt. Aber wir müssen jedem Hinweis, jeder Beschwerde auf den Grund gehen. Denn wenn ich das nicht mache, und es passiert etwas, dann bin ich derjenige, den Lucian …«

»Ist ja schon gut«, beschwichtigte Beth ihn. »Ich habe schon verstanden. Du bist total gestresst, und wir fliegen noch heute runter und reden morgen mit der Kleinen. Das kriegen wir schon hin. Und wann fliegen wir wieder zurück?«

Mortimer starrte sie einen Moment lang an und schien ein wenig enttäuscht darüber zu sein, dass sie ihn nicht bis zu Ende hatte toben lassen. Schließlich jedoch atmete er tief durch und murmelte: »Ich konnte zum Glück den Rückflug für den Tag darauf buchen. Also Sonntagmittag.« Er stand auf und nickte abrupt. »Ich glaube, das ist erst mal alles, was ich euch zu sagen habe. Ich schätze, ihr macht euch jetzt wohl besser auf den Weg zum Flugzeug. Die Maschine steht seit einer halben Stunde auf dem Rollfeld, und ich traue diesen Bastarden zu, dass sie einfach zum nächsten Ziel weiterfliegen, wenn ihr euch nicht bald an Bord begebt.«

Beth nickte ebenfalls und stand nur widerwillig auf.

»Euer Gepäck sollte inzwischen an Bord sein, außerdem hat der Captain für jeden von euch einen Umschlag mit Kreditkarten und ein wenig Bargeld. Das hat Bastien ihm mitgegeben, und er hat mich auch gebeten, euch daran zu erinnern, dass ihr alle Belege sammeln sollt.«

»Ja, natürlich, Mortimer. Keine Sorge, wir kriegen das schon hin«, versicherte Beth ihm. Wie es schien, würde sie länger als erwartet mit Scotty zusammenarbeiten. Aber nun ja, es gab Schlimmeres, als mit einem eins neunzig großen sexy Schotten Zeit zu verbringen. Er mochte ja von Zeit zu Zeit eine Nervensäge sein, aber immerhin hatte er was fürs Auge zu bieten.

4

»Ich kann nicht schlafen«, hörte Beth Donny klagen, machte aber die Augen nicht auf. Sie war erschöpft und hatte auf ihrem Platz gedöst, bis er sie mit seiner Bemerkung aus dem Halbschlaf geholt hatte. Außerdem hatte sie den Eindruck, dass seine Worte gar nicht ihr gegolten hatten, was seine nachfolgende Bemerkung auch sogleich bestätigte.

»Ich verstehe nicht, wie Beth schlafen kann.«

»Sie ist völlig erschöpft«, sagte Scotty leise. »Im Haus hat sie kein Auge zugetan.«

Beth musste sich zusammenreißen, nicht vor lauter Verwunderung die Augen aufzuschlagen. Nicht, weil er wusste, dass sie im Hauptquartier der Vollstrecker nicht zum Schlafen gekommen war. Das konnte Sam ihm erzählt haben. Was sie jedoch überraschte, war die Tatsache, dass sein Tonfall etwas fast schon Liebevolles an sich hatte. Etwas Liebevolles war jedoch ganz eindeutig nichts, was sie mit Scottys Einstellung ihr gegenüber in Verbindung brachte. Das war völlig neu und einfach nur verwirrend.

»Sie muss auf ein interessantes Leben zurückblicken können«, sagte Donny, dann fügte er hinzu: »Aber das trifft auf dich ja wohl auch zu.«

»Aye«, bekräftigte Scotty. »Wenn man lange Zeit lebt, dann kommen schon ein paar bemerkenswerte Episoden zusammen.«

»Kann ich mir gut vorstellen«, sagte Donny leise, lachte kurz auf und sagte: »Oder es liegt daran, dass man unsterblich ist.

Auf jeden Fall haben sich in meinem Leben auch schon einige interessante Dinge ereignet.«

Scotty reagierte darauf nur mit einem Brummen, dann herrschte für kurze Zeit Stille, bis es wieder Donny war, der fragte: »Hast du dir schon mal über sie Gedanken gemacht?«

»Über wen?«, erwiderte Scotty.

»Die Atlantiden.«

»Eher nicht«, sagte Scotty unüberhörbar desinteressiert.

»Ich schon«, entgegnete Donny.

»Und welche Gedanken machst du dir über sie?«, fragte Scotty schließlich betont nachsichtig.

»Na ja, zum Beispiel was wäre, wenn Atlantis nicht untergegangen wäre. Meinst du, ihre Wissenschaftler hätten den Fehler behoben?«

»Von welchem Fehler redest du?«

»Na, du weißt schon: Der Fehler in der Programmierung der Nanos, der verhindert, dass sie sich nach getaner Arbeit auflösen, damit wir wieder normal sein können.«

Fast hätte sich Beth aufgesetzt, um ihre Meinung kundzutun, doch sie war einfach zu müde, um sich diese Mühe zu machen. Also tat sie weiter so, als würde sie schlafen, und hörte den beiden nur zu. Unwillkürlich kam ihr jedoch der Gedanke, dass der durch diesen Fehler entstandene Zustand sie nicht allzu sehr aus der Ruhe gebracht hätte – vorausgesetzt, die Leute aus Atlantis waren in ihrer Art dem modernen Menschen halbwegs ähnlich. Es war ein wissenschaftlicher Jungbrunnen. Ein Mensch befand sich im Zeitraum zwischen dem fünfundzwanzigsten und dem achtundzwanzigsten Lebensjahr in seiner körperlichen Bestform, und genau diese Bestform erhielten die Nanos aufrecht … und das für alle Zeit, soweit sie das beurteilen konnte. Es sei denn, man wurde enthauptet oder geriet in ein Feuer. Was für eine üble Schwachstelle.

»Oder glaubst du«, fuhr Donny fort, »diese Wissenschaftler bei Argeneau Enterprise werden jemals eine Methode finden, um den Fehler zu beheben? Indem sie zum Beispiel die Nanos umprogrammieren?«

Beth wartete ungeduldig auf Scottys Antwort, aber er fragte bloß in ernstem Tonfall: »Was denkst du denn, Junge?«

»Ich denke mir, dass sie seit einer Ewigkeit an einer Lösung für die Nanos arbeiten und noch keinen Schritt weiter sind«, antwortete Donny. »Und ich denke auch, dass die meisten Leute Angst vor dem Sterben haben, obwohl sie genau wissen, dass der Tod unvermeidlich ist. Und auch die Wissenschaftler werden davor Angst haben, und deshalb sind sie eigentlich gar nicht daran interessiert, den Fehler bei den Nanos zu beheben.«

»Und ich denke das, was ich vorher auch schon gedacht habe, nämlich dass du ein ziemlich ausgebuffter Bursche bist, mein Junge«, meinte Scotty daraufhin beeindruckt.

»Also … das soll heißen, nein?«, vergewisserte sich Donny. »Sie werden keine Lösung finden, um den Fehler zu beheben?«

»Würde es dich stören, wenn sie es nicht schaffen?«, wollte Scotty interessiert wissen.

»Du willst wissen, ob es mich stören würde, für immer jung und stark zu sein?«, konterte der junge Mann und musste lachen. »Natürlich nicht.«

Gut eine Minute lang herrschte dann wieder Schweigen, bis Donny schließlich betreten fortfuhr: »Allerdings fehlt mir meine Familie. Okay, es war sicher nicht die tollste Familie der Welt, aber … es war halt Familie.«

»Ich weiß, dass man mit Familie meistens die Vorstellung verbindet, dass das Blut sie zusammenschweißt, aber gleiches Blut bedeutet nicht, dass es auch immer eine gute Familie ist.

Sieh dir nur Kain und Abel an. Oder Konstantin. Manchmal kann aus Freundschaft und hinreichender Zeit eine viel bessere Familie geschaffen werden.« Er ließ eine kurze Pause folgen, um seine Worte wirken zu lassen. »Wenn du erst mal ein vollwertiger Jäger bist, wirst du feststellen, dass dein Partner und deine Kollegen zu deiner Familie werden. Unsterbliche wissen, wie wichtig Familie ist, und wenn sie sehen, dass du momentan keine Familie hast, werden sie dich schon adoptieren.«

»Ja, vielleicht.« Donny klang nicht allzu überzeugt.

»Mich wundert, dass Leigh und Lucian dich nicht längst bei sich aufgenommen haben«, merkte Scotty an.

»Dann warst du also doch schon wach, als wir auf dem Rückweg zum Hauptquartier waren, wie?«, fragte Donny leicht amüsiert.

Von Scotty kam zwar keine Antwort, aber er musste gleich darauf genickt haben, denn Donny stöhnte leise auf, ehe er weiterredete. »Was Leigh und Lucian angeht … na ja, die zwei haben schon versucht, mich in ihre Familie einzubeziehen. Leigh lädt mich zu allen Feiertagen ein und versucht mich dazu zu bewegen, dass ich sie besuche. Aber …«

»Aber du fühlst dich bei ihnen nicht wohl?«, mutmaßte Scotty. »Vielleicht hast du ja immer noch ein schlechtes Gewissen, weil Leigh deinetwegen gewandelt wurde. Kann das sein?«

»Ja«, gab Donny seufzend zu. »Und dann ist da auch noch die Tatsache, dass Lucian mich wohl nicht allzu gut leiden kann.«

»Ehrlich? Warum denn das?«, wollte Scotty wissen und klang ernsthaft interessiert. Dann musste er gleich darauf Donnys Gedanken gelesen haben, da er voller Gewissheit hinzufügte: »Du bist immer noch in Leigh verknallt.«

»Natürlich bin ich das«, gab der Junge zurück, als sei das doch wohl selbstverständlich. »Ich meine, Leigh ist wunderschön und klug und der absolute Wahnsinn und …«

»Ich glaube nicht, dass Lucian dich nicht leiden kann«, unterbrach Scotty ihn lakonisch.

»Echt? Wieso? Hat er mit dir über mich geredet?«

»Nay.«

»Und woher willst du das dann wissen?« Er klang verwirrt.

»Ganz einfach. Wenn er nämlich in deinem Kopf gelesen hat, wie du über Leigh denkst, dann muss er dich sogar ausgesprochen gut leiden können. Sonst hätte er dich längst grün und blau geprügelt. Und er muss viel geduldiger sein, als ich es ihm jemals zugetraut hätte.«

»Oh«, machte Donny hörbar verlegen.

»Ganz genau. Oh«, kam Scottys entrüstete Erwiderung. »Würden dir genauso verdorbene Gedanken über meine Lebensgefährtin durch den Kopf gehen, dann wären deine Tage auf dieser Welt gezählt. Auf jeden Fall würde ich dich ordentlich versohlen.« Wieder ließ er eine Pause folgen, um seine Worte wirken zu lassen. »Du musst lernen, deine Gedanken unter Kontrolle zu halten, Junge. Du darfst nie vergessen, dass jeder Unsterbliche, der älter ist als du, jeden deiner Gedanken lesen kann.«

»Okay«, sagte Donny und seufzte niedergeschlagen.

»Du musst lernen, nicht zu denken, solange du nicht allein bist.«

»Nicht denken?«, wiederholte Donny ungläubig. »Das ist ja wohl kaum möglich!«

»Natürlich ist es das«, versicherte Scotty ihm. »Du musst dich nur voll und ganz auf die Dinge konzentrieren, die um dich herum sind, und dir angewöhnen, nichts von dem im Geist zu kommentieren, solange du nicht allein bist.«

»Kommentieren?«, fragte Donny verständnislos.

»Aye, diese Stimme in deinem Kopf, die dir erzählt: ›Oh verdammt, diese liebesapfelroten Schuhe sehen aber scharf aus.

Ich möchte ihr jedes noch so kleine Stückchen Stoff vom Leib reißen und dabei mit meiner Zunge über ihre Haut lecken. Und wenn sie nur noch diese Schuhe trägt, will ich sie gegen die Wand drücken und sie langsam und hart rannehmen.‹«

Beth schlug unabsichtlich die Augen auf und sah die beiden Männer an, dann kniff sie sie hastig wieder zu, um keine Aufmerksamkeit auf sich zu lenken. Sie konnte es nicht fassen, dass Donny so etwas durch den Kopf gehen konnte … und dann auch noch mit Leigh als Objekt seiner Begierde! Himmel, was konnte er von Glück reden, dass Lucian ihm nicht längst den Hals umgedreht hatte. Das war mindestens genauso erstaunlich wie die heißen Gedanken, die diesem jungen Mann durch den Kopf gingen – erst recht, wenn es Scotty war, der sie mit seiner tiefen sexy Stimme zum Ausdruck brachte.

Was er gesagt hatte, war in ihrem Kopf sofort in Bilder umgewandelt worden … nur dass auf diesen Bildern sie selbst diejenige war, die diese liebesapfelroten Schuhe trug. Und dass nicht Donny, sondern Scotty derjenige war, der sie aus ihrer Kleidung geschält, über ihre Haut geleckt und sie hart rangenommen hatte.

Verdammt, damit wusste Beth schon jetzt, was sie sich im Detail ausmalen würde, wenn sie später im Bett lag. Nur schade, dass sie das nicht mit Scotty in die Tat umsetzen konnte. Aber der Mann war über achthundert Jahre alt. Unsterbliche ohne Lebensgefährtin verloren nach den ersten hundert Jahren ihrer Unsterblichkeit das Interesse an Essen und Sex und ähnlichen Dingen. Ab dem zweihundertsten Lebensjahr konnte nichts davon sie auch nur ansatzweise reizen, und daran änderte sich auch nichts, bis sie irgendwann ihrer Lebensgefährtin begegneten.

Beth war jetzt seit fast hundertfünfundzwanzig Jahren unsterblich, aber bei ihr war noch kein Interesse erlahmt. Sie liebte Essen in allen Variationen, und sie hatte Spaß am Sex … jedenfalls meistens … na ja, ziemlich oft. Tatsache war, dass sie als Sterbliche kein so großes Theater um Sex gemacht hatte, aber das hatte mehr mit ihrer persönlichen Situation zu tun gehabt. Seit ihrer Wandlung war ihr Interesse an Sex deutlich gewachsen, doch musste sie sich aber fast immer damit abfinden, keine völlige Befriedigung zu erfahren. Warum das so war, konnte sie sich nicht erklären. Dabei war es nicht so, als wäre sie nicht zum Höhepunkt gekommen. Es war halt … Am besten konnte sie es so beschreiben, dass sie Heißhunger auf Kirschkuchen hatte, es aber nur Apfelkuchen gab. Man konnte ihr den großartigsten Apfelkuchen vorsetzen, den es überhaupt gab, aber es war eben niemals der Kirschkuchen, den sie haben wollte. Es blieb immer ein unterschwelliges Gefühl von Unzufriedenheit.

So empfand sie Sex nach der Wandlung. Gut, aber nicht überragend. Irgendwie seltsam.

»Aber wie schaltet man die Gedanken aus?«, fragte Donny frustriert. »Die kommen einfach wie von selbst. Ich weiß wirklich nicht, wie man nicht denken soll.«

»Doch, das geht schon. Du versuchst nie, deine Gedanken zu zensieren, weil du so daran gewöhnt bist zu glauben, dass deine Gedanken nur für dich bestimmt sind«, machte Scotty ihm klar. »Ich will nichts schönreden, es wird hart werden, und es wird eine Weile dauern, bis man es kann. Aber du schaffst das. Wir alle mussten da durch. Und es ist besser, wenn du es dir angewöhnst, bevor ein Gedankenfetzen dazu führt, dass ein älterer Unsterblicher auf dich einprügelt. Oder dir noch Schlimmeres antut.«

»Noch Schlimmeres?«, fragte Donny verunsichert.

»Oh ja. ich weiß von Unsterblichen, die wegen eines falschen Gedankens getötet wurden«, entgegnete er in betretenem Tonfall. »Jedenfalls möchte ich deinen Namen nicht auf der Liste derjenigen wiederfinden, denen ein solches Schicksal zuteilwurde.«

»Ich auch nicht«, stimmte Donny ihm zu.

»Ich werde tun, was ich kann, um dir zu helfen.«

»Danke, ich weiß das zu schätzen.« Nach einer weiteren kurzen Pause fragte Donny: »Was ist mit deiner Lebensgefährtin?«

»Wie bitte?« Scotty klang verwirrt.

»Na, vorhin hast du gesagt: ›Würden dir genauso verdorbene Gedanken über meine Lebensgefährtin durch den Kopf gehen …‹«, erklärte Donny. »Also: Hast *du* eine Lebensgefährtin?«

»Nay. Das heißt … aye, die habe ich«, gestand Scotty ihm. »Aber ich habe sie noch nicht für mich beansprucht.«

»Was? Wieso nicht?« Donny war genauso erstaunt wie Beth, als sie das hörte.

»Die Sache ist etwas … heikel«, gestand Scotty, dem das Thema offensichtlich Unbehagen bereitete.

»Wieso heikel?«, hakte der jüngere Mann nach.

Beth rechnete damit, dass Scotty den Jungen zurechtweisen würde, sich gefälligst um seine eigenen Angelegenheiten zu kümmern, doch stattdessen antwortete er: »Sie war noch nicht bereit.«

Donny schwieg, offenbar weil er darüber nachdachte, wie das zu verstehen war. Schließlich sagte er: »Noch nicht bereit, weil sie zu jung ist? Etwa noch ein Kind?«

»So was in der Art«, gab Scotty ausweichend zurück.

»Wie jung ist sie dann?« Donny war eindeutig neugierig geworden.

»Nicht so wichtig«, sagte Scotty ausweichend und wechselte gleich darauf das Thema, indem er anfügte: »Ich habe letzte Nacht kaum geschlafen, ich werde das jetzt erst mal nachholen.«

Danach lag Beth eine Weile wach. Zuerst hatte sie ja gehofft, dass Donny doch noch etwas mehr aus Scotty herausholen würde. Dann jedoch begann sie über die Tatsache nachzudenken, dass Scotty seiner Lebensgefährtin begegnet war. Das könnte eine Erklärung dafür sein, dass er mit einem Mal so nett zu ihr war. Schließlich würde darüber jeder glücklich sein. Allerdings hatte das Ganze den Schönheitsfehler, dass diese Frau noch zu jung war, um sie als Lebensgefährtin zu beanspruchen. Vor allem im Hinblick darauf, dass all seine lange verstummten Gelüste nun wiedererwacht sein mussten. Er musste wieder Gefallen an Essen finden … und an Sex. Essen war kein Problem, aber wenn seine Lebensgefährtin zu jung war, hatte er keine Möglichkeit, sein erneutes Verlangen nach Sex zu stillen, wenn er sich nicht einer anderen Frau zuwandte.

Einen Moment lang spielte sie mit dem Gedanken, dass er zu einer Affäre mit ihr bereit sein könnte. Mit diesem Mann tatsächlich Sex zu haben, anstatt das nur seit über hundert Jahren in ihrer Fantasie und in ihren Träumen auszuleben, gehörte nicht zu den Dingen, die sie jemals auch nur in Erwägung gezogen hatte.

Jetzt aber dachte sie darüber nach, und der bloße Gedanke brachte ihren ganzen Körper zum Kribbeln.

Immerhin wäre es ja nicht so, als würde er seine Lebensgefährtin betrügen, schließlich war die für ihn zu jung, außerdem hatte er noch keinen Anspruch auf sie erhoben. Folglich waren die zwei auch kein Paar.

Zumindest in ihren Ohren klang das nach einer vernünftigen Rechtfertigung für eine Affäre.

Der Haken dabei war nur der, dass Scotty sie noch nie allzu sehr hatte leiden können, woran sich vermutlich bislang auch nichts geändert hatte. An seinem Verhalten ihr gegenüber war zwar nie etwas auszusetzen gewesen, andererseits hatte sie auch noch nie Gelegenheit gehabt, sich ausführlicher mit ihm zu unterhalten. Aber abgesehen davon war sie wahrscheinlich die Frau, mit der er am allerwenigsten ins Bett gehen wollte. Was vielleicht auch besser so war. Nachdem sie sich ein Jahrhundert lang ausgemalt hatte, wie es sein würde, mit ihm Sex zu haben, war es eher unwahrscheinlich, dass er es mit dem Scotty in ihren Träumen aufnehmen konnte. Das wäre eine herbe Enttäuschung, die sie sich besser ersparte. Seufzend verdrängte Beth diesen Gedankengang und ließ es zu, dass der Schlaf sie endlich übermannte.

»Ich kann niemanden entdecken«, sagte Donny. »Könnt ihr irgendjemanden sehen?«

Beth unterdrückte ein Gähnen, während sie sich auf dem kleinen Flugplatz umsah, auf dem sie eben gelandet waren. Am Ende der langen Landebahn fanden sich ein großer Hangar und ein kleineres Gebäude mit komplett verglaster Front, die zur Rollbahn hin ausgerichtet war. Weder parkte dort einer der standardmäßigen schwarzen SUVs, noch kam von irgendwoher ein Wagen auf sie zu. Beth zuckte mit den Schultern. »Vielleicht hat sich der Fahrer verspätet«, gab sie zu bedenken.

»Ja, vielleicht«, überlegte Donny. »Oder Mortimer hat niemanden erreichen können. Er hat doch gesagt, dass wir uns bei ihm melden sollen, wenn hier niemand auf uns wartet. Ich rufe ihn besser an.«

»Von mir aus«, antwortete Beth verschlafen. Während des Flugs war sie in einen so tiefen Schlaf gefallen, dass Scotty sie nach der Landung kräftig hatte schütteln müssen, um sie aufzuwecken. Richtig wach war sie immer noch nicht, dafür war erst mal ein Kaffee nötig. Nachdenklich betrachtete sie das kleine Gebäude und ging nach kurzem Abwägen darauf zu. Wenn sie Glück hatte, gab es da ja einen Kaffeeautomaten. Möglicherweise. Hoffentlich.

»Augenblick!«, rief Donny und nahm das Telefon vom Ohr, als sie einfach davonging. »Wo willst du hin?«

»Ich sehe nach, ob es da drüben Kaffee gibt. Willst du auch einen?«

»Aber … aber Scotty redet noch mit dem Piloten. Sollten wir nicht auf ihn warten?«

Scotty hatte die Aufgabe übernommen, den von Mortimer erwähnten Umschlag beim Piloten abzuholen. Beth war viel zu müde, als dass sie sich darüber hätte ärgern können, dass er die Initiative ergriffen hatte. Stattdessen war sie schon von Bord gegangen, um nach dem Wagen zu sehen. Jetzt blieb sie stehen und drehte sich um. »Ja, das kannst du dann übernehmen. Ich hole in der Zwischenzeit den Kaffee. Bin gleich wieder da. Also? Bekommst du auch was?«

»Ähm …«

Kopfschüttelnd drehte sie sich um und ließ ihn einfach stehen. »Dann gibt's einen Kaffee ohne alles für dich.«

»Nein, lieber einen Haselnuss-Latte, wenn es geht«, rief er ihr nach. »Mit fettarmer Milch und Süßstoff.«

Beth konnte nur weiter den Kopf schütteln. Was glaubte er eigentlich, wo er hier war? Dachte er ernsthaft, hier neben dieser einsamen Landebahn einen Coffeeshop mit allen Extras vorzufinden? Und mal ernsthaft? Wer trank denn bitte Haselnuss-Latte mit fettarmer Milch und Süßstoff?

»Lieber Himmel, er ist ein verkapptes Mädchen«, murmelte sie, gerade als sie das Gebäude erreichte. Sie machte die Tür auf, ging hinein und sah sich flüchtig in der kleinen, menschenleeren Wartehalle um. Sonderlich beeindruckend war der Anblick nicht. Der Boden war mit mattgrauen Platten gefliest, die Wände waren in einem morastigen Beige gestrichen. Sechs zum Fenster hin ausgerichtete gepolsterte Sitze waren auf einer langen, fest im Boden verankerten Metallstange montiert. Die Kunstlederbezüge waren zerschlissen und mit Graffiti beschmiert. Zu ihrer Rechten fanden sich zwei Türen, eine für die Herren-, die andere für die Damentoilette. Sie sah nach links und entdeckte eine ganze Reihe von Getränke- und Süßigkeiten-Automaten. Sie ging zu dem Automaten, der mit Reklame dekoriert war, die eine Kaffeetasse beziehungsweise ein paar Kaffeebohnen zeigte.

Zu Beths Erstaunen gab es deutlich mehr als nur einfachen schwarzen Kaffee. Es gab auch noch Cappuccino, Mokka, Americano, Espresso, heiße Schokolade, Tee, Cidre und tatsächlich auch Latte, allerdings nur den normalen und keinen mit anderem Geschmack. Sie war sich auch ziemlich sicher, dass der nur mit heißem Wasser aufgebrüht aus dem Automaten kommen würde, ganz ohne fettarme Milch.

»Da wird Donny ja mächtig enttäuscht sein«, sagte sie amüsiert zu sich selbst und suchte in ihrer Hosentasche nach Münzgeld.

»Wer ist Donny?«

Beth drehte sich verdutzt um und entdeckte einen großen, gut aussehenden schlanken Mann mit dunklen Haaren, der die Wartehalle durchquerte und auf sie zukam. Da hinter ihm die Tür ins Schloss fiel, war offensichtlich, dass er von der Herrentoilette kam. Einen Moment lang überlegte sie angestrengt, wo sie den Mann einordnen sollte, dann wurde es ihr auf einmal klar, und sie quiekte begeistert: »Oh, mein Gott! Matías!«

Sie hatte sich noch nicht ganz umgedreht, da war er auch schon bei ihr angekommen, fasste sie an der Taille und zog sie lachend zu sich herum.

»Wie schön dich wiederzusehen, Beth. Du siehst toll aus, wie immer«, erklärte er erfreut und nahm sie in seine Arme.

»Du aber auch«, erwiderte sie lächelnd und legte den Kopf ein wenig in den Nacken, um sein Gesicht zu betrachten. »Wie lange ist das jetzt her? Zwei Jahre?«

»*Sí*, so lange ist das schon her«, stöhnte er betrübt und drückte sie wieder fest an sich, wobei er sie ein Stück weit hochhob, sodass sie den Boden unter den Füßen verlor. »Ich muss immer an dich denken, weil ich jeden Tag merke, wie du mir fehlst.«

Beth musste unwillkürlich lachen und schlang die Beine um seine Taille, damit sie den Halt fand, den sie brauchte, um sich ein Stück weit zurückzubeugen und ihm in die Augen schauen zu können. Sie mochte es nämlich nicht, wie ein Kind hin und her zu baumeln, während er sie festhielt. »Ich denke auch oft an dich, Matías«, versicherte sie ihm. »Spanien ohne dich war nicht mehr das Spanien, das ich kannte.«

»Also bist du mir hierher nach Kanada gefolgt, *sí*?«, neckte er sie grinsend.

»Eigentlich bin ich Drina gefolgt«, antwortete sie fast schuldbewusst.

»Ah, *sí*. Ich habe gehört, dass sie hier ihren Lebensgefährten gefunden hat«, sagte er. »Ich freue mich sehr für sie. Aber für mich selbst freue ich mich auch«, fuhr er fort und setzte wieder sein breites Grinsen auf, »weil du jetzt hier bist.«

»Und ich würde mich ganz besonders freuen, wenn mir jemand sagen könnte, wer in drei Teufels Namen du eigentlich bist!«

Beth stutzte, als sie diese in tiefem Knurren gesprochenen Worte hörte, und drehte den Kopf zur Seite. Scotty stand am Eingang der Halle und warf ihr einen finsteren Blick zu, als sei sie ein ungezogenes Kind, das zur Ordnung gerufen werden musste. Unwillkürlich machte sie dabei vor Erstaunen große Augen, lächelte und erklärte höflich: »Scotty, das ist Matías Argenis, mein Cousin.«

»Dein Cousin«, wiederholte er, klang aber nicht sehr überzeugt.

»*Sí*, sie wurde von der Argenis-Familie als Schwester für Drina adoptiert«, erklärte Matías freundlich. »Dadurch sind wir Cousine und Cousin, die sich aber küssen dürfen.«

Beth grinste, da er sie auf die Nase küsste. Gleich darauf erwiderte sie die Geste. »Und jetzt lässt du mich besser runter, weil Scotty sonst der Schlag trifft. Ich glaube nämlich, er hält unser Benehmen für unanständig.«

»Hmm.« Matías bedachte Scottys zornige Miene mit einem kurzen Blick, dann wandte er sich wieder Beth zu und fragte: »Er ist Engländer, richtig?«

»Nein, Schotte«, stellte sie klar.

Matías zuckte flüchtig mit den Schultern, wodurch sie leicht auf und ab wippte. »Kommt aufs Gleiche raus. Engländer, Schotte. Die sind alle kalt wie ein Fisch.«

Beth musste grinsen, nahm dennoch die Beine runter und drückte sich von Matías weg, bis er sie absetzte und losließ. Sie zog ihre Kleidung glatt und fragte: »Hat Mortimer dich geschickt?«

»*Sí*. Mortimer ist ein Sklaventreiber. Tu dies, tu jenes. Hol die hübsche Beth vom Flughafen ab, bring sie her, massier ihr die Füße, liebe sie wie ein Verrückter.«

»Du Spinner! Das hat er garantiert nicht gesagt«, protestierte sie und lachte ausgelassen.

»Nein, aber er hätte es gesagt, wenn er gewusst hätte, wie groß meine Leidenschaft für dich ist«, beteuerte er.

Sie ging um ihn herum und schüttelte ungläubig den Kopf. »Ich brauche jetzt einen Kaffee.«

»Kaffee ist gut«, sagte Matías und drehte sich zu Beth um, gerade als sie Kleingeld aus der Tasche zog und ein paar Münzen einwarf.

»Kaffee ist schlecht«, hielt Scotty dagegen. »Bei manchen Unsterblichen wirkt Kaffee so, als hätten sie Speed genommen.«

»Glücklicherweise macht mir Kaffee nichts aus«, versicherte sie ihm, fügte dann aber der Ehrlichkeit halber an: »Jedenfalls nicht viel.«

»Mir auch nicht«, schloss Matías sich ihr an.

»Hey! Hey! Beth! Scotty!«, rief Donny aufgeregt, der mit dem Smartphone in der Hand in die Wartehalle gestürmt kam. »Mortimer hat den Typen vom hiesigen Stützpunkt erreichen können. Er heißt Matías, und er muss jeden Moment hier ankommen, aber ich … das ist er, richtig?«, unterbrach Donny sich selbst, als er den Mann entdeckte, der zwischen Beth und Scotty stand.

»Ja«, antwortete Beth vergnügt. »Donny, das ist Matías Argenis. Er ist unser Fahrer, mein Cousin, und offenbar ist er hier auch unser Gastgeber.« Sie sah, wie die Männer sich zum Gruß zunickten, wandte sich dann dem Kaffeeautomaten zu und zog einen Americano. »Wie kommt es, dass du hier für die Jäger arbeitest, Matías? Ich dachte, du bist aus Spanien weggegangen, um ein College zu besuchen.«

»Das ist richtig«, beteuerte Matías. »Ich gehe hier auch aufs College. Aber ich bin ein armer Student und brauche eine Unterkunft, also hat Papa mit Lucian gesprochen, und der hat gesagt, dass ich im Quartier der Vollstrecker wohnen darf. Ich muss nur hin und wieder mal etwas erledigen, also zum Beispiel hübsche Damen vom Flugplatz abholen, ihnen ein Bett geben, sie mit grandioser Pizza vom Pizza-Taxi füttern und ihnen Sweet Ecstasy zu trinken geben.«

»Du bringst mich nicht dazu, Sweet Ecstasy zu trinken«, machte sie ihm prompt klar, sah ihn dann aber verwundert an. »Pizza vom Pizza-Taxi?«

»Du weißt, ich kann nicht kochen«, meinte er beiläufig.

»Aber diese Pizza ist fantastisch. So was habe ich noch nie zuvor gegessen. Du wirst begeistert sein.«

»Und der Grund dafür, dass Mortimer solche Schwierigkeiten hatte, dich zu erreichen?«, wollte sie wissen, während sie weiter auf ihren Kaffee wartete. »Auf welchen Namen hört der?«

»Auf Justine«, antwortete Matías begeistert, legte eine Hand auf sein Herz und verdrehte die Augen. »Sie ist eine wunderschöne Frau, aber nicht so schön wie du«, beteuerte er. »Und sie ist unglaublich besitzergreifend. Sie wollte mich nicht gehen lassen, darum hatte sie mein Handy und meine Hose versteckt. Ungezogenes Mädchen!«

»Ach, Matías, du bist unverbesserlich«, tadelte sie ihn und nahm den Becher mit dem dampfenden Kaffee an sich.

»Ich werde nur meinem Namen gerecht, meine wunderschöne Cousine«, widersprach er ihr. »Ich kann die Damenwelt doch nicht enttäuschen.«

Beth sah zu Donny und bemerkte dessen verwunderte Miene. »Matías bedeutet so viel wie *Gottes Geschenk*«, erläuterte sie ihm und wandte sich dann wieder Matías zu. »Aber nirgendwo steht geschrieben, dass es sich dabei um Gottes Geschenk an die Frauen handelt.«

»Das versteht sich doch von selbst. Für wen sollte ein Mann wie ich sonst ein Geschenk sein?«

»Zum Beispiel für deine Mutter«, schlug sie vor.

»*Sí*, für sie auch. Da bin ich der beste Sohn der Welt.«

»Ich glaube, in dem Punkt würden dir deine Brüder widersprechen«, wandte Beth lachend ein.

»Dann irren sich meine Brüder eben«, versicherte er ihr.

»Aber sicher doch«, gab sie ironisch zurück und sah wieder zu Scotty, der mit unverändert finsterer Miene der Unterhaltung folgte.

Plötzlich drehte er sich zu Donny um. »Wo ist das Gepäck? Du sollst es doch im Auge behalten.«

»Ich hab alles auf einen von diesen Karren gelegt und den bis zu dem Gebäude hier gerollt. Er ist gleich da vorn«, sagte Donny und zeigte zum Fenster. Direkt davor stand der Gepäckwagen mit ihren Taschen. »Ich dachte, wir werden abgeholt, darum habe ich ihn draußen gelassen.«

»Mein Wagen steht auf dem Parkplatz vor dem Gebäude«, erklärte Matías. »Die mögen es nicht, wenn man mit Autos aufs Rollfeld fährt. Ich werde aber jetzt einfach den Wagen holen und das Gepäck da vorn einladen.« Und schon lief er los und ließ die anderen in der Wartehalle zurück.

»Ist der für mich?«

Beth, die eben noch Matías hinterhergeschaut hatte, drehte sich um und sah, dass Donny auf den Becher in ihrer Hand zeigte. »Oh. Nein, tut mir leid. Es gibt keinen Haselnuss-Latte, deshalb wusste ich nicht, was ich dir stattdessen mitbringen soll.«

Donny nickte und ging zum Automaten. Als er die Auswahl sah, leuchteten seine Augen auf. »Oh, heiße Schokolade und Mokka und …«

»Dann hole ich wohl am besten den Gepäckwagen, nicht wahr?«, fragte Scotty ironisch.

Beth entging der Tonfall nicht, trotzdem lächelte sie nur. »Gute Idee.«

»Ganz genau«, sagte er und machte auf dem Absatz kehrt.

Sie genoss seine Verärgerung und trank einen Schluck Kaffee, den sie aber sofort ausspuckte. »Igitt«, sagte sie angewidert und warf den Becher in einen Abfalleimer. »Spar dein Geld lieber, Donny. Ich habe noch nie einen so miesen Pulverkaffee getrunken.«

»Oooh, aber es gibt Mokka! So was habe ich zuletzt als Sterblicher getrunken!«

Erstaunt musterte sie den jüngeren Mann. »Du hast doch seitdem mal Kaffee getrunken, oder etwa nicht?«

»Nein. Ich war ab meiner Wandlung in der Ausbildung«, erklärte er und suchte seinerseits nach Kleingeld für den Automaten. »Lucian hatte mich zu dieser Einrichtung in Winnipeg geschickt, damit ich vernünftig ausgebildet werde, na ja, und die sind ziemlich streng. Keine Pizza, keine Süßigkeiten, keine Limo, kein Koffein. Nur gedämpftes Gemüse und Reis und Wasser, und ständig Vorträge darüber, dass dein Körper dein Tempel ist und dass du mehr Blut brauchst, wenn du Fast Food und so was alles isst.« Er verzog den Mund, während er ein paar Münzen in den Automaten einwarf. »Na ja, und das Waffentraining und der Kampfsport. Und außerdem noch Unterweisungen, wie man mit einem Abtrünnigen umgeht.«

»Oh«, sagte Beth und sah ihm zu, wie er die Mokka-Taste betätigte. Sie und Dree hatten in Spanien auch ein Trainingslager für angehende Jäger besucht, aber da war nichts von all dem vorgekommen, was Donny ihr da erzählte. Allerdings war das auch schon hundert Jahre her, und da hatte es noch keine Pizza gegeben. Zumindest hatten sie damals nie was davon gehört. Und es hatte auch noch keine abgepackten Schokoriegel gegeben. Außerdem waren sie dazu angehalten worden, Dinge wie zum Beispiel Kaffee zu probieren, um in einer sicheren Umgebung die Auswirkungen auf den Körper beobachten zu können.

Aus irgendeinem Grund war Koffein eine Droge, die die Nanos nicht sofort aus dem Körper spülen konnten. Sie schienen Koffein nicht als Droge zu betrachten, zumindest aber schienen sie dem Koffein keine schädliche Wirkung zuzumessen. Auf jeden Fall ließen sie das Koffein unbeachtet, was schon merkwürdig war, zumal die Wirkung bei Unsterblichen deutlich stärker ausfiel als bei Sterblichen. Jedenfalls bei einigen von ihnen. Andere zeigten dagegen keinerlei Reaktion. Bei Beth war es nur so, dass sie davon eher wach wurde und sie sich ein wenig überdreht fühlte. Auch Drina hatte damit keine nennenswerten Schwierigkeiten. Auf der anderen Seite hatten sie während ihrer Ausbildung aber auch erlebt, dass Koffein auf manche Unsterbliche eine sehr schädliche Wirkung hatte.

Zu welcher Gruppe Donny gehörte, würden sie heute wohl nicht herausfinden, überlegte sie amüsiert, als sie sah, dass er seinen ersten Schluck Mokka auch gleich wieder ausspuckte.

»Wie eklig«, konnte er ihr nur zustimmen und warf seinen Becher ebenfalls in den Müll. Gleich darauf stand er aber wieder vor dem Automaten und warf erneut Geld ein.

»Du wirst doch nicht noch mehr Geld zum Fenster rauswerfen, nicht wahr?«, rief sie erschrocken und schlug vor: »Jetzt kannst du auch noch warten, bis wir im Haus sind. Dann kannst du immer noch Kaffee trinken, so viel du willst.«

»Ich habe aber Durst«, beklagte sich Donny. »Dann werde ich einfach einen Becher Cidre probieren. Der kann ja unmöglich so schrecklich schmecken wie das andere Zeugs. Aber ich würde nachher gern mal einen Espresso probieren. Das musst du mir versprechen.«

»Was sollst du ihm versprechen?«, warf Scotty ein, der gerade den Gepäckwagen in die Wartehalle schob.

»Dass er einen Espresso probieren darf«, erklärte Beth, während sie zusah, wie aus der Maschine etwas Dampfendes in den Becher lief, das von der Farbe her wie Urin aussah. Himmel, dieser Mann musste ja einen unglaublichen Durst haben, wenn er das auch nur probieren wollte, nachdem sich ihr Kaffee und danach auch seiner als eine solche Katastrophe entpuppt hatten. Er musste tatsächlich sehr durstig sein, denn nachdem er kurz in den Becher gepustet hatte, trank er einen großen Schluck.

»Und?«, fragte sie.

»Hm … na ja«, meinte er unschlüssig, nahm aber gleich noch einen Schluck.

Beth wandte sich ab und sah zur Fensterfront, gerade als der SUV vorfuhr. Sie ging zur Tür und rief: »Kommt schon, Matías ist mit dem Wagen da.«

»Also dann«, sagte Matías, als die anderen ihr Gepäck auf die Ladefläche gestellt hatten und in den SUV eingestiegen waren. »Ich fahre euch zur Universität, da könnt ihr euren Kram erledigen, und danach relaxen wir, damit ihr euren Aufenthalt wenigstens noch ein bisschen genießen könnt, ehe das Flugzeug eintrifft, das euch wieder zurückbringt.«

Beth sah Matías verdutzt an. »Ich dachte, Kira ist bis morgen Abend nicht in der Stadt.«

Matías schüttelte den Kopf. »Mortimer hat die Daten durcheinandergeworfen. Morgen findet diese Party in Kalifornien statt, auf die sie gehen wird. Heute Abend ist sie hier.«

»Es ist aber schon nach halb zwölf, und wenn sie morgen Unterricht hat, dann wäre das eigentlich ein bisschen spät, wenn wir sie jetzt noch aufsuchen würden, findet ihr nicht?«, fragte Beth nach einem Blick auf ihre Armbanduhr. Als sie Mortimer gefragt hatte, warum sie sich die Kleine nicht noch heute Abend vornehmen sollten, war ihr nicht in den Sinn gekommen, dass Kira als Studentin ihren Tagesablauf an den der Sterblichen anpassen musste. Daran hatte sie erst im Flugzeug gedacht, aber das war offenbar ein Irrtum gewesen, denn Matías gab einen skeptischen Laut von sich.

»Halb zwölf ist nicht spät«, widersprach er. »Außerdem seid ihr noch auf Toronto-Zeit eingestellt. Tatsächlich ist es erst halb acht.« Zum Beweis tippte er auf die Uhr im Armaturenbrett. »Was den Unterricht angeht … nun, da Kira unsterblich ist, wird sie in erster Linie Abendkurse besuchen und vermutlich in den Fächern die Nachmittagskurse besuchen, die abends nicht stattfinden«, versicherte er ihnen. »Und wahrscheinlich wird sie am Freitag gar keine Vorlesungen haben, weil die meisten Studenten versuchen, sich den Freitag komplett frei zu halten.«

»Wieso das?«, wunderte sich Beth.

»Weil die Party dann schon am Donnerstagabend losgehen kann«, erklärte er grinsend.

»Das heißt, sie ist wahrscheinlich gar nicht da?«, fragte sie irritiert.

»Oh, *sí*, sie wird da sein«, beteuerte er. »In den Bars und Clubs ist vor elf, zwölf Uhr nachts so gut wie nichts los. In der Zeit davor machen sich alle bereit und trinken schon mal ordentlich vor. Das macht es viel billiger. In den Lokalen sind Getränke sehr teuer, darum sorgen die Studenten dafür, dass sie schon ›halb angeschickert‹ sind, bevor sie sich auf den Weg in die Bars machen. Sie wird noch gar nicht ihr Quartier verlassen haben.«

»Hm«, machte Beth und meinte dann lächelnd. »Dann werden wir jetzt wohl der Universität einen Besuch abstatten.«

5

»Da wären wir«, verkündete Matías gut gelaunt, als sie den Campus der Uni erreicht hatten und auf den Parkplatz eingebogen waren.

»Danke.« Beth stieg aus und ging um den Wagen herum, wobei ihr bewusst war, dass Scotty seinen Platz auf der Rückbank verlassen hatte und ihr folgte. Sie blieb stehen, als ihr auffiel, dass auch ihr Cousin ausgestiegen war und hinter Donny herging, der sich wiederum gleich hinter Scotty befand. »Wohin willst du denn?«, fragte sie Matías.

»Ich komme mit«, sagte er, als sei dies das Selbstverständlichste überhaupt. Grinsend fügte er dann hinzu: »In dem Haus wimmelt es von jungen, heiratsfähigen Frauen. Ich muss euch Rückendeckung geben.«

»Ich glaube, da wohnen nicht nur Student*innen*«, merkte Donny an. »Da werden auch Typen sein.«

»Die Männer sind Beths Problem«, gab er unbeeindruckt zurück. »Aber bei den Frauen kann ich euch behilflich sein. Die lieben mich.«

Kopfschüttelnd ging Beth weiter. »Meinetwegen. Aber verletz dich bloß nicht. Tante Giulietta wird mir das Fell über die Ohren ziehen, wenn du dir was tust.«

Matías reagierte mit einem empörten Schnauben. »Meine Mutter liebt dich über alles. Wenn, würde sie Lucian die Schuld geben.«

»Stimmt, das würde sie«, musste sie ihm schmunzelnd beipflichten.

»Und wieso liebt Giulietta sie?«, wollte Scotty wissen, was Matías zu einem Blick veranlasste, der besagte, dass man nicht bei Verstand sein konnte, wenn man so etwas fragen musste.

»Weil Beth perfekt ist«, antwortete er. »Sie ist klug und nett und gut und stark … und als ich jung war, hat sie mich immer davor bewahrt, dass ich mir Ärger einhandele.«

»Ich war sein Babysitter, als er noch klein war«, erklärte Beth mit einem liebevollen Lächeln.

»*Sí*.« Matías nickte bestätigend. »Sie war die beste Tante aller Zeiten.«

»Ich habe ihn nach allen Regeln der Kunst verwöhnt«, gab Beth ohne einen Funken Reue zu.

»*Sí*, wie ich schon sagte: die beste Tante aller Zeiten«, wiederholte Matías.

»Ich dachte, ihr zwei seid Cousine und Cousin«, warf Scotty ironisch ein.

»Als Adoptivschwester von Drina ist sie eigentlich meine Cousine«, sagte er mit ernster Miene. »Aber als ich noch ganz klein war, habe ich nur Tante Beth zu ihr gesagt.«

Scotty reagierte darauf nur mit einem knappen Brummen. Sie hatten das Gebäude erreicht und stellten ihre Unterhaltung ein, als sie das Foyer betraten.

Beth schaute sich um, dann ging sie zum Empfang und lächelte die Frau an, die nicht älter als zwanzig zu sein schien. Sie beschloss, es erst einmal auf die Sterblichen-Tour zu versuchen. »Hallo, wir möchten zu Kira Sarka. Müssen wir uns erst irgendwo eintragen, bevor wir raufgehen können?«

»Nein, Sie können nicht raufgehen«, erklärte die Frau. »Besucher müssen hier im Foyer warten, bis sie von demjenigen abgeholt werden, zu dem sie wollen. Aber ich kann anrufen und Bescheid geben, dass Sie hier sind. Wie heißen Sie?«, fragte sie, griff nach dem Hörer und tippte ein paar Ziffern ein.

In dem Moment entschied Beth, dass sie auf diese Tour nicht weit kommen würden. Das Letzte, was sie jetzt gebrauchen konnten, war jemand, der Kira vorwarnte, dass sie auf dem Weg zu ihr waren. Sie würde natürlich sofort ihre Leibwächter auf sie ansetzen.

Also tauchte sie in den Geist der Empfangsdame ein, damit sie den Hörer wieder hinlegte, und ordnete dann deren Gedanken ein wenig um, damit sie vergaß, von wem sie angesprochen worden war, und auch nichts davon mitbekam, wie sie gemeinsam zu den Aufzügen gingen. Sie zog sich aus dem Verstand der Frau zurück und gab den Männern ein Zeichen, ihr zu den Aufzügen zu folgen.

»Scheint so, als ob Kira nicht allzu beliebt ist«, merkte Scotty an, als sie eine der Kabinen betraten und Beth die Taste für die entsprechende Etage drückte.

»Ja, diese Gedanken sind mir auch aufgefallen«, ergänzte Beth beiläufig, während sie die Anzeige über der Tür im Auge behielt. Ihr war nicht entgangen, dass er sich so wie sie im Kopf der jungen Empfangsdame umgeschaut hatte, daher kam seine Bemerkung für sie nicht überraschend. Erstaunt hatte sie allerdings das Maß an Feindseligkeit, das die Frau gegenüber der russischen Studentin empfand. Und es war auch deutlich erkennbar gewesen, dass jeder im Haus diese Meinung teilte, der mit dem »russischen Miststück« zu tun hatte.

»Vermutlich wird es nicht so leicht sein, mit Kira zu reden«, meinte Scotty. »Vielleicht sollte ich sie mir vornehmen.«

Amüsiert drehte sie sich zu ihm um. »Scotty, ich habe den größten Teil meines Lebens als Sterbliche in einem Haushalt mit dreizehn Frauen zugebracht, von denen sich locker die Hälfte für Primadonnen hielt. Deswegen dürfte Mortimer auch mich hierhergeschickt haben. Ich komme mit so was schon klar.«

»Na, natürlich.« Er nickte ernst und ließ dann ein Lächeln folgen. »Das wird sicher amüsant.«

Beth stutzte und warf gleich darauf Matías einen verwunderten Blick zu, als der leise zu lachen begann. Achselzuckend entgegnete er: »Ich kenne dich, Cousine. Scotty hat recht, das wird sicher amüsant.«

Ein leises *Pling* kündigte an, dass sie ihre Etage erreicht hatten. Die Türen gingen auf, und gemeinschaftlich verließen sie die Kabine. Die Tür zu Kiras Apartment war gar nicht zu übersehen, da zwei hünenhafte Amazonen davorstanden.

»Oh Mann«, murmelte Donny irgendwo hinter ihnen. »Da kann ich dir nicht helfen, Beth. Ich kann kein Mädchen schlagen.«

Abrupt blieb sie stehen und drehte sich zu dem jüngeren Unsterblichen um. »Soll das ein Witz sein?«

»Nein, ich kann kein Mädchen schlagen«, beharrte er. »Ich bin so erzogen worden, dass ich das nicht machen darf.«

»Ach, ja?« Beth zog ungläubig die Augenbrauen zusammen. »Und wenn wir es mal mit weiblichen Abtrünnigen zu tun bekommen … dann wirst du einfach …?«

»Das ist was anderes«, beteuerte er hastig. »Weibliche Abtrünnige sind … na ja, die sind abtrünnig. Aber die Frauen da tun nur das, was ihnen gesagt worden ist.«

»Keine Angst, Donny«, warf Matías mitfühlend ein. »Ich werde euch helfen. Ich werde sie einfach weglocken.«

Aufgebracht schnalzte Beth mit der Zunge. »Die sind zu zweit, Matías. Und sie sind unsterblich. Ich kann mir vorstellen, dass dir das mit dem Mojo, das dir die Nanos bescheren, bei zwei sterblichen Frauen gelingen wird, aber ich wüsste nicht, wie zwei unsterbliche Frauen …«

»Das geht schon, Cousine«, unterbrach Matías sie. »Frauen lieben mich einfach.«

Beth legte die Stirn in Falten. »Ich weiß, du denkst …«

Sie verstummte und drehte sich so wie Matías zu den Frauen um, nachdem sie zwei Mal dicht hintereinander ein leises Zischen gehört hatten, dem jeweils ein dumpfer Knall folgte. Beide Leibwächterinnen lagen reglos auf dem Boden.

»Das hätten wir«, sagte Scotty lässig und steckte die Betäubungspistole weg. Als er Beths Blick bemerkte, zuckte er mit den Schultern. »Jetzt hat Donny kein Problem damit, dass er sie nicht schlagen darf, und Matías kann sich den Latin Lover ersparen. Können wir das dann jetzt hinter uns bringen?«

Sie hatte Mühe, sich angesichts dieser pragmatischen Lösung ein lautes Lachen zu verkneifen. Sie nickte und gab das Zeichen zum Weitergehen. »Vielleicht kannst du ja jetzt die Nachbarn kontrollieren, die das mitbekommen, damit sie nicht schreiend in ihre Zimmer zurückrennen und die Polizei alarmieren.«

»Bin schon dabei«, sagte Scotty.

Sie wusste sofort, dass er die Wahrheit sagte, da alle jungen Männer und Frauen, die sich in dem Moment im Korridor aufgehalten hatten, wie erstarrt dastanden.

»Gut«, murmelte sie. »Gut, Donny, Matías, ihr haltet Ausschau nach weiteren Leibwächtern, die sich noch irgendwo hier aufhalten könnten.«

»Du glaubst, da sind noch mehr von der Sorte?«, fragte Donny beunruhigt – was er auch sein sollte, wenn er keine Frau schlagen wollte.

»Mortimer sprach davon, dass Kiras Vater ihr gleich ein paar davon geschickt hat«, betonte sie geduldig. »Vermutlich sind noch ein oder zwei bei ihr im Apartment, und es könnten zwei oder drei irgendwo anders sein, die jeden Moment auftauchen könnten, um ihre Kolleginnen abzulösen.«

»Okay«, flüsterte Donny. »Kann ich auf sie schießen?«

Abermals blieb sie stehen und drehte sich zu ihm um. »Ist das jetzt dein Ernst? Schlagen kannst du sie nicht, aber auf sie schießen ist für dich in Ordnung?«

»Es ist ja mit der Betäubungspistole«, rechtfertigte er sich. »Das tut ein Mal kurz weh, und dann bekommen sie ja sowieso nichts mehr mit. Außerdem hat Grandma zwar immer gesagt, dass ich keine Mädchen schlagen soll. Aber sie hat mir nie verboten, auf sie zu schießen.«

Beth hörte das bellende Lachen, das über Scottys Lippen kam, und Matías' verhaltenes Gelächter, musste aber selbst verhindern, dass sie auch nur verräterisch mit der Wimper zuckte. »Ja, schießen darfst du«, sagte sie dann nur.

Kopfschüttelnd drehte sie sich wieder nach vorn und ging bis zur Tür durch, wo die beiden bewusstlosen Russinnen lagen. Als sie zwischen den beiden stand, war Beth schon im Begriff anzuklopfen, als sie es sich noch einmal anders überlegte, sich bückte und eine der ausgeschalteten Frauen über ihre Schulter legte. Dann zog sie ihre Betäubungspistole und sah Matías auffordernd an.

Der verstand sofort, was sie wollte, stellte sich neben die Tür, fasste nach dem Türknauf und drehte ihn. Zum Glück war nicht abgeschlossen, denn das hätte ihr den Auftritt komplett ruiniert. Immerhin wäre sie mit der Leibwächterin über der Schulter gegen die Tür gelaufen, da sie den ersten Schritt nach vorn mit erhobener Pistole bereits machte, als Matías noch den Knauf drehte.

Das Zimmer dahinter war größer als erwartet. Wenn Beth darauf angesprochen worden wäre, hätte sie nur vermuten können, dass man die Wand zum benachbarten Apartment eingerissen hatte, um einen großen Raum für die kleine russische Prinzessin zu schaffen, in dem sie standesgemäß residieren konnte. Eingerichtet war das Ganze wie ein Loft-Apartment mit dem großen Bett in der einen, einer Kochnische in der anderen Ecke, einem Esstisch in der dritten, während der restliche verfügbare Platz von einer Sitzgruppe beansprucht wurde.

Das alles nahm Beth wahr, als sie hereinkam, dann konzentrierte sie sich auf die drei Frauen im Zimmer – eine zierliche Blonde und zwei Amazonen, die eine blond, die andere brünett. Beinahe hätte sie auf die beiden größeren Frauen geschossen, doch in letzter Sekunde hielt sie sich davon ab und schaltete stattdessen die zierliche Blonde und die große Brünette aus. Dann ließ sie die bewusstlose Leibwächterin von ihrer Schulter gleiten, sodass sie auf den Boden plumpste. Sie drehte sich um, gerade als Scotty sich bückte und das Handgelenk der anderen Leibwächterin ergriff. Die Leute im Flur gingen wieder ihren Beschäftigungen nach, als wäre nie etwas vorgefallen. Sie machte Scotty Platz, um die Bewusstlose ins Apartment zu ziehen, und wandte sich dann zu Kira Sarka um.

Die junge Frau sah sie wütend an und reckte das Kinn ein wenig, während sie auf die zierliche Blonde zeigte. »Woher hast du gewusst, dass sie nicht ich ist? Die meisten Leute halten mich für die Leibwächterin und Liliya für mich.«

»Dann machen die meisten Leute offenbar nicht die Augen auf«, gab Beth gelassen zurück. »Das Geklimper, das du um den Hals trägst, ist mindestens eine Viertelmillion wert, und deine Schuhe sind von Jimmy Choo, während deine Freundin nur billige Kopien am Leib trägt.«

»Du hast gute Augen«, meinte Kira. »Aber ich bin nicht in der Laune zu plaudern. Ihr müsst jetzt wieder gehen.«

Beth lachte über diese Aufforderung und setzte sich stattdessen an den Esstisch, während Scotty neben der Tür in Position ging. Damit war es die Sache von Matías und Donny, nach möglicherweise zurückkehrenden weiteren Leibwächterinnen Ausschau zu halten.

Es war zu hoffen, dass die zwei dieser Aufgabe gewachsen waren. »Um ehrlich zu sein, Kira, bin ich auch nicht in der Laune zum Plaudern, aber leider ist das meine Aufgabe.« Sie zog die Augenbrauen hoch. »Du warst ein sehr ungezogenes Mädchen und hast hier in Kanada von Sterblichen getrunken.«

»Ich bin Russin«, antwortete sie ungerührt und reckte das Kinn noch ein wenig mehr.

Wenn sie nicht aufpasste, würde sie sich dabei noch den Hals verrenken, überlegte Beth und redete ungerührt weiter: »Und hier ist Nordamerika, wo der Nordamerikanische Rat das Sagen hat und wo so etwas gegen unsere Gesetze verstößt.«

»Ich bin Russin«, wiederholte Kira und klang gleich etwas schroffer. »Und mein Vater ist der Chef des Russischen Rats. Er …«

»Ja, ja, er ist der große Boss in Russland«, unterbrach Beth sie und winkte desinteressiert ab. »Noch mal zum Mitschreiben: Das hier ist Nordamerika, und du wirst dich an die Regeln des Nordamerikanischen Rats halten, sonst wirst du nach den hier geltenden Gesetzen bestraft.«

»Wenn ihr mir den Kopf abtrennen wollt, dann wird mein Vater …«

»Sieh an, du kennst dich ja aus mit den Strafen, die hier verhängt werden, wenn man von Sterblichen trinkt«, unterbrach Beth sie in sanftem Tonfall.

Kira presste die Lippen zusammen und warf Beth einen zornigen Blick zu.

»Der Rat war schon in Sorge, du könntest mit unseren Gesetzen nicht vertraut sein. Oder du hättest vielleicht angenommen, dass du so was wie diplomatische Immunität besitzt, weil dein Vater in Russland so einen wichtigen Posten bekleidet. Aber das ist ja offenbar nicht der Fall.« Beth ließ eine kurze Pause folgen und redete dann im gleichen freundlichen Tonfall weiter: »Das hier ist die einzige Warnung, die wir dir geben. Wenn du trotzdem weiter von Sterblichen trinkst, werden sie dir sehr wohl den Kopf abtrennen.« Wieder verstummte sie, um sich kurz mit den Gedanken ihres Gegenübers zu befassen. »Das scheint mir ein ziemlich hoher Preis zu sein, nur um deinem Vater heimzuzahlen, dass er dir zu viele Vorschriften macht.«

»Er macht mir ja auch zu viele Vorschriften«, erklärte Kira verbittert. »*Er* ist der Mistkerl. Immer soll ich tun, was er sagt, gehen, wohin er mich schickt, und das sein, was er sich von mir vorstellt.«

Beth zuckte ohne einen Funken Mitgefühl mit den Schultern. »Es gibt Schlimmeres, was ein Vater einem antun kann.«

Kira stutzte und kniff die Augen zusammen, da sie offenbar einen Blick in Beths Gedanken und Erinnerungen werfen wollte. Beth ließ sie gewähren und bemühte sich, nichts von ihrer Vergangenheit oder von dem Verhalten ihres Vaters vor der jungen Frau zu verbergen.

»Dein Vater ist auch ein Mistkerl«, knurrte Kira, als sie fertig war.

Beth nickte nur.

Nach kurzem Zögern setzte sich Kira zu ihr an den Tisch und sah sie zunächst nur schweigend an. Dann sagte sie leise: »Ich glaube, ich hätte mich lieber von meinem Vater in ein Bordell schicken lassen, als mitzuerleben, wie er meinen Liebsten, Bogdan, tötete.«

Beth setzte zum Reden an, stockte dann aber und las stattdessen die Gedanken der Frau ihr gegenüber. Unwillkürlich zuckte sie zusammen, als sie sah, wie ein nackter junger Unsterblicher aus einem zerwühlten Bett gezerrt wurde, während die gleichermaßen nackte Kira versuchte ihn festzuhalten und verzweifelt darum flehte, sein Leben zu verschonen. Doch all ihr Schreien nützte nichts, und so musste sie mit ansehen, wie er aus dem Zimmer geschleift und dann enthauptet wurde. Sein Blut war von einem tiefen Karmesinrot, das sich deutlich vom Weiß des Schnees abhob.

Beth verdrängte die Bilder und betrachtete Kira, wobei ihr klar wurde, dass die sie ganz bewusst diese Erinnerung hatte sehen lassen. Es war eine klare, geordnete Erinnerung und nichts in viele kleine Momente Zersplittertes, wie es bei Gedanken so oft der Fall war, wenn man jemanden las, der zu verschleiern versuchte, was ihm durch den Kopf ging.

Kira hatte aber mehr getan, als sie nur die Szene sehen lassen. Sie hatte mit Beth Gedanken und Gefühle geteilt, die eindeutig ein Hilferuf waren. »War er dein Lebensgefährte?«, fragte Beth irritiert.

»Mein Vater sagt, dass er das nicht war«, erwiderte sie betrübt. »Aber ich habe ihn geliebt.«

Beth griff nach Kiras Hand und drückte sie sanft.

Die schien aus der Geste Kraft zu schöpfen, setzte sich auf und erklärte voller Abscheu: »Mein Vater versuchte es wiedergutzumachen, indem er mir versprach, ich könne mir aussuchen, welche Schule ich besuchen wollte.«

»Und du hast dich für diese hier entschieden«, murmelte Beth.

»Mein Vater hasst Lucian Argeneau«, erklärte sie mit trotziger Miene. »Lucian Argeneau lebt in Kanada, also …«

»… also wolltest du eine Schule in Kanada besuchen«, führte sie den Satz für die junge Frau zu Ende.

»*Da*«, bestätigte sie. »Er hat vor Wut gekocht, aber er konnte es mir nicht verweigern, weil er selbst es mir ja versprochen hatte.«

»Warum hast du dich denn nicht für eine Universität entschieden, die näher bei Lucian liegt?«, fragte Beth erstaunt.

»Zum Beispiel in Toronto? Das hätte deinen Vater doch noch mehr geärgert.«

Kira seufzte frustriert. »Mir war nicht bewusst, dass das Land so groß ist. Ich dachte, ich wäre hier ganz in der Nähe von Kalifornien und Toronto.«

Gut eine Minute lang sah Beth die junge Frau an und las wieder und wieder ihre Gedanken, bis sie sagte: »Du hast vor, von einem Sterblichen zu trinken, sobald wir gegangen sind. Du willst den Rat zwingen, dich zu enthaupten.«

Die andere Frau zuckte flüchtig mit den Schultern. »Mein Bogdan ist tot. Wofür soll ich jetzt noch leben?«

»Das kann ich dir auch nicht sagen«, musste Beth gestehen. »Aber es ist eine Schande, dass du so schnell aufgeben willst, wenn es noch so viele Mittel und Wege gibt, um deinen Vater zur Weißglut zu bringen. Klar, er wird tief betroffen sein, wenn du stirbst, aber er wird den Schmerz überwinden und weitermachen wie immer. Ich finde, es gibt bessere Methoden, mit denen du ihn nachhaltig quälen kannst.«

Kira hob den Kopf und sah sie unschlüssig an. »Zum Beispiel?«

Beth zuckte mit den Schultern. »Du könntest diese Uni verlassen und nach Toronto ziehen, und da könntest du dann herausfinden, ob du nicht vielleicht als Jägerin für den Nordamerikanischen Rat arbeiten willst. Das würde ihn vermutlich so richtig sauer machen.«

Kira straffte sich und sah sie nachdenklich an. »Ja, das würde ihn zur Weißglut bringen.«

»Vor allem, weil Lucian persönlich dein Ausbilder wäre und du anschließend unter ihm arbeiten würdest. Er leitet die Jäger. Ich könnte mir vorstellen, dass das deinem Vater jeden Tag einen Stich durchs Herz treiben würde.«

»*Da*«, stimmte Kira zu und zeigte wachsendes Interesse.

»Allerdings trinken Jäger nicht von der Quelle«, machte Beth ihr klar.

Kira winkte ab. »Ich mag Blut sowieso lieber, wenn es kalt ist. Von der Quelle ist es eklig. Das habe ich auch nur gemacht, um …« Sie brach mitten im Satz ab und lächelte Beth verlegen an. »Du wusstest, dass ich es gar nicht mag, unmittelbar von Sterblichen zu trinken.«

Beth grinste sie an. »Ja, darauf bin ich sofort gestoßen, als ich dich das erste Mal gelesen habe.«

»Meinst du denn wirklich, ich könnte eine Jägerin sein?«, fragte sie besorgt.

»Ich glaube, jetzt wäre der ideale Zeitpunkt für dich, um dich freiwillig zu melden. Wir sind momentan unterbesetzt und brauchen jede Hilfe, die wir bekommen können.«

»Ein bisschen Training habe ich ja schon«, ließ Kira sie wissen. »Ich kann gut mit Schusswaffen und mit Pfeil und Bogen umgehen, ich habe mit Schwertern trainiert, und ich habe sogar einen Kurs für Kampfsport absolviert.«

Beth zog anerkennend eine Augenbraue hoch. »Dann werden sie erst recht daran interessiert sein, dich in ihre Reihen aufzunehmen.«

Kira lächelte begeistert und drückte Beths Hand. »Ich danke dir. Du hast mir einen Grund geliefert, weiterzuleben.«

Während Beth den Handschlag erwiderte, nickte sie und stand langsam auf. »Wir fliegen übermorgen nach Toronto zurück. Die Maschine startet am Mittag. Wenn du willst, kannst du mitkommen.«

»*Da*, das will ich«, sagte Kira entschlossen. Sie stand ebenfalls auf, betrachtete dann jedoch nachdenklich ihre Leibwächter.

»Die können auch mitkommen, wenn du willst«, versicherte Beth ihr. »Wir haben Platz genug.«

»Ehrlich gesagt wäre es mir lieber, wenn sie nicht mitkommen«, sagte Kira und verzog den Mund. »Aber sie werden darauf bestehen, und falls ich mich durchsetze, wird mein Vater ihnen vermutlich auch den Kopf abschlagen.«

»Wie reizend«, murmelte Beth und ging zur Tür, die Scotty ihr aufhielt. Draußen im Flur flirtete Matías soeben mit einer jungen Rothaarigen. »Matías, gib Kira die Adresse des Flughafens, auf dem wir gelandet sind«, sagte sie zu ihm.

»Ich schick dir eine SMS«, erwiderte Matías und lächelte Kira an.

»Ihr beide kennt euch?«, fragte Beth erstaunt. »Er hat deine Nummer?«

»*Da*. Er flirtet hundsmiserabel … aber er ist hartnäckig«, fügte sie hinzu und verdrehte die Augen. »Ich habe ihm meine Nummer gegeben, damit er endlich Ruhe gibt.«

Amüsiert reichte Beth ihr die Hand. »Ich hoffe, wir sehen uns am Samstag auf dem Flughafen.«

»*Da*.« Kira nickte nachdrücklich und schüttelte die angebotene Hand. »*Doswidanja*.«

»*Doswidanja*«, verabschiedete sich Beth von ihr und verließ das Apartment.

»Alles gut gelaufen?«, fragte Matías und ging neben ihr her zu den Aufzügen.

Beth nickte knapp. »Sag mal, Matías, liege ich mit meiner Vermutung richtig, dass du derjenige bist, der Kira hier im Auge behalten hat?«

»*Sí*«, gab er mit einem beiläufigen Schulterzucken zu. »Das war kein Problem. Sie war in vielen Kursen, die ich auch belegt hatte, und sie mag die gleichen Clubs wie ich.«

»Tja, so wie es aussieht, musst du sie nicht länger im Auge behalten.«

»Wieso das denn?«, fragte er erstaunt.

»Weil sie plant, nach Toronto zu ziehen«, erklärte Beth. »Ich glaube sogar, sie wird mit uns zurückfliegen. Vergiss also nicht, ihr die Adresse des Flughafens zu geben.«

»Apropos«, warf Scotty ein, bevor Matías reagieren konnte. »Ich glaube nicht, dass Mortimer und Lucian dir für diese Aktion dankbar sein werden.«

»Die Kleine wollte den Rat benutzen, um Selbstmord zu begehen«, erwiderte sie in ernstem Tonfall, als sie am Aufzug angekommen waren. »Ich musste irgendetwas unternehmen.«

»Kira?«, fragte Matías erstaunt, während er ihnen in die Liftkabine folgte. »Selbstmord?«

»Ihr Vater hat vor ein paar Monaten ihren Geliebten enthaupten lassen«, ließ Beth ihn in leisem Ton wissen. »Sie hat das nicht gut verarbeitet.«

Matías griff sich erneut an die Kehle. »Das erklärt, warum sie auf meine Annäherungsversuche nicht eingegangen ist.«

»Ich verstehe das nicht«, meldete sich Donny zu Wort. Als Beth ihn hörte, wurde ihr bewusst, dass er den Beginn der Unterhaltung nicht mitbekommen hatte. »Warum sollten Mortimer und Lucian auf Beth wütend sein? Was hat sie getan?«

»Sie hat dem Mädchen vorgeschlagen, nach Toronto zu ziehen und sich zur Jägerin ausbilden zu lassen«, erklärte Scotty.

»Ehrlich?«, fragte Donny und schürzte die Lippen. »Sie könnte das hinkriegen. Groß genug dafür ist sie ja.«

Donny hatte völlig recht, was die Größe anging. Kira war gut eins achtzig groß, und sie war nicht nur kurvig, sondern auch muskulös, was eine Folge des von ihr erwähnten Schwerttrainings sein musste. Dennoch fand Beth, dass es nicht die Körpergröße war, die jemanden zu einem guten Vollstrecker machte, sondern die Intelligenz. Sie selbst war nur eins sechzig, und sie fand, dass sie eine verdammt gute Jägerin war.

»Ich habe Hunger«, verkündete Donny, nachdem sie das

Gebäude verlassen hatten und in Richtung Parkplatz gingen. »Können wir auf dem Rückweg an irgendeinem Coffeeshop anhalten, damit ich mir ein paar Donuts holen kann?«

Beth sah ihn ungläubig an. »Ist das jetzt dein Ernst? Da drinnen gibt es locker zwanzig Stände, an denen etwas zu essen verkauft wird. Da hättest du dir was holen können!«

»Ich will aber einen Donut«, meinte er achselzuckend.

»Bestimmt verkauft da drinnen auch irgendjemand Donuts!«, konterte sie ungehalten.

»Auf dem Rückweg werde ich bei einem *Tim Hortons* anhalten«, warf Matías ein, als sie den SUV fast erreicht hatten. Beth vermutete, dass er das nur vorschlug, damit der Frieden gewahrt blieb.

»Oh, das ist gut.« Donny strahlte vor Freude, während er Matías auf die Fahrerseite folgte. »Ich mag vor allem die mit der weißen Glasur und den schönen Streuseln drauf.«

»Himmel, was für ein Mädchen«, murmelte Beth abfällig, während sie nach dem Griff der Fahrertür fasste.

»Darf ich?«, fragte Scotty amüsiert, als er vor ihr den Griff zu fassen bekam und die Tür für sie aufmachte.

»Danke«, sagte sie leise und fühlte sich durch die höfliche Geste genauso irritiert wie durch die körperliche Nähe, da er sich ein Stück weit nach vorn beugen musste, um an den Türgriff zu gelangen.

»Ist mir ein Vergnügen«, versicherte er ihr lächelnd, während sie einstieg. Er wartete, bis sie Platz genommen hatte, dann drückte er die Tür zu und stieg hinter ihr ein. Matías und Donny saßen bereits im Wagen.

»Na, also!«, sagte Matías gut gelaunt, als er seinen Gurt anlegte und den Motor anließ. »Ist das nicht toll? Die Arbeit ist getan, und wir können noch ein bisschen raus und Spaß haben.«

Beth drehte sich zu ihm um. »Woran hast du gedacht?«

»Tanzen«, erwiderte er fröhlich. »Die Mädchen hier wissen nicht, wie man tanzt, meine liebe Cousine. Wir beide werden ihnen zeigen, wie das geht.«

Sie musste über seine Worte lachen, erwiderte dann aber achselzuckend: »Klar. Warum nicht?«

»Aber erst holen wir Donuts, nicht wahr?«, warf Donny von der Rückbank quengelnd dazwischen.

»*Sí, sí,* erst holen wir Donuts«, versicherte Matías ihm. »Auf dem Weg zum Haus werden wir da anhalten. Danach könnt ihr euch umziehen, und ich bestelle für uns Pizza. Bevor wir losziehen, sollten wir eine ordentliche Grundlage haben.«

»Wird denn dann überhaupt noch was offen sein?«, wollte Beth wissen und schaute zweifelnd auf ihre Armbanduhr.

»Cousinchen, du vergisst mal wieder den Zeitunterschied. Wir haben jetzt noch nicht mal zehn Uhr«, sagte er mit einem gespielt gequälten Unterton. »Ich garantiere dir, wir werden um Mitternacht im Club sein und noch stundenlang Zeit zum Tanzen haben.«

»Ein Starbucks!«, rief Donny dazwischen.

»Schon längst gesehen«, gab Matías zurück.

»Wissen wir eigentlich, ob Donny überhaupt Kaffee trinken sollte?«, fragte Scotty missmutig. Seine Stimme klang so nah, dass er sich auf seinem Platz nach vorn gebeugt haben musste. Als sie sich umdrehte, sah sie, dass sie richtig vermutet hatte.

Sie reagierte mit einer unbestimmten Geste. »Unsere Ausbilder hielten es für das Beste, vor einem tatsächlichen Einsatz herauszufinden, wie man auf Kaffee und andere Substanzen reagiert. Unsere Arbeit hier ist getan, also können wir jetzt testen, wie er mit Kaffee zurechtkommt.«

Scotty schaute skeptisch drein, nickte dann aber und ließ sich wieder nach hinten sinken.

6

»Kannst du diese Musik nicht was leiser drehen? Ich glaube, meine Ohren bluten schon«, beklagte sich Scotty auf der Rückbank.

Beth musste lachen, stellte das Radio dann aber leiser und fragte: »Dann hörst du also lieber Donny beim Reden zu?«

»Hey!« Donny beugte sich zur Seite und warf einen Blick in den Wagen. Er hatte das Sonnendach des SUV geöffnet und sich auf seinen Sitz gestellt, sodass er sich von der Taille an aufwärts außerhalb des Fahrzeugs befand. »Was ist denn mit der Musik los? Habt ihr sie abgestellt? Hat er sie abgestellt? Oder ist irgendwas kaputtgegangen? Vielleicht liegt es ja gar nicht am Radio, sondern am Sender. Vielleicht ist der Satellit von seiner Bahn abgekommen und …«

»Mach bloß wieder lauter!«, rief Scotty verzweifelt.

»Dachte ich mir doch«, sagte Beth und drehte lachend die Lautstärke wieder auf.

»Yeah!«, johlte Donny, richtete sich auf und spielte weiter Luftgitarre, während sie über den nächtlichen Highway fuhren. Vermutlich hätte sie den Jungen auffordern sollen, sich hinzusetzen und den Gurt anzulegen. Aber nachdem er seine Dosis Koffein abbekommen hatte, redete er praktisch ununterbrochen. Da war es ihr schon lieber gewesen, die mit seiner Aktion verbundenen Risiken in Kauf zu nehmen. Sie nahm sich vor, Mortimer darauf hinzuweisen, dass Donny niemals Kaffee zu trinken bekommen sollte. Nie und nimmer, denn er war einer jener Unsterblichen, bei denen Koffein eine Reaktion auslöste.

Zur allgemeinen Erleichterung bremste Matías Augenblicke später ab, da sie sich der Zufahrt zu einem Haus im Stil einer Ranch näherten. Sie war sich nicht sicher, aber es sah so aus, als sei die Fassade mit hellbraunen Ziegeln verkleidet. Auch wenn die verbesserte Nachtsicht es den Unsterblichen ermöglichte, in völliger Dunkelheit ihre Umgebung recht klar und deutlich zu sehen, haperte es bei den Farben doch ganz erheblich. Aber wenn man berücksichtigte, dass die Auffahrt am Rand des Grundstücks verlief und sie somit bestimmt zehn Meter vom Haus entfernt sein mussten, konnte sich Beth über diese Nachtsicht nicht beklagen. Immerhin konnte sie erkennen, dass der Garten vor dem Gebäude klein und gepflegt war, während der Hof dahinter gewaltige Ausmaße aufwies und mehr als genug Platz für die riesige, für sechs Fahrzeuge ausgelegte Garage und das angeschlossene Nebengebäude bot.

Die Auffahrt verlief am Hauptgebäude entlang bis zur Garage, allerdings war da auch noch eine Gabelung, die am Haupthaus vor der Eingangstür endete. In diese Abzweigung bog Matías ein und fuhr bis vor die Haustür. Als er dann den Motor abstellte, verstummte auch die laute Musik. Sofort ließ sich Donny auf seinen Platz fallen.

»Oh Mann, wir sind da!«, rief er, als könnte das einem von ihnen entgangen sein. »Ich habe voll abgerockt. Du hast echt einen irren Musikgeschmack, Matías. Wir sollten jetzt ausladen, oder nicht?« Sofort riss er seine Tür auf und stürmte zum Wagenheck.

»Du musstest ihn ja unbedingt Kaffee trinken lassen, wie?«, murmelte Scotty verärgert.

»Espresso, nicht bloß Kaffee«, korrigierte Beth ihn. »Auf jeden Fall ist es besser, dass wir jetzt feststellen, wie er darauf reagiert, anstatt das zu erleben, wenn wir Abtrünnige jagen. Zum Glück hat er jetzt erst mal Zeit genug, damit sein Körper das Koffein abbauen kann. Wir haben ja im Moment sozusagen Urlaub«, fügte sie mit einem Lächeln hinzu.

»Ja, großartig«, sagte Scotty und stieg ebenfalls aus.

Beth war nicht entgangen, dass er sich alles andere als beeindruckt anhörte.

»Dieser Scotty ist immer so ein mürrischer Bastard«, sagte Matías, während er seinen Gurt löste. Er lächelte Beth an und fügte hinzu: »Und er ist scharf auf dich.«

Gerade eben hatte Beth aussteigen wollen, doch als sie diesen letzten Satz hörte, erstarrte sie mitten in der Bewegung. »Ist er nicht«, widersprach sie ihm vehement.

Aber Matías grinste nur und nickte wissend. »Doch, ist er. Er hätte mir am liebsten den Kopf abgerissen, als wir uns am Flughafen in den Armen gelegen haben. Er ist scharf auf dich.«

Nervös warf sie einen Blick nach hinten, um sicher zu sein, dass Scotty von dieser Unterhaltung nichts mitbekam. Erleichtert stellte sie fest, dass Donny unablässig auf Scotty einredete und somit zu hoffen war, dass der sonst nichts hörte. Vorsichtshalber wollte sie trotzdem im Flüsterton weiterreden, als sie sich wieder an Matías wandte: »Er ist achthundertundirgendwas. Sex und alles, was dazugehört, interessiert ihn längst nicht mehr. Also ist er auch nicht scharf auf mich. Wenn du das in seiner Gegenwart sagst, werde ich dir die Augen auskratzen, warten, bis sie nachgewachsen sind, und sie dir gleich noch mal auskratzen.«

Ihre Drohung bewirkte nur, dass Matías lachte und den Kopf schüttelte. Allerdings stieg er gleich darauf aus und gesellte sich hastig zu den beiden Männern, die hinter dem Wagen standen, wohl in der Hoffnung, in der männlichen Überzahl vor ihr sicher zu sein. Sie verzog den Mund und folgte Matías.

»Also, es gibt nur drei Schlafzimmer«, erklärte der gerade,

als Beth zu ihnen kam. »Zwei von euch müssen sich ein Zimmer teilen.«

Beth reagierte mit einem finsteren Blick auf die unterschwellige Anspielung in seinem Tonfall, während sein Blick zwischen ihr und Scotty hin und her wanderte. Sie sollte ihm wirklich die Augen auskratzen. »Scotty und Donny können sich das Bett teilen.«

»Wenn es doch drei Schlafzimmer gibt, warum sollten wir überhaupt teilen?«, wunderte sich Donny. »Beth bekommt ein Zimmer, Scotty das zweite, ich das dritte. Das macht drei Schlafzimmer. Das ist gut. Drei Schlafzimmer sind genau richtig. Das ist perfekt. Wie für uns geschaffen. Drei Leute, drei Schlafzimmer.«

»Drei Schlafzimmer, vier Leute«, stellte Matías klar. »Eins davon ist für mich, also müsst ihr teilen.«

»Na, großartig«, knurrte Scotty und zog eine große Ledertasche von der Ladefläche des SUV.

»Das ist schon okay. Ehrlich. Das ist kein Problem. Wir können teilen. Ich bin ein guter Mitbewohner. Ich schnarche nicht. Schnarchst du? Egal. Das macht nichts. Alles gut. Alles bestens«, rasselte Donny in abgehackten Sätzen runter, während er Scotty ins Haus folgte.

»Oh, *sí*, dieser Scotty ist scharf auf dich, und das nicht zu knapp«, stellte Matías erfreut fest, während er den beiden Männern hinterhersah, wie sie im Haus verschwanden.

»Wie kommst du darauf?«, fragte sie verärgert, während sie eine Tasche nach der anderen aus dem Wagen holte und sich über die Schulter hängte. »Wie kommst du überhaupt auf eine solche Idee?«

»Weil er dich nicht umgebracht hat, nachdem du Donny diesen Espresso hast trinken lassen. Und das, obwohl er weiß, dass er den Mann heute Nacht am Hals hat.«

Beth versuchte ihre finstere Miene zu wahren, aber sie konnte sich das Lachen einfach nicht verkneifen. Hastig legte sie die Hand vor den Mund. »Das ist nicht witzig«, brachte sie heraus. »Donny wird ihn um seinen Verstand bringen.«

»Ach was«, wehrte er gelassen ab, nahm ihr zwei von ihren Taschen ab und hielt ihr vor Augen: »Denk dran, wir gehen noch tanzen. Auf der Tanzfläche kann er das Koffein abbauen, während ich endlich wieder eine echte Rumba-Partnerin habe. Ganz ehrlich, Chiquita, die Mädchen hier können einfach nicht tanzen.«

»Das Tanzen hatte ich ganz vergessen«, gab Beth zu, als sie ins Haus gingen.

»Was hast du vergessen?«, fragte Scotty, der ihnen an der Tür entgegenkam. Er hielt nichts in den Händen, und als Beth um ihn herum in den Flur schaute, entdeckte sie seine Taschen, die er im ersten Zimmer links gleich hinter der Tür auf den Boden gestellt hatte. Es war ein kleines, in Erdfarben gehaltenes Wohnzimmer mit einer bequemen Polstergarnitur.

»Dass wir noch tanzen gehen werden und dass Donny auf der Tanzfläche das ganze Koffein in seinem Körper abbauen kann«, erklärte sie.

»Oh mein Gott, ja«, stöhnte Scotty erleichtert auf. »Wenn ich mir das Zimmer mit dem Kerl teilen muss, während der wie ein Wasserfall redet, werde ich ihn wohl umbringen müssen.«

»Apropos – wo ist er eigentlich?«, wollte Beth wissen.

»Hey! Ich habe die Küche gefunden!«, ertönte in dem Moment Donnys Stimme aus dem rückwärtigen Teil des Hauses. »Will noch jemand Blut haben? Ich habe den Kühlschrank entdeckt. Und Essen! Richtig gutes Essen! Käse und Würstchen und Schlagsahne und Dip. Ich liebe Dip. Gibt's auch Chips? Himmel, das ist ja köstlich! So was durfte ich nicht mehr essen, seit ich mit der Ausbildung begonnen habe. Mortadella und Salami! Und geräucherter Truthahn in Scheiben!«

»Mortadella?« Beth sah Matías fassungslos an. »Deine Mutter würde dich dafür erschießen, dass du diesen Fraß anschleppst.«

»Es schmeckt halt gut«, antwortete er hilflos.

»Oh, wow! Seht euch den Garten hinter dem Haus an. Der ist ja riesig!«, rief Donny aufgeregt und fragte begeistert: »Sind das da hinten Hunde? Mann, sind die schön. Zwar ein bisschen unheimlich, wenn man sie so betrachtet, aber das sind bestimmt ganz liebe Hunde. Die sehen bloß so furchterregend aus, richtig?«

»Hunde?« Beth wollte ihren Ohren nicht trauen. Sie sah wieder Matías an, der immer einen Hund hatte haben wollen. Doch seine Mutter – ihre Tante Giulietta – war immer dagegen gewesen, da sie fand, dass Hunde nur Dreck machten und unangenehm rochen.

»*Sí.*« Matías lächelte sie strahlend an. »Zwei Dobermänner. Die sind so schön. Ich lasse sie allerdings immer raus in den Garten, wenn ich unterwegs bin, damit sie nicht die Möbel ruinieren. Einer von ihnen, Chico, hat versucht die Couch zu fressen, als ich ihn für ein paar Stunden allein zu Hause gelassen hatte. Jetzt müssen sie eben im Zwinger warten, bis ich wieder hier bin.«

»Verstehe«, sagte Beth und schüttelte dennoch den Kopf. »Tante Giulietta hat dich hier noch nicht besucht, wie?«

»Oh, doch«, versicherte er ihr. »Mama war schon zwei Mal hier, aber ein Freund hat jedes Mal die Hunde zu sich genommen, bis sie wieder abgereist war.«

Das Geräusch einer ins Schloss fallenden Tür ließ sie alle drei prompt zum rückwärtigen Teil des Hauses schauen. Irritiert lief Scotty den Flur entlang, dicht gefolgt von Beth. Auf der rechten Seite gab es mehrere Türen, die alle vermuten ließen, dass sich dahinter jeweils ein Schlafzimmer befand. Aber auf der linken Seite gab es nur eine Tür, und die befand sich ganz am Ende des Gangs. Die beiden betraten durch diese Tür einen Raum, der auf der einen Seite aus einem großzügigen Wohnzimmer und auf der anderen Seite aus einer Küche bestand. Ihr Blick fiel sofort auf die Tür, die so laut ins Schloss gefallen war. Sie befand sich in der hintersten Ecke auf der Küchenseite des Raums. Statt sich jedoch auf diese Tür zuzubewegen, sah Beth aus dem riesigen Fenster, das die ganze Front in Anspruch nahm und einen freien Blick auf den riesigen Garten und die Nebengebäude bot – und auf Donny, der zu dem Zwinger lief, in dem zwei Dobermänner aufgeregt gegen den Zaun sprangen und den rothaarigen Mann anbellten, der sich ihnen näherte.

»Werden sie ihn beißen?«, fragte Beth erschrocken.

»Ich weiß nicht«, war alles, was Matías dazu sagen konnte. »Er ist schrecklich aufgedreht, und wenn sich das auf die Tiere überträgt …«

»Verdammt«, hauchte Beth und lief zur Tür, um den jungen Unsterblichen zu stoppen.

»Ich glaube, mit dem Tanzen sollten wir nicht so lange warten«, rief Matías Scotty hinterher, der Beth nach draußen folgte.

Beth konnte nicht antworten, da sie bereits losgerannt war, allerdings hielt sie den Vorschlag für eine verdammt gute Idee.

»Kennst du Matías schon lange?«

Scotty zuckte zusammen, als ihm die Frage ins Ohr gebrüllt wurde. Er riss sich von dem verlockenden Anblick los, den Beth auf der Tanzfläche bot, und sah die Frau an, die es sich neben ihm auf der Couch bequem gemacht hatte. Sie war eine von einem halben Dutzend Frauen, die Matías umschwärmten, seit sie vor über einer Stunde hier eingetroffen waren. Matías schien sehr beliebt zu sein, doch die zierliche Frau mit den blauen Haaren, die gegen Scotty gelehnt dasaß, hatte wohl genug davon, um die Aufmerksamkeit des jungen Manns zu buhlen. Nur deshalb war ihr Interesse zu Scotty gewandert.

»Ja?«, hakte sie nach und musste erneut brüllen, um die laute Musik zu übertönen. Er wünschte, sie würde es nicht tun, weil er davon Kopfschmerzen bekam. Zum Glück schien ihr bewusst zu werden, wie wenig attraktiv es war zu schreien, und sie zog einen leichten Schmollmund. Dabei klimperte sie so extrem mit den Wimpern, dass er sich fragte, ob ihr wohl etwas ins Auge gekommen war … oder sogar in beide Augen.

»Nay«, antwortete er und konzentrierte sich wieder auf die Tanzfläche. Schnell hatte er Beth ausfindig gemacht, die von Donny in einem Wahnsinnstakt über die Tanzfläche gewirbelt wurde.

»Tanzt du gern?«, unternahm die Frau einen neuen Anlauf.

»Nein«, sagte er nur und sah sie nicht mal an.

»Hast du …«

»Matías«, knurrte Scotty. Er musste nicht brüllen. Unsterbliche besaßen ein überragendes Hörvermögen, und der junge Mann hörte auch den warnenden Unterton heraus. Im nächsten Moment hatte die junge Frau das Weite gesucht, nachdem Matías sehr wahrscheinlich kurz in ihren Geist eingedrungen war, um sie entweder zu sich zurückzuholen oder einfach ganz wegzuschicken. Was auch immer es war. Hauptsache, die Frau war weg.

»Wenn du sie weiter mit diesem sengenden Blick anstarrst, wird sie bestimmt noch in Flammen aufgehen.«

Scotty zuckte leicht zusammen und drehte sich zur Seite. Matías hatte nicht nur die blauhaarige Frau weggeschickt, sondern auch den ganzen Schwarm, der ihn umgeben hatte. Jetzt saß er neben Scotty und musterte ihn neugierig.

»Du magst meine Cousine«, sagte er schließlich.

Scotty sah wortlos zur Tanzfläche.

»Beth sagt, du bist über achthundert Jahre alt. Stimmt das?«, fragte er.

»Aye«, murmelte Scotty.

»Interessant«, erwiderte Matías so leise, dass er ihn trotz seines hervorragenden Gehörs fast nicht wahrgenommen hätte.

Er kniff ein wenig die Augen zusammen und sah den anderen Mann irritiert an. »Wieso?«

Nach kurzem Zögern reagierte Matías nicht mit einer Antwort, sondern mit einer Gegenfrage: »Warum wolltest du nicht, dass Beth eine Jägerin wird?«

Scotty versteifte sich. »Wer sagt, dass ich das nicht wollte?«

Matías grinste wissend und zog die Augenbrauen hoch. »Du hast versucht, meinen Onkel und Drina zu überreden, sie nicht auszubilden. Und nachdem sie ausgebildet war, bist du nach Spanien gereist, um auf den Rat einzuwirken, dass der ihr eine Position als Jägerin verweigert. Jeder weiß das.«

»Beth etwa auch?«, fragte er erschrocken.

Matías nickte. »Mein Onkel hat sich daraufhin mit ihr zusammengesetzt und ihr gesagt, dass sie deiner Meinung nach keine Jägerin sein sollte. Er hatte sich aber im Rat für sie eingesetzt und ihr mit auf den Weg gegeben, ihn besser nicht zu enttäuschen.«

Fluchend schaute Scotty wieder in Richtung Tanzfläche. Er hätte sich denken können, dass sie es erfahren würde. Das hätte ihn allerdings nicht davon abgehalten, alles ganz genauso zu machen. Es ging ihm schließlich immer nur darum, sie vor allen Gefahren zu beschützen. Es wäre ihm lieb gewesen, wenn alle Beteiligten einfach den Mund gehalten hätten. So machte es die Situation nur noch komplizierter, überlegte er und stutzte. Er konnte Beth nicht sehen.

Wo zum Teufel war sie hin?, fragte er sich und stand auf, um sich einen besseren Überblick zu verschaffen.

»Was ist?«, erkundigte sich Matías, der ebenfalls aufgestanden war.

»Ich kann Beth nirgendwo entdecken.« Er suchte nach der Frau im knappen schwarzen Kleid, aber das Problem war, dass Dutzende andere Frauen ebenfalls etwas Schwarzes trugen. Warum um alles in der Welt musste sie auch zu einer so gewöhnlichen Farbe greifen? Sie selbst war schließlich alles andere als gewöhnlich.

»Ich kann Donny sehen«, sagte Matías auf einmal. »Aber Beth ist nicht bei ihm. Bestimmt ist sie zur Toilette gegangen.«

»Aye«, murmelte Scotty und setzte sich wieder auf die Couch.

Beth betätigte die Spülung und verließ die Kabine. Die Damentoilette war verwaist, obwohl gerade eben noch gut ein halbes Dutzend Frauen Seite an Seite vor dem Spiegel gestanden hatten, um das Make-up aufzufrischen. Offenbar waren sie alle ins Lokal zurückgekehrt.

Sie ging zum Waschbecken und drehte das Wasser auf. Als sie fertig war und den Hahn zudrehte, herrschte Stille in der Damentoilette, wenn man vom dumpfen Wummern der Bässe absah, das von der Tanzfläche herüberschallte … und von dem herzzerreißenden Schluchzen, das aus einer der Kabinen drang.

Irritiert trocknete sich Beth die Hände mit einem Papierhandtuch und betrachtete die Kabinen. Zwei von ihnen waren besetzt, die Erste gleich neben der Eingangstür und die Übernächste. Sie war sich nicht sicher, von wo das Schluchzen kam, tippte aber auf die erste Kabine.

»Hallo? Ist alles in Ordnung?«, fragte sie und warf das benutzte Papier in den Abfallkorb. Als keine Antwort kam, ging sie zu der fraglichen Kabine und konnte gerade noch rechtzeitig stehen bleiben, da im nächsten Moment die Tür aufflog und eine junge Frau nach draußen stürmte, die sie um ein Haar umgerannt hätte.

»Tut mir leid, tut mir leid«, rief die Frau und rannte an ihr vorbei.

Beth versuchte, in den Geist der Frau einzudringen, um sie zum Stehen zu bewegen und sich beruhigen zu lassen, doch dabei stieß sie auf eine so gewaltige Mauer aus Schmerz, Verwirrung und Hilflosigkeit, dass sie davon förmlich zurückgestoßen wurde. Als sie sich wieder gefasst hatte, war die Frau bereits verschwunden.

Besorgt ging sie zurück in den Club und sah gerade noch, wie die Frau durch den Notausgang das Gebäude verließ. Beth stand ein wenig unschlüssig da, fasste jedoch schließlich den Entschluss, der Frau auf den Fersen zu bleiben. Sie konnte gar nicht anders, da sie all das, was die Frau empfand, nur zu gut aus eigener Erfahrung kannte. Angst, Schmerz, Hilflosigkeit … Als sie jung war, hatte Beth das oft genug am eigenen Leib erfahren. Daher wusste sie, wie lähmend solche Empfindungen waren, und sie wollte dieser Frau helfen, wenn es irgendwie möglich war.

Durch den Notausgang gelangte Beth in eine Gasse hinter dem Club, eine lange, dunkle Gasse mit vernagelten Fenstern und jeder Menge Abfalleimern. Sie lauschte dem Klackern der High Heels, das sich rasch entfernte. Dann entdeckte sie die Frau, die davonrannte, so schnell ihre Füße sie trugen. Wieder zögerte Beth und schaute zu der Tür, die langsam hinter ihr ins Schloss fiel. Matías und die anderen wussten nicht, wo sie war und … Der Gedanke wurde jäh unterbrochen, als die

Frau einen lauten Schrei ausstieß. Sie war mitten in der Gasse stehen geblieben, stand vornübergebeugt da und wurde von krampfartigen Schluchzern geschüttelt.

Entschlossen machte sich Beth auf den Weg zu ihr. Sie würde schon dahinterkommen, was mit der Frau los war. Immerhin bestand die Chance, dass sie ihr helfen konnte, zumindest aber konnte sie in ihren Verstand eindringen und sie zur Ruhe kommen lassen. Die Frau stand in Höhe der Müllcontainer, doch als Beth sich ihr näherte, machte sie ein paar Schritte nach vorn in den Schatten, den die Container warfen und hockte sich dorthhin.

Bei ihr angekommen überlegte Beth kurz, was sie machen sollte, ging dann aber ebenfalls in die Hocke. Ehe sie jedoch die Hand nach der Frau ausstrecken konnte, hörte sie einen lauten dumpfen Knall, und als sie nach oben sah, entdeckte sie ein Schwert, dessen Klinge sich in das Holzbrett vor einem der zugenagelten Fenster gebohrt hatte. Wäre sie nicht eine Sekunde zuvor in die Hocke gegangen, hätte diese Klinge sie im Genick getroffen. Im Schatten hinter der schluchzenden Frau machte sie eine dunkel gekleidete Gestalt aus, die das Schwert in beiden Händen hielt und damit beschäftigt war, den Stahl aus der Holzplatte zu ziehen. Im gleichen Moment erwachte Beths Überlebensinstinkt.

Fluchend sprang sie auf, griff nach dem Schwert und gleichzeitig nach der Gestalt. Ihre rechte Hand bekam den Hals des Angreifers zu fassen, und ihre Fingernägel bohrten sich in seine Haut. Mit der Linken ergriff sie die Klinge und ignorierte den Schmerz, als der Stahl in ihr Fleisch schnitt.

»Beth!«

Irritiert darüber, dass jemand ihren Namen rief, schaute sie über die Schulter und entdeckte Scotty, der am Notausgang des Clubs stand und sich besorgt umsah. Dieser kurze Moment war schon zu viel, denn dadurch bekam sie nicht mit, dass ihr Angreifer eine Hand vom Schwert nahm und ihr einen Fausthieb in die Nieren verpasste.

Vor unerwartetem Schmerz musste sie nach Luft schnappen, wobei ihr die Klinge aus der Hand fiel. Sie machte einen Schritt zurück und riss instinktiv den Arm hoch, um das Schwert abzuwehren, das so schnell auf sie zugeschossen kam, dass sie hören konnte, wie der Stahl die Luft zerschnitt. Schmerzen strahlten augenblicklich bis in jeden Winkel ihres Körpers aus, während sie nach hinten stolperte und sich zurücklehnte, so gut es ging, um ihren Hals für den Fall nicht schutzlos zu belassen, dass das Schwert ihr den blockierenden Arm abtrennte und sich von seinem eigenen Schwung getragen doch noch in ihre Kehle bohrte.

Glücklicherweise kam es nicht dazu, dennoch schnitt sich das Schwert so weit durch, dass ihr Arm fast nur noch an ein paar Sehnen hing. Beth war sich sicher, dass die Klinge den Knochen fast ganz durchtrennt hatte. Instinktiv presste sie die andere Hand auf die klaffende Wunde, während der Angreifer von ihr abließ und durch die Gasse davonrannte. Beth entging nicht, dass der Unbekannte schneller war, als es jedem Sterblichen möglich gewesen wäre.

Lauter werdende Schritte kündigten das Eintreffen von Scotty an. Sie drehte sich zu ihm um und presste die Hand noch fester auf die Verletzung, um sie möglichst zu verschließen. Je weniger Blut sie verlor, umso mehr blieb für die Nanos, um ihre Arbeit zu verrichten, bis sie etwas von den Blutkonserven bekommen konnte, die im SUV bereitlagen.

»Hier.« Scotty zog sein Hemd aus der Hose und riss einen breiten Streifen ab, mit dem er geschickt den Arm abband, um das Blut zu stauen. Der Mann musste das schon etliche Male gemacht haben, ging es ihr durch den Kopf, aber dann sagte sie sich, dass so etwas für einen Jäger nahezu zum Alltag gehörte.

»Was ist passiert?«, wollte er wissen, während er den Knoten festzurrte.

Beth schüttelte hilflos den Kopf. »Ich war in der Damentoilette, als ich eine Frau laut schluchzen hörte.«

»Du wurdest von einer Frau angegriffen?«, fragte er erstaunt.

»Nein«, widersprach sie, korrigierte sich dann aber. »Ich weiß es nicht. Die Gestalt war sehr groß, sie war dunkel gekleidet, hatte breite Schultern … also eher keine Frau«, fügte sie unzufrieden seufzend hinzu und deutete auf die andere Gestalt, die hinter Scotty im Dunkeln kauerte. »Sie ist die Frau, die ich hatte schluchzen hören.«

Scotty drehte sich um und ging einen Schritt zur Seite, als er die Frau entdeckte, die immer noch schluchzend am Boden kauerte.

»Sie war in Tränen aufgelöst und stürmte aus dem Club, und ich bin ihr gefolgt, weil ich wissen wollte, ob ich irgendwie helfen kann«, erklärte Beth und schilderte, was sich danach zugetragen hatte.

»Dann war sie also der Köder«, sagte Scotty nachdenklich, und dann konzentrierten sie beide sich auf den Verstand der Frau, bis Beth es aufgab.

»Ich kann nichts finden«, stellte sie fest. »Du etwa?«

Scotty schüttelte den Kopf. »Sie wurde eindeutig kontrolliert, aber ihre Gedanken sind so verworren …«

»Ja, als hätte sie jemand durch den Fleischwolf gejagt«, sagte Beth seufzend. »Wir können sie nicht in diesem Zustand lassen.«

»Nay«, stimmte Scotty ihr zu und fuhr sich durchs Haar.

»Und ich kann nicht blutverschmiert in den Club zurückgehen«, machte Beth ihm klar. »Geh du und hol die Jungs, ich bringe sie zum Wagen.«

»Nay«, widersprach Scotty entschieden. »Ich bringe euch beide zum Wagen und rufe auf dem Weg dorthin Matías und Donny an. Dein Angreifer hält sich möglicherweise immer noch in der Nähe auf und wartet nur darauf, dass ich weggehe.«

Beth wollte widersprechen, sah aber im nächsten Moment davon ab. Er hatte völlig recht. Der Angreifer lauerte ihr womöglich noch irgendwo auf, und sie war nicht in der Verfassung, es mit ihm aufzunehmen.

Scotty zog die Frau hoch, aber er musste dabei auch die Kontrolle über ihren Verstand übernommen haben, da sie mit ihnen mitkam, ohne zu protestieren oder irgendwelche Fragen zu stellen.

»Schick ihnen lieber eine SMS«, meinte Beth, als er nach seinem Handy griff und eine Nummer zu tippen begann. »Bei der Musik werden die das Klingeln nicht hören.«

»Ja, stimmt.« Schnell schrieb er eine Nachricht, die er in dem Moment abschickte, als sie das Ende der Gasse erreicht hatten. Beide Männer reagierten so prompt, dass sie sie noch einholten, bevor sie den Wagen erreicht hatten, der gut einen Block vom Club entfernt geparkt war.

Beth überließ es Scotty, den anderen zu berichten, was vorgefallen war, da sie mit ihren Gedanken immer noch bei dem Angriff auf sie war. Das Ganze war eindeutig geplant gewesen, und die junge Frau war als Köder benutzt worden, um einen Anschlag auf ihr Leben zu verüben. Die Frage war allerdings, woher ihr Angreifer gewusst hatte, wann und wo er sie in diese Falle locken konnte. War er ihnen bereits vom Quartier der Vollstrecker zum Club gefolgt? War sie überhaupt das erklärte Ziel dieser Attacke gewesen? Oder hatte ihr Angreifer lediglich vorgehabt, einen beliebigen Unsterblichen zu töten, der ihm über den Weg lief? Und war sie zufällig diese Unsterbliche gewesen?

»Mortimer hat mir eine Adresse gegeben, zu der wir die Frau bringen können. Er sagt, wir haben Leute, die ihr helfen können«, verkündete Donny, als sie am SUV angekommen waren.

Beth sah ihn überrascht an. Sie war so in ihre Gedanken vertieft gewesen, dass sie nichts davon mitbekommen hatte, wie Scotty alles berichtet und der jüngere Unsterbliche daraufhin Mortimer angerufen hatte.

»Erst mal bringen wir dich zurück zum Quartier«, versicherte Donny ihr. »Dann können Matías und ich die Frau …«

»Ach, Unsinn, mir geht's gut«, unterbrach Beth ihn. »Außerdem haben wir Blutbeutel im Wagen, oder etwa nicht?«

»Immer«, bestätigte ihr Cousin und nickte ernst.

»Ich hole dir zwei Beutel aus der Kühlbox«, sagte Donny und ging zur Heckklappe.

»Nimm direkt vier Stück raus«, wies Scotty ihn an und ließ Beth und die andere Frau auf der Rückbank Platz nehmen. Der andere Mann musste ihn fragend angesehen haben, da er hinzufügte: »Das Schwert hat fast den Knochen durchtrennt. Zwei Beutel reichen dafür nicht.«

»Alles klar«, murmelte Donny mit zittriger Stimme.

»Der Junge muss aber noch um einiges härter werden, wenn er wirklich Jagd auf Abtrünnige machen will«, raunte Scotty Beth zu, als er sich zu ihr auf den Rücksitz setzte.

»Das wird schon noch. Es ist ja erst sein zweiter Tag in dem Job«, machte sie ihm klar. »Genau genommen ist es sogar immer noch sein erster Tag. Er macht das noch keine vierundzwanzig Stunden.«

Scotty nahm ihre Worte mit einem knappen Brummen zur Kenntnis. »Was macht dein Arm?«, erkundigte er sich dann.

Sie wunderte sich über seinen besorgten Gesichtsausdruck und gab zu: »Es tut verdammt weh, aber ich habe schon Schlimmeres erlebt.«

Er verzog den Mund, als er das hörte. Donny schloss die Heckklappe und kam zu Scotty, gab ihm die Blutbeutel und nahm dann auf dem Beifahrersitz Platz.

»Wohin soll's gehen?«, wollte Matías wissen, als er den Motor anließ.

»Zum Haus«, antwortete Scotty. »Beth muss sich ausruhen und ihre Verletzung auskurieren.«

»Aber was ist mit dieser Frau?«, warf Donny irritiert ein. »Mortimer hat mir die Adresse gegeben, zu der wir sie bringen sollen. Er hat gesagt, dass man sich da um sie kümmern wird, damit sie keinen bleibenden Schaden davonträgt. Außerdem soll festgestellt werden, ob man noch irgendwelche Informationen aus ihr herausholen kann.«

Scotty schaute zwar finster drein, fragte dann aber: »Welche Adresse?«

Donny sah auf sein Smartphone und las sie vor.

»Das liegt auf der Strecke«, warf Matías hilfreich ein.

Nachdem Scotty einen Moment lang überlegt hatte, nickte er und reichte Beth einen Blutbeutel. »Wenn es schon auf der Strecke liegt, sollten wir sie auch gleich da absetzen. Auf diese Weise muss später niemand mehr aus dem Haus gehen. Mir ist es lieber, wenn wir heute Nacht alle drei auf Elizabeth aufpassen können. Zumindest bis wir uns überlegt haben, wie wir sie von jetzt an am besten im Auge behalten können.«

»Wie bitte?« Beth hatte schon fast den ersten Blutbeutel über ihre Fangzähne geschoben, als sie ihn das sagen hörte. Also drehte sie sich stattdessen zu ihm um, während Matías losfuhr. »Wieso? Mir geht es gut! Ein paar Beutel Blut und ein bisschen Ruhe, und ich bin wieder ganz die Alte. Und was heißt hier überhaupt ›Elizabeth‹? Ich bin Beth. Jeder nennt mich so.«

»*Beth*«, sagte er mit besonderer Betonung. »Jemand hat es auf dich abgesehen. Du wurdest ganz gezielt in diese Gasse gelockt. Und der Angreifer ist ein Unsterblicher.«

»Ja, aber …«

»Außerdem war das eben nicht der erste Anschlag auf dein Leben«, fiel Scotty ihr ins Wort.

»Wie bitte? Was redest du da?«, fragte sie verwundert.

»Dein Autounfall«, sagte Scotty.

»Das war ein Unglück«, entgegnete sie sofort.

»Nay«, versicherte er ihr. »Als ich den Verstand des Truckers gelesen habe, hatte er keinerlei Erinnerung an das Geschehen.«

»Und wenn er …«

»Man hat ihn kontrolliert.« Scottys Gesichtsausdruck ließ keinen Spielraum für irgendeinen Zweifel an seiner Aussage.

»Welcher Unfall denn?«, fragte Matías, der sie im Rückspiegel ansah.

»Ein Sattelschlepper, der mit Stahlträgern beladen war, hat mich auf dem Highway geschnitten«, antwortete Beth nachdenklich. »Aber mir ist dabei nichts passiert.«

»Dir hätte aber etwas passieren sollen«, widersprach Scotty. »Du hättest von den Stahlträgern geköpft werden sollen, und dann hätte dein kopfloser Leichnam auch noch verbrennen sollen. Mir ist noch immer nicht klar, wieso dein Explorer nicht explodiert ist. Das ganze Gewicht der Träger ist auf dem Motorblock gelandet, als die Reifen des Sattelschleppers geplatzt sind.«

Beth betrachtete ihren verletzten Arm, aber in Gedanken war sie wieder bei dem Unfall in Toronto. Sie hatte gerade erst damit begonnen, den Lasterfahrer zu lesen, als Donny und Scotty zu ihr gestoßen waren. Doch der kurze Augenblick hatte genügt, um die eine Stelle zu bemerken, an der Leere herrschte, obwohl sich dort die Erinnerung an den Unfall hätte befinden müssen. Es hatte sie auch gewundert, aber sie war davon ausgegangen, dass der Vorfall den Mann so sehr traumatisiert hatte, dass er die Erinnerung daran schlicht verdrängte. Doch Scotty sagte, dass bei dem Mann absolut nichts zu finden war, weshalb er vermutete, dass es ein gezielter Angriff auf sie gewesen war und man den Fahrer kontrolliert hatte … genauso wie diese Frau heute Nacht.

»Meine Cousine ist eine wunderbare Frau. Wer sollte sie umbringen wollen?«, empörte sich Matías.

Beth verzog den Mund und antwortete: »Wahrscheinlich eine ganze Menge Leute.«

»Wie bitte?« Matías sah sie im Rückspiegel aufgebracht an. »Jetzt sei nicht albern!«

Mit einem schiefen Lächeln auf den Lippen machte sie ihm deutlich: »Ich jage abtrünnige Unsterbliche, Matías. Die meisten von ihnen haben Familie. Manchmal versteht die Familie, warum ich tue, was ich tue, weil sie weiß, dass es getan werden muss. Aber manchmal wollen sie nicht wahrhaben, dass das alles seine Richtigkeit hat. Aus Trauer wird Wut, und dann wollen sie sich rächen.«

Scotty nickte zustimmend. »Rachsüchtige Angehörige können manchmal gefährlicher sein als die Abtrünnigen selbst. Wenn man einen Abtrünnigen jagt, weiß man wenigstens in diesem Moment, dass man sich in eine gefährliche Situation begibt. Also kann man sich darauf einstellen. Angriffe aus Rachegelüsten sind völlig unberechenbar und können deshalb tödlich enden. Ich habe schon einige Jäger durch Angehörige verloren, die sich an ihnen rächen wollten.«

»Hm«, warf Donny besorgt ein. »Davon hat mir aber niemand was gesagt, als ich ausgebildet wurde.«

»Da hatten die Ausbilder zu viel damit zu tun, dir beizubringen, wie du am Leben bleiben kannst«, gab Beth ironisch zurück.

»Das ist die Adresse«, sagte Matías, bremste ab und bog in die Auffahrt zu einem hübschen weißen Haus mit einer Veranda rundum.

»Soll ich …?«, begann Donny.

»Nay«, unterbrach Scotty ihn. »Ich kontrolliere die Kleine, seit wir den Club verlassen haben. Ich werde sie auch zur Tür bringen. Haltet ihr lieber die Augen offen, dass sich euch niemand nähert. Und du«, wandte er sich an Beth, »hörst jetzt endlich auf zu reden und siehst zu, dass du Blut in deinen Leib bekommst. Du bist so bleich wie der Tod!«

Beth verzog den Mund und schob den Blutbeutel auf ihre Fangzähne, während er ihr zusah.

Schließlich nickte er zufrieden, legte ihr die übrigen Beutel auf den Schoß und stieg aus. Er ging um den Wagen herum, machte die andere Tür auf und ließ die Sterbliche aussteigen.

»Ich habe dir doch gesagt, dass Scotty dich mag«, zog Matías sie auf, während sie zusahen, wie der Schotte und die junge Frau die Veranda betraten.

Da Beth nichts dazu sagen konnte, musste er sich mit einem Knurren und einem finsteren Blick begnügen. Matías redete wie ein zwölfjähriger Sterblicher, was er ihrer Ansicht nach nur machte, um sie zu ärgern.

»Nein, Matías hat recht«, warf Donny ein, als hätte sie ihre Gedanken laut ausgesprochen. »Ich weiß, du siehst das anders, aber Scotty ist so in Sorge um dich, dass niemand ihm abnehmen würde, er könnte dich nicht leiden.«

Beth verdrehte die Augen und wartete darauf, dass der Beutel endlich leer wurde. Dann riss sie ihn erleichtert von den

Zähnen und sagte: »Jetzt liegt ihr beide völlig daneben. Ihr tut ja fast so, als wäre er wie ein Teenager in mich verschossen.«

»Vielleicht ist er das ja auch«, erwiderte Matías amüsiert, während sie zusahen, wie die Haustür geöffnet wurde. »Warum denn auch nicht? Ich war auch wie ein Teenager in dich verschossen.«

»Da *warst* du ja auch noch ein Teenager«, gab sie zurück. »Scotty ist über achthundert Jahre alt und somit alles andere als ein sexhungriger Teenager.«

»Meine Eltern sind beide über tausend Jahre alt, und die benehmen sich auch oft wie sexhungrige Teenager«, wandte Matías amüsiert ein.

»Ja, weil sie Lebensgefährten sind. Alle Unsterblichen verhalten sich wie sexhungrige Teenager, wenn sie ihren Lebensgefährten gefunden haben«, machte sie ihm ungehalten klar. »Scotty und ich sind keine Lebensgefährten.«

»Wo sie recht hat, hat sie recht«, musste Donny ihr zustimmen. »Scotty hat eine Lebensgefährtin. Er hat mir im Flugzeug von ihr erzählt. Sie ist aber noch zu jung, um sie für sich zu beanspruchen.«

»Hm«, machte Matías und schien über diese Enthüllung gar nicht erfreut zu sein.

Beth verzog nur flüchtig den Mund. Es hatte sie überrascht, als sie die Männer im Flugzeug belauscht hatte. Zu dem Zeitpunkt hatte sie sich keine weiteren Gedanken darüber gemacht, und das wollte sie jetzt eigentlich immer noch nicht. Der Mann war nun mal verdammt sexy, aber für gewöhnlich brachte er sie vor Wut zum Kochen. Zumindest war das früher so gewesen. Das hatte ihr die Möglichkeit geboten, ihn in ihre sexuellen Fantasien einzubeziehen, ohne ein schlechtes Gewissen zu bekommen. In ihren Vorstellungen war es ihr schließlich möglich gewesen, ihm das Reden zu untersagen. Aber dass er sich nun auf dieser Reise ihr gegenüber so nett und aufmerksam verhielt, war verwirrend, und die Tatsache, dass er seine Lebensgefährtin gefunden hatte, stürzte sie in einen Konflikt.

Es erschien ihr nicht angebracht, einen vergebenen Mann zu benutzen, um sich sexuelle Erleichterung zu verschaffen. Sie veranstaltete zwar all diese Dinge mit Scotty nur in ihrer Fantasie, aber jeder Unsterbliche, der älter war als sie, konnte diese Träume in ihren Gedanken finden und lesen – und sie Scottys Lebensgefährtin weitererzählen, was einfach nur unvorstellbar peinlich wäre.

Oh verdammt! Ihr wurde gerade bewusst, dass er ihre Fantasien womöglich schon kannte, seit sie sich vor rund hundert Jahren zum ersten Mal begegnet waren. Das wäre mehr als peinlich! Aber zum Glück hatte dieser Mann sie bei jeder Begegnung so in Rage gebracht, dass ihr ihre nächtlichen Fantasien in diesem Augenblick definitiv nicht durch den Kopf gegangen waren.

»Bist du dir sicher, dass er …«, hob Matías an, unterbrach sich aber gleich wieder, als die Wagentür geöffnet wurde und Scotty einstieg.

»Du hast noch immer nur den einen Beutel zu dir genommen?«, fragte er ungläubig, als er sah, was noch auf ihrem Schoß lag.

Anstatt einer Antwort schob sie einfach den nächsten Beutel über ihre Fangzähne und rutschte zur Seite, da sie nun mehr Platz hatten, nachdem die Sterbliche übergeben worden war. Es machte allerdings keinen großen Unterschied, denn Scott schien es darauf abgesehen zu haben, den ganzen freien Raum in Beschlag zu nehmen.

»Ist der Schmerz schlimmer geworden? Hat der Heilungsprozess wenigstens schon eingesetzt?«, wollte er wissen, während Matías den Wagen in Richtung Straße zurücksetzte.

Beth nickte. Die Heilung verursachte immer mehr Schmerzen als die eigentliche Verletzung. Warum das so war, wusste sie nicht. Irgendjemand hatte mal den Gedanken ins Spiel gebracht, dass die Nerven zu Beginn der Verletzung taub waren und dann zum Leben wiedererweckt wurden, wenn die Nanos ihre Arbeit erledigten. Was auch immer der Grund dafür war, es gab keinen Zweifel daran, dass der Heilprozess eingesetzt hatte, denn ihr Arm pochte brutal.

»Essen wir eigentlich trotzdem noch Pizza?«, wollte Donny wissen, als sie weiter durch die Nacht fuhren.

»*Sí*, ich werde die Bestellung aufgeben, sobald wir zu Hause sind«, versprach ihm Matías.

»Gib mir die Nummer, dann bestelle ich jetzt schon«, bot sich Donny an und zog erneut sein Smartphone aus der Tasche.

Beth ließ den Kopf nach hinten sinken und schloss die Augen, während sie sich auf etwas anderes zu konzentrieren versuchte, um sich von den Schmerzen abzulenken. Matías ratterte unterdessen die Telefonnummer runter, und Donny übernahm den Anruf. Sie hörte ihn fragen, welche Pizza sie haben wollte, aber sie hatte einfach keinen Nerv, ihm zu antworten. Immerhin kostete es sie all ihre Willenskraft, sich vom Schreien abzuhalten. Ihr Arm fühlte sich an, als würde es in ihm von Feuerameisen wimmeln oder als würde er von den glühenden Stacheln eines Stachelschweins durchbohrt. Besser konnte sie den Schmerz nicht beschreiben, aber nicht mal das brachte hinreichend zum Ausdruck, wie weh es in Wahrheit tat. Zum Glück kannte Matías ihre Vorlieben und antwortete für sie. Zwar verspürte sie im Moment ohnehin nicht so etwas Banales wie Hunger, doch das würde sich ändern, wenn beim Heilungsprozess das Gröbste geschafft war.

Beth leerte soeben den vierten Blutbeutel, als sie ihr Quartier erreichten. Ihr Arm war bislang nur zum Teil geheilt, und die Schmerzen waren fast unerträglich. Als sie beim Aussteigen stolperte, war Scotty sofort bei ihr, um ihr Halt zu geben. Der Anblick ihres Gesichtsausdrucks und ihrer schweißnassen Stirn genügte, um sie in seine Arme zu nehmen und den Rest des Weges zu tragen.

»Habt ihr hier einen Arzneischrank?«, erkundigte sich Scotty, nachdem er sie im Wohnzimmer auf die Couch gelegt hatte.«

»*Sí*, im Nebengebäude. Aber ich weiß nicht, was genau drin ist. Ich werde es dir zeigen, ich muss ja sowieso noch die Hunde reinholen.«

Scotty nickte, richtete sich auf und folgte dem Mann aus dem Zimmer. »Weich ihr nicht von der Seite, Donny«, rief er dem jungen Unsterblichen über die Schulter zu. »Und halt die Augen offen.«

Kaum waren die beiden gegangen, sagte Donny zu Beth: »Siehst du? Er mag dich.«

Beth machte die Augen zu und schüttelte den Kopf. In dieser Sekunde war ihr völlig egal, was Scotty dachte oder meinte. So scharf sie auf den Mann auch war, er hätte jetzt nackt durch das Zimmer stolzieren können, ohne dass sie auch nur den geringsten Anreiz verspüren würde, auch nur die Augen zu öffnen.

»Aber was will er mit einem Arzneischrank?«, wunderte sich Donny. »Die Wunde hat aufgehört zu bluten, noch bevor wir am Wagen waren. Und inzwischen ist sie so gut wie verheilt, zumindest äußerlich.«

»Wahrscheinlich sucht er nach Schmerztabletten«, brachte sie angestrengt heraus, stutzte dann aber angesichts dessen, was ihr da gerade über die Lippen gekommen war. Sie wollte kein Schmerzmittel einnehmen. Jäger ließen das Verheilen einer Wunde über sich ergehen, ohne sich zu beklagen und ohne irgendwelche Medikamente zu nehmen. Es war eine

Frage des Stolzes. Außerdem behielt sie lieber die Kontrolle über ihren Verstand und ihren Körper, anstatt irgendein Mittel einzunehmen, das ihr genau diese Kontrolle nahm.

Sie trotzte dem Schmerz und stand abrupt auf, dabei nahm sie erleichtert zur Kenntnis, dass sie weder aufgeschrien noch das Gleichgewicht verloren hatte.

»Was hast du vor?«, fragte Donny erschrocken und sprang von seinem Platz auf.

»Ich gehe zur Toilette«, antwortete sie mürrisch.

»Zur Toilette?« Er sah sie bestürzt an. »Aber ich soll dich nicht aus den Augen lassen!«

»Tja, das könnte jetzt interessant werden, meinst du nicht auch?«, gab sie spöttisch zurück und verließ das Zimmer.

»Ich werde vor der Tür auf dich warten!«, entschied Donny und folgte ihr nach draußen.

Beth erwiderte nichts.

Bevor sie sich auf den Weg zum Club gemacht hatte, waren sie von Matías durch das Haus geführt worden. Bei der Gelegenheit hatte sie auch ihre Taschen in das Zimmer gebracht, in dem sie übernachten sollte. Nur eine ihrer Taschen stand immer noch im Badezimmer, was vermutlich etwas unhöflich war. Immerhin handelte sich es sich um ein gemeinschaftlich genutztes Badezimmer. Der einzige Raum mit einem eigenen Badezimmer in diesem Haus war Matías' Zimmer. Das bedeutete, dass sie, Donny und Scotty sich eigentlich das Badezimmer teilen sollten, in das sie sich jetzt zurückzog.

Pech gehabt, dachte sie lakonisch, als sie hinter sich abschloss. Sie würde hier erst wieder rausgehen, wenn die Heilung so gut wie abgeschlossen war.

7

»Ich hatte mich schon gewundert, warum du nach Medikamenten gesucht hast«, merkte Matías an. »Wäre mir sofort klar gewesen, dass es um Schmerzmittel geht, hätte ich dir die Mühe ersparen können. Beth wird davon nichts nehmen.«

»Aye, das wird sie«, versicherte Scotty ihm, während er die Etiketten auf den diversen Tablettenfläschchen studierte. Es gab nur wenige Mittel, die bei Unsterblichen wirkten, und nur eines davon konnte ernsthaft Schmerzen bekämpfen. Als er es entdeckte, nahm er das Medikament an sich und verließ den kleinen Raum, der eine Art Miniatur-Apotheke darstellte und sich in einem Nebengebäude gleich hinter der Garage befand.

»Ich sage dir, sie wird kein Arzneimittel nehmen wollen«, warnte Matías ihn, folgte ihm nach draußen und schloss die Tür hinter sich ab.

»Ich werde nicht erst ihr Einverständnis einholen«, gab Scotty kühl zurück, als er in Richtung Haupthaus weiterging.

»Aha …«, murmelte Matías und folgte ihm. »Na, das dürfte ja interessant werden.«

Zwar stutzte Scotty bei diesen Worten, schien aber nicht von seinem Vorhaben ablassen zu wollen und zögerte keine Sekunde, nicht einmal, als Matías zum Zwinger ging, um die Dobermänner rauszulassen, die aufgeregt zu bellen begonnen hatten, als die beiden Unsterblichen auf sie zugekommen waren. Scottys Gedanken kreisten nur darum, Beth die Schmerzen zu nehmen, die sie im Moment ertragen musste. Sie hatte in ihrem Leben schon genug durchgemacht und sollte nie wieder leiden müssen, wenn es nach ihm ging.

Anscheinend ging es aber nicht nach ihm, denn als Scotty von Matías gefolgt das Wohnzimmer betrat, da war der Raum leer.

»Aber …?«

Abrupt drehte er sich um und eilte an Matías und an den Hunden vorbei nach draußen in den Flur, der zu den Schlafzimmern führte. Es war der einzige Ort im Haus, an dem sie sich seiner Meinung nach noch aufhalten konnte. Vielleicht hatte sie sich ja hinlegen wollen. Als er Donny vor der Badezimmertür stehen sah, lief Scotty zu ihm. »Ist sie da drin?«, fragte er den jüngeren Unsterblichen.

Donny nickte. »Sie hat gesagt, sie muss zur Toilette.«

Als Scotty auf das Geräusch von laufendem Wasser lauschte, das durch die Tür gedämpft nach draußen drang, stutzte er. »Das klingt weder nach der Toilettenspülung noch nach dem Wasserhahn am Waschbecken.«

»Ich glaube, das ist die Dusche«, räumte Donny zögerlich ein.

»Sie sollte nicht duschen. Sie könnte ohnmächtig werden und sich beim Hinfallen den Kopf aufschlagen. Das würde alles nur noch schlimmer machen«, sagte Scotty voller Sorge und klopfte an.

»Es geht ihr gut«, versicherte Matías ihm. »Sie hat vier Beutel Blut getrunken. Sie wird schon nicht ohnmächtig werden.«

»Sie hat Schmerzen«, beharrte Scotty.

»Wenn du ihr damit kommst, wird sie sagen, dass es schlimmere Schmerzen gibt«, meinte der Spanier achselzuckend. »Lass sie in Ruhe, sie wird schon rauskommen, wenn sie fertig ist.«

Scotty schüttelte energisch den Kopf und klopfte erneut an. »Beth, mach auf.«

»Nein! Geh weg!«

»Wenn du nicht die Tür aufmachst, trete ich sie ein«, drohte er ihr.

»Versuch's doch, dann werde ich mit der Betäubungspistole auf dich schießen«, gab sie zurück. »Das wäre nicht das erste Mal!«

Das ließ ihn innehalten. Diese verdammte Frau hatte tatsächlich schon einmal einen Betäubungspfeil auf ihn abgefeuert, und er zweifelte nicht im Geringsten daran, dass sie das auch ein weiteres Mal machen würde. An Donny gewandt fragte er: »Hat sie tatsächlich die Pistole bei sich?«

Der andere Mann konnte nur hilflos mit den Schultern zucken. »Ich habe eine von ihren Taschen im Badezimmer stehen sehen, aber ich weiß nicht, ob da ihre Waffen drin sind.«

Scotty betrachtete nachdenklich die Tür, drehte sich aber überrascht um, als es an der Haustür klingelte.

»Das dürfte die Pizza sein«, verkündete Matías und machte kehrt, um nach vorn zu gehen. »Falls du wirklich die Tür eintreten willst, dann warte bitte, bis ich wieder da bin. Ich will sehen, wie sie auf dich schießt.«

Fassungslos sah Scotty hinter ihm her und wandte sich abermals zur Badezimmertür um. Sollte Beth die Betäubungspistole tatsächlich mitgenommen haben, würde sie auch auf ihn schießen. So wie er sie kannte, lag die Waffe griffbereit in ihrer Nähe, musste er zu seinem Verdruss einsehen. Anstatt sich auf die Suche nach Schmerztabletten für sie zu machen, hätte er besser seine eigene Pistole gezogen und Beth betäubt.

»Ist das dein Ernst?« Scotty sah, wie Matías mit vier mittelgroßen Pizzaschachteln zu ihnen kam und dabei den Kopf schüttelte, zum Teil aus Unglauben, zum Teil vor Belustigung. »Erst warst du so besorgt um sie, und jetzt willst du sie mit einem Betäubungspfeil außer Gefecht setzen? Ist das dein Ernst?«

Scotty verzog den Mund. Der jüngere Mann las offensichtlich gerade im Moment seine Gedanken. Das war unbestritten das Schlimmste, was ein Dasein als Unsterblicher mit sich brachte. Es war ein Kinderspiel, ihn zu lesen, aber das war es eigentlich schon seit über hundert Jahren, seit er Beth zum ersten Mal begegnet war. Deshalb hatte er sich auch angeboten, Donny bei der Kontrolle seiner Gedanken zu helfen. Immerhin wusste er aus eigener Erfahrung, wie schwierig so etwas war.

Anstatt Matías anzublaffen, er solle die Klappe halten, fragte Scotty nur: »Ist eine davon für mich?«

Der Spanier zog eine Augenbraue hoch. »Willst du sie hier essen oder am Küchentisch oder im Wohnzimmer?«

»Hier.«

Schulterzuckend las Matías die Aufkleber auf jeder Schachtel, dann zog er die zweite von oben heraus und gab sie ihm.

»Danke.« Scotty nahm die Pizza an sich, rutschte an der Wand entlang nach unten und blieb auf dem Holzfußboden sitzen.

»Und du?«, fragte Matías an Donny gerichtet.

»Im Wohnzimmer«, sagte der junge Mann entschieden, woraufhin die beiden davongingen, während Scotty allein zurückblieb und wartete.

Beth stellte die Dusche ab, kam aber nicht sofort aus der Kabine. Stattdessen griff sie hinter sich, um nach dem Reißverschluss ihres durchnässten Kleids zu fassen, damit sie es ausziehen konnte. So beweglich war sie vorhin noch nicht gewesen, also hatte sie sich einfach angezogen unter den Wasserstrahl gestellt. Nun landete das Kleid mit einem lauten Platschen in der Duschwanne.

Mit einem Zeh schob sie das Kleid an den Rand, dann entledigte sie sich ihres BHs und des Slips, schob den Duschvorhang zur Seite und nahm sich eines der bereitgelegten Handtücher. Sie rieb erst die Haare trocken, dann wickelte sie das Handtuch nach Art eines Sarongs um sich und verließ dann die Duschkabine.

Sie wusste nicht, wie viel Zeit verstrichen war, auf jeden Fall war der schlimmste Teil der Heilung überstanden. Das heftige Pulsieren hatte sich zu einem leichten Ziehen abgeschwächt. Ein paar Stunden sollten also mindestens vergangen sein.

Unter normalen Umständen hätte sich Beth eine Weile hingelegt und versucht, den Heilungsprozess in Ruhe über sich ergehen zu lassen, aber keine der Schlafzimmertüren wies ein Schloss auf. Sie hatte Scotty nicht über den Weg getraut, da zu befürchten war, dass er doch nur versuchen würde, ihr irgendein Schmerzmittel aufzudrängen.

Also war sie einfach unter der Dusche geblieben und hatte dabei feststellen müssen, dass sie durch das Wasser von den Schmerzen abgelenkt und ihr Zustand erträglicher geworden war. Vor allem, nachdem das heiße Wasser aufgebraucht und sie nur noch kaltem Wasser ausgesetzt war, hatte das ganz besonders ablenkend gewirkt.

Ein Blick in die Tasche, die sie hier im Badezimmer zurückgelassen hatte, bestätigte Beths Vermutung: Sie verfügte über eine saubere Jeans und ein paar T-Shirts, aber nicht über frische Unterwäsche. Eines der T-Shirts hatte Übergröße und diente ihr als Nachthemd, das sie auch sofort überstreifte. Es reichte bis zu den Oberschenkeln, sodass alles Maßgebliche bedeckt war.

»Das genügt«, sagte sie leise zu sich selbst und hob ihre nasse Kleidung auf, um sie auszuwringen, so gut es ging. Dann hängte sie alles über die Duschvorhangsstange. Ihre Tasche ließ sie vorläufig im Badezimmer, die konnte sie immer noch holen, wenn sie zu Bett ging. Sie machte die Tür auf und entdeckte

Scotty, der an die Wand gegenüber gelehnt saß und die Beine ausgestreckt und übereinandergelegt hatte. Die Arme hatte er vor der Brust verschränkt, der Kopf war nach vorn gesunken. Neben ihm stand eine aufgeklappte, leere Pizzaschachtel auf dem Boden – ein Anblick, der sie sofort hungrig werden ließ.

Nach kurzem Zögern wollte sie an Scotty vorbeischleichen und in die Küche gehen. Sie verursachte auch nicht das geringste Geräusch, aber es genügte ein einziger Schritt, und Scotty machte die Augen auf und hob dabei den Kopf. Sie erstarrte mitten in der Bewegung wie ein Einbrecher, den man auf frischer Tat ertappt hatte, dann sahen sie sich einen Moment lang an, bis Scotty schließlich aufsprang.

»Wie geht's dir?«, fragte er verschlafen, während sein Blick zu ihrem Arm wanderte.

»Schon besser«, entgegnete sie und trat verlegen von einem Bein aufs andere. »Du hättest nicht hier draußen warten müssen.«

»Ich wollte sichergehen, dass ich noch mit dir reden kann, bevor du ins Bett gehst«, sagte er und hob dabei die Pizzaschachtel auf.

Beth sah auf die Schachtel, als er sich wieder aufrichtete, und fragte: »Donny?«

»Er ist vor fast drei Stunden schlafen gegangen. Matías hat ihn sein Badezimmer benutzen lassen.«

»Drei Stunden?«, wiederholte sie ungläubig. Wenn Donny so lange schon im Bett war, dann hatte er zuvor auch noch gegessen und weiß der Himmel was noch alles gemacht. Das wiederum hieß, dass sie viel länger als nur die paar Stunden benötigt hatte, von denen sie bis jetzt ausgegangen war.

»Aye«, bestätigte Scotty. »In einer Stunde soll ich ihn wecken, damit er auf dich aufpasst, während ich mich eine Weile hinlege.«

Beth zog die Stirn in Falten und marschierte in Richtung Küche. »Das dürfte aber nicht nötig sein.«

»Mädchen, in den letzten vierundzwanzig Stunden wurden zwei Anschläge auf dein Leben verübt«, betonte er und heftete sich an ihre Fersen.

Sie sagte nichts dazu. Unter der Dusche hatte sie ausführlich darüber nachdenken können, was ihr dabei geholfen hatte, vom Heilungsschmerz abgelenkt zu werden. Sie musste zugeben, dass es den Anschein hatte, als hätte es tatsächlich jemand auf sie abgesehen. Doch das widerfuhr ihr nicht zum ersten Mal, und es würde auch ganz bestimmt nicht das letzte Mal sein. Aber jetzt war sie vorgewarnt, und sie konnte die Augen offen halten. Schon allein deshalb hielt sie es für überflüssig, dass jemand auf seinen Schlaf verzichtete, um über sie zu wachen.

»Gibt es denn hier keine Alarmanlage?«, fragte sie. »Im Haus der Vollstrecker in Toronto hat man eine solche Anlage eingebaut. Okay, die wird eigentlich kaum gebraucht, weil sie Wachposten am Tor haben und Hunde das Grundstück bewachen. Apropos Hunde, Matías hat die Hunde hier. Die fangen an zu bellen, sobald sie irgendetwas sehen oder hören.«

»Aye, Matías hat sie reingeholt, sie sind jetzt bei ihm im Zimmer. Und eine Alarmanlage gibt es hier auch. Er hat sie eingeschaltet, bevor er zu Bett gegangen ist. Mach also lieber weder Fenster noch Türen auf, sonst schlägt der Alarm an.«

»Gut, also gibt es weder für dich noch für Donny einen Grund, Wache zu halten«, machte sie ihm klar. »Außerdem wurde ich bislang nur angegriffen, wenn ich ganz allein war. Ich glaube nicht, dass sie es wagen würden, mich hier anzugreifen. Sie werden wohl wissen, dass hier noch andere Jäger sind.« Mit einem Blick über die Schulter fügte sie dann hinzu: »Ich bin ja nicht mal wirklich davon überzeugt, dass es zwischen dem Unfall und der Attacke einen Zusammenhang gibt.«

»Beth«, protestierte Scotty und atmete frustriert aus.

»Hör mir einfach zu«, sagte sie, nachdem sie die Küche betreten und sich zu ihm umgedreht hatte. »Wenn es einen Zusammenhang gäbe, hätte uns der Drahtzieher des Unfalls hierher nach Vancouver folgen müssen.«

»Aye«, stimmte er ihr zu und nickte.

»Aber das ist nicht möglich«, versicherte sie ihm. »Wir sind nicht mit dem Wagen hergekommen, dem man hätte hinterherfahren können. Wir sind ja nicht mal von einem regulären Flughafen abgeflogen, wo sie eine Möglichkeit hätten finden können, um an unsere Daten zu kommen und unser Ziel zu erfahren. Wir sind mit einer Privatmaschine zu dieser Rollbahn geflogen, die nur zwanzig Autominuten von hier entfernt ist. Woher sollte irgendjemand wissen, dass dieses Haus hier unser Ziel sein würde?«

Scotty dachte über ihre Worte nach, dann wandte er ein: »Womöglich haben sie in deinen Gedanken gelesen, dass wir nach Vancouver fliegen.«

Sie schüttelte mit Nachdruck den Kopf. »Ich habe ja erst *nach* dem Unfall erfahren, dass ich hierhin fliegen würde«, machte sie ihm deutlich. »Mortimer hat mir den Auftrag und das Ziel erst genannt, kurz bevor wir an Bord des Flugzeugs gingen. Außer dir, Donny, Mortimer und mir war niemand da. Und wir sind vom Haus aus losgeflogen. Wir waren nirgendwo, wo irgendjemand mich hätte belauschen können.«

Sie ließ ihn über ihre Ausführungen nachdenken und machte den Kühlschrank auf. Dort entdeckte sie die Pizzaschachtel, holte sie heraus und nahm auch noch einen Beutel Blut. »Soweit ich das beurteilen kann«, redete sie weiter und legte alles auf den Tresen, »kann uns niemand hierher gefolgt sein.«

»Außer vielleicht jemand, der mit den nordamerikanischen Jägern zu tun hat«, hielt er dagegen. »Jeder, der für Mortimer arbeitet, kann ohne großen Aufwand Näheres über unseren Ausflug herausfinden.«

Beth klappte die Schachtel auf und vergewisserte sich, dass es ihre Lieblingspizza war, nämlich die mit Peperoniwurst, Champignons, Zwiebeln und Tomate. Dann holte sie einen Teller aus dem Schrank und sagte: »Richtig. Ich glaube nicht, dass ich schon irgendeinen meiner Kollegen vor den Kopf gestoßen habe, aber es ist möglich, wenn auch nicht sehr wahrscheinlich.«

»Wieso nicht?«, wollte er prompt wissen, während er zusah, wie sie ein paar Stücke Pizza aus dem Karton nahm und auf den Teller legte.

»Die hätten gar keine Zeit dafür«, erwiderte sie nüchtern. »Unterbesetzt, wie die momentan sind, werden sie von Mortimer so sehr in Anspruch genommen, dass sie sich keine Verschnaufpause gönnen können. Ich musste auch ständig Überstunden machen und hier und da einspringen, wenn Not am Mann war.« Als sie seine zweifelnde Miene sah, fügte sie hinzu: »Aber es würde genügen, Mortimer anzurufen und ihn zu fragen, ob sich irgendwelche von seinen Jägern in der Nähe aufhalten. Und glaub mir, wenn es so ist, dann weiß er auch davon.« Sie trug den Teller mit den Pizzastücken zur Mikrowelle. »Er weiß immer ganz genau, wer von uns sich wann wo aufhält.«

»Das kann er unmöglich wissen«, widersprach Scotty ihr, während sie die Mikrowelle anstellte, um das Essen aufzuwärmen. »Er könnte per GPS feststellen, welcher von euren Wagen sich wo befindet, aber wenn jemand den Wagen nicht benutzt …«

»Der Rat stattet uns mit Handys aus«, unterbrach Beth ihn. »Wir sind verpflichtet, sie immer bei uns zu haben, ob wir nun im Dienst sind oder nicht. Auf diese Weise sind wir in einem

Notfall rund um die Uhr erreichbar. Es gibt da auch eine App, mit der sie immer feststellen können, wo wir uns gerade befinden …« Mit einem Schulterzucken fuhr sie fort: »Mir war das immer egal, ob sie wissen, wo ich mich aufhalte, darum habe ich mich auch nicht näher damit befasst, wie sie das im Detail anstellen. Aber wie gesagt, ein Anruf, und Mortimer kann dir sagen, ob einer unserer Jäger sich derzeit hier in BC aufhält.«

»Die können dein Handy aufspüren?«, fragte Scotty interessiert.

Sie nickte, nahm den Blutbeutel an sich und lehnte sich gegen den Tresen. »Da ist auch ein Programm drauf, mit dem sie sehen können, was deine Handykamera aufnimmt, und sie können mithören, was in deiner Umgebung gesprochen wird. Ich glaube, damit können sie sich auch jede SMS kopieren und deine Telefonate abhören. Aber Mortimer sagt, dass sie das Programm nur aktivieren, wenn ein Jäger als verschwunden gemeldet wird. Ob das alles stimmt … tja, da bin ich mir nicht so sicher. Ich möchte es jedenfalls gern glauben.«

»Was du nicht sagst«, murmelte Scotty beeindruckt. Sie sah ihm förmlich an, wie die Zahnräder in seinem Gehirn auf Hochtouren liefen. Aus seiner Perspektive als Führer der britischen Jäger musste ihm das als ein ziemlich praktisches Programm erscheinen, das auch auf den Handys seiner Jäger installiert werden sollte.

Beth hingegen war sich nicht sicher, wie sie darüber denken sollte. In Augenblicken wie diesen war es sicher nützlich, wenn man schnellstmöglich eine Bestätigung bekommen wollte, dass sich keiner ihrer Kollegen derzeit in BC aufhielt und es somit auch keinen Zusammenhang zu den beiden Vorfällen gab. Auf der anderen Seite war Privatsphäre etwas, das in der letzten Zeit zu einem immer selteneren Gut wurde. Wanzen und Kameras und Computer hatten dazu geführt, dass man mehr und mehr über jemanden in Erfahrung bringen konnten. Sie fragte sich, wo man da die Grenze ziehen sollte und ob sie nicht alle etwas glücklicher mit ihrem Leben wären, wenn ein paar Informationen weniger in die falschen Hände gerieten. Schließlich war die Frucht vom Baum der Erkenntnis ja auch der Grund dafür, dass Adam und Eva aus dem Paradies vertrieben worden waren. Vielleicht war es gar nicht so toll, wenn man über ausnahmslos alles Gute und Schlechte auf dieser Welt Bescheid wusste.

»Ich werde Mortimer anrufen.«

Beth nickte nur und schob den Blutbeutel über ihre Fangzähne. Sie war sich ziemlich sicher, dass die Angriffe nicht von jemandem verübt worden waren, mit dem sie zusammenarbeitete. Absolut sicher war sie sich allerdings nicht.

Scotty bekam Mortimer sofort ans Telefon und redete noch immer mit ihm, als sie den Blutbeutel ausgetrunken hatte. Fast gleichzeitig meldete die Mikrowelle mit einem lauten Piepen, dass das Essen fertig war. Beth warf den Beutel weg, holte die Pizza heraus und setzte sich an den Küchentisch.

»Mortimer sagt, dass wir im Augenblick die einzigen Jäger in British Columbia sind. Aktuell hält sich nicht mal einer von uns in Alberta auf«, berichtete Scotty, während er sein Handy wegsteckte.

Beth nickte nur und kaute ein Stück Pizza. »Und Matías«, ergänzte sie, nachdem sie runtergeschluckt hatte.

»Aye, aber er war in Vancouver und kann nicht den Unfall mit dem Laster verursacht haben«, sagte Scotty. »Aber ich muss Donny fragen, ob Matías bei ihm war, als du in der Gasse hinter dem Club angegriffen wurdest. Und …«

»Matías würde mir nie wehtun«, unterbrach Beth ihn nachdrücklich.

»Aye, aber auch, weil er dich in seinem Bett haben will«, gab er leise zurück.

Sie schnalzte gereizt mit der Zunge und schüttelte den Kopf. »Nein, das will er nicht. Er meint das nur im Spaß, weil er will, dass ich ihn als Mann sehe und nicht länger als das Baby, dem ich die Windeln gewechselt und die Nase abgewischt habe«, erklärte sie und lächelte flüchtig. »Alle behandeln ihn immer noch wie ein Kind, aber er will wie ein erwachsener Mann gesehen werden … von jedem.«

Scotty sah sie mit großen Augen an, als sei ihm diese Möglichkeit bisher noch nie in den Sinn gekommen. Im nächsten Moment entspannte er sich und meinte nur: »Oh.«

Beth biss noch einmal von ihrer Pizza ab. Nachdem sie den Bissen heruntergeschluckt hatte, sagte sie seufzend: »Es dürfte wohl offensichtlich sein, dass es zwischen dem Unfall und dem Angriff heute Nacht keinen Zusammenhang gibt.«

»Aye, das wäre schon recht unwahrscheinlich«, stimmte er ihr zu, schien aber nicht sehr erfreut darüber zu sein.

Das konnte sie nur zu gut verstehen, denn eine Verbindung zwischen beiden Vorfällen hätte alles viel einfacher gemacht. Schließlich wäre dann da draußen nur eine Person unterwegs gewesen, und nicht gleich zwei. Aber … vielleicht handelte es sich ja doch um einen einzigen Täter, überlegte sie plötzlich. »Da ja niemand weiß, dass ich hier bin«, begann sie nachdenklich ihre Überlegungen laut auszusprechen und griff einen früheren Gedanken wieder auf, »könnte es doch sein, dass der Angriff gar nicht gegen mich persönlich gerichtet gewesen war.«

»Was?« Scotty sah sie ungläubig an. »Und gegen wen sollte er dann gerichtet sein? Gegen die Sterbliche? Deren Kopf wollte dein Angreifer wohl nicht abschlagen.«

»Nein, natürlich nicht. Aber ich überlege, ob es sich vielleicht um einen Unsterblichen handelt, der vor Kurzem zum Abtrünnigen geworden ist und der einfach den nächsten Unsterblichen oder sogar den nächstbesten Jäger töten wollte, und ich war heute gerade zufällig an Ort und Stelle«, machte sie ihm klar. »Die einzige andere Erklärung wäre die, dass jemand, der noch eine Rechnung mit mir offen hat, mich im Club gesehen und die Gelegenheit genutzt hat, um sich an mir zu rächen.«

Scotty verzog den Mund, was Beth das Gefühl vermittelte, dass es ihm nicht behagte, wenn er über eine Situation nicht genau Bescheid wusste. Mit einem Schulterzucken aß sie ihre Pizza auf, während er vor sich hin grübelte, dann stand sie auf und räumte den Teller zu den anderen in der Geschirrspülmaschine. Auf dem Weg zur Tür ließ sie Scotty wissen: »Ich gehe jetzt ins Bett.«

»Ich komme mit.«

Abrupt blieb sie stehen und drehte sich zu ihm um. »Was?«, fragte sie fassungslos.

Scotty sah sie entschlossen an und ging auf sie zu. »Du bist heute zwei Mal angegriffen worden. Ob nun von zwei verschiedenen Leuten oder von ein und derselben Person, die es irgendwie geschafft hat, dich bis hierhin zu verfolgen, ist dabei völlig egal. Tatsache ist, dass du in Gefahr bist, und deshalb sollte die ganze Zeit über jemand in deiner Nähe sein, bis wir mehr wissen.«

Sie sah ihn verdutzt an. »Ja … und? Willst du die nächsten Stunden vor meiner Schlafzimmertür sitzen, bis Donny kommt und dich ablöst?«

»Nay«, sagte er. Gerade wollte Beth erleichtert aufatmen, weil sie dachte, er wollte sie nur bis zu ihrem Zimmer begleiten, da fügte er hinzu: »Ich habe vor, in deinem Zimmer auf dich aufzupassen.«

»Das kommt überhaupt nicht infrage!«, widersprach sie sofort. Großer Gott, dieser Mann bereitete ihr so schon sexuelle Fantasien und feuchte Träume, und das jede Nacht. Unter gar keinen Umständen würde sie ihn in ihrem Zimmer haben wollen, wenn sie laut stöhnte und seinen Namen keuchte. Zugegeben, sie wusste nicht, ob sie das tatsächlich machte, aber falls ja, wollte sie ganz sicher nicht ihn als Augenzeugen in ihrem Zimmer haben.

»Beth, du bist heute gleich zwei Mal nur knapp dem Tod entronnen, und beim zweiten Angriff sogar schwer verletzt worden. Ich will sichergehen, dass dir nichts passiert«, argumentierte er.

»Tja, dann lass dir gesagt sein, mein Freund, dass du ganz sicher nicht …« Mitten im Satz unterbrach sie sich und fragte frustriert: »Wieso kümmert dich das überhaupt?«

Er stutzte. »Was?«

Sie warf ihm einen finsteren Blick zu, während eine ganze Bandbreite von Gefühlen in ihr erwachte. Da war vor allem Verwirrung, mit Bestürzung als Beilage, und das Ganze gewürzt mit einer Prise Schmerz. Die wenigen Gelegenheiten, bei denen sie beide sich begegnet waren, hatte Scotty sie immer kühl und von oben herab behandelt, und nun auf einmal ließ er sich dazu herab, sie anzulächeln und so mit ihr zu reden, als wäre sie ein richtiger, vollwertiger Mensch und nicht länger der Abschaum, der sie fast hundertfünfundzwanzig Jahre lang für ihn gewesen zu sein schien. Und er war sogar so um sie besorgt, dass er bereit war, auf seinen Schlaf zu verzichten, nur um sie zu bewachen?

Beth hatte keine Ahnung, was diesen plötzlichen Sinneswandel herbeigeführt hatte. Sie war sich auch nicht sicher, ob ihr diese Entwicklung gefallen sollte. Genau genommen empfand sie das Ganze als ein wenig beunruhigend. Es war eine Sache, auf einen Mann scharf zu sein, von dem man wusste, dass er einen nicht leiden konnte. Das hatte dazu geführt, dass sie ihn ebenfalls nicht leiden konnte, sodass ihre Leidenschaft immer nur in die Kategorie »Heißer Typ, von dem du träumen kannst, aber glaub ja nicht, dass da mehr passieren könnte« gefallen war.

Jetzt aber behandelte er sie richtiggehend menschlich, er war nett zu ihr, und er schien aufrichtig um ihr Wohl besorgt zu sein – und das machte ihr ganz besonders Angst. Sie konnte diesen Typen mögen, der da so nett zu ihr war, doch das wiederum war überhaupt nicht gut – erst recht nicht, wenn da irgendwo seine Lebensgefährtin war, auf die er bald Anspruch erheben wollte.

»Was kümmert es dich?«, beharrte sie. »Du kennst mich doch kaum.«

»Das stimmt nicht«, gab er überrascht zurück. »Ich kenne dich seit fast hundertfünfundzwanzig Jahren.«

Beth reagierte darauf mit einem abfälligen Schnauben. »In diesen hundertfünfundzwanzig Jahren sind wir uns ein paar Mal über den Weg gelaufen. Jedes Mal bin ich von dir herablassend behandelt worden, und du bist mir schrecklich auf die Nerven gegangen. Was hat sich jetzt auf einmal geändert?«

»*Du* hast dich geändert«, erwiderte Scotty so spontan, dass er gleich darauf dreinblickte, als wollte er jedes Wort schnell wieder zurücknehmen.

Sie legte den Kopf schräg und sah ihn forschend an. »Das musst du mir schon erklären.«

Sekundenlang starrte Scotty sie an, während so gut wie jeder nur vorstellbare Gesichtsausdruck über seine Miene huschte, bis er schließlich die Lippen fest zusammenpresste und den Kopf schüttelte. »Vergiss es. Dieses Gespräch müssen wir uns für einen anderen Tag aufheben, wenn du nicht vor Erschöpfung umzukippen drohst. Jetzt geh ins Bett und ruh dich aus. Du hast einen anstrengenden Tag hinter dir.«

Beth rührte sich nicht von der Stelle und ließ sich alles, was sie da gehört hatte, durch den Kopf gehen. Natürlich wusste sie, dass es stimmte, was er sagte. Sie hatte sich in den letzten zehn Jahren sehr verändert. Zuvor war sie von Schmerz, Verbitterung und Wut erfüllt gewesen, weil sie das Gefühl hatte, dass sie vom Leben gleich mehrere Male ordentlich ein paar aufs Maul bekommen hatte. Was auch zutraf. Aber danach hatte sie sich selbst ein paar aufs Maul verpasst. Und dann, vor zehn Jahren, hatten sie ein Abtrünnigennest ausgehoben und waren dabei auf einen schrecklich misshandelten Hund gestoßen, dem die Abtrünnigen Dinge angetan hatten, die sie sich bei aller Fantasie nicht einmal ansatzweise hatte vorstellen können. Das arme Tier war dem Tod näher als dem Leben gewesen und so unsagbar verängstigt, dass es jeden anknurrte und anbellte, der sich ihm nähern wollte.

Einer der anderen Jäger hatte den Hund erschießen wollen, da ihm seiner Meinung nach nicht mehr zu helfen war, doch Beth war dazwischengegangen. Bis zum heutigen Tag vermochte sie nicht zu erklären, was genau geschehen war, doch beim Blick in die Augen dieses Hundes hatte sich in ihr etwas geregt. Vielleicht hatte sie in diesen Augen sich selbst erkannt, ihr eigenes jüngeres Ich, das die Welt um sich herum immer nur voller Angst erlebt hatte.

Was auch immer der Grund war, sie hatte ihm schließlich einen Teil ihres Proviants überlassen und dabei die ganze Zeit über leise mit ihm geredet. Mit viel Geduld und gutem Zureden gelang es ihr schließlich, den Hund zum Essen zu bewegen. Sie hatte gar nicht erst versucht, ihn zu berühren, weil er viel zu eingeschüchtert war – und das konnte sie nur zu gut verstehen, denn in ihrem Leben hatte es auch Zeiten gegeben, in denen sie niemanden so nahe an sich herangelassen hätte, dass er sie hätte anfassen können.

Sie ließ den Hund essen und widmete sich wieder den Aufräumarbeiten, die nach dem Ausheben des Nests unumgänglich waren. Zunächst rührte sich der Hund nicht von der Stelle, sondern schaute ihr nur hinterher. Aber als sie dann um die nächste Hausecke verschwand, kam er hinterher und schob den Kopf gerade so weit um die Ecke, dass er sie wieder sehen konnte. Sie bemerkte es zwar, ignorierte ihn aber und widmete sich weiter ihrer Arbeit. Als er ihr abermals folgte, nachdem sie wieder aus seinem Blickfeld verschwunden war, fing sie an, nebenbei mit ihm zu reden. Sie konnte sich nicht erinnern, was sie damals zu ihm gesagt hatte, außer dass sie ihn Ruff nennen wollte, weil sich sein Bellen so anhörte.

Als die Aufräumarbeiten abgeschlossen waren und sie und Dree zu ihrem Wagen gingen, war der Abstand, den der Hund zu ihnen hielt, auf nur noch einen Meter geschrumpft. Als sie ihm die Wagentür aufhielt, zögerte er nur einen winzigen Augenblick und sprang dann mit einem Satz auf die Rückbank.

Beth nahm ihn mit nach Hause und fütterte ihn, ließ ihn aber den Abstand zu ihr wahren, den er für angebracht hielt. Dann legte sie sich schlafen und war gerade im Begriff einzudösen, als sie merkte, dass er auf das Fußende ihres Betts sprang. Fast hätte sie ihn gleich wieder runtergeschickt, immerhin war sein ganzes Fell von Dreck und Schorf überzogen. Letztlich ließ sie ihn aber gewähren, und als sie am Morgen aufwachte, lag er dicht an sie gekuschelt da. Er ließ sich von ihr streicheln, baden und nach dem Frühstück ohne Probleme zum Tierarzt bringen.

Nach kurzer Zeit war Ruff wie ausgewechselt: ein wunderschöner Boxer, der stark und kerngesund war, ein liebevoller, fröhlicher und treuer Begleiter. Er war selbstbewusst und hatte jegliche Scheu abgelegt, gerade so, als wäre er nie misshandelt worden. Er schien einen Schlussstrich unter diesen Abschnitt seines Lebens gezogen zu haben, um stattdessen in Beths Gesellschaft aufzublühen. Beth war völlig erstaunt gewesen, der Tierarzt hingegen gar nicht. Er hatte ihr erklärt, dass Tiere klüger als Menschen waren, weil sie im Jetzt lebten und nicht die Probleme ihrer Vergangenheit mit sich herumschleppten. Ruff ging es jetzt gut, und das genoss er auch.

Beth hatte von Ruff gelernt. Sie war zu der Zeit fast hundertfünfundsechzig Jahre alt gewesen und schleppte seit ihrer Wandlung vor gut hundertfünfzehn Jahren alles Elend aus ihrer Zeit als Sterbliche mit sich herum. Aber sie war entschlossen gewesen, sich an Ruff ein Beispiel zu nehmen, die Vergangenheit abzulegen und ihren Weg ohne sie weiterzugehen. Für sie war das etwas langwieriger und mühseliger geworden als für Ruff, und ein paar Mal hatte sie sich dann doch wieder den Problemen einer lange zurückliegenden Vergangenheit stellen müssen. Aber letztlich war es ihr doch gelungen, all diese Dinge endgültig hinter sich zu lassen. Ihr Leben war dadurch so viel besser geworden. Wut und Verbitterung lösten sich in Wohlgefallen auf, sie genoss ihr Leben und wurde schließlich zu der Frau, die sie eigentlich immer hatte sein sollen.

Es stimmte also, dass Beth sich verändert hatte, und das war offenbar auch Scotty aufgefallen und hatte ihn seinerseits veranlasst, sich ihr gegenüber anders zu verhalten. Wirklich interessant.

Sie atmete tief durch, nickte und sagte dann: »Okay. Ich werde ins Bett gehen, aber allein und ohne Wachposten in meinem Zimmer«, fügte sie entschieden an. Als er zu einer Erwiderung ansetzte, die zweifellos auf einen Protest hinauslaufen würde, machte sie ihm klar: »Ich leite diesen Einsatz hier. Du und Donny, ihr seid meine Verstärkung. Deshalb weiß ich, dass du auf mich hören wirst, wenn ich dir sage, dass du die Nacht nicht in meinem Zimmer verbringen wirst, um mich wie ein wehrloses Kind zu bewachen. Haben wir uns verstanden?«

Scotty presste die Lippen zusammen und nickte verkrampft.

»Gut«, sagte sie, drehte sich um und verließ die Küche. Über die Schulter fügte sie hinzu: »Schlaf gut.«

8

Beth drückte den Notausgang auf und befand sich wieder in der Gasse. Das Klacken von hohen Absätzen lenkte ihren Blick auf die schluchzende Frau, als die gerade stehen blieb und sich hinter den Abfalltonnen hinhockte. Beth betrachtete sie kurz, dann entdeckte sie die Gestalt, die sich im Schatten der Tonnen versteckt hielt. Beth kniff die Augen zusammen und versuchte, die Dunkelheit zu durchdringen, um die Person besser erkennen zu können, die darauf wartete, sie angreifen zu können. Aber so sehr sie sich auch anstrengte, sie konnte nur die Umrisse einer großen Person ausmachen, die einen Anzug trug.

»Kastanien! Frische Kastanien!«

Erschrocken drehte sich Beth in die Richtung, aus der die Rufe kamen, und schaute zum anderen Ende der Gasse. Sie riss die Augen auf, da sie im ersten Moment dachte, alles würde in Flammen stehen. Noch während ihr dieser Gedanke durch den Kopf ging, stand sie auf einmal mitten in Licht und Wärme. Dann konnte sie erkennen, dass das vermeintliche Feuer in Wahrheit der Schein von Hunderten von Lichtern der Buden und Stände links und rechts des Wegs war. Jeder Stand verfügte über mindestens eine Lampe, manchmal auch zwei, um die ausgelegte Ware zu beleuchten. In einigen Fällen benutzten die Leute Kerzen, bei anderen Ständen verbreiteten altmodische Talglampen ihr Licht, das eine von dichten Rauchschwaden umgebene Flamme erzeugte. Gemeinsam sorgten all diese Lichtquellen dafür, dass die gesamte Umgebung hell erleuchtet war. Die Vielfalt der Farben, die sie zu sehen bekam, machte sie fast benommen. Hier das intensive Rot von Äpfeln, dort das Lila eines Kohlkopfs gleich neben dem Gelb der Zwiebeln am Nachbarstand. Gleich dahinter ein Fleischerstand, in dessen Auslage sich das Fleisch türmte, während der Metzger hin und her tigerte und immer wieder sein Messer an einem Stück Stahl schärfte, das an seinem Gürtel befestigt war.

Es war Samstagabend, und das hier war der Markt von Tottenham Court zu einer Zeit, zu der er so überlaufen war, dass man sich kaum von der Stelle bewegen konnte. Die Gerüche und Aromen waren schier überwältigend, und erst die Geräuschkulisse …

»Greifen Sie zu! Einen halben Bogen Papier für einen Penny!«

»Hier spottbillig zu haben! Drei Yarmouth-Bücklinge für einen Penny!«

»Schöne Boskop-Äpfel, ein Penny für ein Lot!«

Der Lärm war ohrenbetäubend, und doch hatte sie ihn im Lauf der Zeit vergessen. Sie bemerkte, dass jemand an dem langen blauen viktorianischen Kleid zog, das sie jetzt trug. Als sie ihren Blick senkte, entdeckte sie ein vielleicht fünf oder sechs Jahre altes Mädchen, das einen schweren Korb in der Hand hielt.

»Walnüsse, Miss? Sechzehn Stück für einen Penny«, bot die Kleine ihre Ware feil und hielt ihr den Korb hin, damit Beth sie besser begutachten konnte.

Beth entging nicht das hoffnungsvolle Lächeln der Kleinen, und sie sah auch, dass ihre Finger von den Nüssen braun verfärbt waren. Sie tastete ihr Kleid ab, da sie hoffte, eine Tasche oder eine Geldbörse bei sich zu tragen. Die Kleine erinnerte sie an ihre jüngere Schwester, und wenn sie konnte, würde sie ihr jede einzelne Nuss abkaufen.

»Hier, Mädchen.«

Als Beth sich umdrehte, entdeckte sie zu ihrem Erstaunen Scotty, der in einen traditionellen Plaid gekleidet war. Er überreichte der Kleinen mehrere Münzen, winkte dann aber ab, als sie ihm erfreut den Korb hinhielt.

Scotty schüttelte den Kopf und erklärte freundlich: »Die Münzen sind für dich, Mädchen. Behalt deine Walnüsse.«

»Vielen Dank, mein Laird. Vielen Dank.« Dann rannte das Mädchen davon, als fürchte es, er könnte es sich noch anders überlegen.

»Das war sehr nett«, sagte Beth in sanftem Tonfall zu ihm. Es überraschte sie nicht, ihn hier anzutreffen, denn er tauchte immer mal wieder in ihren Träumen auf, seit sie ihm vor hundertfünfundzwanzig Jahren zum ersten Mal begegnet war.

Sie drehte sich um und ließ ihren Blick über die Stände und die zahlreichen Besucher wandern. Das hier war die glücklichste Zeit ihres Lebens gewesen, die Zeit auf dem Markt zusammen mit ihrer Mutter und ihren Schwestern.

»Der Markt am Samstagabend in Tottenham Court«, murmelte Scotty, der sich ebenfalls umschaute.

»Du kennst ihn?«, fragte sie erstaunt.

»Natürlich. Seit dem siebzehnten Jahrhundert gehört mir ein Haus in London«, antwortete er.

Beth stutzte, da sie sich nicht sicher war, ob das wohl stimmte oder sie sich das nur in ihrem Traum ausgedacht hatte. Vermutlich war es aber auch egal. So oder so gefiel es ihr, dass er sich mit diesem Abschnitt ihres Lebens auskannte, auch wenn das bloß im Traum so war.

»Ich habe den Markt geliebt«, erklärte sie leise und ging langsam weiter. »Es ging immer laut und bunt und aufregend zu, eigentlich mehr so wie auf einem Jahrmarkt.«

»Aye«, stimmte Scotty zu, packte sie dann aber am Arm und

zog sie zu sich, als ein lauter Knall die Luft zerriss. Er entspannte sich, als ihm klar wurde, dass ein paar Jungs dafür verantwortlich waren, die an einer Schießbude Ziele abschossen, um Nüsse zu gewinnen.

»Eilt herbei! Eilt herbei! Mr Fredericks singt gleich den Scherenschleifer!«, rief ein großer, schmaler Mann mit volltönender Stimme, gerade als Beth an ihm vorbeiging.

»Ich hatte ganz vergessen, wie laut es auf dem Markt immer zuging«, sagte Scotty amüsiert und versetzte Beth erneut in Erstaunen, weil er genau das aussprach, was sie zuvor gedacht hatte. Aber was sollte er sonst auch sagen? Immerhin war das hier ihr Traum.

»Hmm, Erdbeeren«, sagte Beth plötzlich, als sie die Früchte am nächsten Stand entdeckte. An Scotty gewandt fügte sie hinzu: »Erdbeeren habe ich schon immer geliebt. Als Kind wollte ich nie was anderes essen.«

»Und heute ist das nicht mehr so?«, fragte er erstaunt.

Beth verzog das Gesicht. »Heute werden sie gepflückt, wenn sie noch grün sind, und dann werden sie sofort in die Supermärkte geliefert. Und wenn du sie da kaufst, sind sie längst nicht so süß und so saftig. Es sei denn, du findest einen Verkaufsstand irgendwo am Straßenrand, oder du pflanzt selbst welche an«, fügte sie hinzu. »Aber damals waren sie immer rot und reif und süß und saftig.« Sie lachte leise. »Und natürlich gab es sie nur, wenn Saison war, und dann waren sie so teuer, dass wir sowieso nie welche gekauft haben.«

»Woher weißt du dann, dass du sie geliebt hast?«, fragte er amüsiert.

»Ich bin immer hinter Mr Badham hergegangen, wenn er auf dem Weg zu seinem Stand war. Dann habe ich darauf gehofft, dass ihm ein, zwei Erdbeeren aus einem seiner Körbe fallen«, erklärte sie.

»Und ist das auch passiert?«

»Oh ja, ein paar Mal«, sagte sie und nickte. »Dann habe ich sie blitzschnell aufgehoben und in den Mund gesteckt. Sie waren köstlich, selbst wenn manchmal ein bisschen Dreck vom Boden an ihnen klebte.«

Ein undefinierbarer Ausdruck huschte über sein Gesicht, dann zog Scotty sie plötzlich mit sich zum Erdbeerstand und warf Mr Badham eine Münze zu, ehe er einen der kleinen Weidenkörbe randvoll mit reifen, roten Beeren an sich nahm. Er drehte sich zu Beth um, holte eine Erdbeere aus dem Korb, begutachtete sie von allen Seiten und nickte zufrieden. »Frei von jeglichem Schmutz«, verkündete er schließlich mit ernster Miene. »Mund auf.«

Beth lächelte unschlüssig, da sie nicht wusste, wieso sie jetzt errötete. Auf jeden Fall spürte sie, wie ihre Wangen zu glühen begannen. Erschrocken versuchte sie, ihm die kleine Frucht aus den Fingern zu nehmen, anstatt zuzulassen, dass er sie ihr auf die Zunge legte, doch er zog die Erdbeere gleich wieder weg.

»Ts-ts-ts«, machte er kopfschüttelnd. »Mund auf.«

Einen Moment biss sie sich auf die Unterlippe, kam dann aber seiner Aufforderung nach. Sie sah ihm aufmerksam zu, wie er sich ihr langsam näherte, bis sie von der Frucht abbeißen konnte. Die Erdbeere war so süß und so saftig, wie sie es von früher in Erinnerung hatte, und Beth musste genießerisch die Augen zumachen, während sie leise stöhnte. Sie kaute und schluckte, dann riss sie verdutzt die Augen wieder auf, da Scotty sich vorgebeugt hatte und mit der Zungenspitze über ihre Unterlippe strich, um einen Rest Erdbeersaft wegzuschlecken.

»Köstlich«, pflichtete er ihr mit belegter Stimme bei, warf dann abrupt den Korb mit den Früchten zur Seite, nahm Beth in die Arme und küsste sie.

Vor Schreck war Beth im ersten Moment wie erstarrt. Das war gar nicht ihre Art. Nicht mal in ihren wildesten Träumen hätte sie mitten auf einem Marktplatz etwas angefangen. Trotz ihrer Vorgeschichte besaß sie ein gewisses Maß an Anstand, das ihre Mutter ihr eingebläut hatte. Öffentliche Zurschaustellungen von Lust mitten auf dem Marktplatz gehörten zu den Dingen, die gegen diese Regel verstießen, und dass Lust im Spiel war, daran bestand im Moment kein Zweifel. Auch wenn sie äußerlich die Ruhe bewahrte, ließ alles, was seine Lippen mit den ihren anstellten, ihr Verlangen in ungeahnte Höhen schnellen.

Als seine Hände zu wandern begannen, wollte sie eigentlich protestieren, doch solange er seine Lippen auf ihre gedrückt hielt, waren Widerworte kaum möglich. Eine Hand hatte er an ihren Hinterkopf gelegt, sodass sie nicht zurückweichen konnte, die andere berührte durch den Stoff ihres Kleids hindurch ihren Po und drückte sie dabei so nach vorn, dass sich ihre Körper aneinanderrieben.

Keuchend gelang es ihr, den Kuss zu unterbrechen, dann sah sie sich verlegen um und stutzte, als ihr bewusst wurde, dass sie sich nicht länger auf dem Markt befanden. Jetzt standen sie in einem großen Schlafzimmer, das nur von den Flammen eines Kaminfeuers erhellt wurde. Gleich neben ihnen befand sich ein Himmelbett mit Bettlaken aus waldgrüner Seide. Es gab niemanden außer ihnen beiden.

Das war aber auch schon alles, was Beth zur Kenntnis nahm. Denn kaum hatte sie den Kuss beendet, begann Scotty an ihrem Ohr und ihrem Hals zu knabbern, und ihr Körper reagierte darauf mit einem einsetzenden Beben.

In dem Moment wusste Beth, dass das hier eine dieser stürmischen Traumnummern würde, die so real wirkten, dass sie tatsächlich glaubte, das Salz auf seiner Haut zu schmecken und die Hitze seines Körpers zu spüren. Das war die besondere

Art von Traum, die sich nicht so häufig einstellte. Und immer spielte Scotty die zentrale Rolle. Und wenn sie anschließend aufwachte, war sie noch schweißgebadet, zutiefst befriedigt und erfüllt von der Lust, die sie ihrem Traumlover zu verdanken hatte.

Ihr war bewusst, dass Scotty sich an den Schnüren ihres Kleids zu schaffen machte. Sie unternahm nichts, um ihn davon abzuhalten. Nur als er an ihrem Ohrläppchen zupfte, drehte sie ihren Kopf so, dass Scotty sie wieder küssen konnte. Diesmal erwiderte sie den Kuss mit all der Leidenschaft, die sie zuvor auf dem Marktplatz hatte vermissen lassen. Jetzt ließ sie ihre Hände ebenfalls wandern und über seine breite, harte Brust streichen. Sie zog die Nadel heraus, die den Plaid zusammenhielt, und wie von Zauberhand begann der Stoff zu rutschen. Er landete auf dem Boden, sodass Scotty jetzt nur in einem weißen Baumwollhemd vor ihr stand, das kaum lang genug war, um seine Kronjuwelen zu bedecken.

Beth hatte das gerade zur Kenntnis genommen, als auch ihr Kleid ins Rutschen geriet und zu Boden glitt. Als Scotty einen Schritt nach hinten machte, um sie anzusehen, schaute sie an sich herab. Sie trug Mieder und Slip in Weiß, dazu Strümpfe mit Haltern. Einen Moment lang überlegte sie, wo diese Sachen mit einem Mal hergekommen waren, doch dann stieß Scotty ein kehliges »Wunderschön« aus. Sie sah Scotty an, der sie auf eine wohlige Weise anlächelte.

»Bei der Einrichtung dieses Zimmers habe ich immer nur an dich gedacht. Ich wusste, die Farbe würde ganz genau zu deiner Alabasterhaut und deinen roten Haaren passen. Du bist wie Feuer und Eis in einem Wald.«

Beths Augen wurden vor Erstaunen ganz groß. Sie war nie für blumige Ausdrucksweisen zu haben gewesen, daher wusste sie beim besten Willen nicht, wie er auf diese Wortwahl kam. Dennoch musste sie sagen, dass sie ihr gefiel. Sie ließ ihre Hand nach unten wandern, um Scotty zu zeigen, wie gut ihr gefiel, was sie da zu hören bekam. Aber in der gleichen Sekunde, in der sie seine Erektion zu fassen bekam, die unter dem Leinenstoff verborgen auf sie wartete, griff Scotty nach ihrer Hand und zog sie weg.

»Nay«, knurrte er, umfasste mit einer Hand ihre Handgelenke und hob ihre Arme hoch, während er sie nach hinten dirigierte, bis sie einen der Bettpfosten an ihrem Rücken spürte. Er hielt sie in dieser Position, sah ihr tief in die Augen und sagte eindringlich: »Ich bin kein Kunde, dem du Lust bereiten sollst. Ich bin vielmehr derjenige, der *dir* Lust bereiten will.«

Wieder reagierte sie mit Verwirrung, als sie ihn das sagen hörte, da sie sich ziemlich sicher war, dass sie sich diese Worte nicht ausgedacht hatte. Allein schon aus dem Grund nicht, dass sie ihr wehtaten, was mit der Wut zu tun haben mochte, die in seinen Augen aufblitzte und die man auch für Abscheu hätte halten können. Davon einmal abgesehen hatte Scotty in ihren Träumen noch nie mit ihr geredet, weil er mehr ein Mann der Tat als der Worte war. Außerdem war sein Mund ohnehin die meiste Zeit mit anderen Dingen beschäftigt. Ihre Aufmerksamkeit kehrte zu ihm zurück, als er sie erneut küsste.

Da seine Worte ihr immer noch ein wenig wehtaten, erwiderte sie seine Küsse nur verhalten. Als aber seine Zunge in ihren Mund vordrang und seine freie Hand an ihrem Körper nach oben glitt, um dann durch den Stoff des Mieders hindurch sanft ihre Brust zu drücken, da konnte sie sich nicht länger beherrschen und genoss laut seufzend und keuchend jede seiner Berührungen.

Sie spürte zwar, wie seine Hand weiter nach oben wanderte, dennoch zuckte sie leicht zusammen, als er den Stoff nach unten zog, der ihre Brust bedeckte. Als er den Kuss unterbrach und den Kopf nach unten beugte, um die Lippen auf ihren Nippel zu drücken, vergrub sie die Finger in seinen Haaren und hielt seinen Kopf an sich gepresst. Ihre ganze Konzentration galt den Empfindungen, die er bei ihr auslöste, indem er an ihrem Nippel zu saugen begann. Diese Empfindungen erfuhren noch eine Steigerung, als er sein Bein zwischen ihre Oberschenkel schob und sich an der Stelle ihres Leibs zu reiben begann, an der sich ihre ganze Erregung zu stauen schien.

Beth kniff die Augen zu und biss sich auf die Lippe, während sie sich ganz dem Verlangen hingab, das sie immer fester im Griff hatte. Ohne sich dessen bewusst zu sein, begann sie ihre Hüften kreisen zu lassen, um seine Berührung intensiver zu spüren. Dann jedoch schob Scotty seine freie Hand unter ihren Slip und zwischen ihre Schenkel. Beth gab einen lustvollen Schrei von sich, und ihr Körper bäumte sich unter seinen Fingern auf.

Er ließ von ihrem Nippel ab, richtete sich auf, küsste sie auf den Hals und flüsterte: »Gefällt dir das?« Dabei strichen seine Finger zunächst ganz leicht über ihre feuchte Haut, hielten dann inne und begannen um das Zentrum ihrer Erregung zu kreisen.

»Ja«, hauchte sie und drückte sich rhythmisch gegen seine Hand.

»Ich will dich kosten. Würde dir das gefallen?«, raunte er ihr ins Ohr.

»Oh Gott!«, stöhnte Beth als Reaktion auf seine Worte und das Gefühl seiner Finger, die nun in sie eindrangen, während er sie mit dem Daumen weiter sanft massierte. Sie stemmte sich gegen seine Hand und stöhnte enttäuscht auf, als er seine geschickten Finger plötzlich wegnahm. Wieder musste sie nach Luft schnappen, als er sich im nächsten Moment vor ihr hinkniete.

Ihr wurde bewusst, dass ihre Strapse ihn daran hinderten, ihr den Slip auszuziehen, also nahm sie die Hände runter, um ihm behilflich zu sein. Doch Scotty besaß offenbar nicht die Geduld, auf ihre Unterstützung zu warten, sondern fasste den Slip am Gummizug und zerriss ihn mit einem plötzlichen, energischen Ruck. Völlig verblüfft sah sie mit an, wie mühelos er das anstellte, auch wenn eine ferne Stimme in ihrem Hinterkopf sie darauf aufmerksam machte, dass das so einfach doch gar nicht möglich war. Beth musste sich tatsächlich selbst vor Augen führen, dass sie sich hier in einem Traum befand, allerdings in einem, in dem sich alles verdammt real anfühlte.

»Oh«, machte sie, als Scotty auf einmal ihre Taille umfasste, sie packte und mit so viel Schwung auf das Bett katapultierte, dass sie von der Matratze regelrecht abprallte. Fast im selben Moment war er bei ihr, fasste sie an den Kniekehlen und zog sie auf dem Seidenlaken bis ganz an die Bettkante, damit er sein Gesicht zwischen ihren Schenkeln vergraben konnte. Das geschah so unverhofft, dass sie sich vor Schreck noch halb aufrichtete, sich ihm dann aber von einem lustvollen Schrei begleitet entgegenpresste, als sie spürte, wie er sie mit der Zunge zu verwöhnen begann.

Sie legte ihre Hand auf seine, die sich wieder ihrer Brust widmete, während sie sich mit der anderen Hand auf dem Bett abstützte. Als er dann das Werk, das er mit seiner Zunge leistete, durch die Arbeit seiner geschickten Finger zur Vollendung brachte, konnte Beth nicht anders als sich aufs Bett zu werfen und sich zu winden. Wieder und wieder presste sie die Beine gegen seinen Kopf, die Finger verkrallten sich im Bettzeug, und sie strebte mit aller Kraft dem Punkt entgegen, auf den Scotty mit ihr zusteuerte.

Ihr war klar, dass ihr dabei die unmöglichsten Laute von tiefem Stöhnen bis hin zu angestrengtem Ächzen über die Lippen kamen, und das immer wieder vom flehentlichen Rufen seines Namens unterbrochen … und es störte sie nicht im Geringsten.

Auf einmal versteifte sie sich am ganzen Leib, und nur Sekunden später explodierte alles um sie herum. Beth begann zu zucken und sich aufzubäumen, als sie von ihrer Lust mitgerissen wurde. Scotty richtete sich auf und legte sich zu ihr aufs Bett, schloss sie in seine Arme und zog sie mit sich weg von der Kante. Dann hielt er sie einfach an sich gedrückt, bis ihre Atmung und ihr Herzschlag wieder ein wenig zur Ruhe gekommen waren.

»Danke«, flüsterte sie und strich leicht über ihre Brust. »Darf ich jetzt …«

Ihre Frage wurde jäh unterbrochen, als Scotty ihr Kinn leicht nach oben drückte, damit er sie abermals küssen konnte. Der Kuss begann sanft und verhalten, wurde aber schnell fordernder, und dann ließ er wieder die Hände über ihren Körper wandern. Als Scotty sie schließlich auf den Rücken drehte und sich auf sie legte, stöhnte sie schon wieder vor überwältigender Lust. Er stützte sich links und rechts von ihr mit den Ellbogen auf, während er sich an ihr rieb und die Zunge einmal mehr in ihren Mund vordringen ließ.

Beth schnappte nach Luft, spreizte für ihn die Beine und winkelte sie an, damit sie sich mit den Füßen auf der Matratze abstützen konnte. Scotty ließ sich nicht zwei Mal auffordern und drang in sie ein. Beths Körper reagierte darauf in einer so begierigen Weise, als hätte sie nicht erst vor ein paar Minuten tiefste Befriedigung erfahren.

Sie rief laut seinen Namen, klammerte sich an seinen Schultern fest und drückte ihm die Hüften entgegen, um ihn tiefer in sich aufzunehmen. Sie trieb ihn an weiterzumachen, bis sich sein ganzer Körper auf einmal verkrampfte und Scotty einen lauten Schrei ausstieß, als er ebenfalls die Erfüllung seines Verlangens erfuhr.

Ihr war klar, dass es damit noch nicht vorüber war. In diesen besonders intensiven Träumen war es das nie, daher überraschte es sie auch nicht, dass er sich wieder zwischen ihren Beinen hinkniete und sie antippte, damit sie sich auf den Bauch drehte. Sie drehte sich zwar um, kniete sich aber ebenfalls hin, griff hinter sich und schaffte es, die Hände an seine Hüften zu legen, um ihn zu sich heranzuholen.

Scotty knurrte leise und rutschte auf den Knien voran, um ihre Beine zwischen seine zu nehmen, dann drückte er seine Brust gegen ihren Rücken und schob die Hände um ihre Taille nach vorn und von dort weiter nach oben, bis er ihre Brüste umfassen konnte.

Während er ihre Rundungen sanft massierte, ließ sie die Hüften so kreisen, dass sie ihren Po an seiner Erektion reiben konnte.

Scotty knabberte an ihrem Ohr und küsste ihren Nacken, aber als er an ihren Nippeln zu spielen begann, drehte sie den Kopf, damit er sie dabei auch küssen könnte. Das tat er dann sehr stürmisch und nahm außerdem auch eine Hand von ihren Brüsten, die er dann zwischen ihre Schenkel schob.

Beth stieß einen erstickten Schrei aus, ihre Hüften drückten sich gegen seine Berührung, bis sie es nicht mehr aushielt. Sie ließ sich auf Hände und Knie nach vorn sinken, woraufhin Scotty die Hände an ihre Hüften legte und begann … ihr Gesicht abzulecken?

Erschrocken riss sie die Augen auf und starrte in das Gesicht einer schwarzen Bestie, die über sie gebeugt auf dem Bett stand und sie freudig anhechelte.

»Was ist …?«

»Chico! Runter da!«

Beth sah zur Tür und entdeckte Matías, der soeben hereingestürmt kam und um das Bett lief.

»Sorry, sorry! Das tut mir so leid. Ich wollte nur nach dir sehen, da hat er sich an mir vorbeigedrängt. Chico, komm her«, zischte er, fasste nach dem Halsband des Dobermanns und … fiel auf ihr Bett, da in diesem Moment der zweite Hund aufs Bett sprang, um sich ins fröhliche Gewühl zu stürzen. Er riss Matías um, sprang ihm auf den Rücken und begann ihn abzulecken.

Matías' Stimme klang erstickt und aufgebracht zugleich, als er – das Gesicht aufs Bett gedrückt – protestierte und rief: »Nein, Piper. Pfui.«

Beth musste lachen, als Chico ebenfalls versuchte, sich auf sein Herrchen zu stürzen. Sie setzte sich auf und rutschte schnell zur Seite, damit der aufgeregte Hund nicht auf ihr herumtrampeln konnte, dann lehnte sie sich gegen das Kopfende und beobachtete das Schauspiel, als beide Hunde Arme, Beine und Kopf ihres Cousins abschleckten.

»Ich liebe meine Hunde einfach«, merkte Matías an, woraufhin die beiden versuchten, ihm auch übers Gesicht zu lecken, das er nach wie vor in die Matratze drückte.

»Sie sind ja auch süß«, meinte sie amüsiert.

»Mhmm.« Es klang nicht sehr überzeugt. Schließlich gelang es ihm, einen Hund nach dem anderen wegzuschieben und schleunigst aufzustehen. Kaum stand er da in voller Größe, wussten sie, dass sie nicht mehr an sein Gesicht herankommen konnten, und ließen von ihm ab – nur um sich umgehend auf Beth zu stürzen. Die warf sich erschrocken quiekend das Bettlaken über den Kopf, um die Sabberküsse abzuwehren, doch für Chico und Piper schien das nur noch mehr Ansporn zu sein, da jeder von ihnen versuchte, seine Schnauze unter das Laken zu schieben.

Schließlich gab Beth es auf, warf das Laken zur Seite und fasste den nächstbesten Hund an den Ohren, um sie zu massieren, während sie dem Tier einen Kuss auf den Kopf gab und murmelte: »Jetzt hab ich dich! Du gehörst jetzt mir! Ich hab dich!«

»Er mag dich«, stellte Matías mit einem Lächeln fest und sah zu, wie Chico ruhiger wurde, um die Ohrenmassage zu genießen. »Beide mögen dich«, korrigierte er sich, als sich Piper ebenfalls aufs Bett sinken ließ und den Kopf in ihren Schoß legte. Während sie die beiden Hunde immer noch streichelte, fragte sie Matías: »Wieso wolltest du nach mir sehen? Du weißt doch, dass mein Arm so gut wie verheilt ist.«

»Mhm«, gab er grinsend zurück, setzte sich auf die Bettkante und streichelte Piper ebenfalls. »Na ja, ich war in Sorge, dass dich wieder jemand angreifen könnte.«

»Mich angreifen?«

»Mhm«, machte er abermals und grinste noch breiter. »Du hast gestöhnt und geächzt, du hast geknurrt und geschrien. Es war höchst beunruhigend. Ich war mir sicher, dass du von jemandem zu Tode gequält wirst. Oder dass du wilden, leidenschaftlichen Sex hast. Aber da Donny unterwegs ist, Scotty in seinem eigenen Bett liegt und die gleichen Geräusche von sich gibt wie du, und ich jetzt sehen kann, dass du ganz allein hier bist, muss ich annehmen, dass du irgendwas geträumt hast … dass du einen geteilten Traum erlebt hast«, fügte er an und grinste vielsagend.

»Was?«, krächzte Beth und setzte sich kerzengerade hin.

»*Sí*. Ich wusste ja, dass zwischen dir und Scotty was läuft …«, sagte er triumphierend und fragte dann: »Und? Wie war's? So heiß, wie man immer sagt? Hat sich auf jeden Fall so angehört.«

»Zwischen Scotty und mir läuft gar nichts«, widersprach Beth vehement und überging rigoros all die anderen Fragen.

»Ach, *chica*, für wie dumm hältst du mich?«, fragte er kopfschüttelnd.

»Für sehr dumm, weil zwischen Scotty und mir nichts läuft«, beharrte sie.

»Ach, wirklich?« Matías zog die Augenbrauen hoch. »Und trotzdem war er krank vor Sorge um dich, als du verletzt worden warst.«

Beth schnaubte verächtlich. »Das ist ganz normal. Der Mann führt die britischen Jäger an, es ist sein Job, um seine Jäger besorgt zu sein.«

»Mal ernsthaft, Beth«, sagte Matías irritiert. »Du musst doch wissen, dass er dein Lebensgefährte ist. Er lässt alle Anzeichen dafür erkennen.« Dann zählte er auf: »Erstens kann ich ihn lesen, obwohl er viel älter ist als ich und ich demnach nicht dazu in der Lage sein dürfte. Zweitens isst er. Er hat gestern Abend ganz allein eine komplette Pizza verspeist. Und er trinkt. Ich habe ihm eine Limo zur Pizza angeboten, die er auch ganz allein ausgetrunken hat.«

»Ja, er isst und trinkt, und wahrscheinlich kann man ihn ganz leicht lesen«, stimmte sie ihm zu. »Und er ist auch seiner Lebensgefährtin begegnet. Aber die bin nicht ich, Cousin.«

»Warum machst du dir die Mühe, mir eine Lüge aufzutischen?«, fragte Matías aufgebracht. »Du hast hier einen geteilten Traum erlebt. Du hast ›Scotty, oh, Scotty‹ gerufen, und Scotty hat in seinem Zimmer gerufen: ›Beth! Oh mein Gott, Beth!‹«

»Ehrlich?«, fragte sie ungläubig.

»*Sí*«, bestätigte Matías.

Sie dachte einen Moment lang darüber nach und schüttelte schließlich den Kopf. »Das kann nicht sein. Er hat bereits eine Lebensgefährtin, er hat sie nur noch nicht für sich beansprucht.«

»*Sí*, die hat er, und zwar dich«, bestätigte Matías.

»Nein, Scotty hat Donny erzählt …«

»Und *ich* erzähle *dir*, dass ich ihn lesen kann. Hatte ich das noch nicht erwähnt?«, gab er leicht verärgert zurück und fuhr fort: »Als du letzte Nacht diese üblen Schmerzen hattest, da waren seine Gedanken buchstäblich in Aufruhr. Er war in Panik, weil er irgendwie deine Schmerzen lindern wollte. Und er war halb verrückt vor Sorge, weil er wollte, dass du so gut wie nur möglich beschützt wirst, damit er nicht seine Lebensgefährtin verliert. Das waren seine Gedanken: ›Ich werde meine Lebensgefährtin nicht verlieren.‹« Die letzten Worte betonte er mit besonderem Nachdruck. »Er meinte damit dich. Du bist seine Lebensgefährtin.«

»Aber wie soll das möglich sein?«, wunderte sie sich. »Ich meine, ich habe ihn vor über hundert Jahren kennengelernt. Wie kann das sein, dass er damals nicht mein Lebensgefährte war, und jetzt auf einmal ist er es? Hätte er nicht von Anfang an mein Lebensgefährte sein müssen?«

Matías schürzte die Lippen und ließ sich ihre Frage durch den Kopf gehen. »Vielleicht war er es ja damals schon.«

»Was?«, fragte Beth verständnislos.

»Na ja, er hat mit allen Mitteln zu verhindern versucht, dass du eine Jägerin wirst. Und als du eine Jägerin warst, hat er versucht dafür zu sorgen, dass du an gefährlichen Jagden nicht teilnimmst«, machte er ihr klar. »Außerdem habe ich letzte Nacht in seinen Gedanken gelesen, dass er dich von jemandem hat beobachten lassen, kurz nachdem er sich vor Jamieson in Sicherheit gebracht hatte.«

»Wie bitte?«, fragte sie entrüstet.

Matías nickte. »*Sí*. Daran hat er gestern Abend gedacht. Es geht um jemanden namens Magnus, den er nach England zurückgeholt hatte, nachdem er beschlossen hatte, selbst nach

Kanada zu kommen. Allerdings überlegt er, ob er ihn nach dem gestrigen Angriff auf dich vielleicht wieder zurückbeordern soll.«

»Dieser verdammte Hurensohn! Ich kann es nicht fassen, dass er mich die ganze Zeit über hat beobachten lassen«, schnaubte Beth empört. »Wieso ist mir das nicht aufgefallen?«

»Darum geht es nicht, *chica*«, konterte Matías. »Die Frage ist, warum hat er so was gemacht? Aus welchem Grund hat er schon damals dafür gesorgt, dass jemand dich im Auge behält?«, fragte er und lieferte die Antwort gleich mit: »Weil er schon damals gewusst haben muss, dass du seine Lebensgefährtin bist.«

Beth sah ihren Cousin fassungslos an, während ihr all das durch den Kopf ging, was er eben zu ihr gesagt hatte. Scotty hatte ihr einen Leibwächter geschickt. Er hatte auf sie aufgepasst. Er aß und trank, und offenbar war er leicht zu lesen, weil er seine Lebensgefährtin gefunden hatte. Und die Träume … Beth runzelte die Stirn. Waren das geteilte Träume? Es hieß, dass Lebensgefährten sie dann erfuhren, wenn sie nahe beieinander waren. Aber Scotty hatte in den meisten ihrer erotischen Träume die Hauptrolle gespielt, seit sie ihm das erste Mal begegnet war. Selbst wenn sie sich auf verschiedenen Kontinenten aufhielten.

Allerdings waren die Träume immer dann viel intensiver gewesen, wenn er in Spanien aufgetaucht war – genauso wie in der letzten Nacht. Beth war immer davon ausgegangen, dass es nur damit zusammenhing, dass sie beide einander über den Weg gelaufen waren und er für sie zum Greifen nah gewesen war. Jetzt allerdings fiel ihr auf, dass er dann meistens in einem Haus oder Hotel ganz in der Nähe ihrer Wohnung übernachtet hatte. Und genau dann waren diese Träume auch immer viel intensiver gewesen, viel realistischer. Sie hatte ihn auf eine

Weise berühren, riechen und schmecken können, die fast real gewesen war. So wie ihr Traum in dieser Nacht, ging es ihr durch den Kopf.

»Ehrlich gesagt bin ich überrascht, dass dir das noch nie aufgefallen ist«, sagte Matías.

Beth reagierte mit einem finsteren Blick. »Wie hätte ich das wissen sollen? Als ich ihn das erste Mal sah, war ich gerade erst gewandelt worden. Da waren erst zwei Wochen vergangen, und dass ich ihn nicht lesen konnte, hatte für mich keine Bedeutung. Außerdem habe ich damals noch ganz normal gegessen. Und … er sieht halt gut aus, und ich nahm an, dass ich von ihm träume, weil er so ein heißer Typ ist.«

»Ja, das stimmt«, befand Matías nach kurzem Überlegen. »Ich werde also akzeptieren, dass du es nicht gewusst hast. Aber er muss es von Anfang an gewusst haben.«

Beth biss sich auf die Lippe, da sie nicht glauben wollte, dass Scotty die ganze Zeit über im Bilde gewesen war, sie aber nicht für sich beansprucht hatte. Wie sehr musste man jemanden hassen, dass man freiwillig darauf verzichtete, ihn als Lebensgefährten für sich zu beanspruchen? Dabei war ein Lebensgefährte das, wonach sich jeder Unsterbliche sehnte. Und wie sollten sie Lebensgefährten sein, wenn er sie hasste?

»Vielleicht war er sich nicht sicher«, überlegte sie hoffnungsvoll.

»Beth«, gab Matías ernst zurück. »Scotty ist kein Idiot. Er erkennt die Anzeichen, wenn er einer Lebensgefährtin begegnet. Allein die Tatsache, dass er dich nicht lesen kann, muss für ihn ein untrüglicher Hinweis gewesen sein.«

»Er kann mich nicht lesen?«, hakte sie nach. »Woher weißt du das?«

»Weil er nicht wusste, dass dir seine Versuche bekannt waren, deine Ausbildung zur Jägerin und später die Einteilung zu allzu gefährlichen Einsätzen zu verhindern«, erklärte Matías. »Könnte er dich lesen, dann wüsste er das alles. Aber er wusste es nicht, und er war völlig überrascht und sogar bestürzt, als ich ihm davon erzählte.«

Sie nahm die Worte mit einem missmutigen Brummen zur Kenntnis. Es ärgerte sie immer noch, dass er sich all die Jahre immer wieder in ihre Arbeit als Vollstreckerin eingemischt hatte.

»Also muss es ihm bekannt sein«, folgerte er. »Nur … warum hat er dann noch immer keinen Anspruch auf dich angemeldet? Die meisten Unsterblichen hätten das auf der Stelle gemacht.«

Als er sie fragend ansah, ließ sie den Kopf sinken und konzentrierte sich ganz darauf, Chico zu streicheln. Scotty wusste seit über hundert Jahren, dass sie beide Lebensgefährten waren, hatte aber nichts unternommen – und dafür wollte ihr nur eine Erklärung in den Sinn kommen: »Tja, wenn ich einfach mal tippen soll, würde ich sagen, dass er mich nicht leiden kann.«

»Was?« Matías schüttelte den Kopf. »Unmöglich! Du bist wunderschön und charmant, stark und klug! Du bist eine Göttin!«

»Und trotzdem will er mich nicht«, murmelte sie. »Er meldet keinen Anspruch auf mich an, und für gewöhnlich zeigt er mir die kalte Schulter. Nur diesmal nicht.«

»Von einer kalten Schulter kann absolut nicht die Rede sein«, erklärte Matías. »Wie ich das so sehe, würde ich eher sagen, es ist das Gegenteil von kalt.«

»Ja, das ist nur jetzt so«, beteuerte sie. »In der Vergangenheit hat er mich gemieden wie die Pest. Er wollte sogar einmal mit einem Drei-zu-eins meine Erinnerung löschen lassen.«

»Wie bitte?« Matías sah sie fassungslos an, was sie ihm nicht verdenken konnte. Ein Drei-zu-eins bedeutete, dass drei Unsterbliche gemeinsam in das Gedächtnis eines vierten Unsterblichen eindrangen und dessen Erinnerung auslöschten. Dabei wurde jede einzelne Erinnerung immer wieder aufs Neue gelöscht, weil verhindert werden musste, dass die Nanos sie anschließend einfach wiederherstellten. Am Ende war der Verstand dann völlig leer gefegt. Eine zugegebenermaßen drastische Maßnahme, die nur als allerletzte Lösung gewählt wurde.

»Oh ja«, bestätigte Beth. »Als er und seine Leute uns vor Jamieson bewahrten, nahm er Dree zur Seite und sagte ihr, dass der Rat mich aus dem Verkehr ziehen wolle. Wäre Dree nicht dazwischengegangen, hätte er es bestimmt damals schon so gemacht. Aber sie sperrte sich dagegen und besorgte uns noch in der Nacht ein Boot, auf dem wir nach Spanien mitfahren konnten.«

»Drina sei Dank«, fügte Matías kopfschüttelnd an. »Ich kann mir ein Leben nicht vorstellen, in dem du keine Rolle als … na ja, halt als du selbst spielst.«

»Offenbar ist das aber genau das, was Scotty lieber gewesen wäre«, flüsterte Beth betrübt.

Matías presste die Lippen zusammen. »Ach, zum Teufel mit ihm. Er hat eben Pech gehabt. Wir werden einen anderen Lebensgefährten für dich finden, und Scotty soll das Gedächtnis irgendeiner anderen Unsterblichen löschen und sein Dasein mit einer Steckrübe als Lebensgefährtin fristen.«

»Steckrübe?«, wiederholte Beth verwundert.

»Na ja, ich will damit sagen, dass ein Unsterblicher nach einem Drei-zu-eins nicht mehr Verstand als eine Steckrübe besitzt. Oder was dachtest du, was bei so was herauskommt?«

Sie schüttelte den Kopf. »Marguerite Argeneaus Ehemann hat bei ihr auch ein Drei-zu-eins vollzogen, aber sie ist nicht zur Steckrübe mutiert.«

»Dann hat sie Glück gehabt. Soweit ich weiß, ist es sehr schwierig, das ohne Probleme hinzukriegen. Einfacher ist es nämlich, das komplette Gedächtnis zu löschen, und wenn das geschieht, ist von der ursprünglichen Persönlichkeit nichts mehr übrig. Rein gar nichts mehr«, erklärte er mit einem abfälligen Unterton. »Vermutlich wollte er das bei dir bewirken, damit er aus dir machen kann, was er will.«

»Oder er wollte bloß eine Frau haben, die als Sterbliche nicht als Prostituierte gearbeitet hat«, erwiderte sie leise.

Empört drehte er sich zu ihr um. »Das war nicht deine Entscheidung, er kann dir das nicht zum Vorwurf machen! Dein Vater hat dich an diese widerwärtigen Menschenhändler verkauft! Und die haben dich wiederum an Danny verkauft, nachdem man dir deine Keuschheit genommen hatte.«

»Aber ich habe nicht damit aufgehört, nachdem Dree Danny umgebracht hatte und ich somit frei war«, hielt sie mit ernster Miene dagegen. Matías kannte ihre Vergangenheit seit vielen Jahren. Er hatte sie danach gefragt, und sie hatte ihm die Wahrheit gesagt. Beth verschwieg diese Zeit nicht, denn Geheimnisse zu hüten, war nie eine gute Sache. Dadurch spielte man anderen Leuten nur Macht über einen selbst in die Hände, wenn die Wahrheit ans Licht kam. Außerdem schämte sie sich nicht für ihre Vergangenheit. Jedenfalls hatte sie das bislang immer gedacht, doch nun musste sie sich fragen, ob sie es nicht besser tun sollte.

Seufzend ließ sie sich gegen das Kopfende sinken und schloss die Augen. Es war noch viel zu früh am Tag, um sich mit solchen Dingen zu befassen. Oder doch nicht? Sie schlug die Augen wieder auf und fragte ihren Cousin: »Wie spät ist es?«

»Kurz vor zwei«, verkündete Matías. »Wenn du schon wach bist, kann ich dich zum Frühstück einladen?«

»Frühstück?«, wiederholte sie interessiert.

»Auf die Weise kommst du für eine Weile aus dem Haus … und weg von ihm«, sagte er. »Das gibt dir die Chance, einen klaren Kopf zu bekommen.«

Beth lächelte ihn an und zuckte mit den Schultern. »Das ist wirklich nicht nötig, Matías. Mir geht es gut. Ich bin schließlich nicht diejenige, bei der alle Gedanken nur um die Tatsache kreisen, dass wir Lebensgefährten sind. Ich dachte immer nur, dass ich bei ihm das Kribbeln kriege und dass da gefühlsmäßig gar nichts passiert. Ich muss das nur weiter so handhaben.«

»Das Kribbeln?«, fragte er amüsiert.

»So haben Mary und ich das immer genannt, wenn wir uns zu einem Mann hingezogen fühlten«, sagte sie. Ihr zaghaftes Lächeln erlosch gleich wieder, als sie an das Schicksal ihrer Freundin Mary denken musste.

In den letzten zehn Jahren, seit Ruff zu einem Teil ihres Lebens geworden war, hatte Beth es sich zur Gewohnheit gemacht, bei allem immer auch nach der positiven Seite zu suchen. In Marys Fall sagte sie sich, dass ihre Freundin wenigstens noch einige Jahre lang ihren Ruhestand hatte genießen können, ehe Jamieson sie umbrachte, und dass der Tod sie schnell ereilt hatte. Das mochte nach nichts Besonderem klingen, doch Beth wusste es besser. In den letzten hundert Jahren hatte sie viele Sterbliche eines langsamen Todes sterben sehen, was eine lange und qualvolle Leidenszeit mit sich brachte. Sie war froh, dass Mary so etwas erspart geblieben war.

»Ich bringe die Hunde raus, dann kannst du dich anziehen«, erklärte er und stand vom Bett auf, hielt dann aber inne und drückte sie fest an sich. »Du bist eine gute Frau, Beth. Wenn er das nicht begreift und er dich nicht so akzeptieren kann, wie du bist, hat er selbst das Nachsehen.«

»Danke«, sagte sie leise und erwiderte die Umarmung. »Und du bist der beste Cousin, den sich ein Mädchen wünschen kann, Matías. Der Tag, an dem Dree und ihr Bruder mich in eure Familie aufgenommen haben, war der glücklichste in meinem ganzen Leben.«

Matías drückte sie noch etwas fester, dann ließ er sie los und stand auf.

»Chico, Piper, kommt mit«, forderte er sie auf und klopfte an seine Hüfte, während er zur Tür ging. Sofort sprangen die Hunde vom Bett und folgten ihm nach draußen in den Flur.

9

Als Matías die Tür hinter sich zugezogen hatte, schlug Beth die Decke zur Seite und verließ das Bett. Einen Moment lang stand sie einfach da, völlig überwältigt von allem, was sie soeben erfahren hatte. Sie war eine mögliche Lebensgefährtin für Scotty, aber er wollte sie nicht. Wie tief musste seine Abscheu ihr gegenüber sitzen, dass er sich die Chance auf eine Lebensgefährtin entgehen ließ, nur weil sie diejenige war?

Wow. Sie hatte fünfzig Jahre lang als Sterbliche verbracht und gerade einmal hundertfünfundzwanzig Jahre als Unsterbliche. Das war nicht mal ein Viertel seines Lebens, und trotzdem hätte sie sich die Gelegenheit nicht entgehen lassen, hätte das Schicksal ihr einen Lebensgefährten beschert. Aber er wollte sie nicht haben.

Wut und Schmerz nagten an ihr, doch sie verdrängte das schnell und atmete tief durch. Wie Matías ganz richtig gesagt hatte, war Scotty derjenige, der das Nachsehen haben würde. Sie war eine gute Frau, und sie würde eine gute Lebensgefährtin abgeben … für einen anderen Mann.

»Es sollte einen Datingservice für Unsterbliche geben«, sprach sie leise zu sich selbst, während sie die neue Jeans aus der Tasche holte und anzog. Vielleicht sollte sie ja selbst so was als Website ins Leben rufen. Dann konnte sie Marguerite oder jemanden wie sie hinzuziehen, um alle Unsterblichen zu interviewen, die sich auf der Seite präsentieren wollten, um einen Partner zu finden.

Sie könnte auch die junge Stephanie darum bitten, überlegte Beth, zog das übergroße T-Shirt aus, nahm den BH aus der Tasche und zog ihn an. Drina hatte davon gesprochen, dass die Kleine auf dem Gebiet besonders geschickt sein sollte. Himmel, sie konnte sie sogar beide hinzuziehen und die Arbeit unter ihnen aufteilen. Und die Website würde sie iHarmony nennen, was für Immortal Harmony stehen sollte.

Der Gedanke ließ sie unwillkürlich grinsen, während sie das frische T-Shirt anzog. Aber dann schüttelte sie den Kopf und verwarf diese Idee, weil der Name dann doch zu sehr wie ein Produkt von Apple klang.

Vielleicht … Immortally Yours? Auch nicht schlecht. Darüber würde sie noch in Ruhe nachdenken müssen. Sie fragte sich aber auch, warum noch niemand auf diese Idee gekommen war. Es gab doch so viele Unsterbliche da draußen, die alle nach einer Lebensgefährtin Ausschau hielten.

Sie durchwühlte die Reisetasche, die sie am Abend zuvor aus dem Badezimmer ins Schlafzimmer mitgenommen hatte, und holte ihren Waffengürtel und das kleine Waffenarsenal, das sie für diesen Auftrag eingepackt hatte. Zügig legte sie den Gürtel um und nutzte alle vorhandenen Halterungen, um Waffen und Zubehör zu verstauen. Das Schwert, die Messer und die Betäubungspistole hatten schnell ihren Platz gefunden, und als sie dann zur Tür ging, machte sie sich innerlich darauf gefasst, Scotty gegenüberzutreten. Immerhin war dieser Mann über die Dinge im Bilde, die sie in ihren Träumen mit ihm anstellte.

Der Gedanke daran ließ sie missmutig den Mund verziehen. Es war eine Sache, einen Mann in seine sexuellen Fantasien einzubeziehen, wenn der nichts davon wusste. Aber es war etwas ganz anderes, wenn er jedes Detail wusste, das sich hinter verschlossenen Türen abspielte. Und wenn er auch noch wusste, wie laut sie dabei wurde.

»Du kriegst das schon hin«, raunte sie sich selbst zu. »Vergeude keine Zeit damit, dir Gedanken über einen Mann zu machen, der sich für was Besseres hält. Ertrag ihn einfach bis morgen, danach fliegst du zurück nach Hause und hast nie wieder etwas mit ihm zu tun.«

Sie straffte die Schultern und verließ ihr Zimmer. Zu ihrer Erleichterung hielt sich niemand im Flur auf, sodass sie es ungesehen bis ins Badezimmer schaffte. Sie wusch Hände und Gesicht, putzte sich die Zähne, bürstete ihr Haar und zwang sich dann dazu, zur Küche zu gehen.

Noch bevor sie die Küchentür erreicht hatte, hörte sie Männerstimmen. Sie wappnete sich für das Wiedersehen mit Scotty, aber das fiel ihr leichter als erwartet. Vermutlich lag es daran, dass sich eigentlich zwar alles geändert, aber trotzdem beim Alten geblieben war. Sie hatte sich immer zu Scotty hingezogen gefühlt und gleichzeitig gewusst, dass er sie hasste oder zumindest für unter seiner Würde hielt. Das einzig Neue für sie war die Tatsache, dass er von ihren erotischen Träumen wusste, in denen er die männliche Hauptrolle spielte. Aber es schien ihm ja auch Spaß zu machen, also konnte er nicht vorwurfsvoll mit dem Finger auf sie zeigen, hielt sich Beth vor Augen und betrat die Küche, als Donny soeben sagte: »Du willst mich wohl auf den Arm nehmen, wie? Du bist wirklich Anwalt?«

»Seit fünfzig Jahren«, bestätigte Matías, während Beth zur Kaffeemaschine ging.

»Und warum besuchst du dann die Uni?«, wollte Donny wissen.

Er zuckte mit den Schultern. »Es hat mich gelangweilt, und da dachte ich mir, ich versuche mal was anderes.«

»Und welchen Kurs hast du belegt?«, fragte Donny.

»Im Moment besuche ich Orientierungskurse, um herauszufinden, was mich besonders interessiert.«

»Oh Mann. Und ich dachte, du bist erst zwanzig oder so.«

»Fünfundsiebzig«, korrigierte Matías ihn.

»Matías, wo finde ich Tassen?«, ging Beth dazwischen, ehe Donny wieder etwas sagen konnte. Die Kaffeemaschine war noch ein gutes altmodisches Modell, mit dem man wenigstens eine ganze Kanne aufgießen konnte, nicht bloß eine einzelne Tasse. Und die Kanne war auch noch fast voll, da Matías als Einziger Kaffee trank. Vor Donny stand ein Glas Wasser, und Scotty hatte irgendwann in den letzten Minuten einen Beutel Blut geleert.

»Im Schrank über der Kaffeemaschine«, antwortete Matías.

»Danke.« Sie nahm eine von gut einem Dutzend Tassen heraus und goss leise seufzend den Kaffee ein.

»Gott sei Dank, dass du auf bist«, sagte Donny in die plötzlich entstandene Stille hinein. »Wir müssen auswärts frühstücken, und wenn wir hier was zu Mittag und zu Abend essen wollen, müssen wir auch noch zum Supermarkt fahren und einkaufen.«

»Hier gibt's doch genug zu essen«, gab Beth beiläufig zurück und rührte den Zucker in den Kaffee ein. »Mach dir einen Toast oder ein Sandwich oder so was.«

»Geht nicht, wir haben kein Brot«, erwiderte Donny und warf Matías einen finsteren Blick zu. »Bergeweise Wurst und Käse, aber nicht eine einzige Scheibe Brot im Haus.«

»Tina hat das Brot vergessen, als sie die Einkäufe für mich erledigt hat«, sagte ihr Cousin, schürzte dann aber die Lippen und fügte nachdenklich hinzu: »Allerdings kann es sein, dass sie das gar nicht vergessen hat. Sie macht nämlich gerade eine von diesen Diäten, bei denen man keine Kohlehydrate zu sich nimmt. Es ist also möglich, dass sie ganz bewusst das Brot weggelassen hat.«

»Tina?«, fragte Beth amüsiert. »Ich dachte, du bist ganz verrückt nach Justine.«

»*Sí*, aber Justine geht nicht gern einkaufen, ganz im Gegensatz zu Tina. Sie ist sehr süß.«

»Aha«, sagte Beth und hakte nach: »Und wer kümmert sich um die Wäsche?«

»Nicole. Sie kann gut mit dem Bügeleisen umgehen.«

»Hausputz?«

»Michele.« Er grinste breit. »Wenn sie putzt, trägt sie eine Dienstmädchenuniform. Ich entlohne sie anschließend immer ausgesprochen honorig.«

»Das glaube ich dir aufs Wort«, gab Beth ironisch zurück und schüttelte den Kopf. »Gut zu wissen, dass du dich kein bisschen geändert hast und dir immer noch einen Harem williger Frauen hältst.«

»Das muss ich ja schließlich. Immerhin bin ich Gottes Geschenk an die Frauen«, betonte Matías und schaffte es sogar, bei diesen Worten keine Miene zu verziehen.

Beth nahm ihre Tasse und trank einen Schluck, dann fragte sie: »Weiß Mortimer eigentlich, dass es im Haus der Vollstrecker von sterblichen Frauen wimmelt, die deine gesamte Hausarbeit erledigen?«

»Nein. Er hat mich noch nie danach gefragt, und ich habe noch nie etwas davon erzählt«, meinte er unbekümmert, sah dann aber Beth verunsichert an. »Denkst du, es würde ihm nicht gefallen?«

»Genau das denke ich«, versicherte sie ihm. »Die Gefahr ist viel zu groß, dass die Frauen etwas mitbekommen, was sie nichts angeht.«

»Sie kommen nie her, wenn sich Vollstrecker hier aufhalten«, versicherte er ihr. »Sie helfen mir nur, das Haus in Schuss zu halten, wenn außer mir niemand hier ist.«

»Hmm«, machte Beth und klang alles andere als überzeugt.

Matías betrachtete sie mürrisch. »Wirst du es ihm sagen?«

Beth dachte kurz darüber nach und zuckte mit den Schultern. »Wenn er mich nicht fragt, werde ich nichts sagen.« Matías atmete gerade erleichtert aus, als sie hinzufügte: »Aber wenn er mich fragt, werde ich es ihm sagen.«

Matías verzog den Mund, doch bevor er protestieren oder anderweitig reagieren konnte, warf Donny wehleidig ein: »Beth, ich verhungere.«

Sie richtete ihre Aufmerksamkeit auf den jüngeren Unsterblichen. »Na, du musstest doch nicht so lange warten, bis ich auf bin. Warum hast du dir nicht irgendwo etwas zum Frühstücken geholt, während ich noch geschlafen habe?«

»Ich konnte doch nicht das Haus verlassen«, protestierte er, als wäre er schockiert darüber, dass sie so etwas von ihm erwartete. »Du bist gestern Abend angegriffen worden. Da draußen läuft jemand herum, der es auf dich abgesehen hat.«

»Ach ja«, murmelte Beth. Sie hätte davon ausgehen müssen, dass Scotty allen auftragen würde, nur ja nicht aus dem Haus zu gehen. Aber sie war durch alles andere so völlig abgelenkt gewesen, dass sie den Zwischenfall in der Gasse schon so gut wie vergessen hatte. Außerdem wusste sie gar nicht, warum es den Mann überhaupt kümmerte. Er wollte sie nicht haben, warum also machte er sich Sorgen um ihr Wohlergehen? Da sie keine Lust hatte, diese Frage mit sich selbst auszudiskutieren, seufzte sie noch einmal und verdrängte das Thema in den hintersten Winkel ihres Gehirns. Dann sah sie Matías an und fragte: »Du hast nicht zufällig Thermobecher, oder?«

»*Sí*«, antwortete er vergnügt, stand auf und ging zu einem Schrank am anderen Ende des Zimmers, in dem gut ein halbes Dutzend Thermobecher standen. Er nahm einen roten heraus, der sie an ihre bedauernswerten Schuhe erinnerte, die dem Unfall auf dem Highway zum Opfer gefallen waren. »Es sieht so aus«, raunte er ihr zu, als er ihr den Becher gab, »dass wir bei dem Frühstück, das ich dir versprochen habe, Gesellschaft haben werden.«

Beth zuckte flüchtig mit den Schultern und füllte den Kaffee um. »So ist nun mal das Leben, Cousin.«

»*Sí*«, gab er zurück.

Beth spülte die Tasse aus, drückte den Deckel auf den Thermobecher und ging quer durch die Küche in Richtung Tür. »Kommt, Jungs. Offenbar steht erst mal Frühstück und dann Einkaufen auf dem Plan, bevor wir irgendwas anderes in Angriff nehmen.«

»Mortimer hat angerufen, als du dich noch umgezogen hast«, ließ Scotty sie wissen.

Sie erstarrte mitten in der Bewegung und kniff leise fluchend die Augen zu. »Als wir gestern losgezogen sind, habe ich vergessen, ihn vorher noch anzurufen und ihm zu berichten, was bei unserem Zusammentreffen mit Kira herausgekommen ist«, wurde ihr mit einem Mal klar.

»Aye«, bestätigte Scotty. »Aber mach dir keine Vorwürfe, ich hab's ja auch vergessen. Ich glaube, Donnys Reaktion auf Koffein hat uns alle unseren Auftrag vergessen lassen. Jedenfalls habe ich das Mortimer so erklärt und ihm dann alles berichtet.«

Beth musste sich einen Ruck geben, um sich zu ihm umzudrehen und ihm zuzunicken. »Danke.«

»Gern geschehen«, erwiderte er lächelnd.

Beth biss sich auf die Lippe und fragte schließlich: »Wie hat er auf die Nachricht reagiert, dass Kira mit uns nach Toronto kommt?«

»Zuerst war er nicht sehr begeistert, aber letztlich hielt er es für die bessere Lösung als ihre Absicht, sich durch ein Todesurteil des Rats praktisch selbst das Leben zu nehmen und damit einen internationalen Krieg der Unsterblichen vom Zaun zu brechen«, antwortete Scotty. »Und als ich ihm dann noch erzählt habe, dass sie mit Waffen umgehen kann und Kampfsport beherrscht, konnte er sich mit der Idee allmählich anfreunden. Er hofft, dass er sie ohne allzu langes Training zum Einsatz kommen lassen kann.«

Beth winkte ab. »Er schickt ja jetzt schon Leute auf Missionen, die sich freiwillig melden und erst während der Einsätze ihr Handwerk erlernen. Er kann sie einfach einem erfahrenen Jäger zuteilen, der ihr den Feinschliff verpasst.«

»Oder auch nicht«, wandte Scotty ein. »Immerhin ist sie die Tochter von Athanasios Sarka. Es wird ihm schon daran gelegen sein, dass ihr nichts passiert.«

»Hmm, damit könntest du recht haben«, musste sie einräumen.

»Können wir jetzt gehen?«, jammerte Donny. »Das alles hättest du ihr auch während der Fahrt erzählen können, Scotty. Ich bin schon seit Stunden wach und habe noch keinen Bissen zu mir genommen.«

»Im Kühlschrank ist immer noch Pizza«, gab Beth ein wenig gereizt zurück. »Die hättest du längst aufwärmen können.«

»Pizza zum Frühstück?« Donny schüttelte sich angewidert.

»Was denn? Ich dachte, alle jungen Leute essen zum Frühstück die Pizzareste vom Vorabend«, sagte sie, woraufhin er das Gesicht noch mehr verzog. Beth wandte sich ab und ging zur Tür. »Meinetwegen, dann fahren wir jetzt. Nimm aber einen Beutel Blut mit, um den schlimmsten Hunger zu stillen, bis wir ein Restaurant gefunden haben«, trug sie ihm auf und fügte murmelnd hinzu: »Wenigstens kannst du nicht jammern, wenn du den Beutel vor dem Mund hast.«

»Igitt! Blut vor dem Frühstück? Das ist ja ekelhaft!«

Beth blieb stehen und drehte sich verwundert zu ihm um. »Ist das dein Ernst?«

Er nickte bekräftigend. »Auf leeren Magen kann ich kein Blut trinken. Außerdem muss ich erst mal was essen, damit ich diese Einkaufstour überstehe, zu der du mich nötigst.«

»Ich nötige dich zu gar nichts«, fuhr sie ihn an. »Du warst doch derjenige, der unbedingt einkaufen gehen wollte.«

Er ging über ihr Argument hinweg und erklärte: »Wir sollten zu einer dieser Crêperien fahren. Ich mag Crêpes mit Beeren und viel Sahne drauf oder ... oh ja! ... mit Apfel und Zimt und Karamellsauce. Die sind köstlich. Oder mit Schokolade und Kirschen.«

Beth sah zu Scotty. »Hast du ihn heute Morgen etwa Kaffee trinken lassen?«

»Nein«, versicherte er ihr und musste grinsen. »Das ist offenbar Donny ohne Frühstück im Magen.«

»Das ist offenbar Donny, der fast verhungert ist«, warf der jüngere Unsterbliche mürrisch ein. »Können wir jetzt gehen?« Hoch erhobenen Hauptes ging er an ihr vorbei in Richtung Haustür.

»Er erinnert mich an Phil«, murmelte Beth fassungslos, während sie ihm hinterhersah.

»Wer ist Phil?«, fragte Scotty, sowohl interessiert als auch amüsiert.

»Eine Zwölfjährige, die eine Weile bei uns im Bordell war. Ihr Name war eigentlich Phillipa, aber wir nannten sie nur Phil. Sie bekam ständig Wutanfälle und stolzierte durch die Gegend, als wäre sie eine Prinzessin.«

»Was ist aus ihr geworden?« Scotty sah sie mit ernster Miene an.

»Nach einem Wutanfall zu viel wurde sie von Danny an einen anderen ›Bullie‹ verkauft.«

»›Bullie‹ heißt so viel wie Zuhälter, richtig?«, fragte Matías.

»Damals ja. Das war eine bestimmte Art von Zuhälter, einer,

der Mädchen entführte und sie zwang, für ihn zu arbeiten. Oder jemand, der die Mädchen unter falschen Versprechungen in die Prostitution lockte. Und manchmal verkauften sie untereinander die Mädchen, wenn sie eines loswerden wollten«, erklärte sie und bemerkte Scottys erleichterten Gesichtsausdruck. Vermutlich hatte er befürchtet, sie würde ihm erzählen, dass diese Phil eines schrecklichen Todes gestorben war. Was auch zutraf, denn als sich der nächste Bullie über sie ärgerte, verkaufte der sie nicht einfach weiter, sondern erwürgte sie kurzerhand.

»Kommt ihr jetzt oder was?«, rief Donny, der bereits an der Tür stand. Verdutzt drehte er sich um und fragte unschlüssig: »Soll ich aufmachen?«

Beth wollte mit einem ungehaltenen »Ja« antworten, doch dazu bekam sie keine Gelegenheit. »Nein!«, brüllte Scotty sofort, packte sie an den Armen und zog sie zurück in die Küche. »Du bleibst hier!«, wies er sie an und forderte Matías auf, bei ihr zu bleiben, dann lief er wieder in den Flur.

»Wow«, brummte Beth. »Das muss man sich mal vorstellen. Eine kleine Schnittwunde am Arm, und schon verwandele ich mich von der angesehenen Vollstreckerin zum schutzbedürftigen, schwachen Weibchen.«

»Sieht ganz so aus«, stimmte Matías ihr zu.

»Tja, das ist ein Problem«, redete sie verärgert weiter, stutzte und ging zur Tür, um zu lauschen. Sie hörte einen Mann lachen. »Klingt eher nach einem Freund als nach einem Feind.«

»*Sí*«, fand auch Matías, als immer noch schallendes Gelächter bis in die Küche drang.

»Warum verstecken wir uns dann in der Küche, als wären wir zwei alte Weiber?«, wollte sie wissen.

»Oh, ich habe mich sowieso gewundert, wieso du Scotty nicht eine verpasst hast, als er dich wie ein kleines Kind hier reingeschubst hat.«

»Ich weiß«, knurrte sie und verließ die Küche.

»Ah, da ist sie ja«, sagte Scotty erfreut, als er sie näher kommen sah – so als hätte er sie nicht erst gerade eben noch Hals über Kopf in die Küche bugsiert. »Beth, das sind drei meiner besten Jäger: Magnus Bjarnesen, Rickart de Caulmont und Odilia Baignard.«

Beth versteifte sich, als sie den ersten Namen hörte. Magnus war der Mann, von dem sie in den letzten mehr als hundert Jahren ständig beobachtet worden war. Ihr fiel auf, dass Scotty und die anderen auf eine Reaktion von ihr warteten. »Hallo«, murmelte sie der Form halber und schob sofort eine Frage nach, die an Scotty gerichtet war: »Wieso sind sie hier?«

»Na, ich dachte mir, Mortimer kann etwas Hilfe gebrauchen, also stelle ich ihm ein paar von meinen Leuten zur Verfügung, bis seine eigenen aus Venezuela zurückkommen«, erklärte er.

»Fein«, sagte Beth. »Aber was machen sie dann *hier*? Müssten sie nicht in Toronto sein, wenn sie Mortimer helfen sollen?«

»Aye, das ist auch so vorgesehen«, versicherte Scotty ihr. »Ich habe insgesamt sechs Leute herbestellt. Drei sind bereits in Toronto, diese drei hier bleiben bis morgen bei uns und fliegen dann mit uns zurück nach Toronto.«

Beth sah ihn argwöhnisch an. Sie war nicht auf den Kopf gefallen. Er hatte ein paar Babysitter herbeordert, die auf sie aufpassen sollten. Das war einfach lächerlich, denn sie war eine Jägerin und konnte sehr gut auf sich selbst aufpassen.

»Ich weiß, dadurch wird es hier ein bisschen eng, aber es ist ja nur für eine Nacht«, redete er weiter, als würde er nichts von der Wut bemerken, die in ihren Augen aufflackerte. »Odilia kann bei dir schlafen, die Jungs können es sich auf den Sofas im Wohnzimmer bequem machen. Das wird sicher lustig. Wie bei einer Party, nur … na ja … eben ohne die Party.«

Beth lächelte ihn an, nickte und fragte Matías: »Darf ich annehmen, dass in der Garage noch mehr Wagen stehen außer dem SUV, mit dem du uns gefahren hast?«

»*Sí*«, bestätigte er.

»Ein weiterer Wagen ist nicht notwendig«, wandte Scotty ein. »Magnus hat am Flughafen einen Mietwagen genommen. Mit dem sind sie auch hergekommen.«

Ohne von ihm Notiz zu nehmen, ließ sie die nächste Frage an Matías folgen: »Kann ich mir einen ausleihen?«

»*Sí.*« Diesmal konnte er sich ein leises Lachen nicht verkneifen.

»Ähm … Beth …«, setzte Scotty verwundert zum Reden an.

»Vielen Dank.« Sie fasste ihren Cousin am Arm und zog ihn mit sich den Flur entlang. »Ich muss nur noch meine Taschen holen. Sind die Wagenschlüssel im Haus oder in der Garage?«

»In der Garage.« Er zog einen Schlüsselbund aus der Hosentasche, nahm einen der Schlüssel ab und gab ihn Beth. »Der ist für die Garage. Gib ihn mir zurück, wenn du fertig bist.«

»Beth!«

Hastige Schritte waren zu hören, aber Beth ignorierte den herbeieilenden Scotty, dankte Matías für den Schlüssel und ging in Richtung Schlafzimmer.

»Wir sollten uns unterhalten«, sagte Scotty, der dicht hinter ihr war.

»Es gibt nichts, über das wir uns unterhalten müssten«, versicherte sie ihm völlig unbeeindruckt. »Deine Jäger sind hier willkommen.«

»Und warum willst du dann deine Taschen holen?«, wollte er wissen und folgte ihr in ihr Zimmer.

Mit einem Schulterzucken sammelte sie ihre Sachen ein. »Das liegt doch auf der Hand. Hier ist nicht genug Platz für alle, also ziehe ich in ein Hotel, damit deine Leute bei dir bleiben können.«

»Den Teufel wirst du tun!«, fuhr er sie an. »Du weißt genau, dass sie nur hier sind, um auf dich aufzupassen.«

»Ich brauche niemanden, der auf mich aufpasst«, gab sie gelassen zurück. »Ich kann sehr gut selbst auf mich aufpassen.«

»Verdammt, Frau, du wärst letzte Nacht fast umgebracht worden!«

»Aber nur, weil du mich abgelenkt hast«, knurrte sie, warf sich eine Tasche über die Schulter und ließ die übrigen Sachen im Zimmer zurück, während sie zur Tür ging. »Ich war letzte Nacht durchaus Herr der Lage, aber dann hast du meinen Namen gerufen und mich abgelenkt. Eine Minute mehr, und ich hätte meinen Angreifer in den Lichtschein zerren können. Dann wüssten wir jetzt, wer es war, und müssten nicht länger im Dunkeln tappen.«

»Okay, du warst abgelenkt«, konterte er und folgte ihr durch die Küche zur Hintertür. »Aber das kann beim nächsten Mal auch wieder der Fall sein. Doch diesmal werden Magnus, Rickart, Odilia und ich dir Rückendeckung geben. Wir passen auf, dass dir nichts zustößt.«

»Ich brauche dich nicht, um auf mich aufzupassen.« Sie stieß die Tür auf und ging nach draußen. »So ein Fehler wird mir nicht noch einmal unterlaufen. Ich werde wachsam sein. Und …«, sie wirbelte herum und herrschte ihn an, »… was kümmert dich das überhaupt? Es ist ja schließlich nicht so, als wolltest du mich zu deiner Lebensgefährtin nehmen!«

Beth entging nicht seine verdutzte Miene, dabei war sie über sich selbst schon erstaunt genug. Das war ihr einfach so rausgerutscht, beflügelt von einer Welle aus Zorn und Schmerz, von deren Existenz sie bis zu dem Moment gar nichts gewusst hatte.

Allerdings hatte sie ja kaum einen Bezug zu ihren Gefühlen. Laut der Psychologin Dr. Hewitt, zu der sie nach ihrem Umzug nach Toronto gewechselt war und die auch mit einem Argeneau verheiratet war, hatte sie schon in jungen Jahren damit begonnen, sich von ihren Gefühlen zu distanzieren. Nur so hatte sie ihre Kindheit mit einem gewalttätigen, alkoholabhängigen Vater überlebt, und nur so hatte sie es auch ertragen können, in ein Bordell verkauft zu werden und als Prostituierte arbeiten zu müssen. Und auch nur so hatte sie die verheerende, brutale Wandlung und alles überleben können, was danach gekommen war.

Leider bedeutete die Distanz zu den eigenen Gefühlen nicht, dass damit die Gefühle selbst verschwanden. Sie hatte lediglich keinen Bezug mehr zu ihnen, weshalb es dann auch völlig unverhofft geschah, dass sie zuweilen von diesen Gefühlen bestürmt und überrumpelt wurde. Und genau das war soeben passiert.

Und jetzt wusste er auch, dass sie wusste, dass sie beide Lebensgefährten waren. Und er wusste außerdem, dass es ihr zu schaffen machte, von ihm nicht zur Lebensgefährtin genommen zu werden.

Seufzend wandte sie sich ab und machte sich auf den Weg zur Garage, wobei sie erleichtert feststellte, dass Scotty ihr nicht länger folgte.

»Verdammt«, zischte Scotty, während er zusah, wie Beth die Garage betrat.

»Ich habe dir doch gesagt, dass du das Ganze völlig verkehrt angehst.«

»Aye, das hast du«, stöhnte er. Er musste sich gar nicht erst umdrehen, er wusste auch so, dass es Magnus war, der hinter ihm stand. Diese Stimme erkannte er unter Tausenden wieder.

Sie beide waren seit über achthundert Jahren enge Freunde, fast genau seit dem Tag, an dem er gewandelt worden war.

»Wie viel weiß sie?«, fragte Magnus und stellte sich zu ihm, während die Tür zur Garage zugezogen wurde.

»Wenn ich das richtig sehe, weiß sie alles.«

Magnus verzog den Mundwinkel. »Alles?«

Scotty nickte betrübt und fuhr sich mit einer Hand durchs Haar. »Außer vielleicht, dass du sie in meinem Auftrag die letzten hundert Jahre beobachtet hast. Soweit ich weiß, ist ihr davon nichts bekannt, aber laut Matías weiß sie und jeder andere, dass ich alles versucht habe, dass sie keine Jägerin wird. Na ja, und wie sie ja eben gesagt hat, weiß sie auch, dass wir Lebensgefährten sind und dass ich keinen Anspruch auf sie angemeldet habe.«

»Hmm«, machte Magnus. »Es dürfte wohl besser sein, wenn du sie eine Weile in Ruhe lässt, bis ihre Wut verraucht ist.«

Scotty reagierte nur mit einem knappen Brummen.

»Und … was soll ich nun machen?«, hakte Magnus nach. »Ich kann ihr zu ihrem Hotel folgen und sie beobachten. Oder …«

»Nay«, unterbrach Scotty ihn frustriert. Er wusste, er sollte sie besser in Ruhe lassen, aber das konnte er einfach nicht riskieren. Bei ihnen war sie besser aufgehoben, und er musste versuchen, sie davon zu überzeugen.

»Nay?«, wiederholte Magnus verwundert.

»Nay«, beharrte er. »Ich werde mit ihr reden.«

Dann überquerte er den Rasen in Richtung Garage. Mit jedem Schritt wuchs seine Entschlossenheit, und ohne zu zögern betrat er die Garage – wo er aber erst einmal stehen bleiben musste, bis sich seine Augen an die Dunkelheit gewöhnt hatten. Das Licht war aus, und der einzige minimale Lichtschein rührte von der Nachmittagssonne her, die sich nur mit Mühe durch die kleinen verdreckten Fenster zu allen Seiten des

Gebäudes einen Weg nach innen bahnte. Nach ein paar Sekunden begannen seine Augen Formen und Farben zu erkennen, und er konnte sich umsehen.

In der für sechs Fahrzeuge ausgelegten Garage standen fünf Wagen. Der vorderste Platz war leer und gehörte wahrscheinlich zu dem SUV, den Matías benutzte. Von seiner Position an der Tür aus konnte er die mit Werkzeugen aller Art übersäte Werkbank an der rückwärtigen Wand erkennen. Daneben führte eine Tür zu den Toiletten, gleich daneben befand sich eine Tür, durch die man in ein recht kleines Büro gelangte. Beth stand vor einem Schlüsselbrett, das sie mit einem suchenden Blick betrachtete.

»Was willst du von mir, Scotty?«, fragte sie genervt, ohne auch nur in seine Richtung zu sehen.

Scotty zögerte und tastete die Wand links und rechts der Eingangstür nach dem Lichtschalter ab. Er wurde fündig, machte das Licht an und ging dann zur Bürotür. »Ich wollte nur sehen, ob mit dir alles in Ordnung ist.«

»Das ist nett von dir«, erwiderte sie, nahm einen Schlüssel vom Haken und drehte sich zu Scotty um. Sie sah ihn schweigend an, bis er leise seufzte und einen Schritt auf sie zumachte. »Mädchen, ich weiß sehr wohl, dass du auf dich selbst aufpassen kannst. Aber jeder braucht von Zeit zu Zeit Hilfe von anderen, und dann …«

Er stutzte und unterbrach sich, als sie plötzlich um ihn herumging und das Büro verließ.

Verdammt, schoss es ihm durch den Kopf. Er hatte geglaubt, sie stehe da, um ihm zuzuhören, doch in Wahrheit hatte sie nur darauf gewartet, dass er nicht länger den Ausgang blockierte. Missmutig machte er auf dem Absatz kehrt und lief hinter ihr her.

Beth hatte bereits den SUV auf dem zweiten Platz erreicht,

als Scotty sie endlich einholte. Sie öffnete die Tür und wollte einsteigen, da bekam er sie am Arm zu fassen, zog sie zurück und warf die Wagentür zu.

Fluchend befreite sie sich aus seinem Griff und ging auf ihn los. »Warum machst du das? Du willst mich ja nicht mal haben!«

»Doch, das will ich«, knurrte er sie an. Um es ihr zu beweisen, ergriff er abermals ihren Arm und zog sie an sich, um sie auf den Mund zu küssen.

Dass das ein riesiger Fehler war, wusste Scotty noch in der gleichen Sekunde. In über hundert Jahren hatte er Beth in seinen Träumen auf jede nur erdenkliche Weise geliebt, ganz zu schweigen von den geteilten Träumen. Doch diese Träume hatten in ihm allenfalls ein Feuer von der Größe eines Streichholzes entfacht, wohingegen dieser reale Kuss in ihm einen regelrechten Flächenbrand entzündete.

Scotty war binnen Sekunden so erregt, dass es schon einer schmerzhaften Angelegenheit gleichkam. Seine Erektion drückte mit einer Urgewalt gegen den Stoff seiner Jeans, sein ganzer Körper stand unter Spannung, und das Blut rauschte mit einer Lautstärke in seinen Ohren, dass nicht mal das Kampfgeschrei von tausend Kriegern auf dem Weg in die Schlacht das hätte übertönen können.

Oh ja, er würde ihr beweisen, dass er sie wollte, aber für den Beweis musste kein einziges Wort gesprochen werden. Beide wurden sie augenblicklich von einer Leidenschaft mitgerissen, wie sie nur unsterbliche Lebensgefährten erfahren konnten. Er wusste jetzt schon, dass es eine unglaubliche Erfahrung werden würde.

Im ersten Moment erstarrte Beth, als er seine Lippen auf ihre drückte. In ihren Träumen hatte sich so etwas in den letzten hundertfünfundzwanzig Jahren Millionen Mal zugetragen, und dennoch war sie nicht darauf gefasst, wie es in Wirklichkeit sein würde. Keiner dieser Küsse hatte sie darauf vorbereitet, wie sein Duft sie einhüllen würde, wie seine Arme sie umschließen würden, wie es sein würde, wenn sie gegen seinen stahlharten Körper gedrückt wurde. Und erst recht war sie nicht auf die Begierde gefasst gewesen, die seine Küsse ihr vermittelten.

Als sich ihre Zungen berührten, war sie sich nicht mal sicher, ob sie den Mund einen Spaltbreit aufgemacht oder ob er sich einfach seinen Weg gebahnt hatte. Dennoch fühlte es sich nicht so an, als würde er bloß das tun, was er wollte. Sie fühlte sich nicht von ihm überrumpelt, allenfalls von den Gefühlen, die dabei in ihr erwachten. Die Art, wie er schmeckte, sich anfühlte, roch … und dann war da auf einmal ein unstillbares Verlangen, das irgendwo tief in ihr erwachte und sich den Weg nach draußen zu bahnen versuchte. Zumindest das erkannte Beth als das, was es war – nur hatte es sich zuvor noch nie so stark und erbarmungslos geäußert. Es hatte nie dafür gesorgt, dass sie sich an ihm festklammerte.

Beth war so wütend auf Scotty, dass sie ihn am liebsten geohrfeigt hätte. Doch das hielt sie nicht davon ab, die Finger in seinen Haaren zu vergraben und seinen Kopf so zur Seite zu drücken, dass sie seinen Kuss endlich richtig erwidern konnte.

Einen Moment lang war das Ganze fast wie ein Kampf, bei dem jeder von ihnen versuchte, den anderen zu verschlingen. Dann drehte sich Scotty so mit ihr um, dass er ihren Rücken gegen den SUV drücken konnte. Kaum hatte er sie in seinem Griff, unterbrach er den Kuss und begann an ihrem Hals zu knabbern, aber nur ganz leicht, ohne die Haut zu durchdringen. Gleichzeitig griff er mit beiden Händen nach ihrer Kleidung.

Er zog ihr nicht das Top aus, sondern zerriss den Stoff so, wie er es in der letzten Nacht in ihrem geteilten Traum gemacht hatte. Als Nächstes war ihr BH an der Reihe, den er aber nur weit genug nach unten schob, sodass ihre Brüste nicht mehr bedeckt waren.

Stöhnend ließ Beth den Kopf gegen die Seitenscheibe des Wagens sinken, schloss die Augen und genoss es, wie Scotty abwechselnd an ihren hart gewordenen Nippeln zu saugen begann. Das hielt sie jedoch nicht lange aus, denn ihr Verlangen war viel zu groß, als dass sie sich noch mit Vorspiel hätte aufhalten können. Davon hatte es im Traum der letzten Nacht ohnehin schon mehr als genug gegeben. Außerdem war sie schon jetzt um ein Vielfaches erregter als in dem Moment, unmittelbar bevor sie von den Hunden aus dem Traum geholt worden war.

Frustriert drängte sie Scotty zurück, packte sein Hemd und zog es aus dem Bund seiner schwarzen Jeans. Sie wollte es aufknöpfen, doch jede ihrer Bewegungen war so fahrig, dass sie schließlich die Geduld verlor und einfach das Hemd aufriss. Knöpfe flogen wie kleine Geschosse durch die Luft.

Das schien wiederum Scotty noch mehr anzufeuern, da er eine Hand an ihren Hinterkopf legte, damit er ihr noch einen von diesen glutheißen Küssen verpassen konnte. Beth erwiderte den Kuss, doch ihre Hände glitten über seine Brust und wanderten schließlich über seinen Bauch nach unten, bis sie seine Erektion erreicht hatten.

Scotty schnappte nach Luft, als sie über den Stoff seiner Hose rieb. Ihr erging es nicht anders, als sie spürte, was er dabei empfand. Sie wollte mehr davon und machte mit der freien Hand Knopf und Reißverschluss auf, bis sie die Jeans über seine Hüften nach unten schieben konnte.

Er warf den Kopf in den Nacken und stieß einen kehligen

Schrei aus, als ihre Finger sich um seine vom Stoff befreite Erektion legten. Beth murmelte etwas vor sich hin, das sogar für sie selbst keinen Sinn ergab, während sie genoss, wie seine Lust in ihr widerhallte. Als sie ihre Hand dann aber auf und ab bewegte, drückte Scotty ihre Arme weg und fasste nach ihrer Jeans.

Die war schneller aufgeknöpft, als Beths Verstand es nachvollziehen konnte. Im nächsten Moment hockte er sich vor ihr hin, um die Jeans zusammen mit dem Slip nach unten zu schieben. Auf sein Drängen hin zog sie ihre Sachen aus. Scotty warf alles zur Seite und beugte sich vor, um ihr einen Kuss auf den Scheitelpunkt ihrer Oberschenkel zu geben. Es war nur ein flüchtiger Kuss, fast so wie eine Begrüßung, dann stellte er sich auch schon wieder hin und sank in ihre ausgebreiteten Arme.

Vorspiel fand nicht statt. Scotty zog nicht mal seine Jeans aus, sondern fasste Beth an der Taille, hob sie hoch und ließ sie dann langsam an sich nach unten gleiten, damit er in sie eindringen konnte. Beth klammerte sich an ihn und stöhnte laut auf, als sie ihn in sich spürte. Ihre Träume waren in jeder Hinsicht weit von der Wirklichkeit entfernt gewesen. Der Mann drang in sie ein, er fühlte sich heiß und hart an, und er füllte sie ganz aus. Als er sie gegen den SUV drückte und sich langsam in ihr vor und zurück bewegte, nahm Beth nichts anderes mehr wahr als eine rasch wachsende Anspannung.

Beth wusste, sie spürte neben ihrer eigenen auch Scottys Lust, was zu einer immer heftiger werdenden Welle der Erregung führte, die jede Faser ihres Körpers erreichte und von der sie wünschte, dass sie niemals enden möge. Sie wollte, dass er bis zum Ende aller Tage einfach nur so weitermachte. Dennoch vergingen nur ein paar Momente, bis sie den Kopf in den Nacken sinken ließ und aufschrie, als die Spannung regelrecht explodierte. Die Wogen der Lust schlugen über ihr zusammen und zogen sie mit sich in die Tiefe, wo die Dunkelheit schon auf sie wartete.

10

Verschlafen rührte sich Beth und drehte sich auf die Seite. Sie stutzte, als sie nach ihrem Kissen tastete, aber nicht fündig wurde. Als sie dann schließlich die Augen aufmachte, stellte sie fest, dass sie durch eine getönte Scheibe auf Scottys Rücken schaute.

Sie blinzelte verwirrt und sah sich um. Sie lag nackt auf der Ladefläche eines SUV, wobei Scottys Leinenhemd das Einzige war, was ihren Körper bedeckte. In diesem Moment kehrte die Erinnerung zurück.

Das hier war nicht ihr erstes seltsames Erwachen. Beim ersten Mal hatte sie sich auf dem Boden der Garage wiedergefunden, und aufgewacht war sie, weil Scotty über sie gebeugt lag, über ihren Nippel leckte und eine Hand zwischen ihre Schenkel geschoben hatte, wodurch ihre Leidenschaft wiedererwacht war. Beth hatte ihn überrumpelt, indem sie ihn auf den Rücken gerollt und ihn flugs bestiegen hatte. Der Betonboden hatte sich unter ihren Knien kalt und hart angefühlt, doch Scotty hatte sie heiß und hart ausgefüllt, während sie ihn geritten hatte, bis sie beide vor Lust schreiend in sich zusammengesunken waren.

Beim nächsten Mal war Beth vor Scotty wach geworden. Da hatte er auf ihr gelegen, die Wange auf ihre Brust gedrückt. Nach kurzem Zögern hatte sie sich aus dieser Position befreit und war aufgestanden, wobei sie so über ihm stand, dass ihre Füße links und rechts von seinen Hüften platziert waren. Als sie dann einen Schritt zur Seite machen wollte, um nach ihrer

Kleidung zu suchen, hatte er auf einmal die Augen aufgeschlagen und die Hände um ihre Waden gelegt. Nachdem sie sich einen Moment lang wortlos angesehen hatten, setzte er sich hin und küsste die Innenseite ihres Oberschenkels, wobei er sich immer weiter nach oben arbeitete. Beth musste sich an seinem Kopf festhalten, damit sie nicht den Halt verlor, während er sie beide erneut bis an den Rand des Wahnsinns trieb.

Als sie das dritte Mal aufwachte, trug Scotty sie gerade zum Heck des SUV.

»Der Boden ist so kalt«, hatte er ihr erklärt, als er sah, dass sie wach war. Als er sie dann absetzte, um die Heckklappe zu öffnen, hatte sie nicht widerstehen können und ihm über seinen muskulösen Rücken gestrichen und dabei ihre Nase auf seine Haut gedrückt, um sein Aroma ganz tief in sich aufzunehmen – Grund genug für Scotty, sich zu ihr umzudrehen und sie leise stöhnend zu küssen, während seine Hände über ihren ganzen Körper wanderten. Ehe sich Beth versah, stand sie vornübergebeugt da und stützte sich auf der Ladefläche des Wagens ab, während Scotty sie mit kräftigen Stößen von hinten nahm, bis sie beide wieder aufschrien und von der Dunkelheit verschlungen wurden.

Jetzt war es das vierte Mal, dass sie aus einer tiefen Bewusstlosigkeit erwachte, nur dass sie jetzt auf einmal nicht mehr allein waren. Da war eine gedämpfte Männerstimme zu hören, und das war nicht Scotty, der da redete. Sie drückte das Hemd an sich und setzte sich so hin, dass sie den Mann sehen konnte, der zu dem Trio gehörte, das früher an diesem Tag eingetroffen war. Es war Magnus, der ihr allem Anschein nach in den letzten hundert Jahren hinterherspioniert hatte.

Sie wandte sich ab und suchte nach ihrer Kleidung, doch im gleichen Augenblick wurde ihr klar, dass die noch neben dem SUV auf dem Boden liegen musste. Seufzend zog sie Scottys

Hemd über und hielt es vorn zusammen, aber das war auch schon das Einzige, was sie tun konnte. Schließlich hatte sie ihm vor Begierde und Ungeduld das Hemd einfach vom Leib gerissen, sodass sämtliche Knöpfe in alle Richtungen davongeflogen waren.

Frustriert sah sie erneut aus dem Fenster. Scotty und Magnus waren weiter in ihre Unterhaltung vertieft, entfernten sich jedoch langsam vom Wagen, wobei Beth erleichtert feststellte, dass Scotty seine Jeans trug. Sie wusste nicht, ob er sie schon angezogen hatte, bevor Magnus aufgetaucht war, oder erst nach dessen Eintreffen, aber letztlich spielte das wohl auch keine Rolle mehr. Der andere Mann hatte ganz sicher nicht eine Sekunde lang überlegen müssen, womit sie die ganze Zeit über in der Garage beschäftigt gewesen waren.

Das warf aber auch die Frage auf, wie lange sie überhaupt schon hier waren. Beth hatte keine Ahnung, wie lange diese Phasen der glückseligen Ohnmacht dauerten, wenn Lebensgefährten zueinanderfanden. Nach den Magenkrämpfen zu urteilen, die für großen Hunger sprachen, mussten zumindest einige Stunden vergangen sein.

Das lenkte sie für einen Augenblick ab, sodass ihr erst mit Verzögerung auffiel, dass Scotty Magnus in Richtung Tür dirigierte. Wie es aussah, konnte sie jetzt endlich den SUV verlassen und nach ihren Sachen suchen. Also kroch sie zur Heckklappe, hielt jedoch noch einmal inne, um nach den beiden Männern zu sehen. Die waren an der Tür angekommen, und Magnus ging in diesem Moment nach draußen, während Scotty sich gegen den Türrahmen lehnte und nickte als Reaktion auf etwas, was der andere gesagt haben musste.

Beth entschied, dass dies der ideale Moment für sie war, den SUV zu verlassen. Also öffnete sie die Heckklappe, kletterte nach draußen und eilte um den Wagen herum, um ihre Sachen zusammenzuklauben. Als Erstes stieß sie auf ihre Jeans, dann suchte sie nach ihrem Slip, der aber nirgends zu entdecken war. Stattdessen fand sie das zerrissene T-Shirt und ihren BH.

Nachdem sie entschieden hatte, dass die Suche nach dem Slip erst einmal warten musste, zog Beth die Jeans an und stieß dabei auf ihren Slip, als dieser aus einem Hosenbein rutschte. Sie hob ihn auf, steckte ihn in die Hosentasche und wollte dann den BH anziehen, musste aber zu ihrer Verärgerung feststellen, dass das Stück Stoff zwischen den Körbchen zerrissen war. Sie konnte sich beim besten Willen nicht erinnern, wie das passiert war. Allerdings hatte sie ja nicht mal eine Erinnerung daran, dass sie den BH überhaupt abgelegt hatte. Dafür war es zeitweise einfach zu stürmisch zugegangen …

»Du bist ja wach.«

Beth drehte sich um und sah, wie Scotty auf sie zugelaufen kam. Sofort wich sie vor seinen ausgestreckten Armen zurück und erklärte ein wenig verlegen: »Ich muss duschen. Außerdem sollten wir allmählich losfahren und die Einkäufe erledigen. Ich habe inzwischen nämlich richtig Hunger.«

»Ah, das hat sich erübrigt«, erwiderte er fast ein wenig betreten. »Odilia und Donny haben sich gestern darum gekümmert.«

»Gestern?«, wiederholte Beth verständnislos und sah ihn erschrocken an. »Haben wir etwa schon Sonntag? Wie viel Uhr ist …?« Sie verstummte mitten im Satz, da ihr Blick zu den verschmutzten Fenstern wanderte. Das Licht, das durch sie in die Garage fiel, war kein frühmorgendliches Grau, sondern kam ihr eher wie der helle Schein eines frühen Nachmittags vor.

»Keine Sorge«, versicherte er ihr. »Es ist erst elf. Wir haben noch genug Zeit, um rechtzeitig am Flughafen zu sein.«

»Oh mein Gott!«, keuchte sie und eilte zur Tür.

»Warte, Beth!« Scotty war gleich hinter ihr. »Wir müssen uns unterhalten.«

»Warum hast du mich nicht aufgeweckt?«, rief sie ihm über die Schulter zu, während sie in den Sonnenschein hinaustrat.

»Weil ich selbst noch nicht wach war. Magnus hat mich gerade eben geweckt, um mir zu sagen, dass es Zeit wird.«

»Lieber Gott, ich muss duschen, mich umziehen und überprüfen, ob ich alles eingepackt habe und … oh nein, ich habe auch noch so gut wie keine Zeit mit Matías verbracht! Er wird so was von sauer auf mich sein! Ich … ach, verdammt, ich wollte doch Kira anrufen und mich vergewissern, ob sie nach wie vor mit uns kommt. Himmel, ich hoffe, im Flugzeug ist genug Platz für alle. Sie nimmt ihre Leibwächterinnen mit, wie du weißt.«

»Nein, das weiß ich nicht. Aber …« Scotty verstummte mitten im Satz und blieb stehen, als Beth die Hintertür erreichte und ins Haus verschwand. Sie rasselte noch immer all die Dinge runter, die sie erledigen musste, als die Tür hinter ihr ins Schloss fiel.

»So viel zum Thema ›Wir müssen uns unterhalten‹«, murmelte Scotty und zuckte leicht zusammen, als auf einmal etwas Feuchtes gegen seine Hand gedrückt wurde.

»Piper mag dich«, merkte Matías an, der dadurch auf seine Anwesenheit aufmerksam machte.

Scotty streichelte den Dobermann, was er als überraschend beruhigend empfand.

»Ich darf davon ausgehen, dass du Beth alles gesagt hast, oder?«, fragte Matías nach einer kurzen Pause.

Scotty schüttelte den Kopf. »Das wollte ich, aber dann sind wir …« Mit einer flüchtigen Geste deutete er auf die Garage.

»Ah«, machte Matías enttäuscht. »Dann weiß sie noch nichts von deiner Erklärung dafür, wieso du keinen Anspruch auf sie erhoben hast, und kann demzufolge diese Erklärung auch noch nicht akzeptiert haben.«

»*Noch* nicht«, betonte Scotty. »Ich habe *noch* keinen Anspruch auf sie erhoben, aber ich hatte immer die Absicht, das früher oder später zu tun.«

Matías musterte ihn zweifelnd. »Bist du dir da ganz sicher?«

»Natürlich«, beharrte er und fügte hinzu: »Als wir uns das erste Mal begegneten, war sie durch ihre Erlebnisse und durch ihre Wandlung so traumatisiert, dass ich warten wollte, bis sie das verarbeitet hat.«

»Und du bist dir ganz sicher, dass du nicht abgewartet hast, ob sie womöglich einen völligen Zusammenbruch erleidet, damit du ein Drei-zu-eins vornehmen und ihre Erinnerungen löschen kannst?«, fragte Matías leise. »Tabula rasa. Keine Erinnerungen an ihre Zeit im Bordell, damit du selbst diese Tatsache auch aus deinem Gedächtnis streichen konntest?«

»Das war nicht …« Scotty legte die Stirn in Falten. »Das sind schlimme Erinnerungen für sie. Ich wollte nur, dass sie nicht länger darunter leiden muss.«

»Oh, *sí*, natürlich.« Matías klang nicht so, als würde er seinen Worten Glauben schenken. »Als sie mir davon erzählte, dass du bei ihr die Gedächtnislöschung vornehmen wolltest, habe ich mich gefragt …«

»Was?«, hakte Scotty argwöhnisch nach, als sein Gegenüber einfach verstummte.

»Ich habe mich gefragt, was wohl geschehen wäre, wenn du Dree dazu hättest überreden können, das Drei-zu-eins durchführen zu dürfen«, führte Matías seine Mutmaßung zu Ende. »Wäre Beth dann immer noch eine mögliche Lebensgefährtin für dich gewesen? Oder hätte die Löschung dieser Erinnerungen ihre Persönlichkeit so sehr verändert, dass ihr beide als Lebensgefährten nicht länger füreinander bestimmt gewesen wärt? Immerhin sind es unsere Erfahrungen, die uns prägen.«

»Dann jagst du also in Großbritannien Abtrünnige? Wie ist es denn dazu gekommen?«

Beth lächelte flüchtig, als Kira sich interessiert zu Odilia rüberbeugte. Abgesehen davon, dass Kira blond war und Odilia langes dunkles Haar hatte, das wie eine Mischung aus Kastanie, Umbra und Schokolade aussah, waren die beiden Frauen sich sehr ähnlich. Beide waren ausgesprochen hübsch, beide überragten Beth um mehr als zwanzig Zentimeter und wogen gut und gern zehn Kilo mehr als sie. Es wunderte Beth nicht, dass Kira sich für die Erfahrungen dieser Frau interessierte.

Gelächter lenkte ihre Aufmerksamkeit auf den hinteren Teil des Flugzeugs, wo Scotty mit seinen Leuten beisammenstand. Er, Donny, Magnus und Rickart hatten gleich nach dem Einsteigen diese Plätze dort hinten eingenommen, wo sie gegen die Wand gelehnt standen, hinter der sich die Toiletten befanden. Kira war mit allen vier Leibwächterinnen erschienen und hatte so Beths Befürchtung bestätigt, dass das Flugzeug nicht über genügend Sitzplätze verfügte. Es hätte gerade so eben ausgereicht, wenn nicht Scottys Leute mitgekommen wären. So aber war nun ein Platz frei, weil keiner aus der Gruppe ihn jemand anderem wegnehmen und für sich beanspruchen wollte. Fast war dieser Platz so was wie ein Symbol für sie selbst, erkannte Beth mit einem Mal. Sie wollte auch niemand beanspruchen – mit dem einzigen Unterschied, dass es nur einen Mann gab, der auf sie Anspruch hätte erheben können. Und ausgerechnet der war nicht an ihr interessiert.

Jedenfalls hatte er nichts dergleichen verlauten lassen, als sie beide Stunde um Stunde in der Garage verbracht hatten. Da hatten sie nichts weiter gemacht, als wie die Kaninchen zu rammeln, bis ihnen die Zeit davongelaufen war. Manche Frau hätte das wohl als Zeichen dafür gedeutet, dass der Mann Anspruch auf sie erhob, aber so naiv war Beth nicht. Dank ihrer Zeit als

Sterbliche hatte sie viele Männer in ihrem Bett gehabt, und genauso viele Männer hatten dieses Bett auch wieder verlassen.

Sex konnte noch so wild und leidenschaftlich sein, es war nie eine Art von Besitzerklärung. Es war einfach nur Sex.

»Bitte, sag es mir. *Da*?«

Beth sah zu Kira und schüttelte lächelnd den Kopf. Irgendwie brachte diese junge Frau es fertig, ihre Bitte wie einen königlichen Befehl klingen zu lassen. Das war eine bemerkenswerte Fähigkeit, und Odilia war dafür offenbar empfänglich, weil sie prompt reagierte.

»Ich wurde 1852 gewandelt, als ein abtrünniger Unsterblicher eines Nachts in unser Haus eindrang, während wir alle schliefen. Ich war damals zehn«, sagte die Frau und weckte damit Beths volle Aufmerksamkeit, da ihr bewusst wurde, dass sie in gewisser Weise Altersgenossen waren. Auch wenn Beth erst vierzig Jahre später gewandelt worden war, war sie zu der Zeit auch vierzig Jahre älter gewesen als Odilia zum Zeitpunkt ihrer Wandlung. Also waren sie beide der gleiche Jahrgang. Und das Jahr, in dem Odilia gewandelt wurde, entsprach exakt dem Jahr, in dem Beth von ihrem Vater an ein Bordell verkauft worden war.

»Er weckte das ganze Haus auf«, fuhr Odilia fort. »Dann brachte er einen nach dem anderen um – meine Eltern, meine Schwestern, alle Bediensteten. Mich hob er sich bis zum Schluss auf, und als er dann genauso wild auf mich losging, war ich mir sicher, dass ich nun allen anderen in den Tod folgen würde. Doch im letzten Moment gab er mir von seinem Blut und ließ mich in meinem und dem Blut meiner Familie liegen, als die Wandlung einsetzte. Er ging zur Tür hinaus und verschwand auf Nimmerwiedersehen. Puff, weg war er«, sagte Odilia und schnippte zur Untermalung ihrer Worte mit den Fingern. »Nachdem ich tagelang entsetzliche Schmerzen über mich hatte ergehen lassen müssen, wachte ich auf und verließ das Haus, um Hilfe zu holen. Zum Glück fanden Scotty und Magnus mich, bevor ich selbst zur Abtrünnigen werden konnte. Natürlich konnte ich nicht nach Hause oder in mein bisheriges Leben zurückkehren. Mir musste beigebracht werden, wie man trinkt, ohne den Wirt zu verletzen, und wie ich vor anderen verberge, was ich in Wahrheit bin. Scotty nahm sich meiner an und half mir durch den Wechsel in dieses neue Leben. Er wurde zu meinem Vormund, und als ich später Jägerin werden wollte, bildete er mich aus. Seitdem gehöre ich zum Team«, schloss Odilia.

»Dieser Abtrünnige war ja ein Monster«, sagte Kira erschrocken und ließ sich in ihren Sessel zurücksinken. »Ich dachte, mein Vater wäre ein Monster, aber wie es aussieht, gibt es noch viel schlimmere als ihn.«

»Davon gibt es sogar sehr, sehr viele«, erwiderte Beth in ernstem Tonfall. »Und genau deshalb werden Jäger so dringend benötigt.«

Kira sah sie neugierig an. »Und wie wurdest du gewandelt? Doch auch durch einen Abtrünnigen, *da*?«

»*Da*«, antwortete sie leise. »Seltsamerweise ist meine Geschichte der von Odilia sehr ähnlich.« Beth lächelte die andere Frau an, als sie das sagte, doch von der kam nur ein verkrampftes Lächeln. Seit sie am Morgen aus der Garage ins Haus zurückgekehrt war, kam ihr diese Frau seltsam distanziert vor. Zu dem Zeitpunkt hatte Beth nicht gewusst, ob das nur mit der Persönlichkeit dieser Jägerin zusammenhing oder ob sie sie aus irgendeinem Grund auf Anhieb als unsympathisch empfunden hatte. Inzwischen fragte sich Beth allerdings, ob die Frau das missbilligte, was zwischen ihr und Scotty in der Garage gelaufen war. Vielleicht war Odilia ja auch der Ansicht, dass Beth für Scotty nicht gut genug war. Immerhin hatte er sie seinerzeit als Kind sozusagen adoptiert, also war es denkbar, dass sie sich schützend vor den Mann stellte, der praktisch ihr Vater war. Andererseits … was sollte Odilia auch anderes empfinden? Scotty fand ja schließlich auch, dass sie nicht gut genug war – außer für Sex.

Beth verdrängte diese Gedanken, die zu nichts führten, und erklärte: »So wie bei Odilias Familie drang auch bei uns ein Abtrünniger nachts in unser Haus ein und griff einen nach dem anderen an. Nur mit dem Unterschied, dass er uns alle wandelte. Und wie es auch bei Odilia der Fall war, wurden wir in unserem Blut liegend der Wandlung überlassen. Nachdem diese finstere Zeit dann vorbei war, stellte sich jedoch heraus, dass der Abtrünnige sich gar nicht abgesetzt hatte. Er kam zu uns und erklärte uns, wir würden nun ihm gehören, und er erwarte von uns, dass wir Männer anlockten, um sie anschließend zu ermorden und auszurauben.«

»Hast du das gemacht?«, wollte Kira erschrocken wissen.

Beth schüttelte den Kopf. »Ich konnte das nicht. Ich floh und wandte mich an eine Freundin. Alexandrina Argenis. Sie hatte damals schon viele Jahre an unserem Leben teilgehabt, und wir alle wussten, dass sie eine Unsterbliche ist und was das zu bedeuten hatte. Daher war mir klar, dass sie helfen konnte. Als ich sie dann endlich fand, war ich aber in einer so schlechten Verfassung, dass sie mich erst mal aufpäppeln musste. Irgendwann hatte ich schließlich meine Sinne wieder so sehr beisammen, dass ich mich an die Frauen in diesem Haus erinnerte. Ich erzählte ihr davon, und wir machten uns umgehend auf den Weg dorthin. Allerdings waren da bereits zwei Wochen vergangen, und unsere Hilfe kam zu spät. Die Misshandlungen durch diesen Abtrünnigen hatten sie alle den Verstand verlieren lassen, und nachdem ich von dort weggegangen war, hatten sie Sterbliche angegriffen, von ihnen getrunken und sie umgebracht. Ihnen konnte niemand mehr helfen, und sie attackierten uns, sobald wir dort auftauchten. So wie Odilia wurden auch wir von Scotty und seinen Leuten gerettet, aber wir sind nicht bei ihm geblieben. Drina war als Unsterbliche zur Welt gekommen, also nahm sie mich mit zu ihrer Familie nach Spanien, um mir beim Übergang in ein anderes Leben beizustehen. Ich wurde von ihrer Familie aufgenommen, und gemeinsam wurden wir zu Jägerinnen ausgebildet.«

Kira ließ sich wieder nach hinten sinken und seufzte unüberhörbar. »Diese Abtrünnigen sind eine schlimme Sache. Ich glaube, es wird mir ein Vergnügen sein, dabei behilflich zu sein, ihnen das Handwerk zu legen.«

Beth musste lächeln, als sie das hörte. »Es hat durchaus etwas Befriedigendes, vor allem, wenn es einem gelingt, die Opfer vor einem schlimmen Schicksal zu bewahren.«

»*Da*. Davon bin ich überzeugt.« Kira nickte, dann musterte sie Beth mit ernster Miene und räumte ein: »Ich hatte bereits vermutet, dass du keine geborene Argenis bist. Deine Augen sagen mir das. Sie sind grün mit goldenen Sprenkeln, nicht blau mit silbernen Sprenkeln. Alle Argeneaus, ob sie nun Argenis, Argent, Argentum oder Argeneau heißen, haben samt und sonders blau-silberne Augen … na ja, zumindest haben sie alle das Silber gemeinsam.« Nachdem Beth nur bestätigend nickte, fragte Kira interessiert: »Welchen Nachnamen hattest du, bevor du eine Argenis wurdest?«

»Sheppard«, antwortete Beth nach einer kurzen Pause. Es erstaunte sie, dass ihr der Name nicht sofort eingefallen war, und als sie ihn nun aussprach, fühlte es sich seltsam an, als er ihr über die Lippen kam. Allerdings war sie auch nur fünfzig Jahre lang eine Sheppard gewesen, während sie sich seit nunmehr hundert Jahren Argenis nannte. Es war für Beth kein Problem gewesen, den Nachnamen ihres Vaters abzulegen. Zwar hatte sie ihre Mutter geliebt, aber mit ihrem Vater wollte Beth unter keinen Umständen in Verbindung gebracht werden.

»Unser Diener hieß Sheppard«, warf Odilia erstaunt ein und fügte dann ernst hinzu: »Er war ein guter Mann. Er hat versucht, meine Mutter vor dem Abtrünnigen zu beschützen. Natürlich gelang ihm das nicht, und wegen dieser Bemühungen starb er umso grausamer.« Sie sah Beth neugierig an. »Hältst du es für möglich, dass er mit deiner Familie verwandt war?«

»Ich weiß nicht«, war alles, was Beth dazu sagen konnte. »Ich kann mich nur an meine Eltern und meine Schwestern erinnern, aber nicht an andere Verwandte. Denkbar wäre es trotzdem.«

Odilia nickte, legte den Kopf schräg und fragte: »Du reibst dir so über den Bauch. Brauchst du Blut?«

»Vermutlich ja«, gab Beth zu und verzog den Mund. »Und etwas zu essen wäre auch nicht schlecht.«

»Gibt es hier an Bord denn Blut?«, wollte Kira wissen und sah zur Bordküche.

»Ja, ich glaube schon.« Beth stand auf und ging zur Küche, wobei ihr durch den Kopf ging, dass sie wohl besser noch etwas gegessen hätte, bevor sie sich auf den Weg zum Flughafen gemacht hatten. Sie hatte das auch vorgehabt, doch nachdem sie sich geduscht und angezogen und ihre Sachen gepackt hatte, hatte Matías darauf bestanden, dass sie unverzüglich zum Flughafen fuhren.

In der Teeküche angekommen sah sie von einer mit Holz verkleideten Schranktür zur nächsten und fragte sich, hinter welcher der Kühlschrank verborgen sein mochte. Kurzerhand öffnete sie eine nach der anderen in der Hoffnung, Blut oder Kräcker oder notfalls auch eine Packung Erdnüsse zu finden. Immerhin hatte sie seit der Pizza am Freitagabend nichts mehr gegessen. Obwohl … genau genommen war das wohl schon mehr am frühen Samstagmorgen als am Freitagabend gewesen. Auf jeden Fall war jetzt Sonntagnachmittag, und sie war ausgehungert.

Im ersten Schrank stieß sie auf Gläser und Tassen, im zweiten auf Teller und Schüsseln. Im dritten entdeckte sie dann unter anderem kleine Chipstüten, Erdnüsse und Kräcker.

»Oh ja«, murmelte sie angetan, suchte aber weiter, bis sie zwei Kühlschränke im Minibar-Format entdeckte. In dem einen lagen Blutbeutel, von denen sie einen herausnahm, im anderen fanden sich frisches Obst, Käse und Dipsaucen.

»Volltreffer«, sagte sie erfreut, schob den Beutel über ihre Fangzähne und nahm sich einen Pfirsich.

»Essen!«

Die tiefe, kehlige Stimme erschreckte Beth und ließ sie herumfahren, um sich Scotty gegenüber zu sehen, der mit großen Augen in den Kühlschrank starrte. Dann wanderte sein Blick zu ihr, und er fügte hinzu: »Ich habe Hunger.«

Danach zu urteilen, wie sich das Silber in seinen Augen ausgebreitet hatte, vermutete Beth, dass er nicht nur das Essen und auch nicht nur das Blut meinte. Es überraschte sie daher nicht, dass er noch einen Schritt auf sie zu machte, sie an der Taille fasste und auf den Tresen setzte.

Beth bekam große Augen, drückte aber den Beutel weiter gegen ihre Zähne und hielt den Pfirsich mit der anderen Hand noch etwas fester umschlossen als noch vor wenigen Augenblicken.

»Ich habe solchen Hunger«, verkündete Scotty und schob sich zwischen ihre Beine. Als der Pfirsich dabei gegen seine Brust stieß, betrachtete Scotty das Objekt genauer, lächelte schließlich und fasste nach ihrem Handgelenk, um ihren Arm hochzuheben. Als der Pfirsich auf Höhe seines Munds war, biss er davon ab und begann genüsslich zu kauen. Auf einmal hielt er inne und sah auf ihre Hand. Beth folgte seinem Blick und bemerkte, dass der Saft aus dem Pfirsich über ihre Hand und den Unterarm entlang in Richtung Ellbogen lief.

Scotty schluckte den Bissen hinunter, beugte sich vor und nahm den Tropfen mit der Zunge auf, der bereits an ihrem Ellbogen angelangt war. Von dort verfolgte er mit der Zungenspitze den Weg, den der Pfirsichsaft eingeschlagen hatte.

Ihre Haut kribbelte bei den Berührungen seiner rauen Zunge, und ihr stockte der Atem, als er über ihren Arm leckte. Aber als er dann die Zungenspitze zwischen ihre Finger schob, stöhnte sie heftig und ließ den Pfirsich los. Scotty bekam ihn gerade noch zu fassen und legte ihn auf dem Tresen ab. Dabei nutzte er die Gelegenheit, dass ihre Hand jetzt frei war, und nahm einen Finger nach dem anderen tief in den Mund, um sämtlichen Saft abzulecken.

Beth hatte noch nie zuvor in ihrem Leben etwas so Erotisches erlebt. Sie zitterte am ganzen Körper, ihre Brüste fühlten sich an wie versteinert, und sie verspürte das Bedürfnis, die Beine zusammenzupressen, um dem Ziehen zwischen ihren Schenkeln etwas entgegenzusetzen. Doch da stand immer noch Scotty und verhinderte das, woraufhin sich ihre Beine wie aus eigenem Antrieb um seine Hüften schlangen, um ihn an sich zu drücken. Sie stöhnte trotz des Blutbeutels vor ihrem Mund, als sich Scotty an ihr rieb. Dann ließ sie den Kopf in den Nacken sinken und schloss die Augen, um sie im nächsten Moment verdutzt aufzureißen, als ihr der Beutel von den Zähnen gezogen wurde. Das aber auch nur, weil er leer war, wie sie schnell erkannte. Scotty warf ihn achtlos auf den Tresen und beugte sich vor, um Beth zu küssen und gleichzeitig seine Lenden an den ihren zu reiben.

Beth schnappte nach Luft und krallte sich an seinen Schultern fest, während sie den Kuss erwiderte. Sie spürte, wie er nach ihrer Brust fasste, und stöhnte laut, als er sie zu massieren begann. Ihre Beine umklammerten seine Hüften und drückten ihn mit den Hacken noch fester gegen sich.

Scotty stieß ein tiefes Grollen aus, ließ ihre Brust los und zog ihr T-Shirt aus der Jeans, um es weit genug hochzuschieben, damit er ihren Nippel vom Stoff des BHs befreien konnte.

»Hast du irgendwas zu essen gefu… Oh! Sorry!«

Augenblicklich löste sich Scotty von Beth, die über seine Schulter schaute und Odilia entdeckte. Einen Moment lang wusste sie nicht mal, wer die Frau überhaupt war, die da hinter ihnen stand, was auf anschauliche Weise demonstrierte, was Scottys Berührung bei ihr auslöste. Wenn er sie anfasste, vergaß sie alles und jeden, und das Einzige, was dann noch zählte, war das, was sie empfand.

»Sorry«, wiederholte die Frau erschrocken. »Ich habe bloß Hunger, aber ich werde …« Noch während sie redete, drehte sie sich um und kehrte zu ihrem Platz zurück, womit sie aus Beths Gesichtsfeld verschwand.

Scotty rührte sich nicht von der Stelle und blickte immer noch dorthin, wo Odilia gerade eben gestanden hatte, obwohl sie schon längst verschwunden war. Beth zwang sich, wieder ruhig und gleichmäßig zu atmen. Als ihr Herz dann nicht mehr raste und das Ziehen zwischen ihren Schenkeln abebbte, löste sie die Beine aus der Umklammerung und zog ihre Kleidung zurecht.

»Wir sollten uns zu den anderen gesellen«, flüsterte sie und legte eine Hand auf seine Brust, um ihn sanft von sich zu schieben.

Scotty kam ihrer Bitte seufzend nach und machte einen Schritt nach hinten, damit sie sich vom Tresen gleiten lassen konnte.

»Odilia ist …«

»… deine Tochter«, führte Beth den Satz für ihn zu Ende, während sie sich umdrehte, um das Tablett aus dem Schrank zu holen, das sie Minuten zuvor beim Durchsuchen der Schränke gesehen hatte. Dann nahm sie Teller heraus, Kräcker, Käse, Obst, Brotsticks, Dips und ein paar Blutbeutel sowie ein halbes Dutzend Dosen Limo.

»Du hast sie bei dir aufgenommen und dich um sie gekümmert, nachdem ihre Familie abgeschlachtet und sie selbst gewandelt worden war. Das war sehr nett von dir«, fügte sie hinzu.

»Sie war noch ein Kind«, entgegnete er mit ernster Miene. »Sie hatte alles verloren.«

»Sie hatte Glück, dass sie von dir gerettet wurde.« Beth nahm das Tablett, drehte sich zu ihm um und fügte hinzu: »Ich hatte auch Glück. Obwohl du all meine Erinnerungen löschen wolltest.«

Ohne seine Reaktion darauf abzuwarten, ging sie an ihm vorbei. »Hat jemand Hunger oder Durst?«, rief sie gut gelaunt, als sie mit dem vollen Tablett die Küchenecke verließ. Sofort wurde sie von den Mitreisenden umzingelt, die sich alle großzügig bedienten und so dafür sorgten, dass sie gleich wieder in die Küche zurückkehren musste, um Nachschub zu holen. Aber Scotty kam bereits mit einem zweiten Tablett voll mit Essen und Blutkonserven aus der Bordküche.

»Stell das einfach auf dem Tisch ab«, sagte er leise zu ihr. »Und dann achte darauf, dass du selbst auch genug abbekommst und einen Blutbeutel an dich nimmst. Es ist über vierundzwanzig Stunden her, seit du das letzte Mal was zu dir genommen hast. Der eine Blutbeutel vor ein paar Minuten genügt da auf keinen Fall.«

Sie bekam einen roten Kopf, was vor allem damit zusammenhing, dass sie an die Ursache dafür denken musste, was sie in den letzten vierundzwanzig Stunden vom Essen abgehalten hatte. Sie schaufelte Essen auf ihren Teller, nahm einen Blutbeutel und kehrte zurück zu ihrem Platz. Als sie sich hinsetzte, sah sie zu Odilia, die mit geschlossenen Augen dasaß. Während sie sich fragte, wie unangenehm es nun zwischen ihnen sein würde, seufzte Beth leise, legte den Beutel für später zur Seite und konzentrierte sich ganz auf das Essen auf ihrem Teller. Sie gab sich alle Mühe, dabei nicht an Scotty zu denken, doch das erwies sich als unmöglich. Ihr Körper stand noch immer unter dem Eindruck dessen, was Scotty mit ihr gemacht hatte – obwohl das eigentlich gar nicht viel gewesen war. Ein Kuss und ein Mal Busengrapschen, und schon zitterten ihr die Knie, als wäre sie eine Jungfrau kurz vor der Hochzeitsnacht.

Sie kniff die Augen zusammen und fragte sich einmal mehr, was Scotty von ihr wollte. Dass er sie für Sex haben wollte, war nicht zu übersehen, aber soweit sie das beurteilen konnte, wollte er darüber hinaus nichts von ihr wissen. Als Lebensgefährtin wollte er sie ganz sicher nicht haben, denn das hätte er schon hundert Jahre zuvor erledigen können. Was genau lief dann aber zwischen ihnen ab? War das nur eine Affäre? Wenn ja, wie lange sollte die dauern? War sie für ihn so was wie eine Urlaubsbekanntschaft, die er aus seinem Gedächtnis strich, sobald er nach England zurückkehrte? Oder würden sie für alle Ewigkeit Sexpartner sein, die immer dann miteinander schliefen, wenn sie sich über den Weg liefen? Zumindest bis zu dem Moment, da er einer anderen möglichen Lebensgefährtin begegnete, die für ihn geeigneter war?

Mit einem Mal war sie deprimiert, sie machte die Augen auf und stellte den halb leer gegessenen Teller beiseite. Dann schob sie den Blutbeutel über ihre Fangzähne und sah aus dem Fenster hinab auf die Erde. Alles wirkte von hier oben betrachtet so unglaublich klein, fand sie und musste lächeln. Vielleicht war dieses unüberwindlich erscheinende Problem, um das sich all ihre Gedanken drehten, in Wahrheit ja klein und unbedeutend. Wenn das zutraf, würde sie sich dann nicht ein wenig albern vorkommen, dass sie so viel Energie darauf verschwendet hatte? Albern war es letztlich in jedem Fall, denn ob es nun ein großes oder ein kleines Problem war – nur dazusitzen und sich zu bemitleiden würde reinweg gar nichts ändern. Nur konnte sie selbst auch nichts an der Situation ändern. Sie konnte Scotty nicht dazu überreden, ihre Vergangenheit zu akzeptieren, wenn die der Grund dafür sein sollte, dass er keinen Anspruch auf sie kundtat. Ändern konnte sie nur etwas an ihrer eigenen Einstellung, indem sie sich entweder damit abfand, dass sie beide keine Lebensgefährten sein würden, oder fortan nur noch in Tränen aufgelöst war.

Die Entscheidung fiel ihr nicht schwer. Mit Tränen erreichte man nie etwas, also musste sie die Dinge so akzeptieren, wie sie waren. Somit gab es nur noch eine andere Frage zu klären: Sollte sie die Affäre – oder was immer sich zwischen ihnen abspielte – genießen, solange das möglich war, oder sollte sie besser einen großen Bogen um ihn machen, solange er sich in Kanada aufhielt? Er war schließlich nicht der einzige Unsterbliche, ganz sicher gab es woanders auch noch mögliche Lebensgefährten zu finden. Sie würde bloß ein oder zwei Jahrtausende warten müssen, bis sie fündig wurde.

»Ich würde dich ja fragen, was du gerade denkst, aber das kann ich mir ersparen, weil ich dich ja lesen kann«, meinte Magnus vergnügt und zog sich damit von Scotty einen finsteren Blick zu.

»Ha, ha«, machte der und konzentrierte sich wieder ganz auf Beth. »Du bist ungeheuer geistreich, Magnus.«

»Ich weiß, danke«, gab der grinsend zurück, fragte dann aber in ernsterem Ton: »Und was genau hat Matías im Haus zu dir gesagt, dass du so neben der Spur bist?«

Scotty stutzte. »Du weißt, dass Matías etwas zu mir gesagt hat, aber du weißt nicht, was?«

Magnus zuckte mit den Schultern. »Deine Gedanken drehen sich nur um die Frage, ob Matías recht hatte oder nicht. Nur um was es geht, darüber denkst du gerade nicht nach. Also … was wollte er von dir?«

Nach kurzem Zögern antwortete er schließlich. »Matías glaubt, ich wollte das Drei-zu-eins bei Beth vornehmen und ihre Erinnerung löschen, weil ich nicht akzeptieren kann, dass sie früher eine … weil ich ihre Vergangenheit nicht akzeptieren kann.«

»Hmm.« Magnus nickte nachdenklich. »Verstehe.«

»Was natürlich völlig albern ist. Ich habe das vorgeschlagen, weil sie halb von Sinnen war, als wir sie fanden, und weil sie unter den Erinnerungen an das litt, was man ihr angetan hatte. Ihre Erinnerung zu löschen war mir damals als ein Akt der Nächstenliebe erschienen.«

»Und inzwischen?«, wollte Magnus wissen.

Scotty überlegte kurz, dann gab er zu: »Jetzt geht es ihr besser. Wie du ja in deinen Berichten selbst angemerkt hast, scheint sie einen Weg gefunden zu haben, um diese Zeit zu verarbeiten.«

»Dann bist du jetzt also froh, dass du nicht ihre Erinnerung gelöscht hast«, folgerte Magnus.

»Nein«, widersprach er prompt und fügte hinzu: »Es wäre immer noch besser für sie. Es würde ihr das Leben erleichtern, wenn sie nicht all diese Erinnerungen mit sich herumschleppen müsste. Sie wäre um vieles glücklicher.«

»Hmm.«

»Mir ist gleich, dass sie … was sie getan hat.«

»Hmm.«

»Das war vor über hundert Jahren. Das hat mit der Gegenwart nichts zu tun«, versicherte Scotty ihm.

»Hmm«, machte Magnus wieder.

»Jetzt hör schon auf mit deinem ständigen ›Hmm‹ und sag, was du zu sagen hast«, brummte er und sah zu Beth. Wenn Magnus mit einem Nicken und einem ›Hmm‹ reagierte, hatte er meistens eine Meinung, von der er glaubte, dass sie Scotty nicht gefiel. Bedauerlicherweise war diese Meinung auch meistens genau das, was ihm jemand sagen musste.

»Ich finde es nur aufschlussreich, dass du es nicht mal fertigbringst, den Beruf beim Namen zu nennen, den Beth als Sterbliche ausgeübt hat.«

»Was?«, gab er verdutzt zurück.

»Du redest immer nur drumherum«, machte Magnus ihm fast mitleidig klar. »Du redest von dem, ›was sie getan hat‹, oder von ›ihrer Vergangenheit‹ und vermeidest es tunlichst, sie als Prostituierte zu bezeichnen.«

Mit finsterer Miene wandte Scotty sich von ihm ab und blickte wieder zu Beth hin. Sie trug kein Make-up. Ihre Haut wirkte wie Porzellan, nur quer über die Nase war ein Hauch von Sommersprossen zu sehen. Ihre vollen Lippen waren von einem kräftigen Rosa, obwohl sie gar keinen Lippenstift aufgetragen hatte. Auch die Wangen nahmen einen rosigen Schimmer an, wenn sie vor Verlegenheit oder Erregung errötete. Sie war zierlich und wunderschön, ein süßeres Lächeln als ihres hatte er noch nie gesehen. Sie sah so gar nicht nach einer verlogenen, geldgierigen Hure aus.

»Verdammt«, murmelte er bei diesem letzten Gedanken. Er hatte sehr wohl ein Problem mit Prostituierten. Die ganze Zeit über hatte er sich eingeredet, darauf zu warten, dass ihre

Wunden heilten. Da war auch mit Sicherheit etwas dran, doch solange er wartete und keinen Anspruch auf sie erhob, war es ihm möglich gewesen, einen Bogen um das Problem zu machen, das ihr ehemaliger Beruf ihm bereitete.

»Es ist verständlich, wenn du damit Schwierigkeiten haben solltest«, sagte Magnus, als hätte Scotty seinen Gedanken laut ausgesprochen. »Wir kommen aus einer anderen Zeit, die unsere Moralvorstellungen und unsere Ansicht von den Dingen geprägt hat. Uns wurde beigebracht, dass Prostitution eine schreckliche Sünde gegen unseren Herrgott ist. Also ist es doch nur natürlich, dass du damit Probleme hast«, führte er Scotty vor Augen. »Die eigentliche Schande daran ist, dass du dir dieses Problem nie eingestanden hast, sonst hättest du dich schon viel früher damit auseinandersetzen können.«

Als Scotty nur vor sich hin brummte und missmutig dreinschaute, sagte Magnus: »Ich schlage dir vor, dass du Abstand zu ihr wahrst, bis du mit dir selbst im Reinen bist. Wenn du sie zusammen mit ihrer Vergangenheit akzeptieren kannst – also auch ihre Jahre im Bordell –, dann ist alles in bester Ordnung. Wenn nicht, wäre es rücksichtsvoller von dir, wenn du sie in Ruhe lässt, damit sie einfach ihren eigenen Weg gehen kann. Beides zugleich geht nicht.«

Scotty presste die Lippen zusammen. Er wollte Beth nicht in Ruhe lassen, sondern sie in seinem Leben haben. Und er wollte sie in seinem Bett haben, nackt und lustvoll stöhnend. Er wollte wieder und wieder in sie eintauchen, bis sie jeden Mann vergaß, den sie über die Jahre hinweg in ihrem Bett gehabt hatte.

»Du meinst, bis *du* jeden Mann vergessen hast, den sie über die Jahre hinweg in ihrem Bett gehabt hat«, sagte Magnus leise, da er ihn immer noch las. »Das ist nämlich das eigentliche Problem, nicht wahr? Beth hat ihre Vergangenheit hinter sich gelassen. Du bist derjenige, der damit noch zu kämpfen hat.«

Scotty kniff die Augen zu. Magnus hatte völlig recht. Er selbst wurde von ihrer Vergangenheit gequält. Er hatte diese Tatsache immer ignorieren und notfalls herunterspielen können, weil ihre Narben noch verheilen mussten. Dabei war das längst geschehen, und er konnte Anspruch auf sie erheben … sofern er ihre Vergangenheit akzeptieren konnte.

»Ich empfehle dir, dieses Problem Beth gegenüber nicht anzusprechen«, sagte Magnus. »Sie hat es als Sterbliche nicht leicht gehabt, aber sie hat daran gearbeitet. Ich werde nicht zulassen, dass du deine eigenen Probleme zum Anlass nimmst, um sie zu demütigen oder um ihr wehzutun.«

»Das werde ich ganz sicher nicht«, gab Scotty zurück. Das hier war ganz allein sein Problem.

»Du solltest auch nicht mit ihr schlafen«, fügte Magnus hinzu. Als er Scottys verständnislose Miene sah, machte er ihm klar: »Wenn du mit ihr schläfst und du letztlich keinen Anspruch auf sie erhebst, dann ist das ihr gegenüber einfach nur grausam. Dann bist du genau so schlecht wie die Männer aus ihrer Vergangenheit, die sie benutzt haben und dabei nur ihre eigene Lust oder ihren eigenen Vorteil im Sinn hatten.«

Mit diesen Worten ließ Magnus ihn stehen und setzte sich zu Beth. Er sprach sie nicht an, und er störte sie auch sonst nicht in ihrer Ruhe. Vielmehr lehnte er sich nur nach hinten und machte die Augen zu, um Scotty eine Nachricht zukommen zu lassen: Magnus stand auf Beths Seite, zumindest, was diese Sache betraf.

Nachdenklich ging Scotty zurück zu Donny und Rickart, ohne sich ernsthaft auf deren Unterhaltung einzulassen. Stattdessen nickte er nur, gab von Zeit von Zeit einen zur Situation passenden Laut von sich – und war dabei doch immer nur in seine eigenen Gedanken vertieft … und in seine Gefühle, was Beths Tätigkeit als Sterbliche anging. Jetzt, da er tatsächlich gezwungen war, sich zu seinen wahren Gefühlen zu bekennen, musste er zugeben, dass er Prostitution vor seiner Begegnung mit Beth für den untersten, unwürdigsten Beruf von allen gehalten hatte. Er war in dem Glauben erzogen worden, dass Prostituierte schamlos waren und es ihnen nur ums Geld ging, um sonst nichts. Er konnte sich ganz einfach nicht mit der Tatsache abfinden, dass Beth in der Vergangenheit einmal eine Prostituierte gewesen war.

Er musste sich eingestehen, dass er damit ein schwerwiegendes Problem hatte.

11

»Was denkst du?«

Die geflüsterte Frage ließ Beth zu Kira schauen, die mit zusammengekniffenen Augen ihre Umgebung im Blick hatte und sich dann wieder der Scheune auf der Lichtung zuwandte. »Es ist ziemlich ruhig.«

Kira nickte. »Vielleicht schlafen sie, *da*?«

»Vielleicht«, gab Beth zurück, rührte sich aber nicht von der Stelle. Etwas an diesem Ort kam ihr seltsam vor. Alles sah so aus, als hätte man es schon vor geraumer Zeit aufgegeben und verlassen, doch das war nicht der Punkt, der sie störte. Das eigentliche Problem war für sie, dass sie einfach nicht benennen konnte, was hier nicht zusammenpasste.

»Eine Bruchbude«, knurrte Oksana, eine von Kiras Leibwächterinnen, die sich nicht die Mühe machte, leise zu reden. »Der perfekte Unterschlupf für diese widerwärtigen Abtrünnigen. Holen wir diesen *dyatel* und verschwinden wir von hier.«

Beths einzige Reaktion war ein Lächeln, als sie das Wort *dyatel* hörte. Kira hatte ihr erklärt, dass es so viel wie Specht bedeutete und als üble Beleidigung benutzt wurde. Wie es schien, war es ohnehin eine Beleidigung, wenn man einen Russen als ein Tier gleich welcher Art bezeichnete. Ob man den *osyol* verwendete, was Esel bedeutete, oder den *kosyol*, was so viel wie Ziege hieß, es war einfach so, dass es Russen missfiel, mit Tieren verglichen zu werden.

»*Da*«, stimmte die andere Leibwächterin Nika zu. »Es gefällt mir hier nicht.«

Kira drehte sich zu den beiden um und zischte sie wütend an, damit sie diesen Blödsinn bleiben ließen. »Schhhhht! Sollen die etwa alle wissen, dass wir im Anmarsch sind?«

Oksana überspielte blitzschnell eine missbilligende Miene und tat so, als fühle sie sich gar nicht angesprochen. Dennoch klang sie deutlich leiser, als sie entgegnete: »Es ist okay, wenn sie das wissen. Ich habe keine Angst vor ein paar Abtrünnigen.«

»Mag sein«, gab Beth mit gedämpfter Stimme zurück. »Aber wenn sie uns hören, könnten sie entwischen, bevor wir sie zu fassen bekommen.«

Oksana zuckte kurz mit den Schultern. »Dann bekommen wir sie nicht zu fassen.«

Beth kniff einen Moment lang die Augen zu und schüttelte den Kopf. »Ich hätte wirklich darauf bestehen sollen, dass ihr vier ausgebildet werdet.«

»Wir wurden ausgebildet«, gab Oksana mürrisch zurück. »In Russland. Denkst du, Athanasios würde uns zu Kiras Beschützern bestimmen, wenn wir nicht die erfahrensten Kriegerinnen wären? Ich könnte dich in einem Zweikampf mit jeder Waffe besiegen. Ich könnte dich töten, indem ich …«

»Das reicht jetzt«, zischte Kira wütend. »In Zukunft wirst du den Mund halten, sonst schicke ich dich nach Russland zurück und sage meinem Vater, dass du als Leibwächterin eine Enttäuschung bist.«

Oksana setzte rasch eine ausdruckslose Miene auf, doch Beth sah noch, wie ihre Augen für einen winzigen Moment vor Wut aufblitzten. Diese Frau würde ihnen noch Ärger bescheren.

Beth atmete durch und widmete sich wieder der Scheune. Die örtliche Polizei war darauf aufmerksam gemacht worden, dass spielende Kinder dort einen leeren Sarg entdeckt hatten. Mortimer überwachte vorsichtshalber alle bei der Polizei eingehenden Anrufe, um auf dem Laufenden zu sein, ob es irgendwelche Meldungen gab, die auf eine wie auch immer geartete Beteiligung von Unsterblichen hindeuteten. Wenn etwas Verdächtiges auftauchte, schickte er Vollstrecker los, die zum einen der Meldung nachgingen, zum anderen dafür sorgten, dass die Polizei genau das schnell wieder vergaß. Beth und Kira war die Aufgabe zuteilgeworden, dieser Beobachtung auf den Grund zu gehen.

Dieser Job fiel für Beth in die Kategorie »schlechter Scherz«, den man sich normalerweise bei Auszubildenden erlaubte, die auf derartige Missionen geschickt wurden. Missionen, die nichts anderes als vertane Zeit waren. Dazu gehörte, Unsterblichen einen Besuch abzustatten, die schon eine ganze Weile nichts mehr von sich hatten hören lassen, oder nach Kalifornien zu fliegen, um sich einen Prominenten genauer anzusehen, der in den Medien als jemand bezeichnet wurde, der »scheinbar seit zwanzig Jahren keinen Tag älter« geworden war, was auf einen Unsterblichen hindeuten konnte. Und es gehörte eben auch dazu, sich mit leeren Särgen zu beschäftigen, die in verlassenen Häusern entdeckt worden waren.

Warum ein einzelner Sarg in einer Scheune als schlechter Scherz angesehen wurde? Ganz einfach: Abtrünnige neigten dazu, Akoluthen um sich zu scharen, also von ihnen selbst gewandelte, neue Unsterbliche, die von ihnen davon überzeugt worden waren, ihnen zu folgen. Dann wären aber auch entsprechend viele Särge nötig gewesen. Ein einzelner Sarg war noch lange kein Indiz dafür, dass man auf den Hort eines Abtrünnigen gestoßen war. Beth war sich sicher, dass dieser Fund hier nichts mit Unsterblichen zu tun hatte. Ihr waren auf Anhieb gleich mehrere Erklärungen in den Sinn gekommen, warum jemand einen Sarg in seine Scheune stellte, wenn er sie gleich darauf einfach aufgab und wegging. So war es zum

Beispiel möglich, dass der Eigentümer der Scheune den Sarg für seine eigene Beerdigung beschafft hatte und ihn einfach dort lagerte, bis er benötigt wurde. Oder …

Na ja, ehrlich gesagt war das die einzige andere Erklärung, die ihr überhaupt in den Sinn kommen wollte, und eine verdammt miese obendrein. Wer kaufte schon im Voraus seinen Sarg und lagerte ihn bei sich zu Hause? Dennoch fand sie, dass das immer noch einleuchtender war als ein Abtrünniger, der in einer alten, von ihrem Eigentümer aufgegebenen Scheune lebte. Sie war davon überzeugt, dass Mortimer das genauso einschätzte wie sie, sonst hätte er sie nicht mit Kira zusammen hergeschickt.

Es war nicht ihr erster gemeinsamer Einsatz, denn Mortimer hatte sie und Kira seit ihrer Rückkehr nach Toronto vor zwei Wochen immer wieder zusammen losgeschickt. Da es sich in den meisten Fällen um völlig unproblematische Überprüfungen irgendwelcher lächerlichen Hinweise handelte, war Beth schnell klar geworden, dass Mortimer versuchte, Kira von allem fernzuhalten, was für sie gefährlich hätte werden können. Das Problem daran war, dass Beth selbst damit auch auf interessantere Einsätze verzichten musste. Dabei war sie eine viel zu gute Jägerin, die ihre Zeit nicht mit schlechten Scherzen vertrödeln wollte. Wenn sie diese Sache mit der Scheune erledigt hatten, würde sie sich bei Mortimer beschweren. Sie verstand ja, dass er so für Kiras Sicherheit sorgen wollte, aber auch wenn sie diese kleine Russin inzwischen gut leiden konnte, wurde es allmählich Zeit, dass mal ein anderer den Babysitter mimte. Zwei Wochen waren wirklich Strafe genug dafür, dass sie Kira überredet hatte, mit ihnen nach Toronto zu kommen.

Zwei Wochen? Waren tatsächlich erst vierzehn Tage vergangen, seit sie aus Vancouver zurückgekehrt waren? Es kam Beth wie eine kleine Ewigkeit vor, und das nicht nur, weil sie den Job als Babysitterin seitdem am Hals hatte. Es war auch so, dass Scotty ihr seit der Rückkehr aus dem Weg ging. In der ganzen Zeit hatte sie ihn nicht ein einziges Mal zu Gesicht bekommen, jedenfalls nicht in der Realität. Dafür tauchte er jede Nacht in ihren Träumen auf und liebte sie im waldgrünen Schlafzimmer, in der Garage in Vancouver, auf dem Küchentisch bei ihr zu Hause, im Aufzug ihres Apartmentgebäudes, im blauen Zimmer im Quartier der Vollstrecker, im blassgelben Zimmer im Quartier der Vollstrecker, am Strand, in einem Kino, auf der Toilette eines Nachtclubs und letzte Nacht in der Kochbuchabteilung einer kleinen Buchhandlung.

Die Schauplätze ihrer Traumbegegnungen wurden immer gewagter, das Geschehen spielte sich an Orten ab, an denen sich Beth dies in Wirklichkeit niemals trauen würde. Aber nicht sie suchte diese Orte aus, sondern Scotty. Jedenfalls in gewisser Weise. Letzte Nacht war sie im Traum in der Shopping Mall unterwegs gewesen, um nach einem Geschenk für Drinas anstehenden Geburtstag zu suchen. Beth hatte verschiedene Geschäfte besucht und stand in der Buchhandlung, als auf einmal Scotty auftauchte. Sie hatte sich gerade bei den Romanen umgesehen, als er kam, ihre Hand nahm und sie mit zu einem Tisch in einer anderen Abteilung zog, auf dem Kochbücher gestapelt lagen.

Zuvor war es stets so gewesen, dass Scotty sie von einem öffentlichen Treffpunkt zu einem verschwiegeneren Platz geführt hatte, ehe es zum Traumsex kam. Das war jetzt nicht mehr der Fall, und ihr war auch der Grund dafür klar. Bislang war Traumsex für sie beide immer sehr erregend und befriedigend gewesen, doch nachdem sie erfahren hatte, was es bedeutete, mit einem Lebensgefährten unglaublich intensiven, leidenschaftlichen und fast schon brutalen Sex zu haben, war der Traumsex ein wenig enttäuschend. Er konnte mit dem realen Erlebnis einfach nicht mithalten, und beide verzehrten sie sich nach der explosiven Vereinigung, wie sie in der Garage stattgefunden hatte. Zumindest empfand Beth das so, weshalb sie vermutete, dass er diese intimen Augenblicke zwischen ihnen beiden mehr und mehr in die Öffentlichkeit verlagerte. Ihrer Ansicht nach versuchte Scotty auf diese Weise, die Leidenschaft wieder auf das Niveau zu bringen, das sie beide beim realen Sex erlebt hatten.

Da sich Kira in diesem Moment heftig hin und her bewegte, kehrten Beths Gedanken schnell wieder in die Gegenwart zurück – zu der verfallenen alten Scheune, in der angeblich ein Sarg stand. Nachdem sie das Gebäude noch einmal betrachtet und dabei vergeblich versucht hatte herauszufinden, woran sie sich so sehr störte, gab Beth es auf. »Ich will mal sehen, ob ich einen Blick ins Innere werfen kann. Ihr anderen wartet hier.«

»*Njet!*«, widersprach Kira sofort. »Wir sind ein Team. Ich gehe mit.«

Beth musterte den starrsinnigen Gesichtsausdruck der jungen Frau und nickte dann widerwillig. »Also gut. Du kommst mit. Der Rest bleibt hier«, wies sie die anderen an.

»Wohin sie geht, gehen wir auch«, verkündete Oksana und zog dabei die Schultern auf eine Weise hoch, die deutlich machte, dass sie nicht mit sich diskutieren lassen würde.

»Meinetwegen«, schnaubte Beth und verließ in gebückter Haltung das dichte Gebüsch. Allmählich konnte sie verstehen, wieso es an der Universität niemanden zu geben schien, der sie leiden konnte. Es war nicht nur ihre Einstellung, dass sie sich für besser oder wichtiger als alle anderen hielt, auch wenn das mit jedem Tag ein wenig nachließ, seit sie nach Toronto gekommen war. Das eigentliche Problem waren die Frauen, von denen sie bewacht wurde. Bis auf eine waren sie nur starrköpfig, trübsinnig und schlecht gelaunt, und es schien, als wollten sie allen anderen ebenfalls ihre schlechte Laune aufzwingen.

Beth bewegte sich vorsichtig bis zum Waldrand, wobei ihr nur allzu bewusst war, dass Kira, Oksana, Nika, Liliya und Marta ihr folgten. Liliya war die einzige Leibwächterin, mit der Beth zurechtkam. Anders als ihre Kolleginnen war Liliya von zierlicher Statur, sie hatte eine ruhige und tüchtige Art an sich, und mit ihr kam Beth auch bestens zurecht. Wäre es nach ihr gegangen, hätte sie nur Liliya mitgenommen und den Rest in die Wüste geschickt.

Zwischen den Bäumen, die der vorderen Ecke der Scheune am nächsten standen, blieb Beth wieder stehen und nahm sich die Zeit, das Gebäude noch einmal aufmerksam in Augenschein zu nehmen. Dann lief sie über die freie Fläche und presste sich mit dem Rücken gegen die Außenwand der Scheune. Dabei sah sie, wie die anderen ihr folgten, bis sie alle genau wie sie selbst dastanden, in einer Hand die Betäubungspistole. Beth drehte sich zur Seite und ging an der Wand entlang.

Nach zwei Schritten blieb sie mit dem Stoff ihrer langärmeligen schwarzen Bluse an einem Nagel hängen, der aus dem Holz herausragte. Sie zog den Stoff frei und ging weiter, blieb aber nach ein paar Schritten erneut an einem Nagel hängen, der ebenfalls in Schulterhöhe im Weg war. Diesmal sah sie sich den Nagel genauer an, dessen silberner Glanz ihn noch ganz neu erscheinen ließ. Beth war sich nicht sicher, meinte aber, dass der erste Nagel genauso ausgesehen hatte. Von da an ging sie wesentlich langsamer weiter, und nur drei Holzbalken später stieß sie auf den nächsten glänzenden Nagel. Bei gründlicher Betrachtung fiel ihr auf, dass dieses Brett etwas dünner als die beiden Bretter links und rechts dieser Stelle war.

Beim prüfenden Blick, den sie über die ganze Wand wandern ließ, konnte Beth erkennen, dass jedes dritte oder vierte Holzbrett leicht zurückversetzt war. Derjenige, der diese Scheune gebaut hatte, war wohl nicht zu einem der großen Baumärkte gefahren, um die Bestandteile zu besorgen. Da hätten nämlich alle Bretter exakt die gleichen Maße gehabt. Aber womöglich war diese Scheune bereits errichtet worden, als Baumärkte erst noch erfunden werden mussten. Die Nägel ragten jedenfalls nur aus den dünneren Brettern, sie glänzten alle noch wie eben erst eingeschlagen – und sie befanden sich alle auf exakt der gleichen Höhe.

»Diese Nägel sind alle noch neu«, flüsterte Kira ihr ins Ohr.

Beth drehte sich um und nickte ihr zu, musste sich aber davon abhalten, ihr den Kopf zu tätscheln und ihr in lobendem Tonfall »gut gemacht« zu attestieren, weil Kira die Augen aufgemacht und ihren Verstand benutzt hatte. Eine solche Geste hätte von der jungen Frau als herablassend empfunden werden können, also erwiderte Beth stattdessen im Flüsterton: »Irgendwas stimmt hier nicht. Bleib wachsam und halt mindestens einen Schritt Abstand zu mir. Sag das auch den anderen.«

Kira wandte sich Oksana zu, die sich prompt versteifte und die Augen zusammenkniff, als Kira ihr die Anweisung weitergab. Es war nicht zu übersehen, dass die Amazone sich nichts vorschreiben lassen wollte, was von Beth kam. Beth war für sie ein Niemand und hatte ihr damit nicht die geringsten Vorschriften zu machen. Zum Glück schien das Kira auch klar zu sein, da sie um Oksana herumging, um den anderen Bescheid zu sagen.

Beth wartete geduldig und ignorierte in der Zwischenzeit die finsteren Blicke, die Oksana ihr zuwarf. Als Kira wieder da war, ging sie los und hielt erst am Scheunentor wieder an. Dort kauerte sie sich neben der Stelle hin, an der sich die beiden

Torhälften trafen, und sah nach den anderen, die alle ihrem Vorbild gefolgt waren … bis auf Oksana.

»Du bist viel zu langsam«, beklagte sich die Russin, die ganz ohne Deckung dastand. »Warum gehst du nicht einfach da rein und schießt auf den Abtrünnigen, wenn er da ist? Es bringt gar nichts, wenn du hier rumschleichst wie ein englisch-spanisch-amerikanischer Feigling.«

Beth musste ihr zumindest hoch anrechnen, dass die Frau ziemlich richtiggelegen und jedes Land aufgezählt hatte, in dem sie mal gelebt hatte. Da das Überraschungselement nun endgültig verpufft war, gab es keinen Grund mehr, weiter Vorsicht walten zu lassen. Beth wandte sich von der aufgebrachten Frau ab und öffnete eine Seite des Tors weit genug, um den Kopf hindurchzustecken und das Innenleben in Augenschein zu nehmen.

Viel zu sehen gab es nicht. Am anderen Ende der Scheune lagen ein paar alte, schimmlige Heuballen übereinandergestapelt, davon abgesehen schien alles leer und verlassen zu sein. Irritiert richtete Beth sich auf und öffnete beide Seiten des Tors, stellte sich in die entstandene Öffnung und schaute sich weiter um. Im letzten Licht des Tages, das nun ungehindert nach drinnen fiel, sah sie in jede Ecke.

»Da ist nichts«, flüsterte Kira einen Schritt von ihr entfernt. Zufrieden stellte Beth fest, dass die Stimme der jungen Frau nicht erstaunt, sondern besorgt klang. Es ließ erkennen, dass sie zu verstehen schien, dass etwas nicht stimmte. Hier sollte eigentlich …

»Wo ist der Sarg?«, warf Liliya zu ihrer Rechten genauso leise ein.

Beth war so stolz wie eine Lehrerin am letzten Schultag. Kira und Liliya würden in nicht allzu ferner Zukunft als gute Jägerinnen zum Einsatz kommen können.

Für Oksana galt das eher weniger, überlegte sie, als die Frau unbekümmert in das anscheinend leere Gebäude stapfte und den anderen zurief: »Warum tuschelt ihr so? Hier ist doch kein Mensch.«

»Oksana, komm sofort her«, knurrte Beth ihr zu, da die Alarmglocken in ihrem Kopf zu schrillen begannen. Nach einem weiteren prüfenden Blick waren ihr soeben die Bretter mit Metall in der Mitte aufgefallen, die man an alle Scheunenwände genagelt hatte.

»Ich lasse mir von niemandem etwas befehlen«, gab Oksana zurück und ging weiter zur Mitte des Gebäudes. »Ich lasse mir von Feiglingen nichts befehlen. Athanasios wird entsetzt sein, wenn ich ihm erzähle, wie ihr …«

Beth hörte das Zischen, noch bevor Oksana verstummte. Instinktiv fasste sie die beiden Frauen links und rechts von ihr am Arm und zerrte sie in aller Eile fünf oder sechs Schritte mit sich nach hinten. Dabei wäre sie fast über Marta gestolpert, weil die sich an die Anweisung gehalten hatte und auf Abstand geblieben war. Nika hatte das nicht getan, und so war es Beth nicht möglich, sie ebenfalls mit sich zu reißen. Sie hörte auch nicht auf Beth, sondern blieb wie angewurzelt im Zugang zur Scheune stehen.

»Nika?«, fragte Beth beunruhigt, als von Oksana kein Laut mehr kam und Nika sich nicht mehr rührte. Sie bedeutete den beiden anderen, dort zu bleiben, wo sie waren, und eilte allein zurück zu Nika, blieb aber stehen, als sie mit der Schulter gegen etwas stieß. Erst bei genauem Hinsehen entdeckte sie einen Draht, der so fein wie eine Rasierklinge war und der sich über die ganze Breite des Scheunentors erstreckte … nein, über die gesamte Breite der Scheune, wie ihr jetzt auffiel. Der Draht war mit einer Schiene verbunden, nämlich jenem metallenen Streifen in der Mitte der Bretter, die sich fast bis zur Rückseite der Scheune erstreckten. Etwas hatte den Draht ausgelöst, der darauf über die ganze Länge dieser Schienen geschossen war und sich durch jedes Hindernis auf seinem Weg geschnitten hatte … auch durch Oksana, wie Beth erkennen musste. Die Frau lag in mehrere Stücke zerteilt auf dem Scheunenboden.

Seufzend drehte sich Beth zu Nika um und sah, dass der Draht sich auch einige Zentimeter weit in ihren Körper geschnitten hatte, nämlich oberhalb des Busens in die Brust und in die Oberarme. Ihr Herz hatte er nur knapp verfehlt.

»Oh ja, das muss wehtun«, murmelte Beth.

»*Da*«, bestätigte Nika mit zitternder Stimme, was Beth überrascht zur Kenntnis nahm.

Sie hatte Nika für bewusstlos gehalten, was aber eigentlich blödsinnig war, weil diese so kerzengerade und völlig starr dastand. Das musste reines Wunschdenken gewesen sein vor dem Hintergrund, dass es schmerzhaft werden würde, wenn sie den Draht aus ihr herauszog. Da wäre es ihr lieber gewesen, das bei einer ohnmächtigen Nika vorzunehmen.

»Was ist los?«, fragte Kira besorgt und kam auf sie zu.

»Bleib, wo du bist!«, forderte Beth sie sofort auf.

»Aber … was …?«

»Es ist eine Falle«, erklärte sie. »Jemand hat einen Draht so gespannt, dass der jeden in Stücke zerteilt, der die Scheune betritt.«

»Wie bitte?«, krächzte Kira erschrocken.

»Ja, so ist es mir auch ergangen«, murmelte Beth vor sich hin, duckte sich unter dem Draht hindurch und stellte sich vor Nika hin. Dabei warf sie einen Seitenblick zu Oksana und presste gleich darauf die Lippen zusammen. Die Frau lag gut fünf Meter von ihr entfernt mitten in der Scheune, ihr Körper war säuberlich in zwei Teile zerschnitten worden. Genau genommen waren es vier, denn da Oksana ungefähr so groß war wie Nika, hatte der Draht nicht nur ihre Brust durchschnitten, sondern auch die Oberarme unterhalb der Schultergelenke.

Das würde bei der Heilung verdammt wehtun, vermutete Beth und bekam prompt ein schlechtes Gewissen, weil sie froh war, dass es von ihnen allen ausgerechnet Oksana getroffen hatte.

Böse Beth, schalt sie sich, als sie sich wieder Nika und dem Draht zuwandte. Dabei fiel ihr auf, dass sich dort, wo sie eben noch gestanden hatte, eine kleine Kuhle im Boden befand. Dadurch war sie beim Wegducken gut fünf Zentimeter nach unten ausgewichen. Ausgehend vom Größenunterschied zwischen ihr und Nika hätte der Draht sie selbst genau am Hals erwischt und sie folglich enthauptet.

Sie betrachtete Nika, doch viel zu sehen gab es nicht, da der Draht hauchdünn war und die Nanos bereits die Blutung gestoppt hatten. Damit war nur noch eine schmale rote Linie dort zu sehen, wo der Draht sich in ihr Fleisch geschnitten hatte. Zum Glück hatte er fast im gleichen Moment das Ende der Schiene erreicht, sodass er nicht noch weiter hatte vordringen können.

»Nika«, sagte sie nachdenklich. »Wir müssen dich von diesem Draht befreien, bevor die Nanos den Schnitt zusammenwachsen lassen. Sonst steckt der Draht in dir drin.«

»Was? In mir drin?«, keuchte sie erschrocken und versuchte, an sich hinabzuschauen.

»Wenn die nicht schon damit angefangen haben«, fügte Beth leise hinzu und ergriff den Draht dort, wo er links und rechts aus den Oberarmen der Leibwächterin hervorkam. »Beweg dich für einen Moment mal nicht, okay?«

»*Da. Njet*«, gab Nika mit schwacher Stimme und unüberhörbar verstört zurück. Aber wer wäre das nicht unter solchen Umständen.

»Tut mir leid«, sagte Beth betreten. »Aber das könnte wehtun.«

»Mach es einfach schnell, *da*?«, bat Nika sie und versuchte, tapfer zu sein.

»*Da*«, gab Beth zurück. »Ich zähle bis drei. Eins, zwei …« In diesem Moment zog sie bereits mit einem kräftigen Ruck an dem Draht und konzentrierte sich ganz darauf, ihn nicht in eine Schieflage zu bringen. Umso erstaunter war sie, dass sie ihn problemlos aus Nikas Fleisch ziehen konnte.

»Zurück«, wies sie Nika an. »Zur… oh!« Überrascht unterbrach sie sich, als die Frau wie ein durchgesägter Baum nach hinten kippte. Sie ließ den Draht los, tauchte darunter hindurch, bekam Nikas Handgelenk zu fassen und zerrte sie hinter sich her, weg von der Scheune und hin zu Kira, Liliya und Marta.

»Ruft Mortimer an, er soll Blut herschaffen lassen«, wies Beth die anderen an. »Jede Menge Blut. Und Verstärkung. Und einen Trupp, der aufräumt und sauber macht. Himmel, sagt ihm, er soll alle verfügbaren Leute herschicken«, fügte sie hinzu und lief wieder zur Scheune.

»Macht schon«, hörte Beth, wie Kira die anderen anherrschte, sah sich aber nicht nach den Frauen um. Umso überraschter war sie, als sie vor der Scheune stehen blieb und Kira ihr zuflüsterte: »Was machen wir jetzt?«

Beth zuckte leicht zusammen und sah die andere Frau ernst an. »Ich habe euch gesagt, ihr sollt auf Abstand zu mir bleiben.«

»Du kannst nicht alles allein erledigen. Wir sind ein Team, also werde ich dir helfen«, machte Kira ihr entschieden klar und warf wieder einen Blick in die Scheune.

»Du befürchtest, dass da noch eine Falle lauern könnte«,

bemerkte Liliya, die auch schon wieder bei ihr war. Offenbar wollte hier niemand auf sie hören.

»Ich habe dir doch gesagt, du sollst Mortimer anrufen«, herrschte Kira die andere Frau an.

»Marta ruft ihn an«, versicherte Liliya ihr und wies ins Innere der Scheune. »Wenn sie töten und nicht nur verstümmeln wollten, dann wird es da drinnen noch eine Falle geben. Vermutlich irgendetwas mit Feuer.«

»Ja, genau das macht mir Sorgen«, seufzte Beth frustriert.

»Du meinst, da ist noch eine Falle?« Kira schaute beunruhigt drein. »Dass das hier eine Falle ist, das ist klar. Es gab einen Hinweis auf einen leeren Sarg, aber hier ist kein Sarg, dafür nur dieser Draht. Vielleicht war das ja schon alles.«

»Ich weiß es nicht«, hielt Beth unschlüssig dagegen. »Aber eine zweite Falle ist eine Möglichkeit, die wir nicht außer Acht lassen dürfen.«

»*Da*, trotzdem müssen wir Oksana bald da rausholen, weil sie sonst sterben wird.« Kira betrachtete mit ernster Miene die zerstückelte Leibwächterin. »Wie lange dauert es, bis man stirbt, wenn das Blut keine Verbindung zum Herz mehr hat? Im Biologiekurs hat man uns das gesagt, aber ich kann mich nicht mehr erinnern.«

»Die Nanos werden noch eine Weile dafür sorgen, dass Oksanas Herz weiterschlägt, ohne dass es dazu vom Hirn Anweisungen bekommt, außerdem werden die Nanos alle abgestorbenen Hirnzellen reparieren oder austauschen, sobald beide Körperhälften wieder zusammengefügt sind«, erklärte Beth, während sie mit konzentriertem Blick das Innere der Scheune absuchte, ob irgendein Hinweis auf weitere Todesfallen zu erkennen war. Ein großes Schild, das auf Sprengstoff oder Brandbeschleuniger hinwies, wäre sehr nützlich gewesen. Leider gab es so etwas nicht.

»Wie lange können die Nanos ein Herz weiterschlagen lassen, wenn der Kopf nicht mehr da ist?«, erkundigte sich Kira.

Beth zuckte mit den Schultern. »Das weiß niemand.«

»Na, dann sollte man es schleunigst herausfinden. Es wäre gut, wenn wir solche Dinge wissen«, erklärte Kira gereizt.

»*Da*«, stimmte Liliya ihr zu.

Beth betrachtete die beiden ungläubig. »Um das herauszufinden musst du einen Unsterblichen durchschneiden und beide Hälften so lange voneinander getrennt lassen, bis er nicht mehr zusammenwächst. Wer um alles in der Welt sollte sich für ein solches Experiment als Versuchskaninchen zur Verfügung stellen?«

Keine der Frauen antwortete darauf. Sie würden sich wohl kaum freiwillig melden.

»Okay«, sagte Beth und atmete tief durch. »Ihr beide bleibt hier, ich renne rein, schnappe mir Oksana und komme sofort wieder raus.«

»Und wenn es da noch einen Draht gibt?«, gab Liliya zu bedenken.

Beth sah sie unschlüssig an. »Noch einen Draht?«

»Na, das wäre doch raffiniert. Wenn durch den ersten Draht jemand verletzt wird, ist es doch für andere eine ganz natürliche Reaktion, hinzulaufen und zu helfen, wo man nur kann. Mit einem zweiten Draht könnte man dann die anderen gleich auch noch außer Gefecht setzen.«

»Verdammt«, brummte Beth und schalt sich, dass sie daran auch selbst hätte denken können. Sie seufzte und sagte: »Also gut, ich werde über den Boden kriechen, ihre Körperteile einsammeln und wieder herkommen, so schnell ich kann. Ich will nur hoffen, dass die zweite Falle nichts mit Feuer zu tun hat.«

»Wenn du kriechst, kannst du Oksana nicht festhalten«, hielt

Kira dagegen. »Ich werde mitkommen, dann kann jeder von uns eine Hälfte übernehmen.«

»Tut mir leid, Kira«, warf Liliya ein. »Aber ich glaube, du solltest hier auf uns warten, während ich Beth begleite. Wenn nämlich«, fuhr sie schnell fort, bevor Kira protestieren konnte, »dir etwas zustößt, wird dein Vater mich ohnehin enthaupten lassen. Also möchte ich lieber ehrenhaft und in der Gewissheit sterben, dir das Leben gerettet zu haben. *Da*?«

Kira zögerte, seufzte dann aber und winkte sie an sich vorbei. »Also gut, dann werde ich eben hier warten ... bis ihr meine Hilfe braucht.«

»Gut.« Beth ließ sich auf Hände und Knie sinken und kroch los. Im nächsten Moment machte sie aus dem Augenwinkel eine Bewegung aus und wusste, dass Liliya ihr folgte. Beth versuchte, sich auf den Boden unmittelbar vor ihr zu konzentrieren, dabei aber gleichzeitig die Umgebung im Auge zu behalten. Immer noch hoffte sie inständig, dass sie eine potenzielle Gefahr früh genug erkannte, damit daraus gar nicht erst eine Todesfalle werden konnte.

Ihr Blick wanderte zu der Schiene an einer Scheunenwand und sie überlegte, dass diese Schiene wohl der Grund für die Nägel sein musste, die auf der Außenseite aus den Brettern ragten. Dann aber stutzte sie, da ihr auffiel, dass diese Schiene an der Seitenwand entlang verlief. Die Nägel, die sie gesehen hatten, ragten vorn aus der Fassade heraus, denn sie hatten weder links noch rechts die Seitenwände genauer begutachtet.

Diese Erkenntnis ließ Beth innehalten, und mit einem Mal beschlich sie ein ungutes Gefühl.

»Soll ich Kira die Arme zuwerfen?«, wollte Liliya wissen, als sie merkte, dass Beth sich in keiner Weise bewegte.

Sie warf ihr einen Blick zu und merkte dann, dass nur noch ein paar Zentimeter bis zu Oksana fehlten. Anstatt zu antworten drehte Beth sich um und betrachtete den Weg, den sie gekommen waren. Einen Moment lang war ihr nicht klar, was sie da eigentlich sah. Es gab zwei Schienen, die links und rechts von der Tür montiert waren, und von jeder dieser Schienen verlief ein Draht bis zur äußeren Kante jeder Tür.

Schweigend betrachtete Beth diese Konstruktion und versuchte dann, ihr mit Logik auf die Schliche zu kommen. Wenn sich der Draht entlang der Schiene bewegte und momentan durchhing, dann musste er in der Schiene zurückgezogen werden, um wieder gespannt zu sein … und damit würde der Draht das Tor zuziehen.

»Hm«, machte Beth verwundert. Warum sollte man das Tor zuziehen können? Um sie hier einzusperren. Aber wieso? Langsam drehte sie sich weiter, um sich noch einmal vom Innenleben dieses Gebäudes so viel wie möglich anzusehen. Noch immer konnte sie nichts entdecken, was zur Beunruhigung Anlass gab, aber natürlich hatte sie keine Ahnung, was sich hinter den alten Heuballen befinden mochte.

»Liliya«, sagte sie ernst. »Ich glaube, du solltest dich auf dem gleichen Weg, auf dem du hergekommen bist, wieder nach draußen begeben.«

»Was hast du entdeckt?«, wollte Liliya wissen.

»Die Scheunentore sind mit Drähten versehen, mit denen man sie zuziehen und geschlossen halten kann.«

Die andere Frau überlegte kurz und sagte dann: »Feuer. Wenn die Tore geschlossen sind, kann man einem Brand nicht entkommen.«

»Das würde ich auch so sehen«, stimmte Beth ihr zu und drehte sich zu Kira um, die vor dem offenen Scheunentor stand. »Kira, du solltest besser vom Tor weggehen.«

»Warum denn?«, wollte sie sogleich wissen und stellte sich dann dicht vor den Draht, von dem Nika getroffen worden war.

»Weil ich glaube, dass das Tor mit den Drähten zugezogen werden kann, und ich will nicht, dass du mit uns zusammen in der Falle sitzt, wenn wir hier irgendetwas auslösen«, erklärte Beth. »Also geh vom Tor weg.«

»Wenn das Tor zugehen sollte, werde ich es für euch aufhalten. Also beeilt euch und holt Oksana raus«, befahl sie.

»Niemand hört auf mich«, murmelte Beth und sah zu Oksana.

»Kira ist genauso stur wie unser Vater«, meinte Liliya.

»*Unser* Vater?«, wiederholte Beth verdutzt und sah, dass Lilaya ihre unbedachte Äußerung schon bereute.

Die zierliche Blonde machte die Augen zu und atmete angestrengt durch, dann erklärte sie: »Wir sind Halbschwestern, aber das darf sie nicht erfahren.«

»Wieso?«, fragte Beth erstaunt.

»Weil unser Vater eine sehr mittelalterliche Einstellung hat. Ich bin seine Tochter aus einer Affäre mit einer alten unsterblichen Geliebten. Kira ist die Tochter, die seine Lebensgefährtin zur Welt gebracht hat. Er will seiner Lebensgefährtin und seiner Tochter nicht wehtun, indem er ihnen offenbart, dass er auch noch Kinder aus anderen Beziehungen hat.«

»Kinder? Also mehr als nur ein Kind?«, hakte Beth nach.

»*Da*«, war die ganze Antwort, die sie von Liliya erhielt, die gleich darauf ein Stück weit nach vorn robbte, einen von Oksanas Armen an sich nahm, sich hinkniete und ihn mit so viel Schwung in Richtung Tor warf, dass er über Kiras Kopf hinweg nach draußen flog und irgendwo hinter ihr im Gras landete.

»Nett«, murmelte Beth, bekam den anderen Arm zu fassen und folge Liliyas Vorbild.

»Und jetzt die schweren Teile«, grummelte Liliya.

»Der obere Teil liegt näher bei dir, ich nehme den unteren«, sagte Beth.

Liliya nickte, hielt Oksanas Kopf an den Haaren fest und robbte mit ihm im Schlepp den Weg zurück, den sie gekommen war. Beth sah ihr einen Moment lang zu, dann überprüfte sie, wie viel die untere Körperhälfte tatsächlich ausmachte. Dabei kam sie zu dem Schluss, dass es problematisch sein könnte, Oksana mit sich zu ziehen und gleichzeitig auf allen vieren über den Boden zu robben. Liliya hatte sich Oksanas lange Haare zunutze machen können, aber über diesen Vorteil verfügte Beth leider nicht.

Sie sah sich die groß gewachsene Russin an, wobei ihr Blick am Waffengürtel hängen blieb. Reflexartig tastete sie nach ihrem eigenen Waffengürtel, nickte und öffnete Oksanas Gürtel. Nachdem sie ihn herausgezogen hatte, schob sie ihn erst durch zwei Schlaufen an der Jeans der anderen Frau und machte ihn dann an ihrem Gürtel fest.

Erleichtert darüber, dass sie eine Lösung gefunden hatte, wie sie Oksana aus der Scheune bringen konnte, machte sie sich auf den Weg zum Tor.

Das Klicken, das auf einmal zu hören war, kam so unerwartet, dass es Beth so laut wie ein Knall vorkam. Ihr Blick fiel auf einen Hebel, auf dem Oksanas untere Körperhälfte bis gerade eben gelegen hatte. Sofort warf sie sich flach auf den Boden, ehe die Welt um sie herum in Lärm und Licht verging: eine Explosion, die von Schreien und Rufen untermalt wurde. Beth biss die Zähne zusammen und kniff die Augen zu, als eine unerträglich heiße Welle über sie hinwegrollte. Gleich danach sprang sie auf und begann zu rennen, wobei sie kaum etwas davon merkte, dass ihr Oksanas halber Körper bei jedem Schritt in die Kniekehlen geschleudert wurde.

Durch Rauch und Flammen hindurch machte sie Liliya aus, die nahe dem sich langsam schließenden Tor auf dem Boden lag und anscheinend bewusstlos war. Sie änderte die Laufrichtung und eilte zu der anderen Frau, ohne dabei das Tor aus den Augen zu lassen. Kira hatte sichtlich Mühe, die beiden Torhälften am Schließen zu hindern. Schmerzen überzogen Beths Rücken, und sie geriet in Panik, sich vielleicht doch nicht mehr nach draußen und damit in Sicherheit zu bringen. Sie schrie aus Leibeskräften und beschleunigte noch einmal ihre Schritte …

»Beth braucht Hilfe.«

Scottys Finger drückten immer wieder aus eigenem Antrieb gegen das Handy, da sie eine Faust machen wollten.

»Wo ist sie?«

Mortimer nannte die Adresse, die Scotty an Rickart weitergab. Der riss sofort das Lenkrad herum, um den Wagen zu wenden, und fuhr dann mit hoher Geschwindigkeit in die Richtung, aus der sie soeben gekommen waren. Scotty konzentrierte sich wieder auf das Telefonat und fragte: »Was ist vorgefallen?«

»Keine Ahnung. Aber es muss etwas ziemlich Übles sein. Eine von Kiras Leibwächterinnen hat angerufen. Marta, wenn ich mich nicht irre. Sie war völlig außer sich. Angeblich wurde Oksana zerstückelt, Nika außer Gefecht gesetzt, und Beth hat Blut und Verstärkung und alle verfügbaren Leute angefordert. Das würde sie niemals tun, wenn da nicht etwas wirklich Schlimmes passiert wäre. Sie gerät nie in Panik.«

»Wohin zum Teufel hast du sie geschickt, Mortimer?«, herrschte Scotty ihn an. »Du solltest sie auf harmlose Fälle ansetzen. Das hattest du mir im Gegenzug dafür versprochen, dass ich meine Männer rüberhole!«

»Das habe ich ja auch gemacht!«, brüllte Mortimer ihn an. »Jedenfalls sollte es ein harmloser Fall sein. Ein paar Kinder hatten einen Sarg in einer alten Scheune entdeckt. Harmloser als das geht's doch wohl kaum.«

Scotty zwang sich zur Ruhe. »Wer ist bei ihr?«

»Kira und ihre Leibwächterinnen«, gab Mortimer zurück. »Sie sind zu sechst unterwegs.«

»Sechs abzüglich einer Zerstückelten und einer, die außer Gefecht gesetzt wurde«, knurrte Scotty und sah zu Rickart. »Wie lange brauchen wir noch?«

»Zwei Minuten«, beantwortete Mortimer die Frage für Rickart. »Ich habe eure Wagen jetzt auf dem Monitor. Odilia und Donny sind zu weit weg, sie würden zu lange benötigen. Aber Magnus ist noch näher dran als ihr. Hinter der nächsten Kurve müsstet ihr ihn sehen. Ihr seid fast schon in seinem Kofferraum.«

Scotty hob den Kopf, als sie um die nächste Kurve bogen. Er sah den SUV, der nicht weit vor ihnen mit hoher Geschwindigkeit unterwegs war, und gab ein bestätigendes Brummen von sich.

»Hinter der nächsten Kurve werdet ihr die Scheune sehen können«, erklärte Mortimer in dem Moment, als der SUV vor ihnen hinter genau dieser Kurve verschwand.

Scotty erwiderte nichts, sondern beendete das Telefon und kletterte während der Fahrt nach hinten, um die Kühlbox mit Blut an sich zu nehmen.

»Ich kann sie sehen, ich … heilige Mutter Gottes!«, rief Rickart, gerade als Scotty mit der Kühlbox nach vorn auf den Beifahrersitz zurückkehrte.

Scotty sah aus dem Fenster und erstarrte vor Entsetzen, als er mit ansehen musste, wie ein Feuerball aus dem Scheunentor geschossen kam, als hätten sie das Portal zur Hölle vor sich. Die Flammen zogen sich genauso schnell wieder zurück, doch an ihrer Stelle quoll nun dichter schwarzer Rauch aus dem Inneren, der sich zu allen Seiten hin ausbreitete, als sollte er das Inferno verhüllen, das dort tobte.

Leise fluchend nahm Scotty den Feuerlöscher aus seiner

Halterung, während Rickart dem anderen SUV folgte, der fast bis zum Scheunentor vorfuhr … das sich allmählich schloss, wie Scotty feststellen musste. Dann bemerkte er zwei Frauen, die jede einen Torflügel am Schließen zu hindern versuchten.

Magnus hielt an und sprang fast gleichzeitig aus seinem SUV, dann rannte er zur Scheune, doch Scotty war ihm dicht auf den Fersen, da er mit einem Satz seinen SUV verlassen hatte, noch bevor Rickart überhaupt anhalten konnte.

Während Magnus zum linken Flügel lief, um mit seinem Gewicht zu verhindern, dass das Tor sich schloss, nahm sich Scotty des rechten Flügels an. Er erkannte Kira Sarka wieder, die sich mit dem Tor abmühte, und legte Kühltasche und Feuerlöscher zur Seite, um ihr zu helfen.

»Wo ist Beth?«, wollte er wissen, während er die Hacken in den Boden drückte, um mehr Halt zu finden. Zu seinem Erstaunen bewegte sich das Tor zwar langsamer als zuvor, aber es war nicht zum Stillstand gekommen.

»Sie ist da drinnen!«, rief Kira mit lauter Stimme, um das Tosen der Flammen zu übertönen.

»Ich erledige das!«, ließ Rickart ihn wissen, als der an Scotty vorbei mitten in den schwarzen Rauch hineinlief.

Fast hätte Scotty seinen Platz verlassen, um Rickart zu folgen, doch er war so vernünftig, sich eines Besseren zu besinnen. Sie mussten das Tor offen halten, sonst hatte Beth keine Chance zu überleben. Er presste seine Schulter gegen das Holz, doch das Tor bewegte sich unerbittlich weiter und war inzwischen fast zur Hälfte geschlossen.

Erleichtert atmete er auf, als er Rickart mit Beth in seinen Armen nach draußen laufen sah. Er verließ den Platz am Tor, griff nach der Kühltasche und lief zu Rickart, der Beth soeben auf den Boden legte – nur dass es gar nicht Beth war, wie Scotty jetzt erkennen musste, sondern die zierliche blonde Leibwächterin Liliya.

In diesem Moment ertönte hinter ihm ein durchdringendes Kreischen, und als Scotty sich zur Scheune umdrehte, sah er einen Feuerball aus den Rauchwolken schießen.

»Mein Gott, sie brennt!«, keuchte Rickart, der neben ihm stand.

Scotty wusste, dass dies Beth war. Von Angst getrieben lief er auf sie zu, riss sie mit sich und rollte sich mit ihr über den Boden, um die Flammen zu ersticken. Ihm wurde jedoch schnell klar, dass ihm ein schwerer Fehler unterlaufen war: Anstatt ihre Flammen zu ersticken, war das Feuer auch noch auf ihn übergesprungen. Zum Glück erwies sich Magnus als besonnen genug, den Feuerlöscher an sich zu nehmen, den Scotty am Tor hatte liegen lassen.

Scotty kniff die Augen zu, als der Schaum aus der Düse geschossen kam, um die Flammen zu ersticken.

12

Scotty schlenderte am Ozean entlang und genoss das kühle Wasser, das seine Füße umspülte. Als er sah, dass ihm Beth in einem feuerroten Kleid entgegenkam, begann er zu lächeln. Er war so froh, sie wohlauf zu sehen. Sofort lief er ihr entgegen, um sie in seine Arme zu schließen. Sie schien es ebenso wenig erwarten zu können, da sie ebenfalls loslief. Auf halber Strecke trafen sie sich und fielen sich in die Arme. Doch als Scotty sich vorbeugte, um sie zu küssen, da wurde ihm bewusst, dass sie kein Kleid trug, sondern von Flammen umhüllt war. Flammen, die nun auch ihn umgaben. Das Feuer zuckte über seine Haut und verbrannte ihm Hände und Arme, die Brust und das Gesicht, als sie beide vor Schmerzen schreiend auf den Sand sanken. Sie rollten sich über den Strand, um die Flammen zu ersticken, sie rollten und rollten …

Seine eigenen Schreie weckten ihn auf und ließen ihn senkrecht im Bett hochschießen. Sein Herz trommelte so unsagbar laut, dass seine Ohren zunächst gar nichts anderes wahrnehmen konnten. Es dauerte eine Weile, bis eine beschwichtigende Stimme an sein Ohr zu dringen vermochte und sanft auf ihn einredete: »Es ist alles gut. Du bist in Sicherheit. Ich habe dir etwas gegen die Schmerzen gegeben. Ruh dich jetzt aus.«

Er drehte den Kopf zur Seite und starrte benommen die rothaarige Frau mit den sanften silbrig-grünen Augen an, die mit ihm redete.

»Wer … bist du?«

»Rachel«, antwortete sie freundlich. »Dr. Rachel Argeneau,

um genau zu sein. Ich bin deine Ärztin, also sei ein braver Junge und leg dich wieder hin, damit du erst einmal etwas Ruhe bekommst. Das ist eine ärztliche Anweisung.«

Schläfrig verzog er das Gesicht und wollte sie schon anblaffen, dass sie sich gehackt legen sollte, aber er schien nicht in der Lage zu sein, diese Mitteilung über die Lippen zu bringen. Seine Mundwinkel wurden schwer, die Augenlider ebenfalls. Er war sich sicher, dass er nach hinten ins Bett fiel, doch bevor er sich darüber irgendwelche Gedanken machen konnte, war er auch schon wieder eingeschlafen.

Als Scotty das nächste Mal aufwachte, lief das Ganze viel gemächlicher ab. Schmerz und Hunger holten ihn unerbittlich aus der Bewusstlosigkeit, bis er blinzelnd die Augen aufmachte. Er befand sich im blauen Zimmer, das Sam für ihn im Haus der Vollstrecker hergerichtet hatte. Es war dunkel, die Vorhänge waren geöffnet, und am Himmel stand ein strahlender Vollmond, umgeben von funkelnden Sternen. Er fragte sich, wieso zum Teufel er im Bett lag. Um diese Uhrzeit sollte er mit den anderen unterwegs sein und Abtrünnige jagen.

Entschlossen schlug er die Bettdecke zur Seite, rutschte bis zur Bettkante und setzte sich hin. Und blieb einfach sitzen. Er fühlte sich unendlich schlapp und konnte sich diesen Zustand einfach nicht erklären. Wahrscheinlich brauchte er Blut. Ja, das musste es sein, entschied er, als er sich beim Aufstehen am Bettpfosten festhalten musste, um Halt zu haben. Seine Beine zitterten stark und drohten unter ihm wegzuknicken. Dennoch glaubte er weiter fest daran, dass es ihm nach einem Schluck Blut wieder bestens gehen würde. Entschlossen, irgendwo einen Blutbeutel aufzutreiben, setzte er einen Fuß vor den anderen, damit er um das Bett herum zur Tür gehen konnte. Doch nach dem ersten Schritt stieß er in der Dunkelheit bereits auf ein Hindernis. Seine Augen konnten sich nicht auf das einstellen, was sich da vor ihm befand, und seine Nachtsicht war praktisch gar nicht vorhanden.

Allmählich wurde er nervös und tastete mit der freien Hand nach der Nachttischlampe. Er fand den Schalter und legte ihn um, doch das helle Licht ließ prompt jemanden auf der anderen Seite des Betts gequält aufstöhnen. Er drehte sich um, weil er wissen wollte, wer da neben ihm lag, doch gleich darauf stockte ihm der Atem, als er das Entsetzen erblickte, das ihm von dort entgegenstarrte. Er sah nur schwarz verkohlte Haut, hier und da ein paar Blutflecken und dazu komplett goldene Augen, da die Nanos auf Hochtouren arbeiteten. Scotty setzte zu einem Entsetzensschrei an, doch im gleichen Moment begann die verkohlte Gestalt zu kreischen. Dann hatte Scotty das Gefühl, dass ihm der Fußboden entgegengeschossen kam, und ihm wurde schwarz vor Augen.

Als er das nächste Mal aufwachte, geschah das so abrupt, dass er einfach nur eine Weile die Decke anstarrte. Erinnerungen an die erlittenen Albträume geisterten durch seinen Kopf, doch er verdrängte sie alle, damit er eine Bestandsaufnahme seines Körpers vornehmen konnte. Er hatte keine Schmerzen, er war nicht mal hungrig. Das Zimmer stand nicht in Flammen, keine brennende Frau tanzte mit ihm, kein verkohltes Monster lag neben ihm im Bett. Scotty war sich ziemlich sicher, dass er jetzt tatsächlich wach war – und er musste feststellen, dass es ihm eigentlich ganz gut ging.

»Hast du vor, für den Rest des Tages die Decke anzustarren, oder willst du mit mir reden?«

Scotty drehte den Kopf zur Seite und entdeckte Magnus, der neben dem Bett saß. Er wollte fragen, wie lange er bewusstlos gewesen war, doch das Einzige, was über seine Lippen kam, war: »Wo ist Beth?«

Magnus verzog amüsiert den Mund.

»In ihrem Zimmer. Wir hielten es für besser, euch beide getrennt zu halten, nachdem ihr bei eurem letzten Wiedersehen einen Schreikrampf bekommen hattet«, antwortete er lässig. »Ich war eben noch bei ihr, und es geht ihr gut. Sie hat schlimmere Verbrennungen erlitten als du, aber die scheinen schneller zu verheilen als deine. Muss wohl daran liegen, dass sie so viel jünger ist als du«, zog Magnus ihn auf.

Dieser Versuch einer Beleidigung brachte ihm einen finsteren Blick von Scotty ein, der sich in seinem Bett aufsetzte. Erfreut nahm er zur Kenntnis, dass er diesmal weder Schwäche noch Schwindel verspürte, als er aus dem Bett stieg und sich hinstellte. Dabei fiel ihm allerdings auch auf, dass er eines von diesen grässlichen Krankenhausnachthemden trug.

»Du solltest das Bett noch nicht verlassen, mein Freund«, riet Magnus ihm und kam auf ihn zu. »Deine Heilung ist noch nicht abgeschlossen. Rachel wird dir die Hölle heiß machen, wenn sie dich erwischt.«

»Wer zum Teufel ist Rachel?«, fragt Scotty, obwohl da ein Erinnerungsfetzen herumgeisterte, den er für einen Teil seiner Träume gehalten hatte. Da war diese Frau namens Rachel Argeneau gewesen, die sich als seine Ärztin vorgestellt und ihm Bettruhe verordnet hatte, wenn er sich nicht irrte.

»Sie ist die Ärztin, die dich wieder gesund gepflegt hat«, erklärte Magnus, während Scotty um das Bett herumging und den Kleiderschrank öffnete. »Sie hat dich als äußerst schwierig bezeichnet und erklärt, dass Patienten wie du dafür gesorgt haben, dass sie im Leichenschauhaus arbeitet, anstatt lebendige Patienten von deinem Schlag behandeln zu müssen.«

»Im Leichenschauhaus?« Entsetzt drehte sich Scotty zu ihm um: »Du hast zugelassen, dass eine Bestatterin mich verarztet?«

Magnus zuckte mit den Schultern. »Sie war die Einzige, die schnell genug zur Verfügung stand. Da kann ich nicht einfach wer weiß was für hohe Anforderungen stellen. Außerdem erledigen die Nanos ohnehin die meiste Arbeit.«

»Das sollte meine Frau aber besser nicht zu hören bekommen. Himmel, ich bin ja selbst beleidigt, so was hören zu müssen.«

Scotty hatte sich eben wieder zum Schrank umgedreht, doch auf diese Bemerkung hin sah er zur Tür, wo ein schmaler, schlanker Mann mit aschblondem Haar und silbrig blauen Augen stand.

»Das ist Etienne Argeneau«, stellte Magnus ihn vor. »Er ist Rachels Lebensgefährte und Ehemann.«

»Genau der bin ich«, bestätigte Etienne und musterte Scotty. »Und du bist Cullen MacDonald, der Patient, der meine Frau seit drei Nächten und zwei Tagen auf Trab hält.«

»M-hm«, stimmte Magnus zu. »Das ist wohl wahr. Sie hatte alle Hände voll zu tun, um dich unter Kontrolle zu halten. Immer wieder bist du aufgewacht und hast geschrien, oder du bist aufgestanden und hin und her gelaufen. Zwischendurch bestand sie sogar darauf, dass wir dich eine Zeit lang ans Bett fesseln. Diese Betäubungsmittel zeigen bei dir jedenfalls kaum Wirkung.«

»Stimmt«, gab Scotty zu und holte eine schwarze Jeans aus dem Schrank. »An meinem ersten Tag hier bekam ich drei Betäubungspfeile ab, und ich war danach nicht lange weggetreten.«

»Wie lange genau?«, wollte Donny wissen, der soeben zu ihnen ins Zimmer gekommen war. Er sah Scotty aufmerksam an, während er sich zu Etienne stellte. »Du warst doch nicht etwa schon wieder bei Bewusstsein, als ich dich zum SUV geschleift und in den Wagen gewuchtet habe, oder? Du hättest mir nämlich eine Menge Arbeit erspart, wenn du mir gesagt hättest, dass du wach bist und selbst zum Wagen gehen kannst.«

»Ich weiß«, bestätigte Scotty und grinste ihn hämisch an, während er die Jeans anzog. »Wie hätte ich sonst deine Unterhaltung mit Beth belauschen sollen, als ihr mich zum Haus gefahren habt?«

»Gab's wenigstens was Interessantes zu hören?«, erkundigte sich Magnus amüsiert.

»Nur, dass Donny eine Petze ist und dass Beth glaubt, ich würde sie hassen.« Scotty zog das Nachthemd aus und suchte im Schrank nach einem Hemd. Er hatte gehofft, mehr von ihr zu erfahren, doch dann hatte sie abrupt das Thema gewechselt und nur noch über den Jungen geredet.

»Was ist eine Petze?«, wollte Donny irritiert wissen.

»Ein Tratschweib«, erklärte Magnus.

»Ich tratsche nicht«, protestierte Donny.

»Du hast ihr gesagt, ich wäre zu schnell gefahren, um zu ihr kommen«, machte Scotty ihm klar und zog ein weißes Baumwollhemd an.

»Ja, aber nur um zu beweisen, dass du sie nicht hasst. Ich wollte dich doch nicht in Schwierigkeiten bringen«, verteidigte sich Donny.

»Hm«, machte Scotty und knöpfte das Hemd zu. Dann sah er zu Magnus und zog fragend eine Augenbraue hoch. »Wo ist Beth?«

»Sagte ich schon, in ihrem Zimmer.«

»Aye, aber wo ist das?«, hakte Scotty ungeduldig nach.

»Ach, das weißt du gar nicht«, murmelte Magnus und stand auf. »Na ja, ich kann dich hinbringen, aber es könnte sein, dass du ihr Albträume bescherst.«

»Was? Wieso?«

»Versuch es mal mit einem Blick in den Spiegel«, konterte Magnus.

Scotty zögerte besorgt, zumal ihm die mitleidigen Blicke von

Donny und Etienne nicht entgingen. Irritiert ging er ins Badezimmer und schloss die Tür hinter sich. Er hätte sich auch im Spiegel im Schlafzimmer ansehen können, aber er wollte in diesem Moment lieber allein sein, weil er nicht wusste, was ihn erwartete.

»Allmächtiger«, flüsterte er, als er das Licht anmachte und sein Spiegelbild betrachtete. Von seinen langen Haaren war nichts mehr zu sehen, der Schädel war mit Narben und rohem Fleisch überzogen, das noch im Heilen begriffen war. Und sein Gesicht … er erkannte sich selbst nicht wieder. Die Haut sah genauso übel aus wie auf dem Kopf. Sogar seine Augen hatten etwas Erschreckendes, da sie komplett silbern glänzten, was ein Hinweis darauf war, dass die Nanos auf Hochtouren arbeiteten, um zu reparieren, was die Flammen angerichtet hatten.

Scotty schaute auf seine Hände, die kein bisschen besser aussahen. Dass ihm das nicht beim Anziehen aufgefallen war, wunderte ihn, aber vermutlich war er durch die anderen im Zimmer zu sehr abgelenkt gewesen. Allerdings erstaunte ihn etwas anderes noch viel mehr, nämlich die Tatsache, dass er keine Schmerzen verspürte. Waren die Nanos in diesem Moment etwa nicht damit beschäftigt, all diese Wunden zu heilen?

Ein Klopfen an der Tür riss ihn aus seinen Gedanken. »Herein«, rief er nach kurzem Zögern.

Magnus schlenderte herein, schloss hinter sich die Tür und lächelte ihn mitfühlend an.

»Rachel ist der Ansicht, dass das Betäubungsmittel bei dir anders wirkt«, sagte er. »Sie glaubt, dass deine Nanos aus irgendeinem Grund darauf fixiert sind, das Mittel aus deinem Körper zu schaffen, und sonst nichts anderes machen. Das heißt, wenn sie dir das Mittel verabreicht, wird der Heilungsprozess unterbrochen. Und genau aus dem Grund bist du momentan nicht bewusstlos. Sie meint nämlich, dass es besser ist, wenn dein Körper geheilt wird.«

Scotty atmete erleichtert auf. »Dann wird das alles heilen?«

Magnus nickte, ließ dann aber eine Warnung folgen: »Sobald die Nanos das Betäubungsmittel aus deinem Körper geschafft haben, werden die Schmerzen wieder einsetzen.«

»Und wie lange wird es dauern, bis das passiert?«, wollte er wissen.

Magnus konnte nur hilflos mit den Schultern zucken. »Allzu lange sicher nicht. Immerhin bist du bei Bewusstsein, also muss der größte Teil des Betäubungsmittels bereits von den Nanos beseitigt worden sein.«

Bei diesen Worten schob Scotty entschlossen das Kinn vor und machte die Badezimmertür auf. »Zeig mir, wo Beths Zimmer ist. Ich will mich davon überzeugen, dass mir ihr alles in Ordnung ist, bevor …«

Er musste den Satz nicht zu Ende führen, weil sie beide wussten, dass er zu ihr wollte, bevor die Heilung wieder einsetzte.

Donny und Etienne hatten das Zimmer bereits wieder verlassen, als er aus dem Bad kam. Wohin sie gegangen waren, wusste er zwar nicht, aber er fragte auch nicht nach. Stattdessen folgte er Magnus nach draußen, wo er feststellen musste, dass Beths Zimmer sich gleich gegenüber befand. Die Tür stand offen. Magnus warf einen Blick hinein und bedeutete Scotty, ihm zu folgen.

Vorsichtig spähte dieser um die Tür herum ins Zimmer, und dann wusste er auch, warum Donny und Etienne sein Zimmer verlassen hatten. Sie waren zu Beth gegangen, um dort als eine Art menschlicher Paravent zu fungieren, sodass er niemanden im Raum sehen und er von niemandem gesehen werden konnte. Aber er konnte Beths Stimme hören, die ein wenig rau, ansonsten aber gut klang. Vermutlich hatte das mit dem eingeatmeten

Rauch oder mit den Flammen zu tun – oder aber mit den gellenden Schreien, die sie ausgestoßen hatte. Doch solange er sie nicht selbst sehen konnte, ließ sich das unmöglich sagen.

»Du hattest Schwestern?«, fragte eine Frau, bei der es sich vermutlich um diese Rachel handelte.

»Zwei, eine ältere und eine jüngere«, antwortete Beth mit einem liebevollen Unterton. Dann lachte sie leise. »Ich war das gefürchtete mittlere Kind!«

»Oh Gott, das mittlere Kind sorgt immer nur für Ärger. Das kann man in jeder Zeitschrift lesen«, zog Rachel sie lachend auf. »Und wie hießen deine Schwestern?«

»Ella hieß die ältere«, sagte Beth und fügte betrübt hinzu: »Sie starb am Fieberfrost, als ich neun war. Mom versuchte alles, um sie zu retten, heiße und kalte Wickel, jede Arznei, die sie nur bekommen konnte, aber …«

»Fieberforst war die allgemeine Bezeichnung für Fieber, richtig?«, fragte Rachel interessiert. »Es kann zwar manchmal auch Malaria gewesen sein, aber alles, was mit Fieber zusammenhing, wurde doch so bezeichnet, nicht wahr?«

»Aye«, bestätigte Beth. »Es fing eines Tages ohne jede Vorwarnung an, Fieber und Schüttelfrost. Das Fieber stieg immer weiter, und sie wurde immer schwächer. Ella verglühte förmlich, und es gab nichts, was man dagegen hätte tun können. Ma versuchte es sogar mit Blutegeln.« Sie schwieg einen Moment lang, während Scotty abwartete. Es kam ihm so vor, als wäre ihr Akzent deutlicher herauszuhören und ihre Redeweise antiquierter, wenn sie über Dinge sprach, die sich in der Vergangenheit abgespielt hatten. Das war ihm schon zuvor aufgefallen, wenn sie sich über irgendetwas ereiferte.

»Ella machte auf dem Markt für unsere Mom immer die Ruferin«, sagte Beth auf einmal. »Sie hatte eine so klare, wunderschöne Stimme. Es klang fast so, als würde sie singen.«

»Was bitte schön ist denn eine Ruferin?«, hakte Rachel nach.

»Eine Ruferin? Das ist das Gleiche wie eine Marktschreierin. Das ist jemand, der durch Rufen auf den Marktstand und auf die Preise aufmerksam macht. Du weißt schon: ›Pasteten, frische Pasteten für einen Penny! Kaufen Sie Pasteten! Jede Pastete nur einen Penny!‹« Sie musste kurz lachen. »Als Ella starb, übernahm ich diese Aufgabe, aber ich war nicht im Entferntesten so gut wie sie.«

»Und deine jüngere Schwester?«, fragte Rachel. »Wie hieß sie?«

»Little Ruthie«, antwortete Beth. Wieder schwang dieser liebevolle Unterton in ihrer Stimme mit. »Sie war so ein liebes Kind. Auf dem Markt hat sie die meiste Zeit bei meiner Mutter neben ihren Füßen gelegen und fest geschlafen. Als Baby machte sie nie irgendwelchen Ärger. Und als sie anfing zu krabbeln, blieb sie immer in ihrer Nähe.«

»Dann hat eure Mom euch alle zum Markt mitgenommen?«, fragte Rachel überrascht.

»Aye, soweit ich zurückdenken kann. Damals gab es ja noch keine Kitas«, gab Beth ironisch zu bedenken. »Also nahm Mom uns immer alle mit. Wir halfen ihr, die Pasteten zu verkaufen, und wir halfen ihr ja auch beim Backen.«

Scotty stand gegen den Türrahmen gelehnt da, während er ihr zuhörte. Er genoss den Klang ihrer Stimme und die Freude, die er aus ihren Worten heraushörte.

»Penny-Pasteten waren das. Die Besten von ganz London. Das hat jeder bestätigen können«, fügte sie stolz hinzu.

»Und dein Vater?«, erkundigte sich Rachel. »Was hat er gemacht?«

»Die meiste Zeit über hat er getrunken.« Mit einem Mal war ihre Stimme kühl und bar jeder Gefühlsregung. »Er war ein Säufer. Er schlug meine Mom, damit sie ihm die Einnahmen aushändigte, dann betrank er sich die ganze Nacht und schlief den nächsten Tag über. Er war einer von diesen gefährlichen Trinkern. Mom versuchte uns zu beschützen, aber das gelang nicht immer. Wir lernten, wie wir ihm schnell ausweichen konnten, wenn er seine Fäuste sprechen ließ.«

Scotty legte die Stirn in Falten, als er das Bild betrachtete, das sie von ihrer Kindheit zeichnete. Er hatte genug Männer erlebt, die wie Beths Vater waren, deshalb konnte er sich gut vorstellen, wie es für sie gewesen sein musste. Ihr Vater muss unberechenbar gewesen sein, eben noch dabei, einen Witz zu erzählen, und im nächsten Moment von einem Wutanfall beherrscht. Fast noch das Schlimmste daran war, dass niemand vorhersehen konnte, wann der Moment kommen würde. Für eine Familie bedeutete das, immer im Alarmzustand zu sein und darauf gefasst zu sein, sich vor dem Vater in Sicherheit bringen zu müssen.

»Das tut mir leid«, erklärte Rachel mitfühlend.

»Was?« Beth klang überrascht. »Oh, das muss es nicht. Das ist schon so lange her. Zugegeben, was meinen Vater angeht, hatte ich kein gutes Los erwischt, aber meine Mom war dafür umso liebevoller und ein herzensguter Mensch. Von ihr habe ich gelernt, wie man hart arbeitet und wie man anderen Gutes tut. Ich weiß nicht, wie oft sie zu mir gesagt hat, dass ich nie auf andere herabsehen soll, wenn ich mich nicht voll und ganz in deren Lage hineinversetzen kann. Und sie hat mir immer gesagt, dass ich hart arbeiten und meinen eigenen Weg gehen soll. Dass ich mich nicht auf irgendeinen Tunichtgut verlassen soll, von dem ich doch nur enttäuscht würde.« Nach einer kurzen Pause fügte sie hinzu: »Und Mom ist immer mit gutem Beispiel vorangegangen. Niemand hat sich so in die Arbeit gekniet wie sie. Wenn wir vom Markt zurückkamen, fing sie sofort mit den Pasteten für den nächsten Tag an. Nach dem Essen habe ich ihr mit der Füllung geholfen, und nachdem sie uns ins Bett geschickt hatte, machte sie weiter. Früh am Morgen stand sie vor uns allen auf, machte ein Feuer im Ofen und begann die Pasteten zu backen, die wir am Abend zuvor vorbereitet hatten. Das war auch das Geheimnis, warum ihre Pasteten so beliebt waren. Andere haben am Tag zuvor die erste Lage vorbereitet und in den Ofen geschoben, dann fingen sie mit der zweiten Lage an, und wenn die im Ofen war, kam die dritte Lage an die Reihe. Dadurch waren sie alle schon einen Tag alt, wenn sie am Morgen zum Markt gebracht wurden. Aber Mom hat sie alle immer erst am Morgen gebacken, und dadurch waren sie noch warm, wenn wir auf dem Markt ankamen.«

»Wann hat sie denn mal geschlafen?«, wollte eine erstaunte Rachel wissen.

»Ehrlich gesagt habe ich mich das manchmal auch gefragt«, musste Beth amüsiert zugeben. »Aber an dem einen oder anderen Morgen habe ich sie ertappt, wie sie neben dem Backofen ein Nickerchen machte. Daher weiß ich, dass sie ab und zu tatsächlich mal geschlafen hat.«

»Wie war denn früher der Markt?«, wollte Rachel wissen. »War das in einer geschlossenen Halle oder …?«

»Sie fingen damals schon damit an, diese großen Markthallen zu bauen, aber in Tottenham gab es immer nur Stände zu beiden Seiten der Straße, und da waren wir auch«, erklärte Beth.

Etienne trat von einem Bein aufs andere, sodass Scotty einen kurzen Blick auf Beth werfen konnte. Das Feuer hatte auch ihr die Haare weggebrannt, aber ihre Kopfhaut war bereits verheilt, und das Haar war auf eine Länge von nicht ganz einem Zentimeter nachgewachsen. Sonderbarerweise sah sie auch ohne ihre volle rote Lockenpracht wunderschön aus. Ihr Gesicht hatte etwas Unschuldiges und Reines an sich, als hätte das Feuer all ihre Sünden einfach weggebrannt.

»Ich habe den Markt geliebt. Es war harte Arbeit, aber ich hatte da auch Freunde, und an warmen, sonnigen Sommertagen hat es besonders viel Spaß gemacht. Allerdings …«

Sie unterbrach sich, und er sah, wie sie schauderte. Fast im gleichen Moment bewegte sich Etienne wieder so, dass er ihm die Sicht auf Beth nahm.

»Der Winter war ein ganz anderes Thema«, fuhr sie fort. »Es war so kalt, dass man meinen konnte, die Finger und Zehen würden einem abfrieren. Und bei der Kälte verkauften wir auch kaum etwas. Wir gingen mit warmen, dampfenden Pasteten zu Hause los, und wenn wir an unserem Stand ankamen, war alles steinhart gefroren.«

»Hast du denn später, als du älter warst«, wollte Rachel wissen, »selbst auch Pasteten gebacken und auf dem Markt verkauft? So wie deine Mutter?«

In der darauf folgenden Stille stand Scotty da und wartete voller Ungeduld auf ihre Antwort. Schließlich sagte sie: »Nay. Als ich zehn war, starben Ma und Little Ruthie an der Cholera. Warum ich davon verschont blieb, weiß ich nicht. Ich habe das Gleiche gegessen und getrunken wie sie, wir sind auch immer gemeinsam überall hingegangen. Ich kümmerte mich auch um sie, als sie krank wurden, aber ich habe mich nie angesteckt.« Nach einer weiteren kurzen Pause fuhr sie fort: »Leider habe ich bei der Zubereitung der Pasteten immer nur bei der Füllung geholfen, und Ma hat nie die Zeit gefunden, mir zu erklären, wie man den Teig macht. Als sie starb, versuchte ich auf eigene Faust einen Teig zu kneten, aber …«

Scotty hörte sie leise auflachen, ehe sie Rachel gestand: »Ich fürchte, mit meinen Pasteten hätte man Nägel in die Wand schlagen können, so hart waren sie. Am ersten Tag erwarteten natürlich alle die Pasteten meiner Ma, daher verkauften sie sich wie gewohnt im Handumdrehen. Die Leute hatten die

Pasteten schon vermisst, weil wir ja nicht mehr auf den Markt gegangen waren, nachdem Ma und Ruthie krank geworden waren. Am zweiten Tag haben die Leute wohl gedacht, dass am ersten Tag etwas verkehrt gelaufen sein musste, oder es waren Käufer, die am Tag zuvor gar nicht auf dem Markt gewesen waren. Auf jeden Fall konnte ich am zweiten Tag auch wieder fast alles verkaufen. Aber am dritten Tag wurde ich so gut wie nichts mehr los. Ich sollte wohl nicht in die Fußstapfen meiner Mutter treten.«

Nervös erwartete Scotty, dass Rachel nun die Frage stellte, was Beth stattdessen gemacht hatte, um ihren Lebensunterhalt zu verdienen, doch die Frage kam nicht. Stattdessen sagte Etiennes Frau: »Du siehst etwas blass aus, Beth. Ich glaube, du solltest noch einen Blutbeutel nehmen und dich danach weiter ausruhen.«

»Du ebenfalls«, raunte Magnus Scotty zu. »Hast du Schmerzen? Haben die Nanos wieder mit der Heilung begonnen?«

Nach kurzem Zögern nickte Scotty mit ernster Miene. Die Schmerzen hatten vor einigen Minuten eingesetzt, aber er hatte mehr über Beths Kindheit erfahren wollen, die sich ganz anders zugetragen hatte, als er erwartet hätte. Was den Vater anging, waren ihre Worte keine Überraschung für ihn gewesen, doch die Ausführungen über ihre Mutter kamen einer Offenbarung gleich. Tatsächlich hatten sie beide in mancher Hinsicht eine ganz ähnliche Kindheit verbracht. Zugegeben, es gab einige gravierende Unterschiede, allein schon die Tatsache, dass er als Erbe eines Lairds großgezogen worden war, während sie aus armen Verhältnissen stammte und ein Leben führte, in dem es auf jeden Penny ankam. Scotty hatte einen gütigen Vater gehabt, wohingegen seine Mutter eine gehässige, boshafte Hure gewesen war. Bei Beth war die Mutter die Gute gewesen, während ihr der Vater als trunksüchtiger Schläger in

Erinnerung geblieben war. Beide hatten sie in ihrem Elternhaus eine Kombination aus Gut und Böse erlebt.

Scotty protestierte nicht, als Magnus ihn zurück in sein Zimmer dirigierte, sondern ging freiwillig mit, während sich seine Gedanken überschlugen. »Willst du dich ausruhen?«, fragte Magnus, als sie wieder in seinem Zimmer waren, »oder fühlst du dich in der Lage darüber zu reden, was wir mit Beth machen sollen?«

»Was wir mit ihr machen sollen? Wie meinst du das?«, fragte er irritiert.

»Um sie zu beschützen«, führte Magnus aus. »Dieser Anschlag hier ist der Beweis dafür, dass Vancouver kein Zufall war. Jemand hat es auf sie abgesehen.«

»Das Feuer in der Scheune war ein Angriff auf Beth?« Scotty blieb neben dem Bett stehen und drehte sich zu dem anderen Mann um. Die Sorge um Beth ließ ihn für den Augenblick die Schmerzen vergessen, die ihn plagten.

»Natürlich! Das weißt du nicht?« Magnus hörte sich leicht verärgert an, was aber ihm selbst zu gelten schien. »Setz dich hin, dann werde ich dir sagen, was passiert ist.«

Scotty zögerte einen Moment, nahm dann aber auf der Bettkante Platz und wartete gebannt ab.

Es kam Beth so vor, als wäre sie gerade erst eingedöst, als sie von lauten Stimmen aufgeweckt wurde. Missmutig sah sie sich im dunklen Zimmer um, aber sie schien allein zu sein. Die Stimmen drangen aus dem Flur zu ihr.

»Ich bin ganz deiner Meinung, dass jemand auf sie aufpassen muss, aber nicht du«, hörte sie Magnus sagen. »Dich müssen die Nanos erst mal richtig heilen, Scotty. Im Augenblick bietest du nicht gerade einen schönen Anblick. Du wirst die Kleine zu Tode erschrecken, wenn du so bei ihr auftauchst.«

Beth zog die Augenbrauen zusammen, da sie sich fragte, was das zu bedeuten hatte. Scotty – kein schöner Anblick? Wieso? War er verletzt worden? Niemand hatte ihr etwas davon gesagt, als sie aufgewacht war.

Irritiert setzte sie sich auf, schlug die Decke zur Seite und erhob sich. Glücklicherweise begann sich dabei nicht alles um sie herum zu drehen, und sie hatte auch keine zittrigen Beine, die sie ins Schwanken gebracht hätten. Ihre Heilung war zum größten Teil abgeschlossen, und Rachel selbst hatte ja gesagt, dass sie sich nach einer Nacht voll Schlaf wieder wie neugeboren fühlen würde, weil die Nanos dann ihre Arbeit abgeschlossen haben sollten. Allein die Tatsache, dass sie keine Schmerzen mehr hatte, war für Beth ein sicheres Zeichen gewesen, dass sie so gut wie geheilt sein musste. Doch nach Rachels Dafürhalten waren ihre Blässe und der anhaltende Bedarf an Blutkonserven der Beweis dafür, dass sie eben doch noch nicht völlig wiederhergestellt war. Die Nanos arbeiteten irgendwo in ihrem Inneren, nur eben an Verletzungen, deren Reparatur keine Schmerzen verursachte. Vielleicht stellten sie ja mit dem benötigten Blut nur wieder ihre eigene Sollstärke her. Dennoch sollte sie die Gelegenheit nutzen und sich ausruhen, um so den Nanos eine Verschnaufpause zu gönnen, anstatt ihnen nur immer neue Arbeit aufzuhalsen.

»Scotty, hör mir zu«, sagte Magnus in dem Moment. »Donny, Etienne, Mortimer und ich werden sie abwechselnd bewachen. Wir werden dafür sorgen, dass sie in Sicherheit ist. Du musst dich jetzt erst mal auf deine Heilung konzentrieren.«

»Ich habe beim letzten Mal schon auf dich gehört, und wir sehen ja, was dabei herausgekommen ist«, fuhr Scotty ihn an. »Du hast mir versichert, dass ihr nichts passieren kann. Du hast gesagt, dass Kira und ihre Leibwächterinnen auf sie aufpassen werden. Das hast du mir zugesichert! Und du hast gesagt, dass wohl nicht davon auszugehen ist, dass derjenige, der sie in Vancouver angegriffen hat, uns bis hierher folgen würde. Und jetzt sieh dir die Bescherung an! Sie ist nicht nur knapp einer Enthauptung entgangen, sie wäre fast auch noch verbrannt.«

»Ja, ich weiß auch, dass ich mich geirrt habe«, redete Magnus beschwichtigend auf ihn ein. »Der Fehler wird mir nicht noch einmal unterlaufen. Offenbar ist der Angreifer uns von Vancouver nach hier gefolgt. Wir werden jetzt die Augen offen halten und nachforschen, um wen es sich handeln könnte. Ich will ja nur sagen, dass du dich jetzt auf deine Heilung konzentrieren sollst. Und zwar für die nächsten vierundzwanzig Stunden. Dann sollte das Schlimmste überstanden sein, und du kannst ...«

»Ich kann auch auf sie aufpassen, während meine Heilung vonstattengeht«, knurrte Scotty und wandte sich genau in dem Moment von Magnus ab, als Beth die Tür öffnete, um einen Blick in den Flur zu werfen.

Beide blieben sie wie vom Donner gerührt stehen. Beth fiel auf, dass Scotty sie ansah, als rechne er jeden Moment damit, von ihr weggeschickt zu werden. Doch dafür war sie viel zu sehr damit beschäftigt, sein Gesicht zu betrachten ... oder besser gesagt das, was noch davon übrig war.

Von seinen langen Haaren, in die sie sich gekrallt hatte, als sie sich geliebt hatten, war nichts mehr übrig, stattdessen bedeckte eine verkohlte Masse seinen Kopf. Der Anblick entsprach in etwa dem Bild, das vor ihrem geistigen Auge entstand, wenn sie sich vorstellte, wie eine völlig verbrannte Erde vom All aus betrachtet aussehen würde. Doch das war nicht mal das Schlimmste, denn sein Gesicht war genauso in Mitleidenschaft gezogen. Dort hatte der Heilungsprozess allerdings schon eingesetzt, sodass sich schwarz verbrannte Flächen mit rötlichem Narbengewebe abwechselten.

»Das wird schon wieder«, knurrte er, woraufhin Beths Blick zu seinen ganz und gar silbernen Augen wanderte – ein untrügliches Zeichen dafür, dass die Nanos mit aller Macht im Begriff waren, die vom Feuer angerichteten Schäden zu beheben. Zumindest vermutete sie, dass Feuer der Grund für sein Aussehen war, auch wenn sie keine Ahnung hatte, unter welchen Umständen er mit Flammen in Berührung gekommen sein mochte. Sie war jedenfalls allein und aus eigener Kraft aus der brennenden Scheune entkommen. Daran konnte sie sich noch erinnern.

Sie streckte die Hand aus und strich behutsam über einen kleinen Bereich seines Gesichts, der bereits vernarbt war und somit nicht mehr wehtun sollte. Mit sanfter Stimme fragte sie: »Wie ist das passiert?«

Scotty legte seine Hand auf ihre, was Beth völlige Beherrschung abverlangte, um beim Anblick der verkohlten Finger nicht vor ihm zurückzuweichen. *Mein Gott, was für Schmerzen muss er haben,* ging es ihr durch den Kopf.

»Er hat dich davon abgehalten, einfach weiterzurennen, als du in Flammen stehend aus der Scheune gestürmt kamst«, warf Magnus zur Erklärung ein, da Scotty keinen Ton herausbrachte. »Er hat sich mit dir auf dem Boden gewälzt, um die Flammen zu ersticken.«

Beth stutzte und fragte Magnus: »Und warum verheilen seine Verletzungen nicht?«

»Das tun sie schon, aber während Betäubungsmittel bei anderen Unsterblichen von den Nanos ignoriert werden, solange sie Reparaturen im und am Körper vornehmen, konzentrieren sich die Nanos bei ihm voll und ganz darauf, das Medikament aus dem Körper zu schaffen. Das bedeutet, dass durch das Betäubungsmittel der Heilungsprozess deutlich verlangsamt wird.«

»Ich glaube, er ist allergisch gegen das Betäubungsmittel«, verkündete Rachel, die soeben die Treppe raufkam. »Und zwar extrem allergisch. Die Nanos reagieren so, als müssten sie ein tödliches Gift aus dem Körper transportieren. Und das verlangsamt dann nun mal den Heilungsprozess.«

Beth nickte ernst und drehte ihre Hand so, dass sie behutsam seine Finger fassen konnte. »Er kann bei mir bleiben, wenn er sich dann besser fühlt«, erklärte sie und zog ihn hinter sich her in ihr Zimmer.

Es wunderte sie nicht, dass Magnus und Rachel ihnen folgten, aber sie brachte Scotty nur zum Bett und bedeutete ihm, sich hinzulegen. Dann deckte sie ihn zu und ignorierte dabei seinen ungläubigen Blick, mit dem er das Ganze verfolgte. Sie ging ums Bett herum, legte sich aber nicht neben ihn, sondern setzte sich auf ihrer Seite so hin, dass sie sich gegen das Kopfende lehnen konnte. Dann zog sie die Decke weit genug hoch, um das blassblaue Krankenhausnachthemd zu bedecken, in das man sie gesteckt hatte. Erwartungsvoll schaute sie zwischen Rachel und Magnus hin und her. »Ihr seid also der Meinung, dass das wieder eine Attacke war, die sich speziell gegen mich richtete?«

Die zwei sahen sich kurz an, dann stellte Magnus eine Gegenfrage: »Bist du anderer Meinung?«

Beth dachte kurz darüber nach. »Es war eine Falle, das ist klar. Und zwar eine sehr genau durchdachte Falle. Wären mir nicht diese neuen Nägel aufgefallen, die in Abständen aus dem Holz herausragten, dann wäre ich wahrscheinlich einfach in die Scheune gegangen, weil sie verlassen aussah. Das hätte wohl jeder von uns gemacht.«

Magnus nickte bedächtig.

»Aber ich wüsste nicht, wie das speziell gegen mich gerichtet sein sollte«, fuhr sie fort. »Ich bin nicht die einzige Jägerin, die für Mortimer arbeitet. Mit dir und den anderen Engländern hat er sogar mehr Leute zur Verfügung als noch vor ein paar Tagen. Jeder von uns hätte in diese Falle laufen können.«

Stille machte sich breit, die von Kira unterbrochen wurde, als sie hereinkam und sagte: »Nur mit dem Unterschied, dass es ein … wie hast du es genannt? … ein ›schlechter Scherz‹ war, *da*?«

»*Da*«, bestätigte Beth widerwillig. Es war der erste Besuch der Russin, seit sie aufgewacht hat, doch man hatte Beth auch gesagt, dass Kira in der ersten Nacht nicht von ihrer Seite gewichen war.

»Wenn also diese Person weiß«, redete Kira weiter, »dass du mich am Hals hast und dass du meinetwegen nur solche Aufträge bekommst, dann war es doch sehr wahrscheinlich, dass man dich zur Scheune schicken würde.«

»Sie hat recht«, stimmte Scotty ihr zu. »Dein Team ist das einzige, das man zu einem Einsatz wie dem mit der Scheune schicken würde.«

»Aber wer soll so etwas wissen?«, überlegte Beth skeptisch.

»So gut wie jeder Vollstrecker, der derzeit für mich arbeitet«, antwortete Mortimer, der nun auch noch zu ihr kam. Er blieb stehen und sah in die Runde. »Ihr hättet mir Bescheid geben können, dass ihr eine Besprechung zu dem Thema einberufen habt.«

»Das war nicht geplant«, versicherte Magnus ihm.

Mortimer reagierte mit einem knappen Brummen, rieb sich das Genick und sagte nachdenklich: »Unser Problem gestaltet sich wie folgt. Der Unfall auf dem Highway ist wohl ganz gezielt herbeigeführt worden, denn der Fahrer wurde kontrolliert. Wir sind allerdings der Ansicht, dass der Überfall in Vancouver in keinem Zusammenhang mit dem Autounfall steht, denn der Attentäter hätte euch dafür nach Vancouver folgen müssen. Aber von euch dreien abgesehen war kein anderer Vollstrecker in Vancouver, und außer den anderen Vollstreckern gab es niemanden, der überhaupt nur eine Ahnung davon hatte, dass ihr dort wart. Aber nun hat es hier wieder einen Angriff gegeben, einen sehr gut geplanten Angriff. Außer unseren Leuten gibt es jedoch niemanden, der wissen konnte, dass ihr zur Scheune geschickt worden wart.« Er sah Beth an. »Hast du irgendeine Idee, was das Ganze soll?«

Beth schüttelte betreten den Kopf. »Nein, tut mir leid.«

»Dachte ich mir schon, aber ich hatte die leise Hoffnung, dass du vielleicht eine Ahnung haben könntest.«

»Jeder Angriff war genau geplant«, sagte Scotty, der jedes Wort aus sich herauspressen musste.

Beth war sich der Tatsache bewusst, dass nicht nur sie ihn in diesem Moment ansah. Alle hatten ihre Blicke auf ihn gerichtet und warteten darauf, dass er weiterredete, wobei es niemandem entgehen konnte, wie sehr der Mann litt. Er war ausgesprochen bleich, und er war nass geschwitzt. Und niemand konnte etwas für ihn tun, wenn er tatsächlich allergisch auf die Betäubungsmittel reagierte.

»Zumindest bis zu einem gewissen Grad«, schränkte er nachdenklich ein. »Im ersten Fall kann es eine günstige Gelegenheit gewesen sein. Der Unsterbliche ist Beth womöglich gefolgt, hat den Laster entdeckt, als der auf den Highway kam, und hat dann den Fahrer kontrolliert und den Unfall inszeniert. Aber beim zweiten Mal …« Er sah Beth an. »Beim zweiten Mal wurde diese Sterbliche kontrolliert und zur Damentoilette geschickt, um dich in die Gasse hinter dem Club zu locken, wo der Unsterbliche mit dem Schwert auf dich wartete. So etwas erfordert schon mehr Planung.«

»Und die Sache mit der Scheune war bis ins kleinste Detail geplant«, übernahm Beth für ihn das Reden. »Die Scheune war mit Fallen nur so gespickt, dann wurde der Anruf getätigt, um uns auf den Plan zu rufen, in der Erwartung, dass aller Wahrscheinlichkeit nach ich hingeschickt werde, und dann …« Sie zuckte mit den Schultern. »Was hat das zu bedeuten?«

Scotty kniff die Augen zu. Und obwohl er die Finger verkrampft hielt und die Lippen fest zusammenpresste, war Beth sich sicher, dass sie schon einen Unterschied feststellen konnte. Auf seinem Kopf und im Gesicht war nicht mehr so viel Schwarz zu sehen, dafür mehr Rot von wunder Haut. »Ich weiß es nicht«, sagte er schließlich und schüttelte den Kopf. »Ich denke, es hat etwas zu bedeuten, aber im Moment will mir einfach nichts einfallen.«

Alle schwiegen eine Weile, dann sagte Magnus: »Tja, vielleicht sollten wir alle mal ganz in Ruhe darüber nachdenken. In der Zwischenzeit solltest du dich noch ein wenig erholen, Scotty.«

»Auf jeden Fall müssen wir Beth bewachen«, gab Scotty zurück. Seine raue Stimme verriet die Schmerzen, die ihn plagten. »Sie darf nicht eine Sekunde allein sein, und sie wird nicht mehr auf die Jagd geschickt. Genau genommen sollte sie dieses Haus so lange nicht verlassen, bis wir diejenigen gefasst haben, die hinter diesen Anschlägen stecken.«

Beth musste sich einen Protest verkneifen. Das hätte sie nicht gemacht, wenn Scotty unversehrt und bei Kräften gewesen wäre. Doch das war er nicht, und sie fand, dass sie nicht mit ihm diskutieren sollte, solange er in dieser Verfassung war. Immerhin war es ja sogar ihre Schuld, dass es ihm jetzt so schlecht ging, denn er hatte versucht, ihr das Leben zu retten. Sie konnte noch immer nicht fassen, dass er das getan hatte. Sie wurde aus diesem Mann einfach nicht schlau. Nichts ergab bei ihm einen Sinn. Er wollte sie nicht, trotzdem setzte er sein Leben aufs Spiel, um sie zu retten, denn für einen Unsterblichen gab es nichts Gefährlicheres als Feuer. Das war so, als würde man ein Streichholz an reinen Alkohol halten. Alles ging sofort in Flammen auf. So gesehen war es sogar erstaunlich, dass sie beide noch lebten.

»Meine Leibwächterinnen und ich werden helfen, Beth zu bewachen«, bot Kira an, obwohl anbieten das falsche Wort war, denn die Russin machte kein Angebot, auf das man eingehen konnte, wenn man denn wollte, sondern sie erklärte vielmehr, wie es abzulaufen hatte.

Beth konnte sich ein Lächeln nicht verkneifen und bemerkte: »Es scheint dich gar nicht zu stören, dass man dich für Aufgaben heranzieht, die nicht gerade eine große Herausforderung darstellen.«

Kira reagierte mit einem Schulterzucken. »Ich bin die Neue. Neue fangen immer ganz unten an. So lernt man etwas. Und genau das tu ich«, fügte sie ernst an.

»Und was genau lernst du dabei?«, fragte Magnus amüsiert und fügte ironisch hinzu: »Abgesehen von der Tatsache, dass man sich nicht auf einen brennenden Unsterblichen wirft, um die Flammen zu löschen?«

»Vieles«, versicherte Kira ihm und wandte sich wieder an Beth. »Du bist eine gute Lehrerin. Bei der Scheune habe ich gelernt, nicht einfach draufloszurennen, sondern abzuwarten und Geduld zu haben. So wie du. Und vorsichtig zu sein und nichts zu übersehen. Du hast beide Fallen entdeckt, bevor sie zugeschnappt sind.«

»Aber ich habe sie nicht früh genug entdeckt«, beharrte sie unzufrieden. »Ich hätte in Erwägung ziehen müssen, dass da, wo Oksana zusammengebrochen war, noch irgendwo ein weiterer Hebel sein konnte. Irgendein Mechanismus, der eine weitere Falle auslöst, sobald jemand sie von dort wegbringt. Wie Liliya ganz richtig bemerkte, würden normalerweise alle in die

Scheune gelaufen kommen, um der Gestürzten zu helfen, und dann würde die zweite Falle noch viel mehr Unheil anrichten als die erste.«

Kira schüttelte den Kopf. »Du kannst niemals an absolut alles denken.«

»Trotzdem tut mir das mit Oksana leid«, beteuerte Beth. Gleich beim ersten Aufwachen hatte sie nachgefragt, wie es der Russin ging. Sie wusste bereits, dass Liliya Oksanas obere Körperhälfte hatte fallen lassen, als sie von der Explosion zu Boden geschleudert wurde. Sie war benommen und durcheinander gewesen, als Rickart zu ihr gelaufen war und sie nach draußen getragen hatte. Oksana war ihr erst wieder ins Gedächtnis gekommen, als es längst zu spät gewesen war. Nur die Arme und die untere Körperhälfte hatten das Feuer überlebt, sie war dabei aber so stark verkohlt worden wie Beth selbst … und wie Scotty, den sie mit einem kurzen Seitenblick bedachte. Die Augen immer noch fest geschlossen, verriet sein Gesicht die quälenden Schmerzen, die ihn plagten.

»*Da*, das war wirklich schlimm«, stimmte Kira ihr zu und lenkte die allgemeine Aufmerksamkeit wieder auf sich. »Ich konnte Oksana nicht leiden. Ich hoffte auf einen Vorwand, um ihren Hintern nach Hause schicken zu können, allerdings nicht nur ihren Hintern.«

Ein völlig unangebrachtes Kichern kam Beth über die Lippen, und sie hielt rasch eine Hand vor den Mund. An der Sache war überhaupt nichts lustig, schließlich war die Frau tot.

»Also gut«, sagte Mortimer plötzlich. »Rachel, mach du deine Arbeit, der Rest verlässt mit mir das Zimmer.« Auf dem Weg zur Tür fügte er hinzu: »Magnus, ich erwarte dich und Kira in meinem Büro.«

13

Das Zimmer leerte sich zügig, zurück blieben nur Rachel, Beth und Scotty. Rachel holte fünf Blutbeutel aus dem Kühlschrank, den sie in ihr Zimmer gestellt hatten, einen davon gab sie Beth und sagte: »Was dich angeht, muss ich weiter nichts tun. Trink genügend Blut und ruh dich aus, dann solltest du in kürzester Zeit wieder fit sein.«

»Danke«, murmelte sie und nahm den Beutel an sich.

Rachel nickte knapp, legte drei Beutel neben Scotty aufs Bett und drückte ihm den vierten in die Hand. »Für dich *kann* ich bedauerlicherweise weiter nichts tun, als dich mit Blut zu versorgen. Ich fürchte, mit dem Heilungsschmerz wirst du ganz allein fertigwerden müssen.«

Scotty gab ein knappes Brummen von sich, als er nach dem Beutel griff. »Das wäre nicht das erste Mal«, murmelte er und drückte den Beutel auf seine Fangzähne.

Rachel sah wieder zu Beth. »Nach dir sehe ich später wieder. Schon dich jetzt erst mal ein wenig.«

Beth nickte und schob ebenfalls den Blutbeutel über ihre Fangzähne, während die andere Frau aus dem Raum ging und die Tür hinter sich zuzog. Sie blieb aufrecht sitzen, bis der Beutel leer war, zog ihn dann von den Zähnen und warf ihn in den kleinen Abfalleimer neben dem Nachttisch. Sie rutschte ein Stück weit Richtung Fußende, legte sich hin und drehte sich auf die Seite, auf der sie immer schlief. Es war jedoch genau die Seite, auf der sie Scotty zu Gesicht bekam. Sie sah ihn an und spielte einen Moment lang mit dem Gedanken, sich umzudrehen, um ihn nicht sehen zu müssen. Aber es wäre unhöflich gewesen, ihm den Rücken zuzudrehen.

Schweigend sah sie ihm dabei zu, wie er den leeren gegen einen vollen Blutbeutel austauschte. Während sie aufmerksam sein Gesicht betrachtete, konnte sie deutlich erkennen, wie sich die Haut rund um seine Augen minimal zu verändern begann. Durch das Blut, das er zu sich nahm, wurde die Heilung beschleunigt. Allerdings hieß das auch, dass die Schmerzen damit umso schlimmer wurden. Als Scotty den dritten Blutbeutel auf die Fangzähne schob, konnte sie sehen, wie sehr seine Hand zitterte. Sie ertrug es nicht länger, einfach nur neben ihm zu liegen und rein gar nichts tun zu können, um seine Schmerzen zu lindern. Als er den dritten Beutel ausgetrunken hatte, war sie froh, dass er nicht einfach zum vierten und letzten griff, sondern sich so drehte, dass er sie ansehen konnte.

Nach kurzem Zögern flüsterte sie: »Danke, dass du versucht hast, mich zu retten.«

»Das war dumm von mir«, gab er leise zurück. »Ich hätte dir mehr geholfen, wenn ich daran gedacht hätte, den Feuerlöscher aufzuheben und dich mit Schaum zu besprühen, so wie Magnus das anschließend mit uns beiden gemacht hat.«

Beth musste grinsen. »Willst du etwa sagen, dass du einen Fehler gemacht hast und dass du nicht vollkommen bist?«, fragte sie mit gespieltem Entsetzen und schnappte erschrocken nach Luft. »Sag, dass das nicht wahr ist!«

Scottys Mundwinkel zuckten, vielleicht, weil er lächeln wollte, vielleicht aber auch, um genau das und die damit verbundenen Schmerzen zu verhindern. Er drehte den Kopf wieder so, dass er die Decke anstarrte. »Niemand außer dir würde es wagen, sich über mich lustig zu machen.«

Sie sah ihn lange Zeit schweigend an und fragte schließlich in ernstem Tonfall: »Ist es sehr schlimm?«

»Was?«, gab er zurück und sah sie fragend an.

»Die Schmerzen«, antwortete sie. »Wovon sollte ich denn sonst reden?«

»Oh.« Scotty kniff leicht die Augen zusammen. »Ja, jetzt, da du mich darauf ansprichst, muss ich sagen, sie sind wirklich schlimm.«

»Hmm«, machte Beth, während sie ihm den letzten Blutbeutel hinhielt.

Etwas argwöhnisch nahm er ihn an sich und drückte ihn auf seine Fangzähne. Sein Ausdruck wurde noch skeptischer, als sie ein Lächeln hinterherschickte.

»Die Betäubungsmittel wirken also bei dir nicht«, stellte sie fest, was er mit einem kurzen Brummen quittierte. »Aber ich hätte da eine Idee, wie du in eine Ohnmacht versetzt werden kannst, damit du die Schmerzen während der Heilung verschläfst.«

Anstatt Interesse erkennen zu lassen, verengte er seine Augen zu noch schmaleren Schlitzen.

So viel zum Thema Dankbarkeit. Es war gerade so, als würde er ihr nicht über den Weg trauen, dachte sie amüsiert. »Welches Ausmaß haben deine Verbrennungen?« Irritiert zwinkerte er ein paar Mal, da der Beutel auf seinen Zähnen immer noch verhinderte, dass er ein Wort sagen konnte. »Ist deine Brust verbrannt?«, hakte sie nach und zog gleichzeitig die Decke runter, um so die Antwort auf ihre Frage zu erhalten. Das Problem war nur, dass sie ihn komplett bekleidet ins Bett verfrachtet hatte und nichts sehen konnte.

»Das muss doch unbequem sein«, befand sie und meinte damit seine Kleidung. »So kannst du dich ja unmöglich entspannen. Setz dich hin.«

Als er den Kopf schüttelte, wurde der Blutbeutel hin und her geschleudert.

»Vorsicht«, ermahnte sie ihn. »Wenn der Beutel reißt, ist hier alles voller Blut.«

Wieder kniff Scotty die Augen zusammen, was wohl sein Pendant zu einer finsteren Miene war, solange sein Gesicht noch so verkohlt war.

»Komm, lass mich dir helfen«, redete sie weiter und kniete sich neben ihm hin, um ihm in aller Eile das Hemd aufzuknöpfen und es aus dem Hosenbund zu ziehen. Scotty versuchte, sie davon abzuhalten, und griff nach ihren Handgelenken, doch damit lieferte er auch gleich den Beweis dafür, dass er wirklich in einer schlechten Verfassung war, denn Beth war so flink, dass er sie nicht zu fassen bekam.

»Ja, ich weiß, du hast immer gern die Lage im Griff, Scotty«, sagte sie in einem beschwichtigenden Tonfall, während sie einfach weitermachte. »Aber das ist ja nur zu deinem Besten. Stell dir einfach vor, ich wäre eine Krankenschwester. Ich sorge nur dafür, dass du es bequemer hast.«

Beth atmete erleichtert auf, als sie sah, dass seine Brust offenbar unversehrt war. Das war doch schon mal etwas. Natürlich wusste sie nicht, ob er dort keine Verbrennungen aufwies, weil er sich so fest an sie gedrückt hatte, dass diese Flammen erstickt worden waren, oder ob er da vielleicht nur oberflächliche Verbrennungen erlitten hatte, die von den Nanos inzwischen repariert worden waren. Letztlich war das aber auch egal, sagte sie sich, während sie ihre Aufmerksamkeit auf den Knopf und den Reißverschluss seiner Jeans richtete.

»Entspann dich einfach und lass Schwester Beth den Rest erledigen«, wies sie ihn gut gelaunt an und öffnete die Jeans, damit sie sie nach unten ziehen konnte. »Du wirst im Handumdrehen im Land der Träume sein. Das ist das Mindeste, was ich für dich tun kann, nachdem du so zugerichtet wurdest, weil du mir das Leben retten wolltest.«

»Halt«, widersprach Scotty nachdrücklich. Als sie den Kopf umdrehte, sah sie, dass er auch den letzten Beutel geleert und von den Zähnen gezogen hatte. »Nay. Ich will nicht, dass du das machst.«

Beth richtete sich auf und musterte ihn frustriert. Ein bisschen Lebensgefährtensex würde dafür sorgen, dass er das Bewusstsein verlor und er zumindest einen Teil der Schmerzen verschlief. Wenigstens vorübergehend, und sie wollte es ja nur für ihn tun. Es gefiel ihr nicht, dass er solche Schmerzen ertragen musste … und … na ja … auch wenn sie das nicht gern zugab, aber sie wollte es auch für sich selbst tun. Ihr Körper kribbelte bei dem bloßen Gedanken daran, mit ihm wieder diese geteilte Lust zu erleben. Es war wie eine Droge, und sie war wie ein Junkie, der sich seit zwei endlos langen Wochen keinen einzigen Schuss mehr gesetzt hatte.

Einen Moment lang sahen sie sich in die Augen, dann entspannte sich Beth und lächelte ihn an. Er hatte Nein gesagt, also konnte sie nicht einfach weitermachen, denn das wäre ihr fast schon wie eine Vergewaltigung vorgekommen. Aber es gab ja noch andere Wege, die zum gleichen Ziel führten. Vorausgesetzt, diese Wege funktionierten auch, überlegte sie ein wenig besorgt.

»Woran denkst du?«, fragte Scotty wieder mit diesem misstrauischen Unterton. »Dein Blick hat gerade etwas sehr Listiges an sich.«

Beth blinzelte ihre Überlegungen weg und sah ihn mit Unschuldsmiene an. »Ich weiß nicht, wovon du redest, Scotty. Ich habe nur gedacht, wenn du es nicht bequemer haben willst, dann ist das deine Sache. Ich will es aber bequemer haben.«

»Wie soll ich das verstehen?«, fragte er unsicher.

Sie zuckte nur mit den Schultern und setzte sich gerader hin. »Normalerweise schlafe ich nackt.«

Scotty bekam große Augen, protestierte aber nicht, als sie hinter sich griff, um die Schnüre aufzuziehen, die ihr Nachthemd zusammenhielten. Er sagte auch noch nichts, als sie den Stoff von den Schultern gleiten ließ, der bis zu den Hüften rutschte und den Blick auf ihre Brüste freigab.

»Ich hatte überall ganz schlimme Verbrennungen«, flüsterte Beth ihm zu, sah ihn dabei aber nicht an, sondern betrachtete ihre Brüste.

Zahllose Männer hatten sie schon nackt gesehen, aber als Scotty sie nun anschaute, verspürte sie mit einem Mal einen Anflug von Verlegenheit. Sie räusperte sich und fügte hinzu: »Aber es ist alles sehr schön verheilt.«

Beth unterstrich ihre Worte, indem sie die Hände von unten an ihre Brüste legte und sie leicht anhob, so als würde sie sie zur Schau stellen. »Findest du nicht auch?«, fragte sie und merkte selbst, wie ihr Akzent deutlicher hervortrat. Das geschah immer, wenn sie aufgeregt war, weil sie sich über etwas ärgerte oder etwas ihr Angst bereitete.

»Aye«, kam die raue Antwort.

Beth biss sich auf die Lippe, da sie mit dieser ungewohnten Verlegenheit zu kämpfen hatte, aber dann schloss sie die Augen und legte den Kopf in den Nacken. Während sie sich vorstellte, es seien seine, und nicht ihre eigenen Hände, drückte und knetete sie ihre Brüste und spielte mit den härter werdenden Nippeln.

Zu ihrer großen Erleichterung ging Scottys Atem nur Augenblicke später deutlich angestrengter, was ihr verriet, dass ihre Taktik zu funktionieren schien.

Sie räusperte sich und flüsterte ihm zu: »Ich kann mich noch gut daran erinnern, als ich in der Garage das erste Mal wieder aufgewacht bin. Du warst damit beschäftigt, an meinem Nippel zu saugen, während deine … oh ja, deine Hand …« Sie ließ den Satz unvollendet, stattdessen schob sie ihre Hand unter das Nachthemd und ließ sie zwischen ihre Schenkel wandern.

Beth blinzelte vorsichtig und sah, dass Scotty über seine Lippen leckte, während sein Blick dort ruhte, wo sich unter dem Stoff verborgen ihre Hand befand. Eine Weile machte sie so weiter, dann drückte sie den Arm so zur Seite, dass das Nachthemd ein wenig verrutschte und Scotty genau sehen konnte, was sie da machte.

»Und erinnerst du dich auch noch daran?«, raunte sie ihm zu.

»Aye«, hauchte er, unfähig, den Blick von ihrer Hand abzuwenden. »Mach die Beine noch etwas breiter.«

Beth lächelte zufrieden. Jetzt hatte sie ihn genau da, wo sie ihn haben wollte. Jedenfalls glaubte sie das, aber absolut sicher war sie sich nicht. Denn was sie in diesem Moment nicht spüren konnte, war diese geteilte Erregung, die sich zwischen ihnen beim Sex hochgeschaukelt hatte. Da war nur die wesentlich schwächere Erregung, die durch das Vergnügen entstand, von ihm beobachtet zu werden.

»Mach die Beine noch etwas breiter«, wiederholte Scotty.

Sie lächelte und gehorchte, damit er ihr besser zusehen konnte. Dabei kam ihr linkes Knie genau dort mit seiner Hüfte in Berührung, wo eben noch der Stoff seiner Jeans im Weg gewesen war, bevor sie die ein Stück weit runtergezogen hatte.

Im gleichen Moment wurde sie von einer Woge aus widersprüchlichen, verwirrenden Gefühlen erfasst. Erregung und Schmerzen stürmten auf ihr Gehirn ein, doch die Schmerzen hatten dabei eindeutig die Oberhand. Sie waren so ungeheuerlich, dass ihr die Luft wegblieb, da sie das Gefühl hatte, von brutalen Fausthieben gegen den Kopf traktiert zu werden.

Scotty kniff die Augen zu, als Beths Knie seine Haut berührte und ein Lustgefühl durch seinen Körper jagte, das mit den Schmerzen zu wetteifern schien. Erst als er die Augen wieder aufmachte, bemerkte er, dass sie wie erstarrt neben ihm kauerte, das Gesicht schmerzverzerrt.

»Beth?«, fragte er beunruhigt.

Sie atmete langsam durch die Nase aus, öffnete die Augen und sah auf seinen Schoß. Als sie eine Braue hochzog, folgte er ihrem Blick und stellte fest, dass die für einen Moment verspürte Lust für den Ansatz einer Erektion reichte, die seinen Penis unter dem Jeansstoff herausgedrückt hatte.

Er hätte doch zumindest Boxershorts anziehen sollen, überlegte er und schnappte in der nächsten Sekunde nach Luft, da Beth sich vorgebeugt hatte und so ausatmete, dass ihr heißer Atem über die empfindliche Spitze strich. Sein Schwanz stand deswegen zwar nicht sofort aufrecht da, aber die Erektion wuchs ein wenig an, und erneut bahnte sich Lust ihren Weg durch den Schmerz, der ihn so fest im Griff hatte. Es war wie ein Silberstreif am dunklen Horizont, und anstatt erneut zu protestieren rührte sich Scotty nicht. Er machte die Augen zu und konzentrierte sich ganz auf diesen einen Lichtstrahl im Dunkeln.

»Darf ich?«, fragte Beth. Er schlug daraufhin die Augen auf und sah, dass ihre Hand dicht über ihm schwebte, bereit, ihn jeden Moment zu berühren. Trotz seines vorangegangenen Einspruchs war er jetzt tatsächlich enttäuscht, dass sie ihn erst um Erlaubnis fragte. Denn jetzt musste er zustimmen oder ablehnen, und dabei war es so, dass er von ihr berührt werden wollte. Zuvor hatte er sich nicht nur gegen sie, sondern auch gegen sich selbst gewehrt. Er wollte nun, dass sie das machte. Zugegeben, er war zuerst auch nicht in der Stimmung für Sex gewesen, und wenn er ganz ehrlich war, war er auch jetzt allem erwachenden Interesse zum Trotz noch längst nicht hundertprozentig bei der Sache. Doch die Aussicht, den Schmerzen durch die tiefe Bewusstlosigkeit nach dem Lebensgefährtensex zu entkommen, war allzu verlockend.

Im Hinterkopf hörte er aber auch Magnus auf ihn einreden, der ihn aufforderte, sie gefälligst in Ruhe zu lassen, wenn er doch keinen Anspruch auf sie erheben wollte. Sonst war es nämlich so, dass er sie einfach nur für seine Interessen ausnutzen und sie benutzen würde, so wie es all die anderen Männer in ihrem Leben auch gemacht hatten.

Einen Moment lang lieferte er sich einen heftigen Kampf mit seinem Gewissen, doch mit jeder Sekunde, die der Schmerz Gelegenheit bekam, sich wieder in der Vordergrund zu schieben, wurde das Verlangen nach diesen kurzen Augenblicken der Lust immer übermächtiger. »Aye«, presste er schließlich heraus.

Beth zog seine Jeans noch weiter nach unten, dann schloss sie ihre Hand um ihn. Scotty ließ vor Erleichterung seufzend den Kopf in den Nacken sinken, da sein Körper prompt reagierte und das Wohlgefühl erneut den Schmerz ein wenig in den Hintergrund treten ließ.

Sie hatte ihre Hand nur zwei Mal auf und ab bewegt, als er sie auf eine Weise stöhnen hörte, die ihn stutzig machte. Er schlug die Augen auf und sah, dass ihr Gesicht wie versteinert und vor Schmerz verzerrt war. Sekundenlang wusste er nicht, was das bedeutete, doch dann wurde ihm bewusst, dass Lebensgefährten beim Sex die Lust des anderen teilten. Gerade das machte es so mitreißend. Aber wenn er sie jetzt so ansah, dann mussten auf dem Weg, auf dem die Lust zwischen ihnen ausgetauscht wurde, auch andere Gefühle des Lebensgefährten empfunden werden. Beispielsweise Schmerzen. Beth fühlte seine Schmerzen. Auch wenn die von ihr auf ihn überspringende Lust ihm half, die Schmerzen zu lindern, musste sie diese ihrerseits so empfinden, als würde jemand auf sie einprügeln.

Scotty richtete sich halb auf, um ihr Einhalt zu gebieten, doch sie fasste nach seinen Händen, um sie festzuhalten, und nahm seine im Wachstum begriffene Erektion in den Mund.

Dieses Lustgefühl übertraf alles bislang Dagewesene, es ließ seinen Atem stocken, und er warf den Kopf in den Nacken. Dabei verdrängte die Lust seine Schmerzen zu einem nicht unerheblichen Teil. Es war so, als könnte sein Hirn die widersprüchlichen Botschaften, die sein Körper aussandte, nicht miteinander in Einklang bringen und als würde es sich deshalb einfach für die Lust entscheiden.

Gott sei Dank, dachte Scotty, während Beth unbeirrt weitermachte und die Schmerzen vertrieb. Als er nur noch Lust und sonst nichts mehr verspürte, öffnete er die Augen einen Spaltbreit und beobachtete Beth. Sie schien jetzt auch keine Schmerzen mehr zu spüren, wenn man nach ihren entspannten Gesichtszügen gehen konnte. Was ihn dabei zutiefst anrührte, war die Erkenntnis, dass sie den Schmerz ihm zuliebe ausgehalten hatte.

Die meisten Frauen wären auf größtmöglichen Abstand zu ihm gegangen, um einem solchen Schmerz aus dem Weg zu gehen, doch sie hatte diese Bürde ebenso mit ihm geteilt wie die Lust.

Mit einer Hand strich er über ihren Kopf und wunderte sich, dass sich ihre kurzen Haare so zart anfühlten wie das Fell eines Welpen. Seine andere Hand ließ er bis zu ihrer Brust wandern, die er sanft streichelte, was die Lust zwischen ihnen nur noch steigerte. Schließlich machte er aber wieder die Augen zu und genoss, was sie mit ihm machte. Unaufhaltsam näherten sie sich jener Finsternis, die ihm den Schmerz nehmen würde, ohne die Heilung zu unterbrechen.

»Du kannst nicht rausgehen«, beharrte Magnus auf seinem Standpunkt. »Du bleibst hier, bis wir herausgefunden haben, wer es auf dich abgesehen hat.«

»Aber ich brauche was zum Anziehen«, protestierte sie und sah entschlossen zwischen Magnus und Mortimer hin und her.

»Im Vorratstraum sind ein paar Sachen«, warf Mortimer ein, »die wir speziell für Fälle wie diesen da lagern.«

»Ich will aber *meine* Sachen haben«, gab sie zurück. »Und ich will meine Zahnbürste und meinen …«

»Du kannst nicht immer alles kriegen, was du willst«, hielt Magnus ungerührt dagegen.

»Hört zu, Leute«, redete sie auf die beiden ein. »Ich dreh hier bald am Rad! Ich muss mal aus diesem Haus raus. Aber ich will auch meine eigenen Sachen tragen. Ich fühle mich unbehaglich, wenn ich etwas aus dem Lager hier trage, obwohl meine Sachen nur ein paar Autominuten von hier entfernt rumliegen.« Nach kurzem Zögern fügte sie hinzu: »Außerdem hätte ich jetzt Lust auf Essen vom Chinesen oder Italiener. Nichts gegen Sam, aber ich bin nun mal Fleischesserin, und ich stehe nicht so sehr auf Blattsalat und Gemüsesuppe.«

»Da sagst du was«, merkte Mortimer seufzend an. Sam war im Augenblick auf einem Gesundheitstrip und zwang sie alle, genauso gesund zu essen wie sie selbst. »Ich schwöre euch, ich werde jede Art von Zeitschrift aus diesem Haus verbannen, wenn sie sich weiter auf jeden neuen Trend stürzt, der die Runde macht.« Er sah Magnus an und nickte. »Also gut, fahr mit ihr zu ihrem Apartment, damit sie ihre Sachen holen kann, und auf dem Rückweg bringt ihr von irgendwoher Essen für uns alle mit.« Nach kurzem Zögern korrigierte er sich: »Für alle, die Fleisch essen.«

»Brauche ich eine Jacke?«, fragte Beth an Mortimer gerichtet.

»Heute nicht. Es ist sehr angenehm draußen.«

Sie nickte und ging zur Tür.

»Das wird Scotty gar nicht gefallen«, gab er ihr warnend mit auf den Weg, während er ihr aus dem Büro folgte.

»Scotty wird davon gar nichts mitbekommen. Er schläft tief und fest«, gab Beth zurück. »Jetzt, wo der Heilungsprozess die schlimmste Phase hinter sich hat, kann er zum ersten Mal seit Tagen wieder schmerzfrei schlafen.«

Beth hatte Scotty seit dem Tag, an dem er nach dem Feuer aufgewacht war, noch einige Male »außer Gefecht gesetzt«. Auch wenn es jedes Mal mit wirklich üblen Schmerzen verbunden gewesen war, hatte sie durchgehalten. Schließlich hatte ihr Plan ja auch funktioniert, und Scotty war mit dem Höhepunkt wie gewünscht in eine tiefe Ohnmacht gesunken. Außerdem hatte sie ja das Gleiche erlebt wie er, und auch wenn es bei den ersten Malen anfangs für sie schwierig gewesen war, hatte ihr das Ende immer sehr gefallen … zu sehr sogar. Die letzten zwei Tage hatte sie das Bett gar nicht mehr verlassen. Nach ihrem ersten Anlauf, seine Schmerzen zu lindern, hatte er stundenlang wie tot geschlafen. Nach dem zweiten Mal war es genauso gelaufen, sodass seine Heilung während dieser beiden Phasen beachtliche Fortschritte hatte machen können. Beim dritten Mal waren seine Schmerzen längst nicht mehr so schlimm gewesen, und damit war es für sie beide zu einem viel erfreulicheren Erlebnis geworden.

Beim vierten Mal war sein Gesicht bereits so weit wiederhergestellt, dass er sie küssen konnte. Außerdem war die Initiative zum Lebensgefährtensex da von ihm ausgegangen. Das galt auch für das fünfte und das sechste Mal, als er sie mit leidenschaftlichen Küssen und zielstrebig umherwandernden Händen aus dem Schlaf geholt hatte. Beim siebten Mal war sie vor ihm aufgewacht und hatte seinem entspannten Gesicht ansehen können, dass er völlig frei von Schmerzen sein musste. Allerdings war er schrecklich blass, was sie zu der Erkenntnis brachte, dass sie überhaupt nicht an Blut und Essen gedacht hatten. Scotty brauchte jedoch beides, um den Heilungsprozess zum Abschluss zu bringen. Also war sie nach unten gegangen, um Käse und Kräcker zu holen – also das Einzige im Haus, das nicht unter Salat und Rohkost fiel.

Mit ihrer Ausbeute kehrte sie nach oben zurück, weckte Scotty auf und servierte ihm zum Essen auch noch ein paar Blutbeutel aus dem Kühlschrank in ihrem Zimmer. Den Rest des Tages verbrachten sie mit Essen, Reden, Lachen und Lebensgefährtensex.

Bei diesem letzten Mal war sie zuerst wach geworden, hatte sich zu Scotty umgedreht und ihn einfach nur angesehen … bis ihr bewusst wurde, dass sie die ganze Zeit über dämlich grinste und sich alle möglichen albernen Dinge überlegte, die sie heute und morgen und den Rest der Woche unternehmen konnten. Mit Sorge nahm sie die Tatsache zur Kenntnis, dass sie im Begriff war, sich in den Mistkerl zu verlieben und dazu noch eine Zukunft mit ihm zu planen. Eine Zukunft, von der sie nicht einmal wusste, ob er die mit ihr verbringen wollte oder nicht. Gewiss war nur, dass er nichts gesagt hatte, was man in diese Richtung hätte auslegen können.

Verblüfft darüber, wie dumm sie doch eigentlich war, was das Thema Liebe anging, hatte sie daraufhin das Bett verlassen, die Sachen angezogen, die Sam ihr auf den Stuhl gelegt hatte, und war dann ins Büro gegangen, wo sie von Magnus und Mortimer verlangt hatte, zu ihrer Wohnung gefahren zu werden, damit sie ihre Kleidung holen konnte.

Gott sei Dank waren sie damit einverstanden – oder besser gesagt: Mortimer war damit einverstanden, während Magnus sich widerwillig dieser Entscheidung fügte, ging es Beth durch den Kopf, als sie ihm durch die Hintertür aus dem Haus folgte. Schweigend gingen sie zur Garage, und dann betrat sie vor Magnus das Nebengebäude, da er ihr die Tür aufhielt. Beim Hineingehen wäre sie fast mit Odilia und Rickart zusammengestoßen.

»Hoppla«, rief sie erschrocken und vermied den Zusammenprall nur, indem sie einen Satz nach hinten machte – und dabei Magnus auf den Fuß trat und gegen seine Brust stieß.

Unwillkürlich mussten sie alle lachen, und Rickart sagte schließlich: »Es freut mich, dass du wieder auf den Beinen bist, Beth. Wie geht es Scotty?«

»Schon viel besser. In ein oder zwei Stunden sollte er auch wieder wach sein«, beteuerte sie und warf dann Odilia ein verhaltenes Lächeln zu. »Danke für die Blumen, das war sehr nett von dir.«

Odilia machte einen verlegenen Eindruck und meinte beiläufig: »Ich dachte mir, es macht dein Zimmer etwas freundlicher, und vor allem gibt es dann den vier kahlen Wänden noch was anderes, was du dir ansehen kannst, außer vier kahlen Wänden.«

Beth lächelte sie an. »Gute Idee. Nochmals danke, die sind wirklich wunderschön.«

»Und?« Rickart sah zwischen ihr und Magnus hin und her. »Was habt ihr zwei vor?«

»Beth will Sachen aus ihrem Apartment holen, und wir holen was zu essen«, antwortete Magnus. »Also fahre ich sie hin.«

»Ist das denn … ich meine, sollte sie … wäre es nicht besser, wenn …«

»Mortimer hat sein Okay gegeben«, sagte Magnus und bereitete Rickarts Gestammel ein Ende. »Er hat sogar vorgeschlagen, dass ich für jeden etwas zu essen mitbringen soll. Irgendwelche Wünsche?«

»Für mich nichts«, entgegnete Odilia sofort, ging an ihnen vorbei und fügte hinzu: »Ich habe gerade meine Schicht hinter mir. Ich will nur noch ein ausgiebiges Bad nehmen und mich dann schlafen legen. Aber danke für das Angebot.« Mit diesen Worten verließ sie die Halle.

»Und du Rickart?«, erkundigte sich Magnus.

Beth sah den anderen Vollstrecker erstaunt an. Sie hatte ihn für älter gehalten, etwa so alt wie Magnus und Scotty, aber wenn er noch aß, konnte das nicht der Fall sein.

»Ich komme mit und überlege mir unterwegs, was ich essen will«, entgegnete er schließlich. »Wir können dann auch gleich meinen Wagen nehmen.«

»Guter Mann«, meinte Magnus und folgte ihm nach draußen. Eine Hand legte er an Beths Rücken, um sie vor sich her nach draußen zu dirigieren.

»Schöner Wagen. Was die Farbe angeht, bin ich mir nicht so sicher, aber mir gefällt das Modell«, sagte Beth, als er sie zu einem senffarbenen Mustang führte.

»Ich wollte den eigentlich in metallicblau ausleihen, aber Odilia sollte nicht denken, dass ich ihr alles nachmache«, erklärte Rickart so betont laut, als wollte er, dass Odilia ihn hörte.«

»Ha, ha! Krieg dich wieder ein und gib endlich zu, dass du farbenblind bist«, kam Odilias Retoure aus dem übernächsten geparkten Wagen, dessen Fenster geöffnet waren.

Beth lächelte, als sie den metallicblauen Mercedes sah, den die andere Frau eben anließ. »Ich glaube, ihr Wagen gefällt mir besser.«

»Oh mein Gott, das bricht mir das Herz«, gab Rickart zurück und hielt ihr die Beifahrertür auf. »Das ist ein Mustang. Es gibt einfach keinen besseren Wagen.«

»Du musst das ja wissen«, sagte sie und nahm auf dem Beifahrersitz Platz. Sie winkte Odilia zu, als die hupend davonfuhr.

Aber nur Augenblicke später befanden sie sich auf dem Weg zur Ausfahrt dicht hinter Odilia.

Beth schwieg geduldig, nachdem sie das Tor passiert hatten und auf die Straße eingebogen waren. Sie schaffte es sogar, während der ersten zehn Minuten kein Wort zu sagen, doch dann hielt sie es nicht länger aus. »Wie ich sehe, scheinst du zu wissen, wo ich wohne.«

Rickart sah abrupt in ihre Richtung, dann warf er Magnus auf dem Rücksitz einen Blick zu, ehe er sich wieder auf die Straße konzentrierte und etwas Unverständliches murmelte.

»Tut mir leid, das ist irgendwie nicht richtig bei mir angekommen«, sagte Beth leichthin. »Hieß das gerade: ›Na, klar doch, Beth, das wussten wir doch alle. Immerhin ist dir doch Magnus schon seit hundert Jahren ständig auf den Fersen, um dich auszuspionieren‹?«

Als Rickart sich jetzt zu ihr umdrehte und sie fassungslos anstarrte, meldete sich Magnus mit ruhiger Stimme zu Wort: »Guck lieber auf die Straße, Rickart.« Dann herrschte einen Moment lang Schweigen. Rickart konzentrierte sich auf den Verkehr, während Magnus sich räusperte und fragte: »Hat Scotty es dir gesagt?«

»Nein, Matías hat es in seinen Gedanken entdeckt«, gab Beth mit finsterer Miene zurück und verschränkte die Arme vor der Brust.

»Er hat mich darum gebeten, weil er nicht wollte, dass dir etwas zustößt«, erklärte Magnus.

»Ich wüsste nicht, warum ihn das kümmern sollte. Er will mich nicht als Lebensgefährtin haben«, konterte sie aufgebracht, konnte sich aber nicht davon abhalten, ein »Stimmt doch, oder?« hinterherzuschicken, das so jämmerlich klang, dass sie sich selbst schütteln musste. Himmel, jetzt benahm sie sich doch tatsächlich wie eine von diesen bemitleidenswerten

Frauen, die Männern nachstellten, von denen sie wussten, dass die gar kein Interesse an ihnen hatten.

»Er kämpft mit sich«, antwortete Magnus nach einer Weile. Mit anderen Worten, er wollte sie nicht haben.

»Wieso? Was gibt es da zu kämpfen?«, fragte sie und drehte sich zu Magnus um.

Der zögerte einen Moment und schüttelte dann betreten den Kopf. »Das kann ich dir nicht sagen. Das musst du schon selbst herausfinden. Allerdings würde ich dir raten, ihn dazu zu bringen, dass er dir von seiner Mutter erzählt.«

»Von seiner Mutter?«, wiederholte Beth verdutzt und drehte sich wieder um. »Die Mutter ist wohl immer das Problem, wie?«

»Es sei denn, der Vater ist es«, sagte Magnus trocken, woraufhin Beth den Mund verzog. Sie selbst hatte schließlich Probleme mit ihrem Vater gehabt, weshalb sie sich sicher war, dass Magnus genau darauf anspielte. Aber diese Probleme hatte sie bewältigt. Das hatte zwar hundert Jahre gedauert, aber sie hatte es geschafft. Scotty dagegen schien auch nach achthundert Jahren immer noch Probleme mit seiner Mutter zu haben, wenn sie Magnus richtig verstanden hatte. Na toll!

»Da wären wir«, verkündete Rickart nur wenige Minuten später, als er auf den Parkplatz hinter ihrem Apartmentgebäude einbog. »Soll ich im Wagen warten? Oder soll ich mit euch raufkommen?«

»Komm lieber mit, für den Fall, dass es Probleme gibt«, erwiderte Magnus ohne zu zögern.

Beth glaubte zwar nicht, dass Rickarts Anwesenheit erforderlich war, aber es gab keinen Grund, ihn wie einen Chauffeur im Wagen warten zu lassen. Außerdem machte es schon was her, wenn sie von zwei Männern begleitet wurde, die beide deutlich über eins achtzig groß waren, fand Beth, während sie zum Aufzug ging und auf den Knopf drückte. Auf der Anzeige war zu sehen, wie der Aufzug zügig nach unten fuhr. Diesmal hatte nicht irgendein dummer Junge die Tasten für alle Etagen gedrückt, und es stieg auch sonst niemand ein oder aus, der sie allein dadurch aufgehalten hätte. Sie erreichten dann auch schnell ihre Etage, und Beth ging vor ihnen her zu ihrer Wohnungstür. Sie wollte soeben aufschließen, als Magnus seine Hand auf ihre legte.

»Du erlaubst?«, fragte er und schloss an ihrer Stelle auf. Beth verdrehte gereizt die Augen, da man sie offensichtlich wie ein hilfloses, schutzbedürftiges Weib behandelte. Dennoch machte sie einen Schritt nach hinten, um ihn gewähren zu lasen.

Als die Tür aufging, flog das Apartment zwar nicht in die Luft, aber Magnus bestand dennoch darauf, dass sie mit Rickart im Flur wartete, während er sich drinnen umsah. Vermutlich suchte er nach irgendwelchen Fallen oder nach Angreifern, die sich in ihrer Wohnung versteckt hielten. Sie fragte nicht nach, denn sie war viel zu sauer darüber, dass man sie wie eine sterbliche Zivilistin behandelte. Sie hätte selbst nach Fallen oder versteckten Angreifern suchen können, oder zumindest hätte sie ihm dabei helfen können. Immerhin war sie ja auch eine Jägerin.

»Alles in Ordnung«, verkündete Magnus, als er endlich nach draußen kam.

»Besten Dank«, gab Beth ironisch zurück und betrat ihr einstweiliges Zuhause.

»Hübsch hast du's hier«, merkte Rickart an, als er ihr nach drinnen folgte.

»Ich wohne hier zur Untermiete«, erklärte Beth und ging geradewegs in die Küche, um einen Blutbeutel aus dem Gefrierschrank zu holen. Sie hätte schon gleich nach dem Aufwachen einen Beutel trinken sollen, doch da hatte sie das

Schlafzimmer so schnell wie möglich verlassen wollen, um Scotty nicht zu wecken. »Ich habe es bis zum Herbstanfang gemietet. Bis dahin sind Dree und die anderen hoffentlich wieder zurück. Dann weiß ich auch eher, wo man mich stationieren wird.«

»Denkst du nicht, dass du weiterhin hier eingesetzt wirst?«, erkundigte sich Magnus.

»Ich weiß es nicht«, musste sie eingestehen. »Dree und Harper haben eine Wohnung hier in Toronto, aber die meiste Zeit des Jahres halten sie sich in irgendeiner Kleinstadt weiter südlich auf. Port irgendwas.« Sie zuckte mit den Schultern. »Wir werden sehen.«

Sie nahm den Blutbeutel und ging damit zum Schlafzimmer. »Im Kühlschrank findet ihr Saft und Blut. Die Fernbedienung für den Fernseher liegt auf dem Tisch. Fühlt euch wie zu Hause, ich werde nicht lange brauchen.«

Als sie das Schlafzimmer betrat, schob sie den Blutbeutel über ihre Fangzähne, ging zum Schrank und überlegte, was sie mitnehmen sollte. In dem Moment wurde ihr bewusst, dass sie vielleicht doch etwas länger brauchen würde als sie dachte. Dabei hatte sie nicht einmal eine Ahnung, was sie einpacken sollte. Wie lange würde sie im Haus der Vollstrecker bleiben? Was würde sie am ehesten brauchen, wenn sie dort einquartiert war? Musste sie damit rechnen, dass sie zum Abendessen ausgeführt wurde oder ein Date hatte? Und was würde Scotty am besten gefallen?

Oh ja, gerade die letzte Frage war der Beweis, wie tief sie in diese Sache schon verstrickt war. Noch nie hatte Beth sich darüber Gedanken gemacht, in welcher Kleidung ein Mann sie sehen wollte, wenn er mit ihr ausging. Sie hatte immer das getragen, was ihr selbst gefiel. Ja, sie interessierte sich eindeutig etwas zu sehr für Laird Cullen »Scotty« MacDonald.

Und das würde ihr sehr wahrscheinlich das Herz brechen, es sei denn, sie fand heraus, was es mit seiner Mutter auf sich hatte und inwiefern das wiederum damit zusammenhing, dass er keinen Anspruch auf sie erheben wollte. Anfangs hatte Beth gedacht, es könnte an dem Beruf liegen, den sie als Sterbliche ausgeübt hatte. Immerhin stellte es für viele Leute ein Problem dar, wenn die potenzielle Partnerin zuvor als Prostituierte gearbeitet hatte. Aber sie konnte sich beim besten Willen nicht vorstellen, dass Lady MacDonald eine Prostituierte gewesen sein sollte. Seufzend zog sie den leeren Beutel von den Fangzähnen und warf ihn auf die Kommode. Dann kramte sie die Reisetaschen heraus, legte sie aber gleich wieder weg und nahm stattdessen den Koffer. Wer konnte schon sagen, wie lange es dauern würde, denjenigen aufzuspüren, der ihr nach dem Leben trachtete? Sie brauchte genug Kleidung, um einen längeren Zeitraum überbrücken zu können, und zudem musste sie für alle Fälle gerüstet sein.

»Was?« Scotty sah Mortimer verständnislos an.

»Ich sagte, Magnus ist mit ihr zu ihrem Apartment gefahren, damit sie ein paar von ihren Sachen holen kann«, wiederholte Mortimer geduldig.

Scotty schüttelte den Kopf, da er kaum glauben konnte, was er da zu hören bekam. Erst vor ein paar Minuten war er aufgewacht, hatte sich zu Beth umgedreht und feststellen müssen, dass das Bett seit zwei Tagen zum ersten Mal leer war. Und prompt hatte ihn eine kleine Panikattacke heimgesucht. Er war tatsächlich regelrecht ausgeflippt und hatte fluchtartig das Bett verlassen, wobei er es irgendwie geschafft hatte, im Laufen die Hose anzuziehen und auf der Treppe sein Hemd zuzuknöpfen. Das war ihm kaum zur Hälfte gelungen, da hatte er bereits das Erdgeschoss erreicht. Den Rest erledigte er dann, als er von

Zimmer zu Zimmer rannte, dabei aber weder auf Beth noch auf sonst irgendwen stieß, bis er schließlich Mortimers Büro betrat und diesen dort mit Donny antraf.

»Aber sie sollte doch das Haus nicht verlassen«, entgegnete er auf Mortimers Erklärung.

»Beth hatte das Gefühl, dass ihr die Decke auf den Kopf fiel, außerdem wollte sie ihre eigenen Sachen zum Anziehen haben. Aber Magnus ist ja bei ihr«, versuchte Mortimer ihn zu beruhigen.

»Und Rickart ebenfalls«, fügte Donny an, woraufhin Mortimer ihm einen fragenden Blick zuwarf, auf den er prompt reagierte: »Ich habe sie alle mit Rickarts Wagen wegfahren sehen, als ich meinen Wagen in die Garage gestellt habe.«

»Siehst du?«, sagte Mortimer an Scotty gewandt. »Ihr wird schon nichts zustoßen.«

»Wann sind sie denn losgefahren?«, wollte er nur wissen.

»Das kann ich dir nicht so genau sagen.« Der Chef der Vollstrecker sah auf seine Armbanduhr und sagte mit einem fragenden Blick auf Donny: »Vielleicht vor einer Stunde?«

»Eher zwei«, korrigierte ihn der jüngere Unsterbliche.

»Hm, die Zeit vergeht eben wie im Flug, wenn man einer dilettantischen Horde von Vollstreckern nachjagt, die Abtrünnige zur Strecke bringen soll«, meinte Mortimer ironisch und fügte hinzu: »Vermutlich sind sie auf dem Rückweg und haben schon irgendwo etwas zu essen besorgt. Für eine telefonische Bestellung könnte es mittlerweile zu spät sein. Aber wenn du willst, rufe ich an und frage, wie es aussieht.«

»Ruf sie an«, bat Scotty in ernstem Tonfall. Dabei ging es ihm weniger um die Frage, ob er noch eine Bestellung aufgeben konnte oder nicht, als vielmehr um die Klarstellung, ob Beth in Sicherheit und bereits auf dem Rückweg war. Er konnte es nicht erwarten, sie wieder in seine Arme zu schließen – und nicht nur das. Er wollte sie in seinem Leben haben … nein, er *brauchte* sie in seinem Leben. Mit Beth zusammen zu sein war mit nichts von dem zu vergleichen, was er je erlebt hatte.

Natürlich war der Sex atemberaubend, aber das war nicht das Einzige. Es war auch die Art, wie sie in den letzten Tagen miteinander geredet, gelacht und jeder die Gesellschaft des anderen genossen hatten. Auch hatte sich herausgestellt, dass sie einiges gemeinsam hatten – viele gleiche Interessen und Ansichten –, und sogar in ihren moralischen Einstellungen stimmten sie in vielen Dingen überein. Wobei Letzteres für Scotty schon so etwas wie ein Schock gewesen war, da er sie immer als verrufene Frau gesehen hatte, obwohl das nur einen Aspekt ihres Lebens betraf. Beth war weitaus mehr als die Version einer Frau, für die er sie gehalten hatte. Diese letzten paar Tage hatten sie um viele Facetten reicher gemacht … nein, nicht erst die letzten paar Tage. Das war schon die ganze Zeit so gegangen, seit er nach Kanada gekommen und ihr wiederbegegnet war. Beth war wie ein Regenbogen, wie ein wundervolles Kaleidoskop aus Farben und Formen, das ihn unaufhörlich faszinierte.

Wenn sie an seiner Seite war, kam es ihm so vor, als würde sein Geist von einer Leichtigkeit erfasst, wie er es nach seiner Wandlung noch nie erlebt hatte. Er hatte das Gefühl, dass ihm eine zentnerschwere Last von den Schultern genommen wurde. Beth gab ihm das Gefühl, nicht länger allein zu sein, und ergänzte ihn auf wundervolle Weise.

Zum Teufel mit ihrer Vergangenheit, sagte er sich. Daran ließ sich nichts mehr ändern. Er war derjenige, der sich ändern musste, wenn er das Glück festhalten wollte, das ihm mit ihr widerfuhr. Und dieses Glück festzuhalten war genau das, was er wollte. Zu dieser Überzeugung war er am Morgen gekommen, als er sie betrachtet hatte, wie sie schlafend neben ihm gelegen hatte. Bevor er dann selbst auch wieder eingeschlafen war, hatte er sich vorgenommen, ihr all das zu sagen, sobald sie beide wach waren. Er hatte sich bei ihr dafür entschuldigen wollen, dass er ein solcher Idiot gewesen war. Er hatte ihr sagen wollen, dass sie eine Göttin unter den Frauen war und dass er ohne sie ein Nichts und Niemand war. Er hatte sie anflehen wollen, ihm seine Dummheit zu verzeihen, was er bis in alle Ewigkeit wiedergutmachen würde, wenn sie sich bloß damit einverstanden erklärte, seine Lebensgefährtin zu sein.

Aber diese Gelegenheit war ihm verwehrt geblieben, weil sie nicht neben ihm im Bett gelegen hatte, als er aufgewacht war. Seitdem wurde er das Gefühl nicht los, dass etwas nicht stimmte und er niemals wieder die Chance bekommen würde, seinen Anspruch auf die Frau zu erheben, die von seinem Herzen Besitz ergriffen hatte.

Ein lautes Freizeichen erfüllte den Raum, und Scottys Aufmerksamkeit kehrte zu Mortimer zurück. Der Mann hatte das Telefonat auf Lautsprecher geschaltet, wie ihm erst jetzt klar wurde, da der Ton abrupt endete und sich eine tiefe Stimme meldete: »Magnus hier. Gibt es ein Problem, Mortimer?«

»Nein, nein«, versicherte der Chef der Vollstrecker ihm sofort und fügte dann hinzu: »Scotty ist auf.«

»Ah«, machte Magnus nur.

»Genau«, gab Mortimer zurück. »Ich glaube, er wollte auch gern eine Bestellung aufgeben, aber vermutlich seid ihr schon auf dem Heimweg. Stimmt's?«

»Nein, wir sind noch bei Beth vorm Haus«, antwortete Magnus fast ein wenig betreten. »Das Packen hat mehr Zeit in Anspruch genommen als erwartet. Aber wir sind gerade auf dem Weg zum Wagen. Wir halten nur noch irgendwo an, um was zu essen zu besorgen, und dann machen wir uns auch schon auf den Rückweg.«

Scotty ging energischen Schritts zum Tisch, beugte sich über den Lautsprecher und herrschte den anderen Mann an: »Ihr haltet nirgendwo an, sondern kommt auf direktem Weg hierher zurück. Donny kann danach immer noch losfahren und irgendwo Essen holen.«

»Wir halten nur beim Drive-in an, Scotty«, entgegnete Magnus in seinem geduldigen Tonfall. »Da kann gar nichts passieren. Ich …«

»Kommt sofort zurück«, wiederholte Scotty eindringlich.

»Einen Moment«, sagte Magnus, der das Mikrofon offensichtlich zuhielt, da nur noch gedämpfte Stimmen und hin und wieder ein Rascheln zu hören waren.

Dann war Beth zu hören, die aus einiger Entfernung klar und deutlich verständlich rief: »Gib mir das Telefon! Jetzt gib mir schon das Telefon!«

Scotty straffte sich bei ihrem Tonfall.

»Hey!«, kam ihre Stimme laut und energisch aus dem Lautsprecher. »Hör zu, Cullen MacDonald! Du bist nicht mein Boss, und du hast mich auch nicht zu deiner Lebensgefährtin erklärt. Also hast du nicht das mindeste Recht, mich herumzukommandieren. Wenn ich irgendwo was zu essen holen will, dann werde ich das verdammt noch mal auch tun!«

Scotty stutzte. Seit er nach Kanada gekommen war, hatte er Beth eigentlich nur ruhig und ausgeglichen erlebt. Jedenfalls abgesehen von ihrem Streit in Kanada. Aber jetzt hörte sie sich auf einmal wieder an wie die alte Beth, die wütende und verletzte Beth. Irgendetwas musste vorgefallen sein, und vermutlich hatte es mit ihm zu tun. Er hätte sie heute Morgen doch besser aufwecken sollen, um ihr alles zu sagen. Da er das versäumt hatte und stattdessen eingeschlafen war, musste Beth weiterhin der Ansicht sein, dass alles immer noch beim Alten war und dass er immer noch der gleiche Idiot war, der es einfach nicht fertigbrachte, seinen Anspruch auf sie zu erheben.

»Genau genommen«, fuhr Beth im gleichen giftigen Tonfall fort, »kann ich auch hier in meiner Wohnung bleiben, wenn ich das will. Vielleicht mache ich das ja sogar, wenn du nichts anderes zu bieten hast, als den großen Boss zu geben, der …«

Eine laute Explosion schnitt ihr das Wort ab, und dann war die Leitung tot.

Entsetzen erfasste ihn und ließ ihn zur Tür herumwirbeln. »Donny!«

»Ich hole den Wagen!«, verkündete der jüngere Mann und rannte an ihm vorbei aus dem Büro.

Scotty folgte ihm dichtauf.

14

Beth schlug die Augen auf, drehte den Kopf auf dem Kissen nach rechts und schaute die blassgelbe Wand an, die es dort zu sehen gab. Seufzend machte sie die Augen wieder zu, da sie sich an das letzte Mal erinnerte, als sie aufgewacht war. Sie hatte sich groggy gefühlt und war von Schmerzen geplagt worden. Scotty hatte sie in seinen Armen gehalten, wobei in seinem Gesicht große Sorge um sie geschrieben stand. Dann war Rachel dazugekommen und hatte etwas erklärt, das sie beim besten Willen nicht hatte verstehen können. Und gleich danach war ihr wieder schwarz vor Augen geworden.

Als Beth diesmal aufwachte, nahm sie keine Schmerzen wahr, stattdessen war sie einfach nur wütend. Sie war die Schmerzen leid, ebenso die wiederholten Anschläge auf ihr Leben, und erst recht Scottys Zuckerbrot-und-Peitsche-Masche.

Erst war er gemein zu ihr, dann war er nett, dann auf einmal vögelte er sie nach allen Regeln der Kunst, und trotzdem war sie nicht gut genug für ihn, um Anspruch auf sie zu erheben? Ach, das Beste hätte sie ja fast vergessen: Er glaubte trotz allem, dass er das Recht hatte, ihr Vorschriften zu machen! Nicht, dass sie sich von ihm hätte rumkommandieren lassen, aber …

»Wie fühlst du dich?«

Sie machte die Augen wieder auf, drehte sich nach links und sah, dass Scotty in einem Sessel saß, den er neben das Bett geschoben hatte. Von dem ausgelassen lachenden Lover war nichts mehr zu erkennen, auch konnte sie nichts mehr von dem sorgenvollen Gesichtsausdruck entdecken, den sie zuvor bei ihm gesehen zu haben glaubte. Stattdessen saß er so weit nach hinten zurückgelehnt, als wollte er auf größtmöglichen Abstand zu ihr gehen, und zu allem Elend hatte er auch noch seine distanzierte Miene aufgesetzt. Das machte sie über alle Maße wütend. »Ich fühle mich, als wäre ich von einem Laster überrollt worden.«

»Nein, das tust du nicht«, gab er unbeeindruckt zurück. »Du bist fast vollständig geheilt. Rachel hat sich geweigert, den Tropf auch nur eine Minute früher abzunehmen.«

»Wenn du das weißt, warum fragst du mich dann überhaupt erst?«, gab sie murmelnd zurück und zog eine Augenbraue hoch. »Was ist passiert?«

Beth hatte keine Ahnung, wieso sie schon wieder im Bett liegen musste. Sie wusste noch, dass sie über Magnus' Handy Scotty die Meinung gesagt hatte. Dann war da auf einmal ein lauter Knall gewesen, und sie war von hinten von einem Laster überfahren worden – jedenfalls hatte es sich so angefühlt.

Mit einer Hand strich sich Scotty über die kurzen Haare, die auf seinem nunmehr verheilten Kopf zu sprießen begannen. »Rickart hat bei deinem Telefonat mit mir gewartet, dass es endlich weitergeht. Dabei kam ihm der Gedanke, den Motor schon mal ein wenig warm laufen zu lassen, also hat er ihn mit der Fernbedienung gestartet. Und dann ist der Mustang einfach in die Luft geflogen.«

»Er hat eine Fernbedienung, mit der er den Motor starten kann?«, fragte Beth leicht skeptisch.

»Ist das alles, was dir dazu einfällt?«, gab er ungläubig zurück.

»Nein«, versicherte sie ihm und kniff die Augen zusammen. »Ich wüsste gern, wo ich so was bekommen kann. Das wär doch was für kalte Tage.«

Mit einem wüsten Fluch auf den Lippen sprang er auf und ging an einer Seite des Betts auf und ab. »Du könntest jetzt tot sein, Beth. Du hast bloß Glück gehabt, und zum wiederholten Mal! Du solltest das Haus gar nicht verlassen. Wir hatten beschlossen …«

»*Du hast das beschlossen*«, unterbrach sie ihn mit einer Ruhe, die ihm abhandengekommen war. Lächelnd fuhr sie fort: »Ich habe mich mit überhaupt nichts einverstanden erklärt. Wenn ich sehe, wie du hier rumstampfst und brüllst, dann bestärkt mich das nur in meiner Meinung, dass du mal einen von diesen Kursen zum Wutmanagement besuchen solltest.«

Seinem wilden Blick und den zusammengepressten Lippen nach zu urteilen, war sich Beth sicher, dass er jeden Moment explodieren würde. Doch dann setzte er sich wieder in den Sessel und sah sie ungehalten an. »Wie geht es Magnus und Rickart?«, fragte sie schließlich.

»Die sind wieder auf den Beinen und beide ganz die alten«, antwortete er kurz und knapp. »Du hast zwischen Magnus und dem Wagen gestanden und hast ihn dadurch mit deinem Körper abgeschirmt. Und Rickart war schon immer jemand, der sich von Verletzungen rasch erholt hat.«

»Glück für die zwei«, sagte sie leise. »Die Explosion war nicht zufällig eine Fehlfunktion der Fernbedienung?«

»Es war eine Bombe«, erwiderte er nachdrücklich. »Sie war so präpariert, dass sie hochgeht, sobald der Motor gestartet wird. Der Bombenleger wusste ganz offenbar nichts von der Existenz einer Fernbedienung. Oder er hatte gehofft, dass die niemand benutzen würde. Beides ist denkbar.«

»Dann muss sie im Wagen versteckt worden sein, während ich meinen Koffer gepackt habe«, überlegte Beth. »Es gibt doch Überwachungskameras auf dem Parkplatz, wenn ich mich nicht irre. In der Tiefgarage sind auf jeden Fall welche angebracht.«

»Alles nur Attrappen.«

»Wirklich?«, fragte sie erschrocken.

Scotty nickte. »Damit sollen nur potenzielle Verbrecher abgeschreckt werden, aber sie zeichnen nichts auf. Das sind lediglich Attrappen.«

»Verdammt. Dann erhalten wir also immer noch keinen Hinweis darauf, wer diese Anschläge auf mich verübt«, sagte sie mürrisch. Schließlich seufzte sie und sagte: »Tja, zumindest ist damit für mich klar, dass ich mir eine neue Wohnung suchen muss, falls ich in Toronto bleiben sollte. Und zwar eine mit echten Überwachungskameras ringsherum.«

»Was meinst du mit ›falls du in Toronto bleiben solltest‹?«, fragte Scotty erschrocken. »Ich dachte, du bist hergezogen, um bei Drina zu sein.«

»Ja, aber sie verbringt die meiste Zeit in dieser Kleinstadt weiter südlich. Soll ganz schön sein. Und eben eine Kleinstadt. Da kennt jeder jeden, da kann kein Fremder dich auf Schritt und Tritt verfolgen, ohne dass andere darauf aufmerksam werden«, fügte Beth hinzu.

Scotty zog missmutig die Augenbrauen zusammen.

»Andererseits hat Toronto auch seinen Reiz«, fuhr sie fort. »Jede Menge Nachtclubs, sogar speziell für uns Unsterbliche. Ich meine, ich hätte irgendwo gelesen, dass im Großraum Toronto über sechs Millionen Menschen leben. Das sind rund drei Millionen, mit denen ich spielen kann. Für einen Single wie mich ist das wichtig«, ergänzte sie mit einem süßlichen Lächeln.

Scotty sah sie nur noch ausdruckslos an.

»Und dann will ich ja auch noch mein Unternehmen auf die Beine stellen«, fügte Beth hinzu.

»Dein Unternehmen?«, fragte er überrascht.

»M-hm«, machte sie und nickte. »Ich habe überlegt, dass wir eine Partnervermittlung für Unsterbliche gründen. Ich habe gehört, dass Drinas Tante Marguerite sehr gut darin sein soll, mögliche Lebensgefährten für Unsterbliche ausfindig zu machen. Man muss also nur für diejenigen, die ihren Lebensgefährten finden wollen, Partys in verschiedenen Städten veranstalten. Marguerite ist bei den Partys anwesend, lernt alle Gäste kennen, und anschließend kann sie uns sagen, wer potenziell zu wem passt. Es könnte sich dabei sogar herausstellen, dass ein paar von uns mehrere mögliche Lebensgefährten haben. Das wäre doch toll, oder?«

»Nein, wäre es nicht«, knurrte Scotty, stand wieder auf und ging im Zimmer hin und her.

Beth sah ihn verdutzt an und setzte sich auf. »Warum nicht? Mich willst du doch nicht haben. Wäre es da nicht besser, wenn wir eine andere mögliche Lebensgefährtin finden, die mehr deinen Vorstellungen entspricht?«

Scotty verzog den Mund und wandte sich ab, um aus dem Fenster zu sehen und ins Nichts zu starren. Er wollte keine andere Lebensgefährtin. Er wollte nur Beth. Doch als sie bei ihr vor dem Haus eingetroffen waren und sie blutend und verletzt vorgefunden hatten, da war es für ihn mehr, als er verkraften konnte. Schon wieder hätte er sie beinahe verloren, und schon wieder hatte sie leiden müssen. Er ertrug es nicht mit anzusehen, welche Schmerzen sie aushalten musste. Scotty hatte die ganze Zeit bei ihr am Bett gesessen, während sie geschlafen hatte und die Nanos damit beschäftigt gewesen waren, ihre Heilung voranzutreiben. Dabei konnte er nur immer daran denken, wie gern er ihr das alles ersparen würde, wie er ihr den Schmerz der Vergangenheit nehmen wollte, vor dem er sie nicht hatte bewahren können.

Dies konnte jedoch bedeuten, dass er Beth verlieren würde, wie ihm nur allzu sehr bewusst war. Wenn ihr die Vergangenheit genommen wurde, dann konnte sie das so sehr verändern, dass er nicht länger ein möglicher Lebensgefährte für sie war. Damit würde er alles verlieren, was er in ihr gefunden hatte. Schließlich würde sie sich dann auch nicht an ihn erinnern, wohingegen seine Erinnerung an sie keineswegs gelöscht wäre und er sie, da war er sich sicher, bis zu seinem letzten Atemzug lieben würde. Somit wäre er verdammt, den Rest seines Lebens allein zu verbringen und sich für immer und ewig nach der einen Frau zu sehnen, für die er nur ein Fremder sein würde. Doch er war bereit, all das in Kauf zu nehmen, wenn sie dadurch ein Leben frei von allem Schmerz und Elend führen konnte.

Abrupt drehte er sich zu ihr um und fragte: »Hast du jemals ernsthaft darüber nachgedacht, wie es wäre, wenn deine Erinnerungen gelöscht würden?«

Beth zuckte zusammen, als hätte er ihr eine Ohrfeige verpasst. Entsetzt sah sie ihn an, schließlich entgegnete sie: »Was meinst du damit?«

»Ein Drei-zu-eins. Eine Gedächtnislöschung. Sie würde all die schrecklichen Dinge ausradieren, mit denen du in deinem Leben konfrontiert worden bist«, sagte er und versuchte, so vernünftig wie möglich zu argumentieren. »Würde dir das nicht zusagen?«

Sie schüttelte den Kopf und kniff die Augen zu. »Ich kann es nicht fassen.«

»Was?«, hakte er verhalten nach.

Sie warf ihm einen betrübten Blick zu und sagte: »Das hast du schon mal in der Nacht vorgeschlagen, als du Dree und mich aus Jamiesons Fängen befreit hattest.«

Scotty wunderte sich, wieso sie mit einem Mal das Thema wechselte.

»Du hast sie beiseitegenommen, um mit ihr zu reden. Ich wusste, du wolltest dich unter vier Augen mit ihr unterhalten. Aber sie hatte ihr Schultertuch vergessen, und es war kalt und …« Sie unterbrach sich kurz, und nachdem sie sich geräuspert hatte, gestand sie ihm: »Nach allem, was passiert war, hatte ich entsetzliche Angst davor, allein zu sein. Also nahm ich das Schultertuch als Vorwand, um mich zu euch zu gesellen. Auf dem Weg dorthin hörte ich euch streiten, also blieb ich stehen und belauschte euch.«

Beth senkte den Blick und redete zögerlich weiter. »Damals hast du zu ihr gesagt, dass du unsere Anwesenheit im Haus dem Rat melden müsstest und dass ich offenbar meinen Verstand verloren hätte. Du hast gesagt, dass der Rat mich eher hinrichten würde, als mich auf die Menschheit loszulassen. Und du hast gesagt, dass mir zumindest mit einem Drei-zu-eins die Erinnerung genommen werden sollte.«

Scotty versteifte sich. Gab es eigentlich irgendwas, was sie nicht wusste?

»Aber Dree wollte das nicht zulassen«, fuhr sie fort. »Sie sagte, sie würde die Verantwortung für mich übernehmen und noch in derselben Nacht mit mir nach Spanien aufbrechen. Du müsstest ihr schon eine Schwertspitze an den Hals drücken, um sie daran zu hindern. Sie drohte damit, das nicht einfach so hinzunehmen, sondern ihren Bruder und ihren Onkel in die Sache mit hineinzuziehen und notfalls einen Krieg vom Zaun zu brechen. Aber auf keinen Fall würde sie dich in meine Nähe lassen.«

»Ich wusste nicht, dass du das mit angehört hast«, erwiderte er, als sie verstummt war, und fügte in sanftem Tonfall hinzu: »Aber du warst in der Nacht tatsächlich halb von Sinnen, Mädchen. Um nicht zu sagen voll und ganz. Der Rat hätte auf deiner Hinrichtung bestanden, und ich dachte, wenn man all die schlimmen Erinnerungen löscht … na ja, da dachte ich halt, dass du ohne all das Grauen, das dir zu schaffen machte, besser dran wärst.«

»Aber mir wäre nicht nur das Grauen genommen worden, nicht wahr?«, fragte Beth leise und hob den Kopf, um Scotty anzusehen. »Wenn du all meine Erinnerungen bis zurück zu meinem zehnten Lebensjahr löschen wolltest, wäre mir damit womöglich auch meine Persönlichkeit genommen worden.«

»Bis zu deinem zehnten Lebensjahr?«, hakte er irritiert nach.

»Ja glaubst du denn, die schlechten Erinnerungen haben erst mit Jamieson begonnen?«, konterte sie zynisch. »Er war bloß das erste *unsterbliche* Ungeheuer in meinem Leben. Vor ihm hatte es unzählige *sterbliche* Ungeheuer gegeben.«

Scotty stutzte. In der Nacht, in der er Beth begegnet war, hatte er gedacht, er könne sie nicht lesen, weil sie verrückt war, in den Wahnsinn getrieben von den Traumata, die Jamieson ihr beschert hatte. Nach allem, was er in diesem Leichenhaus gesehen hatte, aus dem sie Drina und Beth gerettet hatten, war das die nächstliegende Erklärung gewesen. Erst als Drina und Beth bereits nach Spanien in See gestochen waren, hatte er gemerkt, dass sein Appetit auf Speisen wiedererwacht war … und dass andere ihn auf einmal erschreckend leicht lesen konnten. Zwei untrügliche Anzeichen dafür, dass ein Unsterblicher seiner Lebensgefährtin begegnet war.

Dummerweise hatte Scotty das nicht mit Beth in Verbindung gebracht, zumal sie bei ihm auch kein sexuelles Verlangen geweckt hatte. Erst jetzt wurde ihm klar, dass die Situation und die Verfassung, in der sich Beth und Drina befunden hatten, in keiner Weise dazu angetan gewesen waren, in diesem Moment an Sex überhaupt auch nur zu denken. Außerdem war es zwischen ihnen beiden zu keinem körperlichen Kontakt gekommen. Aber das hatte er zu der Zeit alles nicht in Erwägung gezogen und anderswo nach der Lebensgefährtin gesucht, der er begegnet sein musste.

Erst Monate später war Scotty klar geworden, dass sie diejenige war. Ihm war zu Ohren gekommen, dass Drina Beth für geheilt hielt und dass diese bereit sei, zur Jägerin ausgebildet zu werden. Also war er nach Spanien aufgebrochen, um den dortigen Rat zu warnen, dass die Frau nicht bei Verstand sei und demzufolge nicht ausgebildet werden dürfe. Und erst auf dieser Reise wurde ihm der Fehler bewusst, der ihm unterlaufen war.

Es war in der ersten Nacht gewesen, die er auf spanischem Boden verbracht hatte. Er war im Haus von Drinas Bruder untergebracht, und Drina kam mit Beth auf dem Weg zum Training kurz zu Besuch. Er war erst ein paar Stunden vor Tagesanbruch eingetroffen, doch der Rat hatte bereits auf ihn gewartet, und in der Zeit bis zum Sonnenaufgang hatte er versucht, diesen davon zu überzeugen, die Frau nicht zur Jägerin auszubilden. Ganz so beharrlich hatte er seinen Standpunkt allerdings auch wieder nicht vertreten, wie er selbst zugeben musste. Drinas Bruder hatte zu Beths Gunsten ausgesagt und erklärt, sie sei nicht wahnsinnig. Er hatte ins Feld geführt, dass man von ihrer Reaktion auf eine traumatische Nacht nicht auf ihren generellen Geisteszustand schließen dürfe. Zudem hatte Drinas Bruder ihn darauf hingewiesen, dass ihn Beths Ausbildung oder ihre geistige Verfassung ohnehin nichts angingen.

Dabei hatte der Bruder sich längst die Frage gestellt, warum Scotty sich auf den Weg nach Spanien gemacht hatte. Sollte die Frau tatsächlich wahnsinnig sein, dann wäre das einzig und allein das Problem des Spanischen Rats. Er hatte seine Einschätzung vorgetragen, aber alles Weitere war nicht seine Angelegenheit.

Es war früher Morgen, als die Besprechung zu Ende ging. Scotty wurde zu seinem Zimmer gebracht, wo er sich sofort ins

Bett legte, doch Schlaf wollte sich nicht einstellen. Stattdessen erlebte er eine Reihe von erotischen Träumen, in denen eine wunderschöne rothaarige Fremde die Hauptrolle spielte. Er wusste nicht, dass er einen geteilten Traum erlebte, bis er nach dem Aufstehen seinen Gastgeber aufsuchen wollte, um sich vor seiner Abreise noch für dessen Gastfreundschaft zu bedanken. Als er die Treppe runterging, sah er unten Beth zur Haustür laufen. Ein Blick genügte, um zu wissen, dass sie die Frau aus seinen Träumen war. Als sie die Tür öffnete, hörte er Drina rufen: »Beeil dich, Beth. Wir kommen sonst zu spät.« In dem Moment wusste Scotty, wer die Rothaarige war. Sie war längst aus seinem Blickfeld verschwunden, da stand er noch immer auf der Treppe und konnte es nicht fassen, dass sie die blutverschmierte Verrückte war, die er gerettet hatte.

Als Drinas Bruder Stephano ihn kurz darauf auf der Treppe antraf, begann Scotty ihn nach Beth auszufragen. Dabei erfuhr er, dass sie vor ihrer Wandlung als Prostituierte gearbeitet hatte, dass Drina ihre Zuhälterin gewesen war, dass sie wütend und verbittert war und dass sie immer noch mit den schrecklichen Erlebnissen in ihrer Vergangenheit zu kämpfen hatte. Stephano hoffte, dass die Arbeit als Vollstreckerin ihr helfen würde, diese Erlebnisse zu verarbeiten.

Mit Gedanken und Gefühlen, so widersprüchlich wie nie zuvor in seinem Leben, war Scotty völlig verwirrt aus Spanien abgereist. Es war ein Schock für ihn, dass sie seine Lebensgefährtin war, und nicht etwa irgendeine Frau in England, wie er bis dahin vermutet hatte. Er war um ihr Wohlergehen besorgt und wollte ihr helfen, ihre Vergangenheit zu verarbeiten, empfand zugleich aber auch Unbehagen bei der Vorstellung, womit sie als Sterbliche ihren Lebensunterhalt bestritten hatte. Scotty stellte jedoch dieses Unbehagen zurück und ließ die Sorge um Beth alles andere überwiegen. Er hielt sich auf dem

Laufenden, was ihre Ausbildung anging, so wie er später ihre Einsätze als Jägerin verfolgte. Um ihre Sicherheit zu gewährleisten, schickte er Magnus los, damit der auf sie aufpasste und immer dann eingriff, wenn er es für nötig hielt.

Als Magnus den Grund hierfür hinterfragte, gab Scotty ihm gegenüber zu, dass Beth eine mögliche Lebensgefährtin für ihn war und dass er der Ansicht sei, sie müsse erst noch mit ihrer Vergangenheit abschließen, bevor er einen Anspruch auf sie erheben wollte. Bis zu einem gewissen Grad hatte er diese Behauptung sogar selbst geglaubt. Oder zumindest hatte er gehofft, dass sie zutraf. Beth war zu der Zeit schroff und voller Zorn gewesen, und wenn es sein musste, legte sie sich mit der ganzen Welt an. Er dachte, dass er in der Zeit, die sie brauchte, um ihre Vergangenheit zu verarbeiten, es schaffen könnte, diese Vergangenheit zu akzeptieren. Anstatt sich aber seinen Problemen mit ihrer Vorgeschichte zu stellen und sie zu überwinden, kehrte er sie immer wieder unter den Teppich und konzentrierte sich nur auf *ihr* Ringen mit der Vergangenheit.

Seufzend ließ er sich in den Sessel sinken und sah Beth an: »Warum solltest du alle Erinnerungen bis zurück zu deinem zehnten Lebensjahr löschen lassen?«

Beth ließ ein wenig betreten den Kopf sinken und schaute auf ihre Hände. Als von ihr auch nach einer Weile noch keine Reaktion gekommen war, fuhr er fort: »Ich habe gehört, wie du Rachel von deiner Kindheit erzählt hast. Von deiner Mutter und deinen Schwestern und eurem Marktstand und deinem trunksüchtigen und gewalttätigen Vater. Deine Erzählung endete mit dem Zeitpunkt, als deine Mutter und Ruthie beide gestorben waren und du erst zehn Jahre alt warst. Was geschah dann?«

Von Beth schlug ihm so lange nur Schweigen entgegen, dass er schon glaubte, sie würde ihm gar keine Antwort mehr geben.

Eben wollte er seine Frage wiederholen, da hob sie den Kopf und setzte zum Reden an.

»Als ich Rachel davon erzählte, habe ich gesagt, dass ich alle Pasteten verkauft hatte, mit denen ich nach dem Tod meiner Mutter auf den Markt gegangen war«, sagte sie leise. Ihm entging nicht, dass ihr Akzent wieder deutlich zu hören war. »Ich habe nicht erwähnt, dass ich an dem Tag das eingenommene Geld nicht nach Hause brachte.« Sie verzog einen Mundwinkel. »Dafür war ich zu klug, oder besser gesagt: Ich hielt mich für klüger als meine Mutter. Ich war entschlossen, mir von Vater nicht das Geld abnehmen zu lassen, das er immer aus meiner Mutter herausgeprügelt hatte. Ich hatte nicht vor, ihm mein mühsam verdientes Geld zu überlassen, nur damit er losziehen und sich volllaufen lassen konnte. Also ging ich an dem Tag hin und bezahlte etwas von den Schulden, die wir bei anderen Leuten hatten, und auf dem Heimweg kaufte ich das, was ich für den nächsten Tag zum Backen brauchte. Das wenige, was danach noch übrig war, steckte ich in einen von Ruthies alten Strümpfen und deponierte es in der Mauer hinter einem Ziegelstein, den ich viele Jahre zuvor in mühevoller Kleinarbeit freigekratzt hatte, um da notfalls mal etwas verstecken zu können«, erklärte sie und ließ wieder den Kopf sinken, ehe sie mit einem Seufzer betrübt fortfuhr: »Ich hielt mich für besonders schlau, musste aber feststellen, dass ich mich geirrt hatte. Mein Vater belehrte mich schnell eines Besseren. Mutter hatte auch immer irgendwelche offenen Rechnungen beglichen und auf dem Heimweg die Zutaten für die nächsten Pasteten gekauft. Aber dabei hatte sie immer darauf geachtet, dass ein paar Münzen für meinen Vater übrig blieben, damit er sein Bier bezahlen konnte. Sie steckte dafür auch ein paar Ohrfeigen ein, damit er glaubte, dass sie ihm alles gegeben hatte, was an Geld da war. Er durchschaute das Spiel sehr wohl, spielte aber mit, solange sie genug rausrückte.«

Beth rutschte auf dem Bett bis ganz nach oben, dann ließ sie den Kopf in den Nacken sinken und starrte an die Decke. »Als ich das erste Mal ohne Geld nach Hause kam, verprügelte er mich nach Strich und Faden, sodass ich fast eine Woche nicht mehr gehen konnte.«

Scotty ballte die Fäuste bei der Vorstellung, dass ein erwachsener Mann die junge Beth so brutal misshandelt hatte. Doch er hielt den Mund und ließ sie weiterreden.

»Als ich das zweite Mal ohne Geld nach Hause kam, sagte er nur: ›Das wird dir noch leidtun. Du wirst schon sehen.‹ Aber ich sah nichts, weil nichts passierte. Als ich ein drittes Mal ohne Geld vom Markt nach Hause kam, sagte mein Vater nur: ›Jetzt wirst du sehen.‹ Dann packte er mich und schleifte mich hinter sich her aus dem Haus, quer durch die Stadt in das übelste Viertel. Es war das Viertel, über das Mutter immer sagte, dass kein anständiges Mädchen jemals dort gesehen werden sollte. Das Haus, in das er mich brachte, sah eigentlich ganz hübsch aus. Ich hatte keine Ahnung was das alles sollte – bis das erledigt war, wofür er mich hergebracht hatte: Er hatte mich an eine Bordellbetreiberin verkauft.«

Nun ließ Scotty den Kopf sinken und musste das Schluchzen unterdrücken, das durch das Mitgefühl für die zehnjährige Beth in ihm hervorgerufen wurde.

»Tja, offenbar war ich doch nicht so schlau gewesen«, räumte sie zynisch ein. »Als er mich beim zweiten Mal nicht schlug, dachte ich, er hätte aufgegeben. Ich dachte, Mutter hätte sich ihm nur ein Mal verweigern und dafür ein Mal heftige Prügel einstecken müssen, und dass er uns dann in Ruhe ließ. In Wahrheit hatte er mich beim zweiten Mal nur deshalb nicht geschlagen, weil er längst beschlossen hatte, was er mit mir machen würde. Er wusste, die Bordellbesitzerin würde nicht viel für mich bezahlen, wenn er mich dort grün und blau geschlagen ablieferte.«

Als Scotty den Kopf hob, bekam er gerade noch mit, wie sie eine Träne wegwischte. Dann räusperte sie sich und erzählte weiter. »Allerdings waren die blauen Flecke seiner ersten Prügelattacke noch nicht verblasst, weshalb sie weniger bezahlte, als er sich erhofft hatte. Trotzdem war es noch eine stolze Summe, jedenfalls mehr Geld, als ich mir jemals hätte vorstellen können.« Sie drehte den Kopf zur Seite und sah Scotty an. »Es scheint, dass wir Mädchen unter zwölf aus jeder beliebigen Schicht wegen unserer Jungfräulichkeit so begehrt waren. Lords und feine Lairds zahlten einen hohen Preis für ein junges, unerfahrenes Ding. Daher kauften Bordellbesitzer habgierigen Eltern oder anderen Verwandten solche Mädchen ab, um sie dann an den Meistbietenden zu versteigern.«

Abermals starrte sie die Decke an und zuckte mit den Schultern. »Aber wie ich schon sagte, bekam mein Vater nicht ganz so viel für mich. Ich hatte noch ein paar blaue Flecken, und das hieß für die Bordellbetreiberin, dass sie warten musste, bis diese völlig verblasst waren. Ich musste also noch eine ganze Weile durchgefüttert werden, bis ich verkauft werden konnte. Meinem Vater gefiel das überhaupt nicht, aber er hatte keine andere Wahl. Also wurde ich für eine Woche in ein Zimmer gesperrt, täglich gefüttert und gebadet, bis die Auktion anstand. Das war schon ziemlich unheimlich«, gestand sie ihm. »Dabei war der erste Teil gar nicht so übel. Ich wurde gebadet und einparfümiert, meine Haare wurden gewaschen, gekämmt und sorgfältig gebürstet. Aber dann musste ich ein weißes Kleid anziehen und durch einen Raum stolzieren, in dem sich nur gruselige alte Männer aufhielten. Die Art, wie sie mich anstarrten …«

Beth schüttelte sich, und Scotty musste gegen gallebitteren Geschmack in seinem Hals ankämpfen.

»Aber dann verlangten sie von mir, dass ich mich ausziehen sollte«, redete sie fast im Flüsterton weiter. »Natürlich weigerte ich mich und wehrte mich, als sie mit Gewalt versuchten, mir das Kleid auszuziehen. Am Ende wurde es mir einfach vom Leib gerissen, und ich stand zitternd und weinend vor diesen Männern mit ihren gierigen Blicken. Sie brachten ihre Gebote vor, und ich wurde von zwei anderen Frauen in ein Zimmer gebracht, wo sie mich zwangen, irgendetwas widerwärtig Schmeckendes zu trinken. Dann legten sie mich in ein Bett und redeten die ganze Zeit über auf mich ein, was für ein großes Glück ich hätte, dass der Mann, der mich ersteigert hatte, so nett und sanft sei. Er wollte nur keine Gegenwehr und auch keine Schreie, weshalb sie mir dieses Mittel verabreichten. Sie sagten: ›Viele von den Gentlemen mögen es, wenn das Mädchen sich wehrt, und es gefällt ihnen auch, einem Mädchen wehzutun, weißt du?‹ Aber ich wusste es natürlich nicht, und ich verstand es auch nicht. Ich wusste nicht, was sie mir eingeflößt hatten, auf jeden Fall hatte ich kaum mehr Kontrolle über mich. Als die Frauen gegangen waren, versuchte ich zu entkommen. Das Fenster in dem Zimmer, in das sie mich zuerst gebracht hatten, war zugenagelt, also gab es für mich keinen Fluchtweg. Aber das Fenster hier war nicht verbarrikadiert, und ich dachte mir, wenn ich bis dahin komme und es schaffe rauszuklettern …« Beth schüttelte den Kopf. »Ich hatte meine Arme und Beine nicht mal genügend unter Kontrolle, um das Bett zu verlassen. Ganz zu schweigen davon, es bis zum Fenster zu schaffen. Und dann wurde der ›nette Gentleman‹ hereingeführt, und für mich gab es kein Entrinnen mehr.«

Sie ließ den Kopf sinken und starrte auf ihre Hände, als gäbe es außer ihnen nichts anderes auf der Welt. Am liebsten hätte

Scotty sie an sich gezogen und sie festgehalten, bis die Schmerzen nachließen. Auch hätte er ihr am liebsten gesagt, dass er von all dem nichts mehr hören wollte. Doch er schwieg und wartete geduldig ab.

»Mag sein, dass er ein netter Mann war, aber kein Mann möchte ausgelacht werden«, sagte Beth nach einer Weile. »Vielleicht lag es an dem Mittel, das sie mir eingeflößt hatten, vielleicht war ich auch einfach nur hysterisch. Auf jeden Fall zog er sich aus und stand dann vor mir, und ich dachte in dem Moment, dass ich noch nie etwas so Komisches gesehen hatte wie diesen Mann.« Sie sah kurz hoch und gab zu: »Ich hatte noch nie zuvor einen nackten Mann gesehen. Das Höchste der Gefühle war mein Vater in seinem Nachthemd, das so ziemlich alles bedeckte – bis auf seine haarigen Füße. Aber dieser Anblick …« Sie schüttelte nachdenklich den Kopf. »Er sah aus wie ein gerupftes Huhn, dazu das hängende Kinn, die schmalen Schultern und die dürren Hühnerbeine, über denen ein dicker, fetter Bauch waberte. Ich musste einfach lachen, und ich konnte nicht mehr aufhören. Das machte ihn wütend, und wahrscheinlich war er deswegen auch nicht nett und sanft zu mir. Aber immerhin brachte er es schnell hinter sich, und nachdem er gegangen war, konnte ich mich in den Schlaf weinen.«

Scotty beobachtete, wie sie tief durchatmete und mit einem Mal viel stärker wirkte. »Nach der Vergewaltigung sank mein Wert natürlich ganz rapide. Für dieses Bordell war ich nicht mehr von Nutzen.« Erklärend fügte sie an: »Dieses spezielle Etablissement bot nur die allerschönsten Frauen feil.«

»Du bist wunderschön«, sagte er so leise, dass er schon dachte, sie hätte ihn nicht gehört.

»Nein«, widersprach sie und erklärte, als wäre das eine Neuigkeit: »Ich habe rotes Haar.«

»Deine Haare sind auch wunderschön.«

»Die Engländer mögen keine roten Haare«, konterte sie.

»Die Engländer sind Idioten.«

»Und meine Sommersprossen gefallen ihnen auch nicht.«

»Ich liebe deine Sommersprossen.«

Sie ging nicht darauf ein. »Ich entsprach einfach nicht den Vorstellungen. Und aufsässig war ich auch.«

Es entging Scotty nicht, dass sie den letzten Satz mit einem Anflug von Genugtuung aussprach.

Und voller Stolz fügte sie hinzu: »Außerdem gefiel es ihnen gar nicht, dass ich immer wieder versuchte zu entkommen. Also wurde ich weiterversteigert, diesmal allerdings vor einer Truppe von Schlägertypen.«

»Mein Gott«, hauchte er.

»Der Meistbietende war ein Mann namens Danny Olsen. Er hatte schon drei Mädchen, ich war die Nummer vier. Erst einmal ritt er mich ein, was nichts anderes hieß, als dass ich drei Tage lang von ihm vergewaltigt wurde. Danach sperrte er mich in ein Zimmer, das nur aufgeschlossen wurde, um einen Freier hereinzulassen. Obwohl er mich eingeritten hatte, war ich nicht willig. Deshalb schickte er mir vorzugsweise die Freier, denen es gefiel, wenn eine Frau sich sträubt. Und für ein Pfund mehr konnten sie mich nach Belieben verprügeln, solange keine dauerhaften Spuren zurückblieben.«

Die Wut über solche Männer ließ einen Moment lang seinen Atem stocken. Er kochte vor Wut und fühlte sich zugleich völlig hilflos, da es viel zu spät war, um noch irgendetwas ungeschehen zu machen. Aber ihm fiel auch auf, dass sie diese Dinge scheinbar ohne jegliche Gefühlsregung erzählte, ganz so, als würde sie lediglich etwas wiedergeben, was ihr zu Ohren gekommen war. Es schien so, als hätte sich Beth ganz und gar von diesen Geschehnissen distanziert, was es für ihn nur noch schlimmer machte, ihr dabei zuzuhören.

»Wir wurden gewarnt, nur ja nicht wegzulaufen. Danny sagte, dass er den Straßenkindern ein Pfund zahlte, wenn sie mitbekamen, wohin wir entkommen waren, und es ihm berichteten. Ich war immer nett zu den Kindern und gab ihnen das wenige Geld, das ich beiseiteschaffen konnte von dem Trinkgeld, das manche Freier mir überließen. Meistens die, die mich gröber behandelten. Je rauer sie mit mir umgingen, umso größer war das schlechte Gewissen und umso wahrscheinlicher, dass sie mir ein oder zwei Münzen zusätzlich auf meinen ramponierten Leib warfen, wenn sie fertig waren. Ich gab all diese Münzen den Kindern auf der Straße, weil ich hoffte, dass sie mich nicht verraten würden, wenn ich fortlief.« Sie verzog kurz den Mund und zuckte mit den Schultern. »Aber auf der Straße ist es kalt, und diese Kinder hatten immer Hunger, und letztlich ist ein Pfund ein Pfund. Jedes Mal, wenn ich wegrannte, bekamen sie ihr Geld, dann wurde ich zurückgeschleift, brutal verprügelt und wieder in das Zimmer eingeschlossen. Dennoch versuchte ich es immer wieder. Ich glaube, ich war siebzehn, als ich den letzten Anlauf unternahm.«

»Siebzehn?«, fragte Scotty entsetzt. Sieben Jahre lang hatte man sie in diesem Zimmer festgehalten, geschlagen und vergewaltigt? »Du *glaubst*, du warst siebzehn?«

»Ja, in dem Zimmer verlor ich jegliches Zeitgefühl«, erklärte sie fast beiläufig. »Ich kann dir nicht sagen, wie alt ich genau war, als ich das letzte Mal weglief. Ich schätze, dass ich siebzehn war. Jedenfalls hatte Danny endgültig die Nase voll. Er hatte genug davon, mir ständig hinterherzurennen, und er hatte genug von dem Ärger, den ich ihm bescherte. Außerdem hatte er zu der Zeit bereits dreizehn Frauen, da wird er sich wohl gedacht haben, dass es auf eine mehr oder weniger nicht ankommt. Und schließlich konnte ich auch noch als abschreckendes Beispiel dafür herhalten, was die anderen Frauen erwartete, wenn sie ihm zu viel Ärger bereiteten. Als er mich an dem Abend zu fassen bekam, sagte er mir ohne Umschweife, dass er vorhatte, mich totzuprügeln und meine Leiche in der Gasse für alle sichtbar zurückzulassen, damit die anderen Frauen von ihren Fenstern aus mit ansehen mussten, wie ich von den Ratten angefressen wurde.«

Scotty vergrub das Gesicht in seinen Händen, während sie weiterredete: »Zum Glück tauchte Dree in dem Moment auf. Sie kannte mich nicht, und sie wusste auch nicht, dass Danny mich umbringen wollte. Sie sah nur, dass er mich schlug, und ging dazwischen. Sie zerrte ihn von mir weg, als wäre er so leicht und wehrlos wie ein Säugling. Das machte ihn nur noch wütender, und vermutlich bereitete es ihm auch eine Heidenangst. Dummerweise zog er sein Messer, was sich als schwerwiegender Fehler entpuppen sollte. Dree packte ihn und schleuderte ihn meterweit durch die Gasse. Dabei landete er genau auf seinem Messer und war auf der Stelle tot. Dann half Dree mir auf die Beine und fragte, wohin sie mich bringen sollte. Mir fiel nichts anderes ein als das Bordell, also trug sie mich dorthin. Vermutlich dachte sie, dass sie mich da abliefern und sich wieder auf den Weg machen konnte, weil sich dort jemand um meine Verletzungen kümmern würde. Aber dann fand sie ein Haus voll mit geschlagenen und ausgenutzten Frauen vor, die fast alle noch jünger waren als ich. Keine von ihnen hatte eine Ahnung, was sie mit meinen Verletzungen machen sollte. Also musste Dree bleiben und sich selbst um mich kümmern.« Mit einem Schulterzucken fuhr sie fort: »Ich glaube, der Anblick dieser anderen Frauen war für sie ein Schock gewesen. Sie hatte wohl gedacht, dass sie alle froh sein würden, von ihrem Peiniger befreit worden zu sein, doch stattdessen waren sie alle in Panik, weil unser Zuhälter nicht mehr da war. In ihrer Vorstellung war ein schlechter Zuhälter immer noch besser als keiner, und sie gaben Dree die Schuld daran. Anstatt froh zu sein, fragten sie ängstlich, wer sie denn jetzt beschützen sollte.«

Beth hielt kurz inne, schürzte die Lippen und sagte: »Ausgenommen Mary. Großmaul-Mary, wie Dree sie nannte. Allerdings auf liebevolle Weise. In dieser ersten Nacht stellte sich Mary vor Dree hin und erklärte kurzerhand, da sie diejenige sei, die unseren Beschützer umgebracht hatte, müsse sie jetzt dessen Platz einnehmen.« Beth konnte sich bei der Erinnerung daran ein Grinsen nicht verkneifen. »Sie redeten Dree ein schlechtes Gewissen ein, und als ich schließlich weit genug genesen war, um mein Bett zu verlassen, da war mit einem Mal alles anders.«

Scotty betrachtete sie neugierig, da ihm nicht entging, dass sie viel lebendiger erzählte und fast schon ein wenig geschwätzig rüberkam. »Anfangs wollte Dree uns dazu bewegen, das Haus zu verlassen und zu unseren Familien zurückzukehren oder eine andere Arbeit zu suchen. Aber die meisten von uns hatten keine Familie mehr, und ich war auch nicht die Einzige, die vom eigenen Vater an ein Bordell verkauft worden war. Keine von uns war zur Schule gegangen, wir hatten allesamt keine Ausbildung. Wir konnten weder als Dienstmädchen noch als Verkäuferin arbeiten, weil wir nicht die geringste Ahnung hatte, was da zu tun war. Also machten wir weiter das, womit wir uns auskannten.«

Scotty stutzte, als ihm bewusst wurde, dass sie weiter als Prostituierte gearbeitet hatte, obwohl sie diesem Milieu hätte entkommen können.

»Aber jetzt war alles viel besser. Wir wurden weder von ihr noch von den Freiern geschlagen, denn Dree ließ das nicht zu. Sie wohnte bei uns und beschützte uns. Sie steckte sogar ihr Geld in Renovierungen für das Haus. Alles lief bestens, jedenfalls in der ersten Zeit«, murmelte sie und setzte einen verdrießlichen Gesichtsausdruck auf. »Ich schätze, mir war da schon klar, dass alles viel zu glatt lief und es so nicht weitergehen konnte.«

»Und was passierte dann?«, fragte Scotty schließlich, nachdem sie minutenlang schweigend dagesessen hatte.

»Oh«, machte sie. Offenbar war sie so sehr in ihre Gedanken vertieft, dass sie völlig vergessen hatte weiterzuerzählen. »Na ja, die Mädchen hatten alle Angst, dass Dree uns früher oder später verlassen würde. Es gab schließlich nichts, was sie bei uns hielt. Sie wollte weder etwas von unserem Geld, noch etwas anderes von uns im Gegenzug dafür, dass sie auf uns aufpasste. Die Mädchen hatten Angst, und das machte sie aggressiv. Sie wurden biestig und gehässig. Und sie fingen an, sich untereinander zu prügeln.« Beth verdrehte die Augen bei der Erinnerung daran. »Lieber Gott, diese Schlägereien!« Sie schüttelte den Kopf, so sehr hatte sie das alles abgestoßen. »Aber eines Nachts war eine von uns auf dem Heimweg, als sie von drei Männern angegriffen wurde. Dree war zwar sofort zur Stelle, um dazwischenzugehen, doch dabei wurde sie schwer verletzt. Als wir sie schreien hörten, rannten wir zu ihr und brachten sie ins Haus. Wir hatten zwar heißes Wasser und Tücher zur Hand, waren aber davon überzeugt, dass sie sterben würde. Ihre Verletzungen waren so schlimm, dass es eigentlich an ein Wunder grenzte, dass sie die Angreifer noch hatte erledigen können. Als wir anfingen, die Wunden zu säubern, mussten wir feststellen, dass diese bereits verheilten. Uns fehlte zwar jegliche Bildung, aber in dem Moment war sogar uns klar, dass etwas mit ihr nicht stimmte. Wir stellten uns um sie herum und verlangten eine Erklärung. Natürlich wussten wir nicht, dass sie durch den Blutverlust geschwächt war und dass wir in dem Augenblick für sie so verlockend dufteten wie ein paar saftige Steaks. Da sie mit aller Macht auf Abstand zu uns gehen wollte, um sich woanders Blut zu beschaffen, verriet sie uns ihr Geheimnis. Dass sie eine Unsterbliche sei und alles andere.« Beth musste grinsen. »Ich vermute, Dree erwartete, dass wir schreiend vor ihr davonlaufen würden. Und ganz sicher nahm sie sich in dem Moment vor, jede von uns aufzuspüren und die Erinnerung an den Zwischenfall zu löschen, sobald sie wieder auf den Beinen und dazu in der Lage war. Aber keine von uns lief weg. Keine von uns begann zu kreischen oder wurde ohnmächtig. Vielmehr waren wir alle seltsam erleichtert.«

»Erleichtert?«, wiederholte Scotty verwundert.

Sie nickte amüsiert. »Na ja, jetzt konnten wir uns endlich revanchieren. Sie war unsere Beschützerin geworden und hatte nichts von uns gefordert. Aber sie brauchte Blut, damit ihre Verletzungen verheilten, und das konnten wir ihr geben. Als Mary sie fragte, gab Dree zu, dass sie regelmäßig Blut brauchte und dafür auf die Jagd ging. Da konnten wir ihr ebenfalls helfen, indem wir unser Blut zur Verfügung stellten und ihr die Jagd ersparten. So mussten wir nicht länger befürchten, dass Dree uns irgendwann verließ. Alle waren glücklich damit«, sagte Beth, als sei eine solche Vereinbarung etwas ganz Alltägliches. »Und so ging es dann fast fünfundzwanzig Jahre lang weiter.«

»Du warst damit zufrieden, deinen Körper zu verkaufen?«, fragte Scotty irritiert. Das passte nicht zu dem Bild von der Frau, die immer wieder riskiert hatte, totgeprügelt zu werden, weil sie dieser Existenz entkommen wollte.

Nach kurzem Zögern antwortete sie: »Nein, natürlich nicht. Das war nicht das Leben, das ich mir früher vorgestellt hatte. Als Kind dachte ich, ich werde mal so wie meine Mutter, heirate und bekomme Kinder.«

Nach ihrer Miene zu urteilen hatte Scotty das Gefühl, dass sie das zum ersten Mal in ihrem Leben jemandem gestand, sich selbst eingeschlossen.

»Aber natürlich wollte ich einen guten Mann heiraten«, beteuerte sie. »Nicht jemanden wie meinen Vater. Ich wollte jemanden wie unseren Nachbarn Mr Hardy heiraten, der immer so nett war.«

»Und warum hast du das nicht gemacht, nachdem Dree dich von Danny befreit hatte?«, fragte er verständnislos. »Mein Gott, du hast dein Leben riskiert, indem du immer wieder weggelaufen bist. Und dann machst du freiwillig mit dem weiter, wovor du die Flucht antreten wolltest. Wieso?«

»Na, du weißt doch, dass kein anständiger Mann eine Hure zur Ehefrau haben möchte.«

15

Beths Worte hallten in seinem Kopf nach. »Na, du weißt doch, dass kein anständiger Mann eine Hure zur Ehefrau haben möchte.« Sie schien sich darüber weder zu ärgern noch in Selbstmitleid zu zerfließen. Sie hatte einfach nur eine Tatsache ausgesprochen, mehr nicht. Aber Scotty kam es vor, als hätte er von ihr einen Kinnhaken verpasst bekommen. Immerhin war genau das ja der Grund, wieso er bislang gezögert hatte, Anspruch auf sie zu erheben. Außerdem waren sie beide nicht bloß zwei Sterbliche, die sich ineinander verliebt hatten. Sie waren Lebensgefährten, und das mit allem, was dazugehörte. Doch er hatte damit gehadert. Er war so ein Idiot!

»Stimmt, ich habe immer wieder zu entkommen versucht«, redete Beth weiter. »Aber ich wusste, es würde mir nicht gelingen. Ich wusste, er würde mich jedes Mal einholen und zurückbringen. Es gab keinen Ort, an dem ich vor ihm in Sicherheit gewesen wäre. Ich glaube, insgeheim habe ich sogar gehofft, er würde mich totprügeln, denn ich … nein, nicht nur ich, wir alle fühlten uns wie Menschen zweiter Klasse. Wir waren das, was die Gesellschaft nicht mehr haben wollte. Man hatte uns wie Vieh verkauft, uns missbraucht und wie Dreck behandelt. Wir kamen uns besudelt vor, nicht mehr für ein Leben in Respekt und Würde geeignet. Alle um uns herum schienen das genauso zu sehen, und sie ließen es uns spüren. Die Angehörigen, die uns verkauft hatten, die Bordellbesitzer, die Zuhälter, die Männer, die dafür bezahlten, dass sie uns benutzen und missbrauchen durften, sogar die Kinder, die uns bespuckten, wenn sie uns auf der Straße begegneten. Und dann waren da ja auch noch die ›anständigen‹ Damen, die nie ein freundliches Wort zu uns sagten, die uns nicht mal anlächelten. Die, die einen möglichst großen Bogen um uns machten, die Nasen rümpften und ihre Röcke rafften, als hätten wir die Pest und als könnten sie sich bei uns anstecken und selbst zu Huren werden.«

Sie lächelte betrübt. »Wie sollten wir uns unter diesen Umständen auch nur vorstellen können, dass irgendjemand uns eine anständige Arbeit anbieten würde? Oder dass ein so guter Mann wie Mr Hardy tatsächlich eine Frau haben wollte, die von allen anderen verachtet wurde? Himmel, nach allem, was ich erlebt hatte, war es fast undenkbar, dass Mr Hardy tatsächlich so gut war, wie es den Anschein hatte. Vielleicht musste auch er nachts seine Frau schlagen und würgen, um im Bett etwas zustande zu bringen.«

Scotty fluchte innerlich und wünschte, er könnte nachträglich jeden Einzelnen dafür bestrafen, dass er ihr dieses Gefühl gegeben hatte. Dann aber kniff er die Augen zu, da ihm klar wurde, dass er nicht besser gewesen war als all diese Männer, Frauen und Kinder.

»Außerdem«, fuhr sie etwas heiterer fort, »änderte sich ja was für uns. Jetzt konnten wir uns aussuchen, welchen Freier wir nehmen wollten und welchen nicht. Und genau das taten wir auch und mussten mit einem Mal viel weniger arbeiten als noch unter Danny. Dree bekam es irgendwie hin, das Haus auf uns überschreiben zu lassen, und wir mussten uns keine Sorgen mehr machen, wir könnten eines Tages kein Dach mehr über dem Kopf haben. Wir brauchten nur noch genug Geld für Kohle, Kerzen, Kleidung, Essen und so weiter. Da uns weder Danny noch sonst jemand all unser Geld wegnahm, konnten wir es noch viel ruhiger angehen lassen. Ich zum Beispiel fuhr das Ganze auf zwei Freier runter, zwei Stammkunden, die ich nett fand, weil sie großzügig waren und mir nie wehtun würden.«

»Wieso zwei?«, hakte Scott interessiert nach. »Warum nicht nur einer?«

»Weil beide mich dazu zu überreden versuchten, bei ihnen einzuziehen, damit sie sich um mich kümmern konnten«, gab sie verhalten zu.

»Und das wolltest du nicht?«, fragte er.

»Ich … na ja, was wäre aus mir geworden, wenn ich bei meinem Freier wohnte und er irgendwann genug von mir hatte und mich rauswarf?«, entgegnete Beth, anstatt die Frage zu beantworten. »Oder wenn er sich auf einmal als brutaler Schläger entpuppt hätte, der mich bei sich festhalten würde?«

»Du hast ihnen nicht vertraut«, sagte Scotty verständnisvoll. »Warum solltest du auch, wenn es dein eigener Vater war, der dich an ein Bordell verkauft hat?«

Beth nickte ernst.

»Dann hast du also zwei Freier behalten, damit …?«

»Damit keiner von beiden glauben konnte, ich würde ihm gehören«, antwortete sie leise. »Aber die zwei genügten auch. Fünfzehn Jahre lang war ich praktisch die Geliebte zweier Männer. Dann starb der eine, und der andere konnte es sich nicht mehr leisten, mich zu bezahlen. Also fing ich an, Pasteten zu backen und zu verkaufen, so wie meine Mutter. Ich hatte natürlich inzwischen gelernt, einen guten Teig herzustellen«, fügte sie grinsend hinzu. »Großmaul-Mary hatte es mir gezeigt.«

»Und dann hast du die Pasteten auf dem Markt verkauft?«

»Ja, und da erfuhr ich dann auch, dass mein Vater tot war. Unsere Nachbarin Mrs Hardy verkaufte noch immer warme Erbsen auf dem Markt, und sie erzählte es mir. Er starb nur ein paar Tage, nachdem er mich verkauft hatte. Er hatte das Geld, das ich ihm eingebracht hatte, sofort auf den Kopf gehauen und sich buchstäblich zu Tode gesoffen.« Sie kniff die Lippen zusammen. »Ich habe nicht um ihn getrauert.«

Scotty nickte verstehend, wartete aber schweigend ab, dass sie weiterredete. Zwar wusste er, wie ihre Geschichte ausging, aber er kannte nicht alle Details.

»So ging es dann noch mal rund zehn Jahre weiter. Ein paar der Frauen sparten jeden Penny, den sie verdienten, legten schließlich das ganze Geld zusammen und kauften einen kleinen Pub, den sie gemeinsam betrieben. Zwei andere heirateten und zogen aus dem Haus aus, eine starb an Lungenentzündung, und die, die dann noch verblieben waren, ließen es nach und nach langsamer angehen. Die anderen Frauen arbeiteten weniger, ich ging seltener zum Markt, vor allem im Winter. Dann überzeugte Dree uns davon, in den Ruhestand zu gehen. Sie kaufte ein Haus am anderen Ende von London in einer Gegend, in der uns niemand kannte und wo wir uns als angesehene Witwen oder alte Jungfern präsentieren konnten, um Freundschaften zu schließen, Karten zu spielen, gemeinsam zu sticken und einfach nur alte Ladys zu sein. Dree hatte das Haus auf uns eintragen lassen. Sie sagte, das Geld für das neue Haus würde sie sich durch den Verkauf des Bordells zurückholen. Aber damit ließ sie sich Jahre Zeit, und ich glaube, als sie es dann endlich in die Tat umsetzte, hat sie höchstens die Hälfte vom ursprünglichen Wert erzielt. Aber Genaueres wusste ich zu der Zeit nicht. Keiner von uns hatte eine Vorstellung davon, wie viel das neue Haus gekostet hatte. Jedenfalls waren wir dort sehr glücklich«, sagte sie und lächelte versonnen. »Dree hatte es wunderschön eingerichtet. Im Lauf der Jahre hatte sie uns alle in ihr Herz geschlossen, und sie ließ es an nichts fehlen. Nachdem wir uns eingelebt hatten, bekamen wir den Eindruck, dass sie nichts mit sich anzufangen wusste. Wir schlugen ihr einen Urlaub vor, einen Besuch bei ihrer Familie in Spanien und eine Reise auf dem Kontinent. Alles Dinge, die sie nicht hatte machen können, solange sie uns beschützt hatte. Sie hatte zuvor schon einen Mann namens Cyrus angeheuert, der an ihrer Stelle für unsere Sicherheit sorgen sollte, wenn sie mal für ein paar Tage unterwegs war. Darum fanden wir, dass sie sich einen ausgiebigen Urlaub mehr als verdient hatte. Also beschloss sie, erst mal ihre Familie in Spanien zu besuchen und danach weiterzusehen. Aber sie versicherte uns, dass sie nicht lange weg sein würde, sondern bald wieder da wäre, um nach uns zu sehen.« Beth musste leise lachen. »Jetzt, da ich selbst unsterblich bin, kann ich verstehen, dass Zeit für sie eine andere Bedeutung hatte. Diese Jahrzehnte, die sie bei uns verbrachte und die für uns den größten Teil unseres Lebens darstellten, waren für sie nur eine kurze Zeitspanne. Damals wussten wir das nicht, und so kam uns Drees Abwesenheit unendlich lang vor, obwohl es tatsächlich keine zwei Jahre waren. Sie schrieb uns oft, bestimmt alle ein bis zwei Wochen, und wir schrieben ihr zurück, wenn wir wussten, dass sie sich längere Zeit an einem Ort aufhielt und unser Brief sie erreichen würde«, erklärte Beth.

Scotty nickte, fragte dann aber aus purer Neugier: »In all der Zeit, in der ihr Dree gekannt habt, hat sich da niemand von euch gewünscht, selbst auch unsterblich zu sein?«

»Oh nein«, antwortete Beth sofort, hielt dann aber einen Moment lang inne und überlegte. »Na, vielleicht doch hin und wieder. Wenn ich morgens aufwachte und mir wegen meines Alters alle Knochen wehtaten, oder wenn ich merkte, dass meine Kräfte nachließen und es nicht mehr so einfach war, einen Eimer Wasser zu heben oder die Holzscheite zum Kamin zu tragen. Und natürlich auch schon mal, wenn ich mich im Spiegel betrachtete und überrascht ein paar graue Haare oder neue Falten entdeckte. Wenn ich dann Dree anschaute, die immer noch so jung und stark und schön war wie bei unserer ersten Begegnung, dann …« Sie verstummte kurz und lächelte schwach. »Mag sein, dass ich dann kurz mit dem Gedanken gespielt habe, aber wenn ich mir dann vor Augen hielt, dass ich ständig Blut trinken müsste, kam ich schnell wieder davon ab.«

»Und die anderen?«, wollte er wissen.

»Oh ja.« Beth nickte ernst. »Da waren einige, die ihrer Jugend nachtrauerten und die sich nur zu gern für die Unsterblichkeit entschieden hätten. Aber es gab mindestens genauso viele von uns, die damit nichts zu tun haben wollten oder die kurz darüber nachdachten und es dann so wie ich mit der Angst zu tun bekamen.«

»Angst?«

»Wir reden hier über das neunzehnte Jahrhundert, Scotty«, hielt sie ihm vor Augen. »*Dracula* war zwar noch nicht erschienen, *Dorian Gray* hingegen schon, und wir waren eine abergläubische Truppe. Ewig jung und gesund zu bleiben konnte nichts Gutes bedeuten, und falls doch, würde der Preis dafür nur allzu hoch sein.«

Scotty musste grinsen, als er sie reden hörte. Er hatte diese Zeiten selbst mitgemacht, er wusste, was sie bedeuteten.

»Aber wie gesagt, Dree blieb fast zwei Jahre weg. Ich weiß, dass sie das gar nicht vorgehabt hatte, die Zeit aber wie im Flug vergeht, wenn es dir gut geht, außerdem gab es für sie keinen Grund, sich darüber Gedanken zu machen. Uns fehlte sie zwar, aber wir hatten auch ein schlechtes Gewissen, weil wir sie jahrelang ganz allein für uns beansprucht hatten. Also schrieben wir ihr, dass es uns gut ging und das wir das selbe von ihr hofften. Und wir hatten ja auch wirklich eine tolle Zeit. Wir genossen den Respekt, den andere uns entgegenbrachten. Wir freundeten uns mit den Nachbarn an, wir luden sie zum Tee ein und wurden von ihnen eingeladen. Wir stickten, wir lasen Bücher, spielten Karten und dachten uns die verrücktesten und tragischsten Geschichten aus, die erklärten, wieso wir alle verwitwet waren und zusammen in diesem Haus lebten. Es war einfach wunderbar«, sagte sie und ließ ein wehmütiges Lächeln erkennen, doch dann auf einmal wurde sie ernst und fügte hinzu: »Bis zu dem Tag, an dem Jimmy auftauchte.«

»Jamieson Sterne«, ergänzte Scotty den Namen reflexartig.

»Aye«, murmelte sie. »Offenbar hatte er Mary auf dem Markt gesehen und beschlossen, sie zu seiner nächsten Mahlzeit zu machen. Aber als er in ihre Gedanken eindrang, stieß er dort auf Marys Erinnerungen an Dree.« Beth hielt inne und konzentrierte sich ganz auf Scotty. »Du darfst ihr das auf keinen Fall sagen, aber er erzählte uns, dass das der Grund war, warum er ihr bis nach Hause folgte, anstatt einfach von ihr zu trinken. Er war ein Freibeuter, musst du wissen. Ganz so wie unsere Dree, und zwischen den beiden herrschte eine Art Rivalität, aber unsere Dree kam ihm bei der besten Beute immer zuvor. Er hasste es, von ihr immer wieder vorgeführt zu werden, und indem er uns quälte und zu seinen Handlangern machte, konnte er den Sieg davontragen.«

»Euch zu wandeln kann durchaus gegen Dree gerichtet gewesen sein, aber das Quälen entspricht ganz seinem Wesen«, warf Scotty grimmig ein. »Er hat alle seine Opfer gefoltert. Dadurch sind wir auch auf ihn aufmerksam geworden. Er hatte vierzig Jahre zuvor eine blutige Schneise des Schreckens quer durch England geschlagen.«

»Odilia?«, fragte Beth sofort.

Es wunderte Scotty nicht, dass ihr aufgefallen war, wie ähnlich ihre Vergangenheit der von Odilia war. Er nickte ernst. »Vierzig Jahre zuvor brachte Jamieson ihre Familie und noch einige andere um und verschwand dann spurlos. Als es dann wieder losging, wussten wir sofort, mit wem wir es zu tun hatten. Diesmal hatte er gut ein halbes Dutzend Familien abgeschlachtet, bevor er Mary begegnete. Dass er in Marys Gedanken auf Dree stieß, könnte der einzige Grund dafür sein, dass er euch nicht auf der Stelle umgebracht, sondern gewandelt hat. Üblicherweise suchte er sich ein Opfer aus, folgte ihm nach Hause und metzelte die gesamte Familie nieder, wobei alle zusehen mussten, wie einer nach dem anderen getötet wurde. So konnte er sie alle bis auf das Äußerste quälen.«

»Aye«, stimmte Beth ihm zu. »Genau das hat er gemacht, nur eben ohne zu töten. Er folgte Mary bis zur Tür, dann sagte er zu uns: ›Guten Abend, Ladys, mein Name ist Jamieson. Ich bin zum Essen gekommen.‹ Im nächsten Augenblick packte er Mary, zog sie zu sich heran und biss ihr in den Hals.«

Beth musste schlucken, die Erinnerung ließ ihr Tränen in die Augen steigen. »Es hatte nichts mit dem zu tun, was Dree machte, wenn sie trank. Bei ihm spritzte das Blut nur so umher, und ich bin mir sicher, dass dabei mehr an den Wänden als in seinem Mund landete. Dann leckte er das Blut von ihrem Hals, als hätte er einen Lolli vor sich.«

Scotty verzog den Mund, als er den Schrecken sah, der sich in ihrem Gesicht widerspiegelte.

»Im ersten Moment waren wir alle so schockiert, dass wir wie erstarrt dastanden. Wir waren ein Haufen alter Ladys, die in ihrem Leben einiges erlebt hatten, aber das …« Sie schüttelte den Kopf, atmete tief durch und redete weiter: »Dann biss er sich in sein Handgelenk und presste die blutende Wunde auf ihren Mund. Er ließ sie los, und sie sackte wie eine Marionette in sich zusammen, bei der man die Fäden durchgeschnitten hatte. Als er die nächste Frau zu fassen versuchte, erwachten wir endlich aus unserer Starre. Ein paar rannten los, andere schnappten sich irgendwas, das als Waffe dienen konnte, aber alle schrien und kreischten wie hysterisch und rannten aufgescheucht umher. Aber was wir auch versuchten, alles prallte wirkungslos von ihm ab, und wer einer Tür oder einem Fenster zu nahe kam, den kontrollierte er einfach. Es dauerte nur wenige Augenblicke, dann lagen wir alle auf dem Boden, wälzten uns in unserem Blut und schrien vor Schmerzen, weil die Wandlung einsetzte.«

»Indem er euch erst bluten ließ, hat er dafür gesorgt, dass die Wandlung noch eher einsetzt«, sagte Scotty. »Die Nanos erkannten, dass der Körper Blut verliert und dringend repariert werden muss, weshalb sie sich rasend schnell vermehrt haben, um das zu bewerkstelligen.«

Beth nickte verstehend und entgegnete: »Ab da wird das Ganze etwas verschwommen. Ich kann mich an Schmerzen und Blut und schreckliche Albträume erinnern und das alles über einen entsetzlich langen Zeitraum hinweg. Dree sagte, dass es deutlich schneller geht, wenn während der Wandlung zusätzliches Blut verabreicht wird. Das war bei uns natürlich nicht der Fall, darum zog es sich so elend in die Länge.« Ihre Miene verhärtete sich für einen winzigen Moment. »Als ich aufwachte, lag ich im Salon auf dem Boden und war mit getrocknetem Blut bedeckt. Ich wusste nicht, was passiert war und wer diese Frauen rings um mich herum waren.«

»Du hast sie nicht wiedererkannt?«, fragte Scotty. Die Gräuel einer solchen Massenwandlung mussten ihr zumindest vorübergehend den Verstand geraubt haben, denn er wusste noch sehr genau, dass sie ihm bei ihrer ersten Begegnung wie eine Verrückte vorgekommen war. Die nächsten Worte ließen ihn jedoch innehalten.

»Nein. Na ja, wie denn auch?«, fragte sie ihn. »Ich hatte mit ihnen die letzten dreißig Jahre meines Lebens verbracht, und entsprechend lange war es her, seit ich sie das letzte Mal jung und gesund und bei Kräften gesehen hatte. Natürlich habe ich sie nicht wiedererkannt.«

»Oh, stimmt.«

»Nur eine konnte ich erkennen«, fügte Beth betrübt hinzu. »Nelly. Sie hatte die Wandlung nicht überlebt. Ihr Herz musste sie gleich zu Beginn im Stich gelassen haben, da sie sich kaum verändert hatte.«

»Das tut mir leid«, merkte Scotty an.

»Ja, man könnte allerdings auch sagen, dass sie als Einzige Glück hatte«, gab sie zurück.

Scotty schwieg. Er für seinen Teil war froh darüber, dass Beth die Wandlung überlebt hatte. Auch wenn er längst zu dem Schluss gekommen war, dass ihre Vergangenheit für ihn bedeutungslos war, sorgten ihre Schilderungen dafür, dass er in seiner veränderten Haltung ihr gegenüber nur bekräftigt wurde. Ausschlaggebend hierfür war der Grund, warum sie in ihrem Beruf weitergemacht hatte, obwohl sie nach Drees Eingreifen eigentlich nicht dazu gezwungen gewesen wäre. Dabei war es weder leicht verdientes Geld, auf das sie nicht verzichten wollte, noch Freude daran, mit ihrem Körper Macht über Männer auszuüben. Sie hatte weitergemacht, weil sie für sich keinen anderen Weg gesehen hatte. Sie war davon überzeugt gewesen, niemals als Ehefrau und Mutter akzeptiert zu werden, weil sie in aller Augen immer nur die Prostituierte war, die ihr Vater aus ihr gemacht hatte. Ihr und auch den anderen Frauen war von allen Seiten das Gefühl vermittelt worden, zu nichts anderem zu taugen. Und zu seiner großen Schande musste Scotty gestehen, dass er nicht besser war als all die anderen, die sie zu dieser Überzeugung gebracht hatten. In diesem Augenblick schwor er, sich nie wieder von Vorurteilen leiten zu lassen. Nicht jede Prostituierte war eine von Grund auf herzlose Frau, die nur auf das Geld der Männer aus war. Elizabeth Sheppard

Argenis' Charakter hatte rein gar keine Ähnlichkeit mit dem seiner Mutter.

Scotty schloss kurz die Augen. Oh Gott, wie sehr er diese Frau liebte. Zu bedauerlich, dass alles, was sie ihm erzählt hatte, ihn nur in seiner Überzeugung bestärkte, dass es für sie besser war, wenn diese Erinnerungen gelöscht wurden. Es war ihm nicht möglich gewesen, sie vor dem Verrat durch ihren Vater und vor dem jahrelangen Missbrauch und den Vergewaltigungen zu bewahren. Er hatte sie und Dree zwar vor dem mordlüsternen Jamieson gerettet, doch da war sie bereits gewandelt worden und hatte das Entsetzen mit ansehen müssen, das dieser Mann verbreitet hatte. Ihm ging ein Stich durchs Herz, wenn er daran dachte, was sie durchgemacht hatte, und er wollte nichts lieber als ihr diesen Schmerz nehmen. Ein Drei-zu-eins würde genau das bewirken. Zwar bestand die Gefahr, dass sie nach der Löschung für ihn keine Lebensgefährtin mehr war, wie Matías zu bedenken gegeben hatte, aber das Risiko würde er Beth zuliebe eingehen. Sie verdiente eine Zukunft ohne eine Erinnerung an solche Gräueltaten.

»Auf jeden Fall«, redete sie nach einem Seufzer weiter, »waren die anderen nach dem Aufwachen genauso verwirrt und verängstigt wie ich. Aber das dauerte nicht lange, denn Jimmy machte uns sofort klar, dass er uns wieder jung und schön gemacht hatte, dass wir nun ihm gehörten und all das zu tun hatten, was er von uns wollte.«

»Und das war?«, fragte Scotty, als sie eine längere Pause einlegte.

»Wir sollten sterblichen Männern Sex versprechen, um sie so ins Haus zu locken, wo wir sie dann ausrauben und von ihnen trinken sollten, bis sie tot waren«, antwortete sie mit düsterer Miene. »Natürlich wollten wir das nicht machen, aber Mary …«

»Die berüchtigte Großmaul-Mary, der Dree gesagt hatte, sie solle euch beschützen?«, warf er ein.

»Aye, Großmaul-Mary«, bestätigte sie betrübt. »Sie war als Einzige mutig genug, sich gegen ihn zu stellen. Sie sagte ihm, wir würden den Teufel tun, und er solle sich zum selben scheren. Sie würde Dree herholen, und die würde ihn dann schon für das zur Rechenschaft ziehen, was er getan hatte.« Sie stieß einen leisen Seufzer aus. »Sie hatte das letzte Wort noch nicht ganz ausgesprochen, da stand Jamieson schon vor ihr und riss ihr den Kopf ab. Einfach so«, fügte sie bestürzt hinzu. »Keine von uns hatte jemals so etwas gesehen, und keine von uns …« Sie verstummte und schüttelte den Kopf. »Ich glaube, wir standen in dem Moment unter Schock. Auf jeden Fall brachte niemand den Mut auf, sich so wie Mary gegen Jamieson zu stellen.«

»Was geschah dann?«, fragte Scotty, nachdem sie eine längere Pause hatte folgen lassen. Je eher sie alles erzählt hatte, umso eher konnte sie all das vergessen. Hoffentlich für immer.

»Jimmy wies uns an, dass wir uns das Blut abwaschen und uns vorzeigbar machen sollten. Dann schickte er uns los, damit jede von uns mit einem Mann zurückkam«, sagte Beth und räumte beschämt ein: »Als ich das Haus verließ, hatte ich solche Angst, dass ich an nichts anderes denken konnte als genau das zu tun, was er gesagt hatte. Mein einziger Gedanke war, dass alles besser war als so wie Mary den Kopf abgerissen zu bekommen. Aber nachdem ich einen halben Block weit gegangen war, kam ich zur Besinnung. Mein Körper schrie so sehr nach Blut, dass ich kaum noch klar denken konnte, doch ich war einfach nicht in der Lage, jemanden zu beißen. Und ich konnte und wollte auch niemanden in dieses höllische Haus bringen.«

»Und die anderen Frauen?«, fragte Scotty, obwohl er die Antwort kannte.

»Ich versuchte sie zu überzeugen, mit mir zu kommen, aber sie hatten zu große Angst. Sie wollten das tun, was er ihnen befohlen hatte, flehten mich aber an, mich auf die Suche nach Dree zu machen und sie herzubringen, damit sie all dem ein Ende bereiten konnte.« Sie seufzte betrübt. »Ich versuchte alles Menschenmögliche, um ihnen klarzumachen, dass es falsch war, ihm zu gehorchen. Aber sie hatten schreckliche Angst vor ihm … und das Verlangen nach Blut kam noch erschwerend hinzu.« Beschämt ließ sie den Blick zu Boden sinken. »Also habe ich allein die Flucht ergriffen.«

»Wohin bist du gegangen?«, wollte Scotty wissen.

»An den einzigen Ort, der mir in den Sinn kam«, sagte sie. »Zum alten Haus, zum Bordell. Ich wusste zwar, dass ich Dree dort nicht finden würde, da sie immer noch irgendwo auf dem Kontinent unterwegs war. Aber ich brauchte einen Ort, an dem ich in Ruhe darüber nachdenken konnte, wo ich nach ihr suchen sollte. Und da schien mir das Haus der einzige Platz zu sein, an dem ich mich einigermaßen sicher fühlen konnte. Zumindest war es ein vertrauter Ort, und da Dree das Haus noch immer nicht verkauft hatte, wusste ich, dass es nicht bewohnt war. Deswegen schien es mir eine gute Idee zu sein, der Weg dorthin war allerdings eine Tortur. Es war Abend, und überall waren Leute unterwegs, die alle so verlockend rochen, weil ich solchen Durst nach Blut hatte. Ein paar Mal erschien es mir unmöglich, das Haus zu erreichen ohne einen ahnungslosen Fußgänger zu beißen, aber irgendwie schaffte ich es dann doch.« Stolz hob sie den Kopf und grinste verhalten, schließlich räumte sie ein: »Das Problem war nur, dass ich keine Ahnung hatte, was ich tun sollte, wenn ich dort angekommen war. Der Durst nach Blut war so schlimm, dass ich nur mit Mühe einen Gedanken fassen konnte, aber ich war ganz eindeutig nicht in der Lage, mir einen Plan zurechtzulegen. Ich konnte mich ja nicht mal daran erinnern, in welchem Land sie sich gerade aufhielt und was ihr nächstes Ziel war. Ich dachte, wenn ich ein bisschen Blut bekäme, nur ein ganz klein wenig, dann könnte ich eine Lösung finden. Aber ich konnte mich nicht dazu durchringen, einen Menschen zu beißen.«

»Was hast du stattdessen gemacht?«, forderte er sie zum Weiterreden auf, als sie ein weiteres Mal verstummte.

»Ich habe Rattenblut getrunken«, gestand Beth ihm und machte keinen Hehl aus ihrem Ekel. »So verzweifelt war ich. Im Bordell hatten wir immer Katzen gehabt, aber die haben wir beim Umzug in das neue Haus mitgenommen, sodass die Ratten sich ungehemmt ausbreiten konnten. Zwei Wochen hielt ich mich im Bordell versteckt, schlief tagsüber und fing nachts jede Ratte, die ich kriegen konnte. Danach suchte ich im Schutz der Nacht die Umgebung nach anderen Kleintieren ab. Meistens waren es jedoch nur Ratten, gelegentlich ein Vogel, der irgendwo saß und schlief, ein Mal sogar eine ausgemergelte alte Katze. Nichts schien mir richtig zu helfen, aber ich ertrug noch immer nicht die Vorstellung, einen Menschen zu beißen.« Der bloße Gedanke ließ sie schaudern. »Eines Nachts folgte ich einer Ratte ums Haus herum, als gerade eine Kutsche vorbeifuhr. Sie wurde langsamer, und ich sah hoch zu der Frau, die aus dem Fenster schaute. Es war Dree. Im ersten Moment wollte ich meinen Augen nicht trauen, aber sie war es tatsächlich. Die Kutsche war schon fast am Haus vorbeigefahren, und ich fürchtete, dass Dree mich nicht bemerkt haben könnte. Ich kreischte ihren Namen, und zum Glück hörte sie mich und ließ die Kutsche anhalten. Als Dree ausstieg, rannte ich zu ihr und fiel ihr um den Hals. Sie sagte später, dass sie mich auf den ersten Blick gar nicht wiedererkannt hatte, weil ich so schmutzig und so hager war. Und ich hätte wirres Zeug geredet, dass man Mary den Kopf abgerissen habe und Nelly gestorben sei. Sie sagte, dass sie mit mir zu uns nach Hause fahren wollte, ich daraufhin aber fast durchgedreht wäre. Daran kann ich mich jedoch nicht erinnern, weil dieser ganze Zeitraum ziemlich verschwommen ist. Dree sagte aber, ich hätte mich so mit Händen und Füßen dagegen gewehrt, sie ins neue Haus zu begleiten, dass sie mich schließlich in unser altes Haus brachte, um sich dort um mich zu kümmern.« Sie schüttelte leicht den Kopf. »Ich war in einer wirklich schlechten Verfassung, aber selbst als Dree einen Mann von der Straße mitbrachte, damit ich von ihm trinken konnte, brachte ich es einfach nicht fertig. Sie musste sowohl mich als auch den Mann kontrollieren, damit ich anfing zu trinken. Im Lauf der nächsten zwei Tage brachte sie immer wieder Leute ins Haus, von denen ich dann unter Drees Kontrolle trinken musste. Danach ließ sie mich ausruhen. Ich verschlief den ganzen Tag und den größten Teil des Abends. Als ich schließlich aufwachte, konnte ich ihr endlich alles erzählen. Von Jimmy und was er uns angetan hatte … und was er mit Mary gemacht hatte. Und ich sagte ihr, dass die anderen darauf warteten, von uns gerettet zu werden. Dree wollte allein zum Haus gehen, aber das konnte ich nicht zulassen. Ich bestand darauf, sie zu begleiten. Aber als wir dort ankamen, bereute ich fast schon, dass ich so hartnäckig gewesen war.« Seufzend ließ sie sich gegen das Kopfende des Betts sinken. »Du weißt ja, was da vorgefallen war. Wir dachten, wir müssen uns nur mit Jimmy befassen, und dass die Frauen froh sein würden, uns zu sehen. Aber das, wozu Jimmy sie gezwungen hatte, war zu viel für sie gewesen, und sie waren dem Wahnsinn anheimgefallen. Unser schönes Haus war von oben bis unten mit Blut besudelt, überall lagen Leichen und Leichenteile herum, nicht nur von Männern, auch von Frauen und Kindern. Und dazu der Gestank …« Bei der bloßen Erinnerung an den Geruch rümpfte sie angewidert Nase. »Jamieson befahl ihnen uns anzugreifen, und das taten sie ohne zu zögern. Die Frauen, die über Jahrzehnte hinweg meine Freundinnen, meine Familie gewesen waren, stürmten wie Walküren auf uns los, um uns in kleine Stücke zu reißen.« Beth drehte sich zu Scotty um und sah ihm tief in die Augen. »Wärst du nicht in diesem Moment mit deinen Leuten im Haus aufgetaucht, dann wären wir an jenem Tag gestorben. Du hast uns eindeutig das Leben gerettet.«

Scotty nickte. »Seit dem ersten Angriff bei dieser zweiten Welle von Morden waren wir hinter dem Mann her, aber dann hatte sich seine Spur verloren. Erst später wurde uns klar, dass er mit einem Mal unauffindbar war, weil er sich in eurem Haus einquartiert und die Frauen losgeschickt hatte, damit sie seine Opfer zu ihm brachten.« Er schüttelte den Kopf. »Dass wir an dem Abend dort auftauchten, lag nur daran, dass es Hinweise darauf gab, dass bei euch im Haus etwas nicht stimmte. In der Gegend waren innerhalb kurzer Zeit sehr viele Leute spurlos verschwunden. Es gab Hinweise darauf, dass zahlreiche dieser Leute zuletzt dabei beobachtet wurden, wie sie das Haus betraten. Außerdem drang ein unerträglicher Gestank dort heraus, der nur auf eine Ursache schließen ließ. Wir saßen in einer Kutsche auf der gegenüberliegenden Straßenseite und bereiteten uns gerade darauf vor, das Haus zu stürmen, als ihr beide auf einmal aufgetaucht und nach drinnen gegangen seid. Wir dachten, ihr hättet keine Ahnung, was euch erwartet, deshalb sind wir euch sofort gefolgt.«

»Ich weiß, ich war damals nicht in der Lage dazu, aber ich möchte dir dafür noch danken«, sagte Beth leise.

»War mir ein Vergnügen«, murmelte er und räusperte sich. »Ich möchte mich dafür entschuldigen, dass ich damals vorgeschlagen habe, deine Erinnerung zu löschen.« Als sie nur nickte und die Augen zumachte, fügte er verhalten hinzu:

»Trotzdem glaube ich, es wäre zu deinem Besten gewesen – und das wäre es jetzt immer noch.«

Zu seiner großen Erleichterung lächelte Beth und fragte: »Glaubst du das?«

»Aye. Du hast so viele schreckliche Erinnerungen, Beth. Ich weiß, wie sehr sie dir zusetzen. Ein Drei-zu-eins würde dir diese Erinnerungen nehmen, und dann müsstest du nicht mehr darunter leiden.«

»Magst du mich so wenig, dass es dir lieber wäre, wenn meine gesamte Persönlichkeit gelöscht würde, anstatt mich so zu akzeptieren, wie ich bin?«, fragte sie betrübt und hielt die Augen nach wie vor geschlossen.

»Was?«, rief Scotty erschrocken. »Nein, ich meine doch …«

»So wie ich das sehe, bin ich genau die Frau, die ich sein sollte«, erwiderte sie ein wenig verärgert. »Und von den Dingen, die ich durchgemacht habe, würde ich nichts ändern wollen.«

»Was?« Er starrte sie überrascht an. »Aber du wurdest von deinem zehnten Lebensjahr an immer wieder vergewaltigt, und Danny hätte dich fast totgeprügelt, und was Jamieson dir und den anderen Frauen angetan hat …« Er konnte nur den Kopf schütteln, weil er nicht begriff, warum sie sich diese Chance entgehen lassen wollte.

»Hast du jemals ein Schwert geschmiedet?«, fragte sie und setzte der Stille ganz plötzlich ein Ende.

»Was?«, fragte Scotty irritiert.

»Ein Schwert«, wiederholte sie. »Ich habe noch nie ein Schwert geschmiedet, aber mir ist klar, dass man dafür ein Stück Stahl ins Feuer halten muss, damit das Material weich wird und mit dem Hammer wieder und wieder bearbeitet werden kann, nur um dann wieder in die Flammen gehalten zu werden. Danach wird es weiter mit dem Hammer bearbeitet, bis ein Schwert dabei herauskommt, das nicht besser, härter und schärfer sein könnte.«

Scotty wartete mit unschlüssiger Miene, dass sie weiterredete, da er nicht wusste, worauf sie mit dieser Bemerkung hinauswollte.

»Vor ein paar Jahren habe ich für mich entschieden, dass Gott wie ein Schmied ist«, erklärte sie schließlich. »Ich glaube, diese schlimmen Erfahrungen sind einfach seine Art, uns in die Flammen zu halten, mit dem Hammer zu bearbeiten, erneut in die Flammen zu halten und so weiter, bis wir so gut und so abgehärtet sind, dass es keine Steigerung mehr geben kann.« Beth lächelte fast versonnen und hielt die Augen weiterhin geschlossen. »Ich habe viele Jahre gebraucht, um zu diesem Schluss zu kommen. Und ich habe auch lange gebraucht, um mich selbst zu mögen und um meine Vergangenheit als das zu akzeptieren, was mich zu dem Menschen gemacht hat, der ich heute bin. Heute würde ich nichts mehr von dem ändern wollen, was mir widerfahren ist, Scotty. Nicht, weil mir irgendetwas davon Spaß gemacht hätte, denn das war ganz sicher nicht der Fall. Sondern weil ich mit mir zufrieden bin. Ich mag mich, so wie ich heute bin. Als Kind dachte ich, ich wüsste alles besser als meine Mutter. Ich war so arrogant, wie man in der Jugend nur sein kann. In meinem Leben bin ich mal starrsinnig, mal dumm, mal egoistisch gewesen. Aber alles, was ich erlebt habe, hat mich zu einem besseren und stärkeren Menschen gemacht. Und für gewöhnlich habe ich aus diesen Erfahrungen auch meine Lektionen gelernt. Und heute … heute *mag ich mich*.«

Sie machte die Augen auf, setzte sich gerade hin und sah Scotty an. »Wie du siehst, will ich nichts vergessen. Wären mir all diese Dinge nicht zugestoßen, dann wäre ich vermutlich ein anderer Mensch. Vielleicht schwächer oder egoistischer, vielleicht wehrlos und von anderen abhängig, vielleicht aber auch so stark, dass ich Königin geworden wäre«, fügte sie grinsend an. »Auf jeden Fall wäre ich ein anderer Mensch, und das will ich nicht sein. Ich bin, wer ich bin, und ich mag mich, nein, ich liebe mich so, wie ich bin. Wenn du also versuchst, mich zu einem Drei-zu-eins zu überreden, weil du mir was Gutes tun willst, dann kannst du damit gleich wieder aufhören. Das will ich nämlich nicht.«

Sie ließ ihre Worte ein oder zwei Minuten wirken, dann fuhr sie fort: »Allerdings weiß ich auch, dass das nicht dein Beweggrund ist. Du warst immer kühl und schroff mir gegenüber, du bist mir mit Abscheu begegnet. Ich weiß, es hat etwas mit deiner Mutter und mit deinem Unvermögen zu tun, das Leben zu akzeptieren, das ich vor meiner Wandlung geführt habe. Es tut mir leid, wenn der Mensch, der ich heute bin, deinen Ansprüchen nicht genügt, und du das Gefühl hast, dass ich durch eine Löschung meines Gedächtnisses mehr deinen Erwartungen entsprechen würde. Aber mir genügt, was aus mir geworden ist, und ich bin es, die sich jeden Tag im Spiegel ansehen muss.«

»Beth, ich denke doch nur …«, begann er, wurde aber sofort von ihr unterbrochen.

»Mich kümmert nicht, was *du* denkst. Wie ich schon sagte, ich habe damit das letzte Jahrhundert über gerungen. Es war nicht leicht für mich, den Punkt zu erreichen, an dem ich mich so akzeptieren konnte, wie ich bin. Aber ich habe es geschafft, und auf einmal tauchst du auf, und ich fange wieder an, mich infrage zu stellen. Auf einmal höre ich wieder diese verächtlichen Worte in meinem Kopf … *dreckige Hure, elende Schlampe*. Wer will schon eine dreckige Hure wie mich zur Frau haben?« Nachdrücklich schüttelte sie den Kopf. »So will ich mich nicht mehr fühlen müssen, Scotty. Ich will mich nicht verändern müssen, nur damit du mich akzeptieren kannst. Und ich will auch nicht meine Erinnerungen löschen lassen, nur damit ich für jemanden gut genug bin, dass er sich mit mir abgeben will. Vielleicht … na ja, vielleicht ist es in Wahrheit ja so, dass *du* gar nicht gut genug für *mich* bist. Womöglich will ich in meinem Leben niemanden haben, der so engstirnig und voreingenommen ist. Ich glaube, ich bin ohne dich besser dran. Ich will keinen Lebensgefährten, der mir das Gefühl gibt, unbedeutend und der letzte Dreck zu sein.«

Damit verließ sie das Bett und ging ins Badezimmer, während Scotty wie benommen dasaß. Er konnte die Ironie des Ganzen nicht fassen. Da war er endlich zur Vernunft gekommen und bereit, sie so zu akzeptieren, wie sie war, und in dem Moment kam sie zu dem Entschluss, dass er gar nicht gut genug für sie war.

Und das Schlimmste daran war, dass er ihr nicht mal einen Vorwurf machen konnte. Er hatte genau das gemacht, was sie ihm vorhielt. Er hatte sie von oben herab behandelt und sich selbst für etwas Besseres gehalten. Himmel, er hatte ihr sogar noch zusätzlich wehgetan und ihr das Gefühl gegeben, klein und unbedeutend zu sein. Diese Erkenntnis beschämte ihn zutiefst.

Es war nicht seine Art, sich für besser als andere zu halten. Jedenfalls normalerweise nicht, aber …

Kein Aber! Er hatte exakt das getan … und dadurch Beth vielleicht für immer verloren. Diese Vorstellung bereitete ihm panische Angst. Die ganze Zeit war es ihm nur darum gegangen, ob er sie so akzeptieren konnte, wie sie war, aber ihm war nie der Gedanke gekommen, dass sie ihn vielleicht gar nicht akzeptieren wollte. Wo er doch ein so guter Fang, nicht wahr?

Von wegen, ein arroganter Arsch war er! Nach allem, was sie hatte durchmachen müssen, hatte er noch eins drauflegen müssen. Das war wirklich das Letzte, was sie noch brauchte. Er musste das wiedergutmachen. Er … er brauchte sie.

Er stand auf, ging zur Tür und blieb unschlüssig stehen. Scotty schätzte, dass er im besten Fall noch eine einzige Chance bei ihr hatte … wenn überhaupt. Diese Chance durfte er nicht auch noch in den Sand setzen.

16

»Beth?«

Sie hob den Kopf und sah zur Tür, reagierte aber weiter nicht. Sie konnte einfach nicht. Mit gebrochenem Herzen saß sie zwischen Toilette und Frisierkommode auf dem Boden, die Arme um ihre Beine geschlungen, den Rücken gegen die Wand gedrückt.

Beth konnte es nicht fassen, was sie getan hatte. Sie konnte nicht glauben, dass sie Scotty das alles an den Kopf geworfen hatte und dann einfach weggegangen war. Aber es war besser so. Aber wenn das Leben sie eins gelehrt hatte, dann, dass sie sich selbst um ihr eigenes Wohlergehen kümmern musste, weil man nicht darauf vertrauen konnte, dass man immer jemanden hatte, der einem das abnehmen würde.

»Beth, ich weiß, du bist wütend auf mich«, sagte Scotty in gequältem Tonfall. »Und das ist auch dein gutes Recht. Ich war ein arroganter und gedankenloser Idiot. Du musst mir auch nicht die Tür aufschließen, aber würdest du dir bitte anhören, was ich zu sagen habe?«

Es folgte ein Schweigen, und Beth ging davon aus, dass er auf ihre Antwort wartete. Sie sagte nichts, sondern wartete, bis er nach einer Weile ohne Aufforderung weiterredete.

»Erstens: Wenn ich mich in den vielen Jahrzehnten dir gegenüber kühl und abweisend verhalten habe, dann bedeutet das nicht, dass ich dich nicht leiden kann, Mädchen. Ich mag Probleme damit gehabt haben, deine Vergangenheit zu akzeptieren, aber du warst mir nie unsympathisch«, sagte er eindringlich. »Ich habe mich dir gegenüber so verhalten, um gegen das Verlangen anzukämpfen, dich zu packen und in mein Bett zu werfen. Da ich wusste, dass du meine Lebensgefährtin bist, fiel es mir noch viel schwerer, auf Abstand zu dir zu bleiben. Aber ich wusste, dass du für die Sache mit den Lebensgefährten da noch nicht bereit warst.«

Es folgte wieder langes Schweigen. Vermutlich erwartete er auch jetzt eine Reaktion von ihr. Da die nicht kam, fuhr er schließlich fort: »Aber du hast recht. Ich war die letzten hundert Jahre dir gegenüber engstirnig und voreingenommen, obwohl ich dazu kein Recht hatte. Ich kannte dich ja nicht mal näher, Mädchen. Ich habe auf der Grundlage der wenigen Dinge geurteilt, die mir über dich bekannt waren. Und da wusste ich eigentlich nur, dass du als Sterbliche als Prostituierte gearbeitet hast. Danach habe ich dich beurteilt, weil ich immer eine bestimmte Meinung über Frauen hatte, die ihren Körper für Geld hergeben. Aber so eine Frau bist du nicht, Mädchen. Das weiß ich jetzt.«

Abermals ließ Scotty eine Pause folgen, doch Beth schwieg beharrlich.

Und wartete.

»Und das hat nichts mit den Dingen zu tun, die du mir erzählt hast. Ich bin von allein zu dieser Erkenntnis gelangt, als wir uns von den Verletzungen durch das Feuer erholten. Ich wollte es dir eigentlich schon sagen, nachdem wir beide uns regeneriert hatten, doch als ich aufgewacht bin, da warst du nicht mehr neben mir …«

Durch die Tür hörte sie ihn seufzen.

»Verzeih mir, Mädchen, dass mir das in all den Jahren nicht klar gewesen ist. In den letzten hundert Jahren hast du mir mehr als ein Mal gezeigt, welche Art Frau du wirklich bist, ich habe nur nie hingesehen. Beth, du bist eine überaus interessante und tapfere Frau. Du setzt dich für andere ein, ohne erst zu überlegen, welche Probleme du dir damit einhandeln könntest. Ich wusste, dass das auch auf dieser Reise passieren würde, aber ich glaube, das wollte ich mir selbst gegenüber nicht eingestehen. Doch instinktiv habe ich schon am ersten Tag gewusst, dass du in Schwierigkeiten geraten würdest, um diese Frau zu retten, die Walter Simpson in seiner Gewalt hatte. Dabei wusstest du, dass die Verstärkung noch zwanzig Minuten brauchen würde, ehe sie bei dir eintreffen konnte. Es hätte dich den Kopf und dein Leben kosten können, und trotzdem hast du nicht eine Sekunde gezögert. Und nicht zu vergessen Kira. Du warst so nett zu ihr, dabei hättest du ihr nur Mortimers Nachricht überbringen müssen und gleich wieder gehen können. Aber du hast ihren Schmerz und ihre Selbstmordabsicht erkannt und hast ihr nicht nur einen Grund zu leben geliefert, sondern sie auch noch überreden können, nach Toronto mitzukommen. Und diese Sterbliche im Club! Sie hatte nichts mit dir zu tun, du hättest auf die Tanzfläche zurückkehren und sie ihrem Schicksal überlassen können. Aber du bist ihr gefolgt, um auch ihr zu helfen. Und nicht zu vergessen ich selbst. Mädchen, du hast meinen Schmerz auf dich genommen, damit ich schlafen und meine Verletzungen auskurieren konnte. Das waren wirklich üble Schmerzen. Die meisten Frauen hätten Reißaus genommen, aber du hattest dir vorgenommen, mein Leiden zu lindern. Beth, die Art Frau, für die ich dich gehalten hatte, hätte nichts von diesen Dingen getan. Die Art Frau, an die ich dachte, hilft niemandem außer sich selbst. Andere existieren für sie gar nicht… Meine Mutter war auch eine Frau von diesem Schlag.« Nach einer kurzen Pause fügte er hinzu: »Magnus hat mir gesagt, dass ich Probleme mit meiner Mutter habe und dass ich diese Probleme auf dich übertrage. Ich habe ihm gesagt, dass er sich irrt, aber jetzt muss ich einsehen, dass er recht hatte. Ich war mir sicher, dass ich die Lektionen gründlich gelernt hatte, die sie mir beigebracht hatte. Aber in Wahrheit habe ich einfach nur ihr Wesen auf dich übertragen. Sie war eine kaltherzige Hure, die für Geld und alles andere, was sie haben wollte, ihren Körper hergab. Und ich dachte, jede Prostituierte ist genauso wie sie. Aber du bist nicht kaltherzig, und ich … ich habe mich geirrt«, fügte er an und klang völlig hilflos. »Und eines schwöre ich dir: Nachdem du mir vorhin alles erzählt hast, habe ich das Drei-zu-eins nicht noch einmal ins Spiel bringen wollen, weil ich deine Vergangenheit nicht akzeptieren kann. Das ist schon lange nicht mehr der Fall. Die Wahrheit ist … na ja, es hat mir schlichtweg das Herz zerrissen, als ich gehört habe, was du alles ertragen musstest. Ich kam mir so hilflos vor, weil ich wusste, dass du bei allem immer auf dich allein gestellt warst und ich dir nie hatte helfen können. Ich wollte dir nur den Schmerz nehmen, den ich nicht hatte verhindern können, als er dir zugefügt wurde.«

Wieder schien er auf eine Reaktion von ihr zu warten, doch Beth saß nur da und wartete ab.

»Mädchen«, redete er nach einer Weile in ernstem Ton weiter. »Matías hat gesagt, dass er sich die Frage stellt, ob du noch meine Lebensgefährtin wärst, wenn deine Erinnerung gelöscht würde. Diese Frage macht mir zu schaffen, seit er sie ausgesprochen hat. Denn auch wenn ich das Gefühl hatte, keinen Anspruch auf dich erheben zu können, konnte ich doch nie von dir lassen. Als du mir dann alles erzählt hattest, Beth, da dachte ich, wenn eine Gedächtnislöschung dich von den Qualen befreien kann, die du ertragen musstest, dann würde ich es trotzdem wagen. Denn ich liebe dich, Mädchen, und ich würde den Rest meines Daseins liebend gern ohne Lebensgefährtin verbringen, wenn ich wüsste, dass du ein glückliches Leben führst, in dem du keine Erinnerungen mehr an …«

Scotty unterbrach sich und zwinkerte verdutzt, als Beth auf einmal die Tür öffnete. Nachdem er davon gesprochen hatte, dass er sie liebte, gab es für sie kein Zurück mehr. Sie war aufgesprungen, hatte die Tür aufgerissen und sah ihn mit ernster Miene an.

»Meine Erinnerungen müssen nicht ausgelöscht werden. Ich mag mich so, wie ich bin.«

»Das weiß ich jetzt«, versicherte Scotty ihr und wirkte erleichtert, dass sie zumindest bereit gewesen war, die Tür zu öffnen. »Und ich mag dich auch, wie ich dir ja eben gesagt habe. Ich bin dankbar dafür, dass du die Gedächtnislöschung nicht vornehmen lassen willst, denn ich liebe dich so, wie du bist, Beth. Es würde mir das Herz brechen, wenn ich dich jetzt verlieren müsste.«

Fast wäre Beth aus dem Badezimmer gekommen, um sich ihm an den Hals zu werfen, aber sie hielt sich davon ab und fragte stattdessen: »Wirst du mir von deiner Mutter erzählen?«

Scotty seufzte leise, nickte dann aber zustimmend. »Wenn du das möchtest, dann ja.« Er zögerte kurz. »Falls du dich dabei hinsetzen möchtest …«

»Nein«, unterbrach ihn Beth. »Ich möchte mich auf dem Bett ausruhen.«

Er sah sie überrascht und gleich darauf besorgt an. »Fühlst du dich nicht gut, Mädchen? Rachel sagte, dass deine Heilung abgeschlossen ist, aber wenn du das Gefühl hast …«

»Das hat damit nichts zu tun«, sagte sie und machte einen Schritt auf ihn zu, legte die Arme um ihn und beugte sich weit genug nach hinten, um ihm in die Augen sehen zu können. »Es ist nur so … auch wenn du manchmal noch so stur und dumm und arrogant bist, glaube ich doch, dass ich dich auch liebe«, gab sie mit ernster Miene zu. »Und ich …«

Weiter kam sie nicht, da Scotty seinerseits die Arme um sie schlang und sie auf den Mund küsste. Sie ließ sich seufzend gegen ihn sinken und erwiderte den Kuss mit aller Leidenschaft, zu der sie fähig war. Dabei wollte sie noch gar nicht so ganz daran glauben, dass doch noch alles gut ausgehen würde. Dass er sie und sie ihn tatsächlich liebte und dass … Ihr Gedanke verflüchtigte sich, und sie musste nach Luft schnappen, da er sie auf einmal hochhob und zum Bett trug. Er unterbrach den Kuss, um sie dort abzusetzen, dann legte er sich zu ihr und wollte sie an sich ziehen, als sie eine Hand auf seine Brust legte. »Deine Mutter.«

Scotty hielt in der Bewegung inne, seufzte schwer und nickte schließlich. »Genau … meine Mutter.«

Er verzog den Mund, rutschte hoch, damit er sich gegen das Kopfende lehnen konnte und wartete dann, bis sie zu ihm hochgekommen war, damit er einen Arm um sie legen und sie an seine Brust drücken konnte. »Willst du dir das wirklich anhören, Mädchen? Ich weiß ja, dass du mit ihr nichts gemeinsam hast.«

»Ich will es wissen«, versicherte sie ihm. »Du kennst meine Vergangenheit, jetzt will ich deine erfahren.«

Scotty nickte und ließ den Kopf nach hinten sinken. »Also gut. Zuerst muss ich aber ein paar Dinge zur Vorgeschichte meines Vaters ausführen.«

»Okay«, murmelte sie und wartete geduldig.

»Mein Dad war schon einmal verheiratet gewesen, bevor er meiner Mutter begegnete. Seine erste Frau war die Liebe seines Lebens gewesen, sie waren fünfzehn Jahre lang verheiratet, bis sie plötzlich starb. Sie waren sehr glücklich miteinander gewesen, aber in den all den Jahren hatten sie nicht ein einziges Kind bekommen.«

»Wie traurig«, bemerkte Beth.

»Aye«, stimmte Scotty ihr zu. »Und dann war da meine Mutter. Sie war eine Hure. Keine Professionelle, jedenfalls hatte sie keinen Zuhälter, und sie lebte auch nicht im Bordell. Aber sie bot sexuelle Gefälligkeiten im Austausch gegen …« Er zuckte hilflos mit den Schultern. »… na ja, im Austausch gegen praktisch alles, was sie haben wollte. Sie schlief mit dem König, um ihrem Vater einen Gefallen zu tun und um seine Position am Hof zu stärken – und als Folge davon auch ihre eigene Position. Sie schlief mit hochrangigen Würdenträgern, mit Lairds … im Prinzip mit jedem, von dem sie etwas Bestimmtes haben wollte. Und dann schlief sie mit meinem Vater.«

»Was wollte sie denn von ihm haben?«, fragte Beth interessiert.

Nach kurzem Überlegen sagte er: »Soweit ich mich erinnern kann, wollte sie von ihm ein Stück Land, um damit …« Er verstummte kurz und schüttelte den Kopf. »Sie wollte irgendwas damit anfangen, aber ich bin mir nicht sicher, ob mir überhaupt jemals zu Ohren gekommen ist, was es mit dem Grundstück auf sich hatte. Jedenfalls würde es mich ohne dieses Fleckchen Erde gar nicht geben.«

Beth zog zweifelnd die Augenbrauen hoch, und er lächelte sie an.

»Ja, wirklich«, beteuerte er. »Sie tauchte mitten in einem Schneesturm vor der Feste auf. Später erfuhr mein Vater, dass sie zuvor Wochen in einer benachbarten Feste gewohnt hatte und in dem Moment zu unserer Burg aufgebrochen war, als der Schneefall einsetzte.« Er sah Beth an und erklärte: »Gastfreundschaft war in den Highlands von großer Bedeutung, und es wäre ein Zeichen größter Unhöflichkeit gewesen, sie bei diesem Wetter abzuweisen. Damit war so gut wie sicher, dass sie eingelassen würde.«

Er ließ den Kopf wieder nach hinten sinken und fuhr fort: »Sie machte sich sofort an das, was sie am besten konnte, und verführte meinen Vater. Anschließend erwartete sie von ihm, dass er ihr das Recht an diesem Stück Land übertrug. Einfach so«, sagte er voller Abscheu.

»Dann war sie wohl sehr von sich eingenommen, wie?«, folgerte Beth ironisch.

Scotty zuckte mit den Schultern. »In der Vergangenheit hatte es immer gut funktioniert. Sie war eine schöne Frau, die darüber hinaus über besondere Talente im Bett verfügte.«

»Aber bei deinem Vater kam sie damit nicht besonders weit, richtig?«

»Mein Vater war kein Dummkopf. Er wusste, dass sie schon am nächsten Tag auf der Weiterreise sein würde, wenn er ihrem Anliegen nachkam. Wie er mir erzählte, war es ein besonders kalter Winter, und demzufolge gab es nichts zu tun. Also hielt mein Vater sie hin, indem er sagte, er müsse sich das noch einmal gründlich durch den Kopf gehen lassen. Meine Mutter betrachtete das als Herausforderung, immerhin war sie so eitel, dass sie nicht für einen Moment an die Möglichkeit glaubte, sie könnte ihren Willen vielleicht doch nicht durchsetzen. So ging das bis zum Frühjahr. Mein Vater wurde ihrer allmählich überdrüssig, und als der Schnee auf den Bergpässen zu tauen begann und die Wege wieder frei waren, brannte er darauf, sie wegzuschicken, ohne ihr das Land zu übereignen. Doch dann auf einmal begann er den Verdacht zu hegen, dass sie ein Kind erwartete.«

»Dich«, folgerte Beth grinsend.

»Aye.« Ihr Gesichtsausdruck entlockte ihm ein Lächeln, und er drückte sie fester an sich. »Tja, Vater hatte schon immer Kinder oder zumindest einen Erben haben wollen. Daher war das für ihn ein gesegnetes Wunder.«

»Und für deine Mutter?«

»Ein Faustpfand«, gab er unverblümt zurück. »Genau genommen kann ich bis heute nicht mit Sicherheit sagen, dass

MacDonald tatsächlich mein Vater ist. Es kann genauso gut sein, dass sie mit anderen Männern geschlafen hat, um schwanger zu werden und dann zu behaupten, dass es sein Kind sei, und sich somit eine stärkere Verhandlungsposition zu verschaffen. Zumindest glaubte er, dass er der Vater war, und nur das zählte … für ihn und für mich. Er war ein guter Vater«, betonte er.

Beth nickte nachdenklich.

»Als ihm bewusst wurde, dass sie schwanger war«, redete er nach einer kurzen Pause weiter, »bestand er darauf, dass sie heirateten. Sie weigerte sich, versprach ihm aber, mich direkt nach meiner Geburt meinem Vater zu überlassen, vorausgesetzt, er überschrieb ihr zuvor das besagte Stück Land. Doch Vater traute ihr nicht und fürchtete, dass sie einen Weg finden würde, um eine Fehlgeburt in die Wege zu leiten, sobald das Eigentum an sie abgetreten war. Dazu musst du wissen, dass sie schon ein oder zwei Mal schwanger gewesen war und keines ihrer Babys überlebt hatte. Später fand ich dann heraus, dass sie weitaus häufiger schwanger gewesen war, als mein Vater vermutet hatte. Sie war offensichtlich sehr fruchtbar, aber laut ihrem Dienstmädchen haben nur drei Kinder bis zur Geburt überlebt. Angeblich hatte sie einen Trank aus wilden Karotten und allen möglichen anderen Zutaten, der für eine Fehlgeburt sorgte. Und wenn das nicht funktionierte, entledigte sie sich der Babys eben nach der Geburt. Ein Kind überließ sie gegen etwas Geld einem Bauernehepaar auf dem Anwesen ihres Vaters. Anscheinend war ihr der Vater des Kindes wichtig genug gewesen, um das Kind am Leben zu lassen. Ein anderes wurde gleich nach der Geburt von ihr ertränkt, ein weiteres einfach in einer kalten Winternacht im Wald abgelegt. Sie fand nie heraus, ob es nun in der Nacht erfroren war, ob jemand es noch gerettet hatte oder ob die Wölfe darüber hergefallen waren. Es kümmerte sie nicht im Mindesten. Mein Vater wusste vom Schicksal dieser Kinder, daher traute er ihr nicht«, kehrte Scotty zur eigentlichen Geschichte zurück. »Auf keinen Fall wollte er ihr das Land überschreiben, bevor sie mich zur Welt gebracht hatte. Er schlug ihr vor, das Kind zu gebären, es ihm zu überlassen und dann das unterschriebene Dokument ausgehändigt zu bekommen. Sie lehnte das Angebot ab und bestand auf dem Grundstück, sonst würde ich nicht lange genug leben, um das Licht der Welt zu erblicken. Eine ziemlich alberne Drohung, wenn man es genau überlegt«, betonte er. »Ich meine, sie war allein, abgesehen von ihrer Dienerin, die nicht allzu loyal zu ihr stand, und sie hielt sich in einer fremden Burg auf.«

»Ja, das klingt nach einer dummen Drohung«, pflichtete Beth ihr bei.

»Aye, aber meine Mutter war keine dumme Frau«, versicherte er ihr. »Ich kann mir das nur so erklären, dass sie sehr frustriert war, weil sie ausnahmsweise mal nicht ohne Probleme das erhielt, was sie haben wollte. Ihr Temperament muss mit ihr durchgegangen sein, und sie hat diese Drohung ausgesprochen, ohne darüber nachzudenken.« Er zuckte flüchtig mit den Schultern. »Jedenfalls reagierte mein Vater in der Form, dass er sie im Turm einsperren und rund um die Uhr bewachen ließ, damit sie weder einen Trank zubereiten noch ihren Körper traktieren konnte, um das Kind zu verlieren, und damit sie sich auch nicht das Leben nahm. Dann wartete er bis zu dem Tag, an dem die Wehen einsetzten, ließ den Priester kommen und im großen Saal warten, ging zu ihrem Gemach und erklärte ihr, dass sie nun das Baby zur Welt bringen würde. Gleich nach der Geburt würde er es ihr wegnehmen, damit es überleben konnte. Danach würde er der Welt meine Geburt kundtun und mich dem König als das Kind präsentieren, das sie ihm geschenkt hatte. Damit war sie für jeden anderen Mann ruiniert, es sei denn, sie heiratete ihn und machte mich ganz legal zu einem Erben.«

»Augenblick mal«, wandte Beth ein. »War sie denn nicht schon längst ruiniert, wenn sie mit so vielen Männern geschlafen und so viele Kinder bekommen oder eben nicht bekommen hatte?«

Scotty grinste, als er ihren fassungslosen Blick sah. »Solange nur die Männer über sie Bescheid wussten, war sie in Sicherheit. Die hofften schließlich alle darauf, sie irgendwann noch einmal in ihr Bett zu bekommen. Aber wenn eine Frau davon Wind bekam …« Er schüttelte nachdrücklich den Kopf. »Das wäre allerdings ihr Ruin gewesen.«

»Hm«, machte Beth missbilligend, seufzte und fragte: »Hat sie deinen Vater geheiratet?«

Scotty nickte. »Ich habe gehört, dass sie geschimpft und geflucht und sich mit allen Mitteln gesträubt haben soll. Aber letztlich blieb ihr keine andere Wahl. Die Alternative war nämlich, dass sie in ein Kloster geschickt wurde, wo man ihr den Kopf rasieren und sie zwingen würde, jeden Tag stundenlang zu knien. Außerdem würde sie dort weit und breit keinen Mann antreffen. Wahrscheinlich hätte er diese Drohung auch wahr machen können, immerhin war der König ein enger Freund von ihm, und wenn der König eine bestimmte Abtei benennen sollte …«

»Dein Vater hat aber knallhart mit ihr gepokert«, meinte Beth zustimmend.

»Aye.« Wieder grinste er. »Also gab sie nach. Der Priester wurde geholte, und so heiratete meine Mutter meinen Vater. Gleich darauf kam ich zur Welt.«

»Ich möchte wetten, dass du ein schönes Baby warst«, sagte Beth leise und rieb mit den Fingern über seine Brust, dann fügte sie hinzu: »Und ich möchte wetten, dass *ich* von dir auch schöne Babys bekommen werde.«

Er drückte sie fester an sich und gab ihr einen Kuss auf den Kopf. »So viele du haben willst und so viele, wie uns das Gesetz zugesteht.«

»Sehr romantisch, mein Laird.«

»Hey, vergiss nicht, dass ich der oberste Boss der britischen Vollstrecker bin. Auf diesen letzten Punkt muss ich ausdrücklich hinweisen«, verteidigte er sich.

»Ich schätze schon«, lenkte sie ein und drückte ihn nun ihrerseits an sich. »Und was geschah dann?«

»Mein Vater fürchtete, sie könnte mir immer noch etwas antun, also nahm er mich ihr sofort weg und übergab mich in die Obhut eines Kindermädchens, das mich in den ersten fünf Jahren in einem Cottage auf dem Land meines Vaters großzog.«

»Ganz ohne deinen Vater?«, fragte Beth erschrocken.

»Er kam mich jeden Tag besuchen«, beruhigte Scotty sie. »Außerdem war das Kindermädchen eine wunderbare Frau. Sie hatte sich schon um meinen Vater gekümmert, als der noch ein kleines Kind war. Dementsprechend war sie auch schon sehr alt und starb, als ich fünf war. Mein Vater war der Ansicht, dass ich alt genug war, um mich gefahrlos in der Nähe meiner Mutter aufzuhalten. Also holte er mich auf die Burg, und von da an lebte ich dort.«

»Und was war mit deiner Mutter?«, fragte Beth, konnte sich aber die Antwort darauf denken. Immerhin gab es einen Grund dafür, dass er diese Frau hasste.

»Sie verabscheute mich«, erklärte er mit ernster Miene. »Sie machte auch gar keinen Hehl daraus. Sie ärgerte und quälte mich auf eine subtile Weise, von der mein Vater nichts mitbekam. Das waren aber nur die kleinen Grausamkeiten. Die großen fuhr sie auf, wenn mein Vater nicht zu Hause war. Anschließend drohte sie mir damit, mir die Zunge rauszuschneiden, mich zu skalpieren oder meinen Vater zu töten, wenn ich ihm auch nur ein Sterbenswörtchen verraten sollte. So sah meine Kindheit aus«, fügte er lakonisch hinzu.

»Das tut mir leid«, murmelte Beth, schmiegte sich an ihn und wünschte, sie könnte ihm diese Erinnerungen abnehmen, die für ihn so schmerzhaft sein mussten. Kaum war ihr der Gedanke durch den Kopf gegangen, stutzte sie, da sie mit einem Mal begriff, wie es Scotty mit ihr ergangen war. Sie wollte gerade etwas dazu sagen, doch in diesem Moment redete er weiter, und so stellte sie ihre Bemerkung erst einmal zurück.

»Obwohl sie meinen Vater geheiratet hatte, gab die Frau die Hurerei nicht auf. Wenn sie etwas haben wollte oder wenn es irgendwo einen Vorteil herauszuholen gab, schlief sie mit demjenigen, von dem sie glaubte, dass er ihr dazu verhelfen konnte. Zu der Zeit hatte mein Vater mit ihr praktisch nichts mehr zu tun, und ich bin mir sicher, dass er diese Heirat zutiefst bereute. Mir gegenüber hat er das allerdings nie eingestanden, sondern mir mehr als ein Mal versichert, dass sämtliches von ihr verursachte Elend unbedeutend war, weil er dafür ja mich bekommen hatte.«

»Das glaube ich ihm aufs Wort«, meinte Beth.

Scotty zuckte mit den Schultern und redete weiter: »Vater starb, als ich achtzehn war. Bis heute bin ich davon überzeugt, dass sie ihn vergiftet hat. Er war ein starker, gesunder Mann, und es gab keinen Hinweis auf irgendein Herzproblem. Aber selbst wenn sie ihn nicht vergiftet hat, war sie schuld an seinem Tod. Sie hatten einen heftigen Streit, meine Mutter spuckte Gift und Galle, und auf einmal fasste er sich ans Herz und fiel um.«

Beth drückte Scotty fester an sich, da sie wusste, wie weh ihm dieser Verlust getan haben musste. Scotty erwiderte die Geste und gab ihr einen Kuss auf die Stirn.

»Nachdem ich fast mein ganzes Leben lang die Gehässigkeiten und Grausamkeiten meiner Mutter hatte ertragen müssen, war es klar, dass ich sie aus tiefstem Herzen hasste. Aber das Fass zum Überlaufen brachte sie, als sie mich dazu überreden wollte, ihr für die Beerdigung ein edles Seidenkleid zu kaufen, und mir das Ganze mit dem Angebot schmackhaft machen wollte, mit mir ins Bett zu gehen.«

»Mit ihrem eigenen Sohn?«, rief Beth fassungslos.

Er nickte angewidert. »Anders wusste sie mit einem Mann nicht umzugehen, würde ich sagen. Ich war außer mir vor Wut, und als ich zum Clanführer ernannt wurde, machte ich ihr unmissverständlich klar, dass ich ein solches Verhalten nicht dulden und sie verstoßen würde, wenn sie sich nicht anständig benehmen sollte.«

»Und? Hat sie sich anständig benommen?«

»Zwei Jahre lang ging es gut«, antwortete Scotty mit finsterer Miene. »Ihr blieb schließlich keine andere Wahl, denn mit schwindender Schönheit begann auch die Zahl der Liebhaber zu schrumpfen. Hätte ich sie tatsächlich verstoßen, dann wäre da kein Geliebter gewesen, der sie vor Armut und Hunger bewahrt hätte.«

Beth nickte verstehend. »Und was geschah nach diesen zwei Jahren?«

»Sie hatte etwas über einen Mann gehört, von dem sie glaubte, dass er ihr helfen könne. Ihm eilte der Ruf voraus, Probleme aus der Welt zu schaffen, und Gerüchte besagten, dass der Tod von ein paar Lairds auf sein Konto ging. Also schickte sie einen Boten mit einer Pergamentrolle los, um ihn um Hilfe zu bitten. Sie schrieb ihm, dass ich ein brutaler Mensch sei, der sie misshandeln und ausbeuten würde und so weiter und so fort. Was sie nicht wissen konnte, war die Tatsache, dass es sich bei ihm um einen Unsterblichen handelte. Natürlich hatte sie davon sowieso keine Ahnung, und selbst wenn, wäre es ihr wohl auch völlig egal gewesen. Vermutlich hätte sie ihn dann zu verführen versucht, um sie auch zur Unsterblichen zu machen.«

Scotty unterbrach sich und musste über diese Möglichkeit nachdenken, aber dann schüttelte er sich angewidert und redete weiter: »Wie gesagt: Er war ein Unsterblicher und las den Boten und die Nachricht, dadurch wusste er, dass irgendetwas nicht mit rechten Dingen zuging. Offenbar dachte der Bote an nichts anderes als an Sex mit meiner Mutter. Die Gedanken, die mich betrafen, vermittelten Respekt und Angst. Die Angst brachte ihn ans Grübeln, deshalb beschloss er, der Sache auf den Grund zu gehen. Er ließ meine Mutter glauben, dass er ihren Plan ausführen würde, und vereinbarte ein Treffen mit ihr. Tatsächlich wollte er aber die Wahrheit herausfinden. Sollte ich mich als grausamer Bastard entpuppen, würde er ihrer Bitte entsprechen. Sollte es ihr aber darum gehen, ihr eigenes Kind umbringen zu lassen, dann wollte er mich warnen, damit sie nicht einen anderen Auftragsmörder an Land zieht, wenn er den Auftrag ablehnt.«

»Hm, ein Killer mit Gewissen«, stellte Beth interessiert fest.

Scotty nickte zustimmend. »Also kam er zur Burg, als ich für einen Tag nicht dort war, und saß mit an der Tafel, als ich zurückkam. Meine Mutter wusste nichts davon, dass er sie gelesen hatte und die Wahrheit kannte, also zog sie das durch, was sie sich überlegt hatte. Sie stellte ihn als Lord Aequitas vor, der auf der Durchreise war und über Nacht auf der Burg bleiben würde …«

»Warst du wütend?«, fragte Beth interessiert. »Hast du ihn für ihren Liebhaber gehalten?«

Er schüttelte den Kopf und lachte leise. »Er war nur ein paar Jahre älter als ich, oder zumindest sah er so aus. Ich glaubte nicht mal für eine Minute, dass er an meiner alten Mutter interessiert sein könnte. Und schließlich war da ja noch diese Sache mit der Gastfreundschaft. Daher gab es für mich keinen Grund wütend auf ihn oder seine Anwesenheit zu sein.«

»Oh«, machte sie und klang fast ein wenig enttäuscht.

»Meine Mutter machte uns miteinander bekannt und saß dann nur da und grinste vor sich hin. Ich glaube, sie rechnete damit, dass er mich mitten im Saal vor allen Leuten töten würde. Oder sie freute sich schon auf den Moment, wenn ich ihr nicht mehr im Weg stand.« Er zuckte flüchtig mit den Schultern. »Jedenfalls tötete er mich nicht im Saal, und nach dem Essen schlug meine Mutter vor, dass wir drei uns doch in mein Wohngemach zurückziehen und etwas trinken sollten. Das machten wir dann auch, aber dort angekommen erklärte Aequitas mir, dass meine Mutter ihn angeheuert hatte, um mich aus dem Weg zu räumen. Dann zeigte er mir den Brief, in dem sich meine Mutter über meine angeblich brutalen Misshandlungen äußerte, und schenkte sich ein Ale ein. Meine Mutter platzte vor Wut und befahl ihm, mich auf der Stelle zu liquidieren, woraufhin er ihr erklärte, dass er mich nicht töten würde, sondern mich vor ihren Mordplänen warnen wollte, damit ich mich entsprechend schützen konnte. Er warf ihr an den Kopf, dass sie nur eine niederträchtige Hure ohne Gewissen und ohne einen Funken menschlicher Wärme sei, während ich als ehrbarer junger Mann versuchte, mich selbstlos für meine Leute einzusetzen. Und er fügte noch hinzu, dass er nicht mich, sondern meine Mutter töten würde, wenn ihm an diesem Abend der Sinn nach Töten stehen würde.« Scotty schürzte für einen Moment die Lippen. »Mutter konnte mit Enttäuschungen nicht gut umgehen.«

»Das dachte ich mir schon«, meinte Beth mitfühlend.

»Sie gab einen abfälligen Laut von sich, dann brüllte sie: ›Gib den Brief her!‹ Sie lief auf mich zu, und ich dachte wirklich, sie wollte mir das Pergament aus der Hand reißen … was sie dann auch mit einer Hand tat. Nur hielt sie in der anderen Hand ein Messer, das sie mir in den Hals rammte.«

Beth versteifte sich, ein wütendes Knurren entstieg ihrer Kehle. Scottys Mutter war mindestens ein so schlechter Mensch gewesen wie ihr Vater, was es wie ein kleines Wunder erscheinen ließ, dass sie selbst und Scotty so wohlgeraten waren.

»Es war eine tödliche Verletzung«, erklärte Scotty. »Ich wäre gestorben, aber der Unsterbliche, der sich dafür verantwortlich fühlte, dass die Situation so eskaliert war, wandelte mich. Zu der Zeit hatte ich natürlich keine Ahnung, was er da tat. Ich wusste nur, dass ich dalag und den Fußboden meiner Burg mit Blut tränkte. Der Unsterbliche biss sich ins Handgelenk und drückte mir die klaffende Wunde auf den Mund. Mir kam es so vor, als würde ich im Blut ertrinken, und dann … na ja, ab da wurde dann alles ein wenig verschwommen. Ich kann mich aber genau daran erinnern, wie er zu meiner Mutter sagte, dass er mich jetzt zu einem Unsterblichen mache, den sie niemals töten könne. Er sagte, ich würde ab nun nicht mehr altern, während sie immer mehr verschrumpeln und schließlich im Grab verrotten würde.«

»Nett von ihm«, befand Beth. Sie war sich sicher, dass Scottys Mutter außer sich gewesen sein musste, als sie das zu hören bekam. Dann legte sie den Kopf in den Nacken und fragte interessiert: »Wer war eigentlich dieser Lord Aequitas?«

»Das weiß ich nicht«, musste Scotty eingestehen. »Ich habe ihn danach nie wiedergesehen.«

Beth zog die Augenbrauen hoch. Das war gar nicht gut. Ein Unsterblicher sollte nicht einen Sterblichen wandeln und ihn dann sich selbst überlassen. Wer war dieser Mann gewesen? »Ein Abtrünniger?«

Scotty dachte über ihre Frage nach, konnte aber nur den Kopf schütteln. »Ich weiß es wirklich nicht. Ich habe mir diese Frage schon oft gestellt. Manchmal denke ich, es muss ein Abtrünniger gewesen sein, manchmal denke ich genau das Gegenteil.«

»Aber er hat Leute getötet, und er hat dich gewandelt und sich dann einfach nicht um dich gekümmert. Das ist …«

»Er hat nur Leute getötet, die ihre Macht missbraucht und andere umgebracht haben«, betonte Scotty. »Ich habe lange Zeit nach ihm Ausschau gehalten und zumindest das über ihn in Erfahrung gebracht.«

»Oh«, hauchte Beth. Das hatte schon etwas Bewundernswertes. Lord Aequitas war so etwas wie die Mittelalterversion des Equalizers gewesen.

»Und er hat mich nicht im Stich gelassen«, stellte Scotty klar. »Er hat meine Burg verlassen, aber er schickte eine Nachricht an den Unsterblichen, der in unmittelbarer Nähe lebte, nämlich Magnus Bjarnesen.«

Beth sah ihn ungläubig an. »Magnus? Ihn kannte er? Wie lautete die Nachricht?«

»Die Nachricht besagte, dass Laird MacDonald gewandelt worden sei und nun Unterweisung und Hilfe benötige. Magnus machte sich sofort auf den Weg, um sich einen Überblick über die Situation zu verschaffen. Er fand mich und meine Mutter vor, sorgte dafür, dass sie bestattet wurde, half mir durch die Wandlung und kontrollierte meine Untergebenen, damit sie sich nicht einmischten. Nachdem ich das Schlimmste überstanden hatte und wieder sprechen konnte, erfuhr ich, dass er niemanden namens Lord Aequitas kannte, und meine Beschreibung half ihm auch nicht weiter.« Scotty zuckte mit den Schultern. »Ich habe nie herausgefunden, wer Aequitas war und ob das überhaupt sein richtiger Name war.«

»Oh, stimmt«, flüsterte sie. Wenn der Mann nicht aufgespürt werden wollte, dann würde ein falscher Name die Suche eindeutig erschweren. Plötzlich stutzte sie. »Moment mal, er hat deine Mutter bestattet? Was ist passiert? Wie ist sie gestorben?«

»Ach ja.« Scotty verzog den Mund. »Also … als Aequitas ihr sagte, ich würde ewig leben und immer jung bleiben, da geriet sie so in Rage, dass sie auf ihn losging. Er lachte nur und schleuderte sie durchs Zimmer. Dann betonte er noch einmal, dass sie mich von jetzt an nicht mehr ermorden könne. Und um dem Ganzen noch eins draufzusetzen, fügte er hinzu, dass ich ganz bestimmt hingehen und sie in Ketten legen würde, sobald ich mich erholt hätte. Daraufhin attackierte meine Mutter ihn aufs Neue, oder zumindest sah es danach aus. Tatsächlich aber glaube ich, dass sie sich absichtlich und vorsätzlich in sein Schwert stürzte, das er vor sich hielt. Sie wusste, was sie tat, als sie beschloss, lieber den Tod zu wählen anstatt mir Gelegenheit zu geben, Gerechtigkeit walten zu lassen.«

Beide schwiegen sie einen Moment lang, dann sagte er: »Das ist der Grund, wieso ich nicht glauben konnte, dass die Nanos dich für meine perfekte Lebensgefährtin hielten. Ich hasste meine Mutter, und ich dachte, dass du wegen deines Berufs als Sterbliche ganz genauso bist wie sie. Ich habe nur die Oberfläche betrachtet, nicht aber in dein Herz geschaut«, räumte er betreten ein. »Zwar habe ich dir vorhin trotz allem noch einmal eine Gedächtnislöschung nahelegen wollen, aber nur, weil ich dir den Schmerz nehmen wollte, den deine schlimmen Erinnerungen dir bescheren. Zu meiner Schande muss ich allerdings gestehen, dass ich das ursprünglich im Sinn hatte, um anschließend aus dir eine bessere Frau zu machen. Aber ich war ein Idiot, denn du bist auch so eine viel bessere Frau als meine Mutter. Du bist auch ein besserer Mensch als ich. Es tut mir leid, Beth, und wenn du mir die Chance gibst, werde ich den Rest meines Lebens versuchen das wiedergutzumachen. Willst du meine Lebensgefährtin sein und mir diese Chance gewähren?«

Beth standen Tränen in den Augen, und sie musste erst schlucken, bevor sie etwas sagen konnte. Doch gerade als sie den Mund aufmachte, klopfte es an der Tür.

17

»Vielleich geht derjenige ja wieder weg«, murmelte Scotty und verzog missmutig den Mund, als es erneut klopfte. »Tja, oder auch nicht.«

Mit einem Lächeln auf den Lippen verließ Beth das Bett und ging zur Tür. Sie öffnete und zog die Augenbrauen hoch, als sie Donny draußen stehen sah.

»Oh«, machte der junge Unsterbliche erstaunt und erwiderte das Lächeln. »Du bist auf. Rachel hat zwar gesagt, dass es dir wieder besser geht, aber ich dachte, du ruhst dich noch aus.«

»Das macht sie auch gleich wieder«, versicherte Scotty, als er sich hinter Beth stellte. »Wolltest du zu mir?«

»Oh. Ja, tut mir leid«, sagte Donny hastig. »Mortimer hat gesagt, ich soll dir ausrichten, dass er mit dir reden muss.«

Scotty zögerte. »Weißt du, um was es geht?«

Donny schüttelte den Kopf. »Soll ich ihn fragen gehen?«

»Nein«, seufzte Scotty und sah Beth bedauernd an.

»Geh ruhig«, sagte sie leise. »Wir können nachher immer noch reden.«

Er nickte, gab ihr einen Kuss auf die Wange und verließ das Zimmer, um dicht gefolgt von Donny die Treppe hinunterzueilen. Beth schloss die Tür und ging Richtung Bett, als sie einen kühlen Luftzug im Rücken spürte. Sie fasste hinter sich und merkte erst jetzt, dass sie eines von diesen verdammten Krankenhaushemden trug. Aber wahrscheinlich war ihre eigene Kleidung der Explosion zum Opfer gefallen, sodass Rachel ihr dieses Teil angezogen hatte.

Beth ging zur Kommode, nahm einen Slip und einen neuen BH aus der Schublade, holte Jeans und T-Shirt aus dem Schrank und zog sich ins Badezimmer zurück. Nach einer kurzen Dusche würde sie nach unten gehen, um sich nach etwas Essbarem umzusehen, falls Scotty bis dahin noch nicht zurück war. Da ihr Gefühlsleben sie jetzt nicht länger ablenkte, war ein gewisses Hungergefühl erwacht.

Vom Gedanken an Essen angetrieben, nahm sie sich fürs Duschen nur ein paar Minuten Zeit. Sie zog sich rasch an, um sich dann auf den Weg nach unten zu machen. Sie erschrak, als sie die Tür aufmachte und Odilia vor ihr stand, eine Hand erhoben, um bei ihr anzuklopfen.

»Huch«, kam es Beth über die Lippen.

»Oh, tut mir leid, ich wollte dich nicht erschrecken«, entschuldigte sich die andere Frau hastig.

»Nein, nein, ist schon okay. Ich war schon immer sehr schreckhaft«, räumte Beth ein. »Falls du Scotty suchst, der ist vor ein paar Minuten zu Mortimer gegangen.«

»Eigentlich wollte ich zu dir«, sagte Odilia und lächelte sie an. »Ich weiß nicht, ob du es weißt, aber Scotty hat nächste Woche Geburtstag.«

»Tatsächlich?« Beth bekam den nächsten Schreck, da ihr klar wurde, dass sie nicht mal den Geburtstag dieses Mannes kannte. Aber sie wusste auch nichts über seine Lieblingsfarbe, sein Lieblingsessen und, und, und … Es gab noch eine Menge, über das sie beide reden mussten.

»Ja, am Freitag«, antwortete Odilia. »Ich hatte überlegt … na ja, in Schottland hatte ich für ihn eine große Party geplant, aber bis dahin wird er ja nicht zurück sein, also musste ich alles absagen. Aber ich dachte mir, dass wir stattdessen hier eine Feier für ihn planen könnten. Natürlich im kleineren Rahmen, weil wir nur noch eine Woche Zeit haben, aber …«

»Das klingt doch großartig«, sagte Beth sofort. »Ich bin dabei.«

»Oh, das ist gut. Ich bin mir nämlich nicht sicher, was ich machen soll wegen ...« Sie seufzte und machte mit den Händen eine frustrierte Geste. »Ich habe eine Liste von Lokalen, und in der Garage stehen alle möglichen Kostproben von verschiedenen Gerichten. Da fällt mir ein, ich muss sowieso zurück dahin, ich habe nämlich heute Garagendienst. Aber ich habe die Liste und das Essen mitgebracht, weil ich dachte, du hast vielleicht kurz Zeit und willst mitkommen ...«

»Das passt perfekt«, versicherte Beth ihr amüsiert. »Ich habe nämlich richtig Hunger, und da kommen mir die Kostproben gerade recht. Soll ich gleich mitkommen?«

»Das wäre großartig«, sagte Odilia erleichtert. »Es ist nämlich so schwierig, für Scotty zu planen.«

»Tatsächlich?«, fragte Beth erstaunt. Davon abgesehen, dass er gern das Sagen hatte und dass er bis vor Kurzem Probleme mit ihrem früheren Beruf gehabt hatte, fand sie, dass er eigentlich ziemlich locker und umgänglich war.

»Ja, er ... oh, warte«, sagte Odilia und fasste sie am Arm, um sie zurückzuhalten.

»Was ist?«, fragte Beth besorgt.

Odilia verzog den Mund. »Ich will mich nur vergewissern, dass die Luft rein ist. Wie gesagt, ich sollte eigentlich in der Garage sein. Mortimer wird sauer sein, wenn er mich hier sieht. Ich hätte dich anrufen sollen, aber ich wusste nicht, ob du schon auf bist, und ich wollte dich auch nicht aufwecken. Ich wünschte, es gäbe hier eine Außentreppe. Ich will nicht ...«

»Ist schon gut, komm mit. Wir können den Weg durchs Haus vermeiden«, sagte Beth und führte sie zurück in ihr Schlafzimmer. Ihr war nicht bewusst gewesen, wie ängstlich Odilia war.

Allerdings hatte die Frau auch eine sehr traumatische Kindheit erlebt. Immerhin war Beth sehr viel älter gewesen, als Jamieson auf die Menschen losgegangen war, die sie als ihre Familie angesehen hatte.

»Wohin gehen wir?«, fragte Odilia. »Ich muss zurück in die Garage.«

»Dahin gehen wir ja auch. Wir nehmen meinen Balkon«, schlug Beth vor und schob die Glastür zur Seite, durch die sie auf den kleinen Balkon gelangten, von dem aus man den Bereich hinter dem Haus überblicken konnte. Nachdem Odilia ihr gefolgt war, schob sie die Tür zu und ging zum Geländer. Es war bereits Nacht, wie Beth feststellen musste. Es war Nachmittag gewesen, als sie sich auf den Weg zu ihrem Apartment gemacht hatten, damit sie ihre Kleidung zusammenpacken konnte. Aber sie hatte keine Ahnung, ob das nur ein paar Stunden oder mehrere Tage her war. Sie wusste ja nicht mal, welcher Tag heute war. Durch die Angriffe auf sie und die damit verbundenen Umstände hatte sie jegliches Zeitgefühl verloren.

»Und jetzt?«, fragte Odilia.

Beth verscheuchte alle störenden Gedanken und sagte zu ihr: »Jetzt springen wir.«

»Wir springen?«, wiederholte Odilia skeptisch und sah nach unten zu den Büschen, die von Steinen umgeben waren.

»Versuch einfach, auf dem Rasen zu landen, nicht im Steingarten«, meinte Beth grinsend, machte einen Satz über das Geländer und kam mühelos auf dem etwas weiter entfernten Rasen auf. Sie erhob sich, sah zu Odilia hoch und winkte ihr, um ihr Mut zu machen.

Odilia zögerte erst, stieß sich aber von dem Geländer ab und sprang. Sie landete gleich neben Beth, musste über ihre Leistung lachen und marschierte dann in Richtung Garage. »Wenn du jetzt noch ein Teenager wärst, dann wäre es ein wahrer

Albtraum, dich im Auge zu behalten«, sagte sie amüsiert. »Du wärst bestimmt eine von denen, die sich nachts aus dem Haus schleichen, um sich heimlich mit ihrem Freund zu treffen.«

»Ja, könnte gut sein«, gab Beth zu. Odilia lag mit ihrer Vermutung gar nicht so verkehrt, vor allem wenn Scotty dieser Freund wäre. Da hätte sie garantiert jede Gelegenheit genutzt, um sich aus dem Haus zu schleichen. »Wo sind eigentlich die Hunde?«, wollte sie wissen, als ihr auf einmal auffiel, wie verlassen und ruhig der Garten dalag.

»Die sind im Zwinger und warten darauf, dass ich sie füttere«, erklärte Odilia. »Das muss ich übrigens noch schnell erledigen und sie dann rauslassen, bevor wir uns an die Kostproben begeben.«

»Ich werde dir helfen«, beschloss Beth.

»Danke.« Odilia klang überrascht. Lächelnd öffnete sie die Tür zur Wagenhalle und ließ Beth vorgehen.

»Wieso bist du eigentlich für den Garagendienst eingeteilt worden?«, wollte Beth wissen, während sie vor der anderen Frau zu der Tür ging, durch die man zum Zwinger und den Arrestzellen gelangte.

»Das habe ich mich auch gefragt, als Mortimer mir das gleich nach meiner Ankunft gesagt hat«, gab sie zu. Sie betraten einen Flur mit einer Tür auf der linken und mehreren vergitterten Zellentüren auf der rechten Seite. An der Tür blieb sie stehen, öffnete sie und hielt sie für Beth auf. »Donny hat sich in den letzten Tagen um die Garage gekümmert, deshalb war ich völlig überrascht, als Mortimer mir sagte, dass das heute meine Aufgabe ist. Aber …«

Beth hatte den Zwinger betreten, während Odilia weiterredete. Ihr Blick wanderte zu den Hunden, die sich sichtlich darauf freuten, ihr Futter zu bekommen und dann rausgelassen zu werden. Sie stutzte, weil Odilia mitten im Satz abgebrochen hatte, und wollte sich eben zu ihr umdrehen, als sie einen schmerzhaften Stich in ihrer Seite verspürte. Verwundert sah sie nach unten und entdeckte einen Betäubungspfeil, der in ihrem Fleisch steckte. Verständnislos schaute sie zu Odilia und erkannte gerade noch die Betäubungspistole, die die Frau auf sie gerichtet hielt … dann wurde ihr schwarz vor Augen.

»Dann meinst du also, dass eine der Überwachungskameras denjenigen gefilmt haben könnte, der die Bombe in Rickarts Wagen platziert hat?«, fragte Scotty interessiert.

»Wir hoffen es. Dieser Supermarkt liegt gleich neben Beths Apartmentkomplex«, erklärte Mortimer. »Magnus ist mit Rickart dorthin gefahren, um Kopien von den Aufnahmen aller vier Kameras zu bekommen. Ich wollte wissen, warum Magnus die Bilder von allen Kameras haben will, nicht nur von denen, die den Parkplatz erfassen, und er meinte …«

»… dass wir dann die Chance haben, das Kennzeichen des Wagens zu sehen, falls der Täter woanders geparkt hat. Und die Chance, ein deutlicheres Bild vom Gesicht des Abtrünnigen zu erhalten«, führte Scotty den Satz zu Ende.

»Hm«, machte Mortimer. »Ihr beide denkt genau gleich.«

»Wir arbeiten ja auch schon seit ewigen Zeiten zusammen«, meinte Scotty achselzuckend.

»Ich weiß das wirklich zu schätzen, dass du hergekommen bist, um zu helfen, und dass du ein paar von deinen Leuten mitgebracht hast«, sagte Mortimer in ernstem Tonfall. »Selbst ich kann noch was von euch lernen. Ich hätte mich nämlich nur mit den Aufnahmen begnügt, die den Parkplatz zeigen. Das werde ich mir für die Zukunft merken.«

Scotty lächelte flüchtig. »Wann erwartest du Magnus und Rickart zurück?«

Er sah auf die Uhr und schürzte die Lippen. »Sie müssten jetzt am Supermarkt angekommen sein. Ich weiß nur nicht, ob sie sofort eine Kopie bekommen.« Er dachte kurz nach. »Je nachdem, wie lange das dauert und wie viel unterwegs los ist, könnten sie in ein bis eineinhalb Stunden wieder da sein.«

Scotty stand auf. »Dann werde ich Beth Bescheid sagen.«

»Solltest du noch nicht wieder hier sein, wenn sie zurückkommen, dann schicke ich Donny rauf, damit er dich holt. Oder ich schicke dir eine SMS.«

»Danke.« Scotty verließ das Büro und ging zur Treppe, bog aber auf halber Strecke in Richtung Küche ab. Beth hatte seit vierundzwanzig Stunden nichts mehr gegessen. Und Blut konnte sie sicher auch noch gebrauchen. Kopfschüttelnd hielt er sich vor Augen, dass sie in der letzten Zeit eigentlich nur damit beschäftigt gewesen waren, sich von schweren Verletzungen zu erholen, zu essen, Blut zu trinken … na ja, und sich zu lieben. Bei diesem Gedanken musste er lächeln. Ja, es war wirklich so, dass sie sich liebten. Und dabei ging es nicht nur um Sex. Er war sich ziemlich sicher, dass er sie liebte. Beth war eine ganz besondere Frau, freundlich, großherzig, freigiebig, tapfer, klug und nicht auf den Mund gefallen. Sogar Letzteres gefiel ihm an ihr. Nein, das gefiel ihm sogar ganz besonders an ihr. Die meisten Leute fanden, dass er etwas Einschüchterndes an sich hatte, weshalb nur wenige es wagten, ihm zu widersprechen oder etwas zu sagen, von dem sie fürchteten, es könnte ihm missfallen. Magnus war einer von diesen wenigen, und deswegen waren sie auch schon so lange gute Freunde. Beth hatte damit ebenfalls keine Probleme, und das gefiel ihm.

Er öffnete den Kühlschrank und überlegte, welche Snacks er für Beth mitnehmen sollte. Sein Blick fiel auf den Käse; er nahm ihn heraus, schnitt für jeden von ihnen ein paar Scheiben ab und verteilte diese dann auf zwei Teller. Vom übriggebliebenen Apfelkuchen schnitt er zwei Stücke ab und packte sie ebenfalls auf die Teller, die er dann auf ein Tablett stellte. Dazu legte er ein paar Blutbeutel und goss noch zwei Gläser Milch ein. Er wusste, Kaffee wäre Beth lieber, aber die Kanne war leer, und er hatte keine Ahnung, wie man die Kaffeemaschine bediente.

Er würde Sam bitten müssen, es ihm zu erklären, überlegte er, als er mit dem Tablett zur Treppe ging. Wenn Kaffee für Beth so wichtig war, würde er eben lernen, wie man die Maschine bediente, um sie mit einer Tasse Kaffee überraschen zu können, wenn sie aufwachte. Die Vorstellung, sie mit einem Kuss und einer Tasse Kaffee zu wecken, ließ ihn lächeln und daran denken, wie er mit ihr im Bett faulenzen würde … oder auch nicht faulenzen, je nachdem, wonach ihnen gerade der Sinn stand.

Er bedauerte zutiefst, dass er sich über so viele Jahre so starrsinnig und dumm verhalten hatte. Nur deswegen hätte er sie beinahe verloren. Gott sei Dank war sie bereit gewesen ihn anzuhören und ihm die Chance zu geben, seine Fehler wiedergutzumachen.

Mit einem breiten Lächeln auf den Lippen ging er den Flur entlang und klopfte mit dem Fuß an, da er die Hände voll hatte. Er wartete … und wartete. Irritiert klopfte er erneut, und als dann immer noch nichts geschah, vermutete er, dass Beth wieder eingeschlafen war. Um sie nicht zu wecken, balancierte er das Tablett vorsichtig auf einer Hand, um mit der anderen die Tür zu öffnen. Dann trat er ein … und blieb wie vom Donner gerührt stehen, als er sah, dass das Bett verlassen war. Die Tür zum Badezimmer stand offen, der Raum war ebenfalls leer. Dann machte er kehrt und lief um einiges schneller die Treppe runter, als er sie eben raufgegangen war.

Scotty sah im Wohnzimmer nach, dort war niemand. Von da an nahm er sich einen Raum nach dem anderen vor. Als Letztes warf er einen Blick in Mortimers Büro. Der sah von dem Papierkram auf seinem Schreibtisch auf, mit dem er gerade beschäftigt war, und stutzte.

»Das sieht lecker aus«, sagte er und setzte sich gerader hin. »Schläft Beth wieder?«

»Sie … ich kann sie nicht finden«, antwortete Scotty. Er hatte »Sie ist weg« sagen wollen, hatte es sich in letzter Sekunde aber noch anders überlegt. Erneut erfasste ihn ein ungutes Gefühl, und er wollte lieber nicht das aussprechen, was womöglich geschehen war.

»Sie ist nicht in ihrem Zimmer?«, fragte Mortimer und stand auf.

Scotty schüttelte den Kopf. »Weder da noch hier im Erdgeschoss. Ich habe nur nicht in den anderen Schlafzimmern im ersten Stock nachgesehen.«

»Meinst du, sie hat sich in dein Zimmer begeben, um dich zu überraschen?«, wollte Mortimer wissen.

Nach kurzem Überlegen schüttelte er den Kopf. »Ich habe ihr gesagt, dass ich zu ihr zurückkomme, wenn ich mit dir geredet habe. Aber ich werde sicherheitshalber nachsehen«, sagte er und drehte sich um.

»Mach das, ich rufe in der Zwischenzeit am Tor an, um sicherzustellen, dass sie nicht aus irgendeinem Grund einen Wagen genommen hat und weggefahren ist.«

Scotty nickte nur knapp und lief zurück in die Küche, um das Tablett abzustellen. Dann rannte er nach oben und sah in jedem Zimmer nach, in Beths Zimmer sogar ein zweites Mal, um unverrichteter Dinge wieder nach unten zu eilen. Er hatte eben die letzte Stufe erreicht, als Mortimer aus seinem Büro kam.

»Und?«, fragte er.

Scotty schüttelte den Kopf. »Das Tor?«

»Auch nichts. Nach Magnus und Rickart hat niemand das Grundstück verlassen.« Mortimer sah sich kurz um und schlug dann vor: »Wenn du in der Garage direkt hier am Haus nachsiehst, suche ich im Keller nach ihr. Sollten wir sie hier nirgendwo finden, dann müssen wir draußen weitersuchen.«

Mit einem knappen Nicken machte Scotty sich auf den Weg in die Küche, von der aus man in die angeschlossene Garage gelangte. Dass Beth sich dort nicht aufhielt, sah er mit einem Blick, daher konnte er gleich darauf in den Keller gehen und Mortimer bei der Suche helfen.

Nachdem sie auch dort nicht fündig geworden waren, suchten sie draußen weiter.

»Die Hunde sind noch gar nicht draußen«, stellte Scotty fest, als sie den Rasen hinter dem Haus überquerten. Ein einziger Blick genügte, um festzustellen, dass sich niemand im Garten aufhielt.

»Vermutlich füttert Odilia sie gerade«, sagte Mortimer. »Sieh du in der Garage nach, ich suche vor dem Haus weiter.«

Wieder nickte Scotty und ging zur Garage. Ganz sicher würde er sie dort antreffen. Sie musste dort sein, denn es gab keine andere Möglichkeit mehr, wo sie sich noch hätte aufhalten können. Als er das Gebäude betrat, war niemand zu sehen, nicht mal Odilia. Irritiert sah er zu den Wagen und den Büros und öffnete dann die Tür, die zum Zwinger und zu den Zellen führte. Die Zellen waren alle verwaist, und gerade als er die Tür zum Zwinger öffnen wollte, wurde diese von innen aufgemacht. Scotty ging einen Schritt nach hinten und schaute in den Raum hinter der Tür, wurde aber enttäuscht, da er nur Odilia entdecken konnte.

»Ist Beth bei dir?«, fragte er, als sie nach draußen kam.

»Beth?«, wiederholte sie verwundert. »Ich dachte, sie erholt sich immer noch von den Folgen dieser Explosion.«

»Nay«, erwiderte er besorgter als zuvor, da ihm klar wurde, dass sie hier ebenfalls nicht war. »Sie ist verschwunden.«

Odilia schüttelte den Kopf. »Sie kann doch nicht verschwunden sein, Scotty. Hast du in der Küche nachgesehen? Vielleicht hatte sie ja Hunger.«

»Wir haben das gesamte Haus auf den Kopf gestellt. Das hier war unsere letzte Hoffnung gewesen.«

»Ihr müsst euch irgendwie verpasst haben«, erklärte sie im Brustton der Überzeugung. »Lass mich nur noch schnell die Hunde rausholen, dann komme ich rüber und helfe euch bei der Suche.«

»Nein, nein«, wandte Scotty ein. »Du bleibst hier, während Mortimer und ich noch einmal alles absuchen werden.«

»Was ist mit Donny?«, fragte sie.

»Donny?«, wiederholte er verdutzt.

»Ja, hilft er euch nicht bei der Suche?«

»Donny habe ich auch nicht gesehen.«

»Na, vielleicht sind die zwei irgendwo zusammen unterwegs«, gab Odilia zu bedenken. »Ich weiß, dass er da sein muss, sein Wagen ist nämlich noch hier.«

Verwundert kehrte Scotty nach vorn zu den Wagen zurück. Donny war auch verschwunden? Oder hatte er sich vor dem Haus aufgehalten, als Mortimer und er drinnen unterwegs gewesen waren? Vielleicht war Beth auch vorn. Irgendwo musste sie schließlich sein, und ihr Leihwagen stand auch noch auf seinem Platz. Den hatte er gesehen, als er vorhin ein zweites Mal erfolglos ihr Zimmer durchsucht und dort einen Blick aus dem Fenster geworfen hatte.

Er ließ die Augen umherwandern, und abermals wurde ihm bewusst, wie seltsam leer und ruhig es ohne die Hunde war.

Auf einmal fragte er sich, wie lange die Tiere schon eingesperrt waren, um gefüttert zu werden. Die Hunde, der Zaun und die Wachen am Tor bildeten eine Einheit, und solange die Hunde draußen unterwegs waren, konnte niemand den Zaun überwinden oder sich unbemerkt auf dem Grundstück bewegen. Während sie eingesperrt waren, sah das alles jedoch ganz anders aus. Er hätte Odilia wegen der Hunde fragen sollen.

18

Ein stechender Schmerz in den Händen holte Beth aus dem Schlaf. Leise stöhnend bewegte sie sich, oder besser gesagt: Sie versuchte es, denn gleich darauf musste sie feststellen, dass sie in ihrer Bewegungsfreiheit stark eingeschränkt war. Verwirrt schlug sie die Augen auf, sah sich um und war auf der Stelle hellwach, da sie von Panik erfasst wurde. Sie lag auf die Seite gedreht auf dem Boden eines der Zwinger, wobei ihr die Hände auf den Rücken gefesselt waren – vermutlich mit der gleichen schweren Kette, die man ihr auch um die Fußgelenke gelegt hatte und die sie sehen konnte, wenn sie den Kopf etwas drehte. Sie hatte Schmerzen, weil diese Fesseln so fest saßen, dass sie die Blutzufuhr zu den Händen und Füßen abschnürten.

Beth sah sich weiter um und entdeckte die Hunde, die ganz darauf konzentriert waren, die Fressnäpfe zu leeren, und von ihr keine Notiz nahmen. Sie hörte Stimmen aus dem Nebenraum und setzte eben zu einem Hilferuf an, da wurde die Unterhaltung beendet, eine Tür zugeschlagen, und es kehrte Ruhe ein. Sie unternahm dennoch einen Versuch, wusste aber auch, dass dieser Teil des Gebäudes schalldicht war, damit weder das Gebell der Hunde noch die Rufe möglicher Gefangener denjenigen stören konnten, der im Büro saß und arbeitete.

Zu ihrem Erstaunen ging die Tür aber wenige Augenblicke später wieder auf. Zu ihrer Enttäuschung war es jedoch Odilia, die hereinkam.

»Wie ich sehe, bist du wach.« Ihr Tonfall war kühl und ruhig, während sie sich vor die massive Gittertür am Eingang zum

Zwinger stellte. Sie bedachte Beth mit einem gleichgültigen Blick und sah dann zu den Hunden, die soeben die Näpfe geleert hatten und jetzt zu ihr gelaufen kamen, um mit ihr zu der Tür am anderen Ende des Raums zu gehen, von der Beth wusste, dass sie unmittelbar nach draußen führte. Es überraschte sie nicht, dass die Hunde sofort in den Garten stürmten, immerhin war es Zeit für sie, ihren Auslauf zu haben und ihr Geschäft zu verrichten.

Die Tür fiel ins Schloss, Odilia drehte den Schlüssel um und kam zu Beth. Nachdem sie sie noch einmal kurz gemustert hatte, sagte sie: »Ich finde, der Zwinger ist ein passender Ort für dich, bis wir von hier weg können. Immerhin hast du dich ja auch wie eine läufige Hündin verhalten.«

Beth erstarrte innerlich, zwang sich aber zu einem gleichgültigen Schulterzucken. »Ich wollte nur nicht, dass du dich einsam fühlst.«

Sie sah, wie Odilias Augen vor Wut aufblitzten. Sie ignorierte die Schmerzen in den Händen und Füßen und setzte sich auf, bevor sie sie fragte: »Mit wem hast du da im Flur gesprochen?«

Odilias Wut erlosch auf der Stelle, stattdessen lächelte sie nun boshaft. »Mit Scotty. Er sucht dich. Ich habe ihn gefragt, ob ich ihm helfen soll und ob Donny mitsucht. Als er dann sagte, dass er Donny ebenfalls nirgends entdecken konnte, habe ich die Möglichkeit ins Spiel gebracht, dass ihr beide ja irgendwo zusammen unterwegs sein könntet.« Sie lächelte noch breiter. »Er wird sich bald ausmalen, wie du für den Jungen die Beine breit machst.«

Amüsiert gab Beth zurück: »Das wird er ganz sicher nicht. Allein die Tatsache, dass du so etwas für möglich hältst, ist für mich Beweis genug, dass du absolut keine Ahnung von Lebensgefährten hast.«

»Doch, das wird er!«, spie sie aufgebracht. »Du bist eine Prostituierte, eine Hure! Damals hast du wahrscheinlich für halb London die Beine breit gemacht, und seit du hergekommen bist auch noch für halb Toronto. Er wird es schon noch glauben, und er wird sehen, dass du nichts als eine billige Schlampe und seiner Liebe nicht würdig bist.«

»Wo ist Donny?«, fragte Beth, ohne auf Odilias Worte einzugehen. Ihr war allerdings auch nicht entgangen, dass die Frau soeben zugegeben hatte, sie beide belauscht zu haben. Anders hätte sie nicht wissen können, dass sie und Scotty sich ihre Liebe gestanden hatten.

»Da, wo er sicher aufgehoben ist«, sagte Odilia und beruhigte sich gleich wieder. Sie verzog sogar den Mund zu einem flüchtigen Lächeln. »Keine Sorge, du wirst ihm bald Gesellschaft leisten.«

Beth nickte betont gleichgültig. »Dann heißt das also, dass du hinter allem gesteckt hast?«

»Ja«, war alles, was sie dazu sagte.

»Nur damit ich das richtig verstehe«, hakte Beth nach. »Du hast hinter *allem* gesteckt? Hinter dem Unfall auf dem Highway? Hinter dem Angriff mit dem Schwert? Hinter der Falle in der Scheune? Hinter der Bombe in Rickarts Wagen? Du hast all diese Anschläge verübt?«

Odilia nickte, war aber sichtlich verärgert. »Und du bist jedem einzelnen Anschlag entkommen!«

»Na, so richtig entkommen bin ich ja nicht«, hielt Beth dagegen. »Immerhin hast du mir fast den Arm abgehackt, und in der Scheune habe ich schwere Verbrennungen erlitten. Was mir bei der Bombenexplosion passiert ist, weiß ich nicht, da mir das noch niemand gesagt hat. Aber ich gehe davon aus, dass das auch nicht gerade ein Pappenstiel war.« Sie neigte den Kopf zur Seite. »Allerdings habe ich überlebt. Tut mir leid, wenn ich damit deine Pläne durchkreuzt habe, aber mir ist schon oft gesagt worden, dass ich die Angewohnheit habe, nicht immer das zu tun, was andere von mir erwarten. Aber der Fairness halber musst du auch zugeben, dass du mich nicht in deinen Plan eingeweiht hast. Wie soll ich kooperieren, wenn ich nicht weiß, was von mir erwartet wird.«

Beth beobachtete die Frau und sah deutlich, wie ihre Wut wieder Fahrt aufnahm. Das ging bei ihr auf und ab wie bei einem Jo-Jo, ihre Beherrschung hingegen tendierte gegen null. Sie war völlig von der Rolle. Wut war gut, denn wütende Leute begingen Fehler. Aber verrückte Leute? Ja, die waren unberechenbar und gefährlich, daher war es ratsam, eine andere Taktik zu wählen.

»Dann warst du also schon in Toronto, als Scotty hier eintraf?«, wollte sie wissen. Fast wie erwartet wurde die andere Frau wieder ruhiger.

»Ich traf einen Tag vor ihm hier ein. Eigentlich war ich in der Zeit damit beschäftigt, einem Hinweis nachzugehen, dass in Kirkwall in Großbritannien ein Abtrünniger gesehen wurde. Der Hinweis kam von mir selbst«, fügte sie breit grinsend hinzu. »Und dann gab ich in regelmäßigen Abständen Berichte durch, die komplett erfunden waren.«

»Und woher wusstest du, dass wir nach Vancouver gefahren waren?«, wollte Beth unbedingt wissen. Immerhin war es ihnen bislang nicht gelungen, die Verbindung zwischen diesem Anschlag und den anderen herzustellen.

»Scotty«, antwortete Odilia fröhlich. »Er rief Magnus an und sagte, Mortimer benötige Hilfe, darum sollte er sich mit Rickart, mir und drei anderen auf den Weg machen. Diese drei sollten nach Toronto fliegen, und Magnus, Rickart und ich sollten uns mit ihm in Vancouver treffen. Die genaue Adresse würde er uns mitteilen, sobald sie ihm bekannt war.« Odilia zuckte flüchtig mit den Schultern. »Wie gesagt sollte ich ja in Kirkwall unterwegs sein, das ganz hoch oben im Norden von nirgendwo liegt. Ich habe sie wissen lassen, dass ich direkt von Schottland aus nach British Columbia fliegen würde, um mich in Vancouver mit Magnus und Rickart zu treffen. Das wäre für mich schneller und einfacher, als erst noch nach London zu fliegen, wo die beiden auf mich hätten warten müssen. Am ersten Tag bin ich dir ab dem Haus gefolgt und habe dich in den Unfall verwickelt. Als das nicht funktioniert hat, bin ich in Toronto in den nächsten Flieger gestiegen und nach Vancouver geflogen, wo ich so etwa eine Stunde nach euch gelandet sein dürfte. Als Magnus mir die Adresse schickte, bin ich zum Haus der Vollstrecker gefahren und bin euch von dort aus gefolgt, diesmal zu diesem Club.«

»Ja, klar«, hauchte Beth. Sie hatten alle immer wieder gesagt, dass nur ein Jäger wissen konnte, wo sie waren. Damit hatten sie völlig richtiggelegen, allerdings hatten sie dabei nicht an die britischen Jäger gedacht. Warum auch? Sie war Odilia noch nie begegnet, um sie ging es auch gar nicht, sondern um Scotty. Odilia machte auf »kleine Prinzessin«, frei nach dem Motto: »Das ist mein Daddy, den teile ich mit niemandem.« So sehr Beth diese Denkweise auch abstieß, fragte sie so ruhig und sachlich wie möglich: »Ich nehme an, es gibt einen Grund, warum du das alles gemacht hast. Geht es um Scotty?«

»Natürlich geht es um Scotty«, gab sie giftig zurück. »Du bist für ihn nicht gut genug!«

»Ja, so was habe ich schon mal gehört. So oft, dass ich aufgehört habe mitzuzählen. Ich bin es schon leid, das immer wieder hören zu müssen.«

»Dann solltest du vielleicht anfangen zuzuhören«, konterte Odilia kühl. »Du hast bei ihm nichts verloren. Er gehört mir.«

»Odilia«, versuchte Beth zu argumentieren, »mir ist bekannt, dass Scotty dich großgezogen hat und er für dich wie ein Vater ist, aber …«

»Wie ein Vater?«, unterbrach sie ihn verblüfft. »Wir waren ein Liebespaar!«

Das kam nun wirklich völlig unverhofft. »Hast du nicht gesagt, dass er dich großgezogen hat?«

»Ich habe gesagt, dass er sich meiner angenommen hat«, herrschte Odilia sie an. »Ich habe nicht gesagt, dass ich von ihm adoptiert wurde.«

»Tja, dann …«, begann Beth, wusste aber nicht so recht, was sie noch sagen sollte.

»Sein Haus in London ist riesig«, redete Odilia weiter. »Ich bekam einen ganzen Flügel zusammen mit Mrs McCurdy, die eingestellt wurde, um sich um mich zu kümmern. Scotty hatte seinen eigenen Flügel, aber er war nur selten da«, fügte sie hinzu und klang deutlich verärgert. »Bis ich volljährig war, hatte ich ihn nur ein paar Mal gesehen, und dann auch fast immer nur aus der Ferne. Aber er schrieb mir Briefe, und ich schrieb ihm zurück. Über Mrs McCurdy hielt er sich auf dem Laufenden, was ich machte und wie ich mich betrug, während er unterwegs war, um Abtrünnige zu jagen. Und dann musste ich natürlich aus London weg, weil ich nicht alterte und die Gefahr bestand, dass das jemandem auffiel. Ich bereiste eine Weile den Kontinent, sah mir Nord- und Südamerika an, kehrte auf den Kontinent zurück … und dann hörte ich, dass Jamieson wieder in London aufgetaucht war. Scotty war ihm natürlich dicht auf den Fersen. Ich brauchte dagegen erst noch eine Weile, um nach England zu reisen, wo ich genau in der Nacht eintraf, in der sie ihn zu fassen bekamen und töteten.«

»Die Nacht, in der ich gerettet wurde«, murmelte Beth.

Odilia nickte mürrisch.

»Ich habe dich da gar nicht gesehen«, sagte Beth leise.

»Ich ging zuerst zu Scottys Haus, aber er war bereits unterwegs, weshalb es mich einige Zeit kostete, um herauszufinden, wohin er mir entwischt war. Als ich dann da eintraf, war alles längst über die Bühne gegangen. In dem Moment, als ich ankam, fuhr die Kutsche ab, die dich und Alexandrina Argenis zu den Docks bringen sollte. Zuerst konnte ich Scotty nirgends entdecken, also ging ich ins Haus und …« Sie verstummte und kniff die Augen zu. Beth wusste in diesem Moment ganz genau, was Odilia dort gesehen hatte: das Blut, Jamiesons Überreste, die Leichen der Frauen, die sie und Dree hatten retten wollen, die verwesenden Leichen von Männern, Frauen und Kindern, die einfach irgendwo herumlagen und verrotteten. Dazu der widerwärtige Gestank …

Beth ließ den Kopf sinken und kniff die Augen zu, während sie versuchte, den Geruch und die Bilder aus ihrem Verstand zu vertreiben. Allein bei diesen Erinnerungen kam es ihr vor, als wäre sie wieder in diesem Haus, inmitten von Wahnsinn, Horror und …

»Es sah ganz so aus wie bei mir zu Hause, als ich nach meiner Wandlung aufwachte«, erklärte Odilia betrübt. »Eigentlich sogar noch schlimmer. Ich glaube, ich hätte den Verstand verloren, wenn Scotty in dem Moment nicht hereingekommen wäre. Er brachte mich sofort nach draußen, setzte mich in eine Kutsche und schickte mich zu sich nach Hause. Er versprach, so bald wie möglich nachzukommen.«

Odilias Mundwinkel zuckten, als sie gestand: »Was danach geschah, erlebte ich alles wie hinter einem Schleier, bis er heimkam. Ich weiß, ich stieg vor seinem Haus aus und ging nach drinnen, aber alles kam mir so … so seltsam vor, als wäre ich durch eine unsichtbare Wand von der Realität getrennt. Außerdem war ich mit einem Mal völlig erschöpft. Die Haushälterin versuchte mich zu überreden, dass ich mich hinlegen sollte, aber ich wollte auf Scotty warten. Ich wollte erfahren, was passiert war. Ich musste es einfach erfahren. Also brachte sie mir ein Zimtröllchen und ließ mich in Ruhe. Ich hatte keinen Hunger … ich fühlte mich noch immer von allem losgelöst … also saß ich einfach nur da und rührte mich nicht. Ich konnte nicht mal richtig denken. Dann kam Scotty nach Hause und sah nach mir. Er erzählte mir, was geschehen war und schnupperte dabei die ganze Zeit über«, erzählte sie amüsiert. »Schließlich wollte er wissen, woher der Zimtgeruch kam. Ich zeigte ihm das Zimtröllchen und erklärte, dass die Haushälterin es mir gegeben hatte, ich aber nicht hungrig war. Er nahm es, roch daran und biss davon ab. Er war völlig überrascht, wie gut es schmeckte, und verschlang es geradezu.«

Beth sagte nichts dazu. Es überraschte sie nicht, was sie da hörte, vielmehr ergab alles einen Sinn. Sie und Scotty waren sich an diesem Abend begegnet, und da sie Lebensgefährten waren, hatte die Begegnung seinen Appetit vermutlich wiedererwachen lassen. Appetit auf Nahrung und auch auf alles andere.

»Ich war schockiert und starrte ihn nur an«, fuhr Odilia fort. »Ich wusste, wie alt er war und dass er seit Langem nichts mehr aß. Und nun sah ich ihn essen. Als ich ihn darauf ansprach, erstarrte er förmlich und saß minutenlang einfach nur da. Schließlich drehte er sich zu mir um und sah mich schweigend an. Ich wollte ihn schon fragen, ob alles in Ordnung sei, aber da kam der Butler herein und teilte ihm mit, dass Magnus eingetroffen war. Scotty ließ mich allein im Zimmer, um mit Magnus zu reden. Allerdings hatte er die Tür nicht ganz zugezogen, und so konnte ich die beiden im Flur reden hören. Magnus war gekommen, um ihm davon zu berichten, dass einige der jüngeren Jäger ihm erzählt hatten, dass sie in dem Leichenhaus in der Lage gewesen seien, Scottys Gedanken zu lesen. Magnus wollte nun von ihm wissen, warum er ihm nicht erzählt hatte, dass er seiner Lebensgefährtin begegnet war. Scotty sagte, dass ihm das selbst eben erst bewusst geworden sei, nachdem er etwas gegessen und anschließend festgestellt hatte, dass er mich nicht lesen konnte.«

»Was?«, warf Beth verdutzt ein.

»Er konnte mich nicht lesen«, wiederholte Odilia langsam und so betont, als hätte sie eine Schwerhörige vor sich. Sie ließ ein triumphierendes Lächeln aufblitzen.

»Aber …« Ratlos schüttelte Beth den Kopf. Das konnte nicht sein. Er war ihr Lebensgefährte, nicht der von Odilia. Wie war es möglich, dass er sie auch nicht lesen konnte? Einen anderen Unsterblichen konnte man nur dann nicht lesen, wenn er älter oder wahnsinnig oder der Lebe… Oha, ging es ihr plötzlich durch den Kopf. Sie hatte vorhin ja selbst erkannt, dass diese Frau nicht ganz bei Verstand war. Ihr hätte klar sein müssen, dass das nicht erst seit Kurzem der Fall war, sondern schon immer. Aber wieso war ihm das damals nicht aufgefallen? Er hatte doch … nein, er hatte sie eben nicht großgezogen, sondern sie nur ab und zu einmal gesehen. Mrs McCurdy war diejenige, die sie großgezogen hatte, und der war es offenbar nie in den Sinn gekommen, ihren Arbeitgeber darauf hinzuweisen, dass ihr Pflegekind nicht alle Tassen im Schrank hatte. Na, großartig. Aber wieso war ihm später nie aufgefallen, dass diese Frau völlig durchgeknallt war?

»Magnus gratulierte ihm natürlich«, fuhr Odilia fort und lenkte Beths Aufmerksamkeit zurück auf ihre Geschichte. »Er sagte, er würde uns beide allein lassen, damit wir uns ganz ungestört an diesem Umstand erfreuen konnten. Kaum war Magnus gegangen, stürmte ich in den Flur zu Scotty, der mich in die Arme nahm und so wundervoll zärtlich küsste.«

Beth zog die Augenbrauen hoch. Keinen von Scottys Küssen konnte sie als zärtlich bezeichnen. Hitzig, leidenschaftlich, gierig, stürmisch, wild, manchmal sogar fast schon brutal, das ja. Aber zärtlich? Ganz sicher nicht. Die Ärmste, dachte Beth und sah Odilia mitleidig an. Sie hatte ja keine Ahnung, was ihr entging.

»Dann nahm er mich in seine Arme und trug mich in mein Zimmer, um mich auf ebenso wundervolle Weise zu lieben«, sagte Odilia und seufzte.

»Klingt nach einem schlechten Liebesroman«, kommentierte Beth ironisch.

»Es war wunderschön!«, protestierte sie energisch. »Es war die beste Nacht meines ganzen Lebens.«

»Was für ein armseliges Leben«, konterte Beth völlig unbeeindruckt.

Odilias Gesicht lief dunkelrot an, die Augen waren zu schmalen Schlitzen verengt. Einen Moment lang fürchtete Beth, sie könnte zu weit gegangen sein, aber dann entspannte sich die Frau gleich wieder und legte ein spöttisches Lachen nach. »Du bist doch nur eifersüchtig!«

Das stritt Beth nicht ab, warum auch. Vermutlich hatte sie damit sogar recht. Oh, natürlich nicht, was diese Nacht betraf, die Odilia eben beschrieben hatte. So eine Nacht konnte in fünf- oder sechshundert Jahren mal eine angenehme Abwechslung sein, aber im Augenblick zog sie den stürmischen Liebhaber vor, als den sie Scotty erlebt hatte. Eifersüchtig war sie, weil er überhaupt mit Odilia geschlafen hatte, was natürlich albern war. Sie hatte in den letzten hundert Jahren immer wieder Liebhaber gehabt. Gut, im Geiste hatten diese Liebhaber alle sein Gesicht, aber dennoch …

»Es war einfach wunderschön«, schwelgte Odilia immer noch in Erinnerungen. »Ich war so glücklich. Ich betete Scotty förmlich an. Er war so attraktiv, so klug, so sanft, und er hatte sich um mich gekümmert. Er war einfach wundervoll, so zärtlich und fürsorglich. Ich hatte nie einen Liebhaber gehabt, bei dem ich so empfunden hätte. Drei Monate lang war jeder Tag eine einzige Offenbarung.«

Drei Monate? Beth ließ den Kopf sinken. Mein Gott, wie falsch sie das doch eingeschätzt hatte. Was für eine Bescherung. Und was hatte sich Scotty dabei gedacht?

»Er dachte, ich bin seine Lebensgefährtin«, erklärte Odilia zufrieden.

»Aber er war es nicht, richtig?«, warf Beth ein.

»Er hätte es sein sollen!«, kreischte Odilia ihr entgegen. »Sieh dich doch an. Du bist bloß eine Hure. Dazu noch eine ganz *gewöhnliche*. Aber er ist ein *Laird*! Du bist nicht gut genug für ihn. Ich dagegen bin eine Dame. Mein Vater war ein Baron, ich bin anständig erzogen worden. Ich würde nie meinen Körper verkaufen.«

»Davon bin ich überzeugt«, stimmte Beth ihr zu. »Aber du scheinst kein Problem damit zu haben, andere Leute in die Luft zu jagen, sie mit Draht in kleine Stücke zu schneiden, und … oh mein Gott, du wolltest auch noch Rickart und Magnus in die Luft sprengen, nur um mich zu erwischen!«

Odilia zuckte mit den Schultern. »Ein Begleitschaden.«

»Aber sie sind Scottys Freunde«, rief sie ungläubig. »Und sie sind deine Freunde. Du arbeitest mit ihnen Seite an Seite.«

»Nur ein Begleitschaden«, wiederholte sie.

»Wow«, sagte Beth voller Abscheu. »Du bist tatsächlich komplett verrückt.«

»Wie?«, fragte Odilia und zog eine Augenbraue hoch. »So etwas sagst du zu der Frau, die dich töten wird?«

Beth dachte über die Frage nach und zuckte dann mit den Schultern. »Umbringen kannst du mich nur ein Mal. Es ist ja nicht so, als könntest du mich für jede Beleidigung ein Mal töten.«

»Das stimmt. Aber ich kann deinen Tod sehr lange hinauszögern und ihn sehr schmerzhaft gestalten, um dir jedes Wort heimzuzahlen, das meinen Unmut erregt hat.«

»Ich glaube, die Zeit wirst du nicht zur Verfügung haben«, konterte Beth überzeugt. »Lange werden wir hier nicht mehr allein sein.«

»Oh, tut mir leid. Dachtest du, ich bringe dich hier um«, sagte Odilia in einem Tonfall, als wollte sie einem Kleinkind erklären, dass es sich geirrt hatte. »Nein, nein, nein. Du bleibst noch etwa eine halbe Stunde hier, dann ist meine Schicht vorbei, und ich werde dich in einen der Vans packen und dann zu mir nach Hause fahren, wo ich dich schnell töten kann … oder auch sehr langsam. Das hängt ganz von dir ab. Oh, nein, warte. Das hängt tatsächlich ganz von mir ab, deshalb solltest du besser anfangen, netter zu mir zu sein.«

Beth schüttelte den Kopf. »Das wird nicht funktionieren, Odilia. Scotty wird dich niemals lieben. Du bist nicht seine Lebensgefährtin, und außerdem willst du ihn eigentlich gar nicht haben«, fügte sie aufgebracht hinzu. »Wenn du wüsstest, was es heißt, einen Lebensgefährten zu haben, dann würdest du Scotty keines Blickes mehr würdigen. Haben Magnus und Scotty es dir nicht gesagt? Haben sie dir nicht erklärt, wie es ist, wenn man seinen Lebensgefährten gefunden hat?« Kaum hatte sie diese Frage ausgesprochen, verdrehte sie die Augen und stöhnte frustriert auf. »Was rede ich da eigentlich? Das sind Männer, die unterhalten sich doch nicht über solche Themen. Was war mit dieser Mrs McCurdy? Die wird doch irgendwas zu dem Thema gesagt haben, oder nicht?«

»Mrs McCurdy war sehr altmodisch eingestellt. Sie sagte mir, ich solle auf den richtigen Mann warten. Aber Scotty ist der richtige Mann.«

»Das ist er nicht«, versicherte Beth ihr und schlug vor: »Lies meine Gedanken. Da ich vor Kurzem meinen Lebensgefährten gefunden habe, können andere meine Gedanken lesen. Ich weiß, du kannst das auch. Sieh dir meine Erinnerungen an, dann weißt du, wovon ich rede.«

»Nein«, knurrte Odilia.

»Lies meine Gedanken«, beharrte Beth. »Oder hast du Angst, du würdest dann sehen, dass ich die Wahrheit sage?«

»Halt die Klappe!«, fuhr Odilia sie an. »Ich hasse dich! Ich hasse dich von ganzem Herzen! Alles war perfekt, und dann auf einmal macht er sich auf den Weg nach Spanien und erlebt diese verdammten geteilten Träume! Bis dahin hat er geglaubt, dass ich seine Lebensgefährtin bin.«

»Ich kann das nicht verstehen«, gab Beth zurück. »Er hätte wissen müssen, dass euer Blümchensex mit Sex zwischen Lebensgefährten nichts zu tun hat. Sanft und zärtlich! Lieber Himmel! Wollte er irgendwann mal so unbedingt in dich eindringen, dass er dir vor Ungeduld den Slip zerrissen hat, damit er freie Bahn hat? Hat er dich jemals zu einem Höhepunkt gebracht, der so überwältigend war, dass du darüber ohnmächtig geworden bist? *Das* ist Sex zwischen Lebensgefährten, aber nicht dieser Kinderkram, den du von dir gibst.«

Sie verstummte, weil ihr aufgefallen war, dass Odilia leichenblass geworden war und zitterte, während ihr Blick starr auf Beths Stirn gerichtet war. Die Frau las ihre Erinnerungen, und Beth gab ihr genügend Stoff, indem sie sich jedes Zusammensein mit Scotty ins Gedächtnis rief und es in ihrem Kopf wie einen Porno ablaufen ließ. Jede Stellung in der Garage, der Zwischenfall im Flugzeug, die zwei Tage im Bett, als er sich von seinen Brandwunden erholte. Sogar der Traumsex, der auf dem Markt begonnen und im waldgrünen Schlafzimmer ausgeklungen war.

»Darum hat er sein Zimmer in dieser Farbe gestrichen?«,

hauchte Odilia und hörte sich über alle Maßen verletzt an. »Deinetwegen? Hundert Jahre lang durfte niemand etwas daran verändern. Er hat die Wände immer wieder in der gleichen Farbe streichen lassen. Die Bettlaken hat er eigens anfertigen lassen, wenn er die richtige Farbe nirgends finden konnte. Und das alles nur deinetwegen?«

Beth zog die Augenbrauen hoch. Odilia hatte soeben gesehen, was Beth mit ihm alles angestellt hatte, und da war die Farbe des Schlafzimmers das Einzige, was sie jetzt in Rage brachte? Scotty hatte ihr gesagt, dass er diese Farbe gewählt hatte, weil er wusste, dass sie zu Beth passte. Nach seinen Worten war sie …

»… Feuer und Eis in einem grünen Wald«, flüsterte Odilia, dann verzerrte unbändige Wut ihr Gesicht zu einer Fratze. Sie zog die Betäubungspistole aus dem Gürtel und schoss erneut auf Beth.

»Vielleicht unternehmen sie und Donny ja einen Spaziergang«, überlegte Mortimer und fluchte. »Dass die Kameras aber auch gerade in dem Moment ausfallen mussten.«

»Ich werde das Gefühl nicht los, dass das kein Zufall war«, knurrte Scotty.

»Sicher nicht«, stimmte Mortimer ihm zu und schüttelte frustriert den Kopf. »Sie *müssen* einen Spaziergang unternommen haben.«

»Das glaube ich nicht«, beharrte Scotty. »Sie haben das Gelände nicht verlassen, aber wir haben sie nirgends entdecken können. Außerdem hätten sie von einem Spaziergang längst zurückkommen müssen.«

Er und Mortimer drehten sich mit ihren Überlegungen nur im Kreis, seit Scotty von Odilia gehört hatte, dass Donny ebenfalls spurlos verschwunden war.

Mortimer schien das für ein gutes Zeichen zu halten, und seiner Meinung nach sollten beide wohlauf sein. Scotty sah das nicht so, vielmehr machte es ihn umso nervöser.

»Wir haben nicht auf der Landebahn nachgesehen«, sagte Mortimer auf einmal. »Bis dahin ist man zu Fuß lange unterwegs.«

Scotty sah ihn erschrocken an und konnte es nicht fassen, dass er nicht selbst auf diese Idee gekommen war.

»Komm schon«, forderte Mortimer ihn auf und verließ das Büro. »Wir können den Van hier in der Garage am Haus nehmen.«

Scotty folgte ihm durch die Küche in die Garage und ging schon zur Beifahrerseite, stutzte aber, als Mortimer ihm den Wagenschlüssel zuwarf.

»Mir ist nicht entgangen, dass du gern selbst fährst«, sagte der Mann und stieg auf der Beifahrerseite ein. Scotty lief um den Wagen herum und nahm auf dem Fahrersitz Platz. In der Zwischenzeit hatte Mortimer bereits die Fernbedienung betätigt. Das Tor war schon zur Hälfte hochgefahren, als Scotty den Motor anließ, sodass er nur noch zwei oder drei Sekunden warten musste. Dann trat er das Gaspedal durch, und der Van schoss aus der Garage. Scotty riss das Lenkrad herum, fuhr ein Mal ums Haus und folgte dann dem Weg, der zum rückwärtigen Teil des Grundstücks führte.

Er sah, dass Odilia aus der Wagenhalle kam, um verwundert zuzusehen, wie er mit Mortimer an ihr vorbeiraste. Er ging aber nicht vom Gas, da er keine Zeit verlieren wollte, sondern konzentrierte sich ganz auf den Weg, der noch etwas schmaler wurde, als sie sich den Bäumen näherten. In dem Moment klingelte Mortimers Handy.

»Das ist Magnus«, sagte er, nahm den Anruf an und schaltete den Lautsprecher ein.

»Mortimer?«, ertönte Magnus' Stimme.

»Ja, und Scotty«, antwortete er.

Sie hörten, wie Magnus das mit einem kurzen Raunen zur Kenntnis nahm. »Hast du nicht gesagt, dass die Überwachungskameras am Apartmentgebäude nur Atrappen sind, um Einbrecher abzuhalten? Und dass sie tatsächlich gar nichts aufnehmen?«

»Ja«, bestätigte Mortimer. »Das wurde mir so gesagt.«

»Tja, wir kamen mit dem Angestellten im Supermarkt ins Gespräch, weil wir auf die Kopien der Aufnahmen warten mussten. Der fragte uns, warum wir nicht die Bilder sehen wollen, die die Kameras am Apartmentgebäude aufgenommen haben. Wir sagten ihm, was du uns gesagt hattest, und daraufhin erklärte er, das seien sehr wohl richtige Kameras. Der Hausverwalter kauft im Supermarkt seine Zigaretten, und in Abständen beklagt er sich darüber, dass er die Objektive mindestens zwei Mal in der Woche sauber wischen muss, weil das Bild sonst so verschwommen ist, dass man die Gesichter der Jugendlichen nicht mehr erkennen kann, die ständig die Wände mit Graffiti beschmieren.«

»Habt ihr mit dem Verwalter gesprochen?«, wollte Scotty wissen.

»Wir warten gerade auf ihn«, sagte Magnus. »Er … Augenblick, da kommt er.«

Scotty schnaubte vor Ungeduld, konzentrierte sich aber weiter darauf, keinen der Bäume zu streifen, die rechts und links des Weges standen. Jetzt wusste er auch, warum Leute und Gepäck normalerweise mit einem Golfwagen von der Landebahn zum Haus und zurück befördert wurden. Dieser Weg war einfach irrsinnig schmal.

Sie hatten soeben die Bäume hinter sich gelassen und suchten zu allen Seiten das Rollfeld ab, als Magnus sich wieder meldete. »Die Kameras sind echt, und der Verwalter sagt, dass niemand ihn auf die Kameras angesprochen hat.«

Irritiert sah Scotty zu Mortimer. »Wer sollte das überprüfen?«

»Odilia«, kam Mortimers Antwort.

»Scotty!«, drang Magnus' Stimme unüberhörbar besorgt aus dem Lautsprecher.

»Ich weiß«, knurrte er, ging vom Gas und riss das Lenkrad herum. Der Van drehte sich um hundertachtzig Grad und kam mit der Frontpartie in die Richtung zum Stehen, aus der sie gekommen waren. Dann gab er wieder Gas und fuhr den schmalen Weg zurück, so schnell er konnte.

»Warum sollte Odilia uns deswegen belügen?«, fragte Mortimer, nachdem er aufgelegt hatte.

Scotty schüttelte den Kopf. Er wusste eine mögliche Antwort, aber die verhieß nichts Gutes, und darüber wollte er jetzt lieber nicht reden. Er wollte nur zurück zur Garage. Beth musste im Zwinger festgehalten werden, weil das der einzige Ort war, an dem er nicht persönlich nachgesehen hatte. Er hatte Odilia geglaubt, als sie gesagt hatte, Beth sei nicht bei ihr. Obwohl … genau genommen hatte sie das gar nicht gesagt, sondern seine Frage mit einer Gegenfrage beantwortet, was ihm aber erst jetzt bewusst wurde.

Natürlich war das alles seine Schuld, denn er hatte sie hierher mitgebracht.

»Aber Odilia kann nicht den Unfall auf dem Highway verursacht haben«, sagte Mortimer plötzlich. »Sie war nicht hier, bevor ihr nach Vancouver gekommen seid.«

»Darauf würde ich nicht wetten«, gab Scotty zurück. »Angeblich war sie in Kirkwall im Norden von Schottland unterwegs, um einen Abtrünnigen zu suchen. Aber sie war allein, und das heißt, sie kann überall gewesen sein. Ich weiß, sie hat darauf bestanden, von Schottland aus direkt nach Vancouver zu fliegen, anstatt mit den anderen gemeinsam zu reisen, weil sie dann den Umweg über London hätte nehmen müssen.«

Mortimer reagierte nur mit einem knappen Brummen. Wieder hatten sie die Bäume hinter sich gelassen, und sowohl er als auch Scotty sahen zur Garage, wo Odilias Wagen parkte. Plötzlich rief Mortimer: »Der Van! Da!«

Scotty sah in die angezeigte Richtung und entdeckte den Van, der soeben das erste Tor passierte, das Russell hinter ihm wieder schloss, während Francis das zweite Tor öffnete.

»Das muss Odilia sein, die den Van fährt. Außer ihr sind nur noch Donny und Beth auf dem Anwesen, und wo die beiden sind, weiß niemand«, machte Mortimer klar, während Scotty noch unschlüssig war.

Dann aber riss er das Lenkrad herum und gab wieder Gas. »Ruf an und sag ihnen, dass die Tore offen sein sollen, wenn ich da ankomme. Ich werde nicht bremsen, sondern einfach durchrasen.«

»Drück auf die Hupe«, sagte Mortimer und tippte blitzschnell etwas auf seinem Smartphone ein. Als ein *Pling* ertönte, wusste Scotty, dass der Mann eine SMS geschickt hatte, anstatt anzurufen. Schlau, weil es vermutlich schneller ging. *Hoffentlich*, dachte Scotty, der immer noch zögerte, die Hupe zu betätigen, weil er Odilia nicht darauf aufmerksam machen wollte, dass sie hinter ihr her waren.

Zu seiner großen Erleichterung wurde das erste Tor fast sofort wieder geöffnet, ohne dass sich das zweite schloss. Scotty jagte hindurch und bog wie Odilia rechts ab. Entweder hatte sie noch gesehen, dass sie verfolgt wurde, oder aber sie hatte es einfach eilig, auf jeden Fall konnte sie einen beachtlichen Vorsprung vorweisen. Scotty presste die Lippen aufeinander und trat das Gaspedal ganz bis zum Anschlag durch, ohne aber mit einer nennenswerten Reaktion zu rechnen. Umso heftiger zuckte er zusammen, als der Van einen solchen Satz machte, dass Scotty in seinen Sitz gedrückt wurde.

»Abtrünnige sind meistens gut motorisiert, darum habe ich für solche Verfolgungsjagden den Wagen ein bisschen tunen lassen«, erklärte Mortimer, dem Scottys Reaktion offenbar nicht entgangen war. »Einer von den Jungs ist ein richtiger Autonarr, er hat hier einen Porschemotor eingebaut. Zum Glück habe ich aber nur diesen Van und die SUVs auf diese Weise aufgerüstet. Die Vans der Reinigungscrews, wie Odilia ihn fährt, haben noch ihre ganz normalen Motoren.«

Scotty nickte nur und konzentrierte sich auf die Verfolgung. Er drosselte das Tempo erst, als er auf einer Höhe mit Odilia war, und gab ihr mit Zeichen zu verstehen, an den Rand zu fahren. Odilia würdigte sie jedoch keines Blickes und fuhr stattdessen unverdrossen weiter.

»Was machen wir jetzt?«, fragte Mortimer.

Scotty überlegte, welche Möglichkeiten sie hatten.

»Odilia muss erkannt haben, dass wir sie durchschaut haben«, sagte Mortimer.

Wieder nickte Scotty. Es bedeutete auch, dass sie wusste, welches Schicksal sie erwartete, wenn sie jetzt anhielt. Sie war eine Abtrünnige, sie hatte eine von Kiras Leibwächterinnen getötet, sie hatte Magnus und Rickart schwer verletzt und ihren Tod in Kauf genommen, und sie hatte wiederholt versucht, Beth zu töten. Der Rat würde zweifellos ihre Enthauptung anordnen.

»Freiwillig hält sie nicht an«, machte Mortimer ihm klar. »Sie hat schließlich nichts zu verlieren.«

»Und sie wird nicht zögern, Beth mit sich in den Tod zu reißen«, knurrte Scotty. »Und Donny ebenfalls, wenn er auch in dem Van ist.«

Mortimer legte den Gurt an, Scotty nicht. Er musste in der Lage sein, so schnell wie möglich auszusteigen, wenn er den anderen Wagen zum Anhalten gezwungen hatte.

»Um den Van tut's mir leid«, sagte Scotty betrübt.

»Der Rat wird ihn ersetzen«, gab Mortimer ungerührt zurück.

Scotty ließ sich ein Stück weit zurückfallen, dann lenkte er nach rechts, bis er den anderen Wagen leicht berührte. Er bewegte sich weiter nach rechts, um Odilia von der Straße in den Graben zu drängen. Völlig unverhofft machte sie aber einen Schlenker nach rechts, um im Gegenzug ihn abzudrängen. Scotty hielt dagegen, erkannte aber, dass das nur ein Ablenkungsmanöver gewesen war. Als er den Baum am Straßenrand näher kommen sah, wusste er genau, was sie vorhatte. Und ebenso gut wusste er, dass es zu spät war, um noch etwas dagegen zu unternehmen. Während sie mit Vollgas auf die große alte Eiche zuhielt, trat er das Bremspedal so fest durch, wie er nur konnte.

Ihr Van rammte den Baum, und der Motor explodierte im Augenblick des Aufpralls. Die Bremsen von Scottys Van gaben ihr Bestes, dennoch schlitterte der schwere Wagen an der Unfallstelle vorbei, woraufhin er fluchend den Fuß vom Bremspedal nahm und das Lenkrad herumriss, um so zu wenden wie zuvor auf der Landebahn. Dann gab er Gas und fuhr zu dem in Flammen stehenden Van zurück.

Mit einem Stoßgebet auf den Lippen riss er die Tür auf und rannte zum Heck des anderen Wagens. Er zerrte so an den Griffen der Hecktür, dass er fürchtete sie abzureißen. Dichter Rauch schlug ihm entgegen, aber er konnte zwei Füße sehen, die mit einer Kette gefesselt waren. In Windeseile packte er zu und zog eine reglose Gestalt heraus.

»Das ist Donny!«, sagte Mortimer. »Ich hab ihn. Hol du Beth raus.«

Scotty kletterte auf die Ladefläche und tastete sie mit beiden Händen ab. Plötzlich hielt er ein Büschel Haare zwischen den Fingern und arbeitete sich zum Kopf und der Schulterpartie vor, dann fand er den Arm und umfasste ihn, um die Person aus dem Wagen zu ziehen. Der Rauch wurde dichter, die Hitze noch erträglicher, was nur bedeuten konnte, dass die Flammen sich weiter ausbreiteten.

So schnell er konnte, kroch er zurück zum Heck und zog die reglose Person mit sich. Erst als er herausgeklettert war und der Rauch ihm nicht mehr die Sicht nahm, hatte er die Gewissheit, dass es tatsächlich Beth war, die er vor dem Feuertod bewahrt hatte.

»Gott sei Dank«, keuchte er und trug sie zu Mortimers Van. Behutsam legte er sie neben Donny auf die Ladefläche und drehte sich zu dem brennenden Wagen um.

Mortimer fasste ihn am Arm. »Du kannst nichts mehr für sie tun«, sagte er leise, während Scotty in die Flammen starrte, die die Frontpartie komplett erfasst hatten und sich allmählich weiterfraßen. Odilia konnte das unmöglich überlebt haben, daran gab es nicht den geringsten Zweifel.

Er schluckte und drehte sich zu Beth um. Auf den ersten Blick hatte sie einige Prellungen, Schnittwunden und Knochenbrüche erlitten, aber das alles würde schnell heilen. Wichtig allein war, dass sie lebte.

»Ich werde fahren«, bot Mortimer sich an.

Scotty nickte und kletterte auf die Ladefläche, hob Beth auf seinen Schoß und drückte sie behutsam an sich, während Mortimer die Hecktüren schloss.

19

Beth drehte sich auf die Seite und seufzte leise, dann machte sie verschlafen die Augen einen Spaltbreit auf – und stutzte, als ihr Blick auf eine blassgelbe Wand fiel.

»Nicht schon wieder«, stöhnte sie. »Allmählich hasse ich dieses Zimmer.«

»Na ja, du hast ja auch verdammt viel Zeit hier verbracht, und das nicht gerade zu dem Zweck, für den es gedacht ist.«

Sie rollte sich auf die andere Seite, entdeckte Scotty, kniff die Augen zusammen und knurrte: »Du!«

Er schaute erschrocken drein. »Habe ich irgendwas falsch gemacht, meine Liebe?«

»Du hast mit Odilia geschlafen!«, warf sie ihm vor. »Warum zum Teufel hast du das gemacht?«

Scotty ließ seufzend den Kopf sinken. »Weil ich zu der Zeit dachte, dass sie meine Lebensgefährtin ist.«

»Das weiß ich auch«, fuhr sie ihn an. »Und für das erste Mal habe ich ja auch Verständnis. Aber nachdem du mit ihr im Bett gewesen bist, wirst du doch sicher gemerkt haben, dass da was nicht stimmte, oder? Sie redete davon, dass es zärtlich und sanft und alles Mögliche war, um Himmels willen. Alles, nur kein Sex zwischen Lebensgefährten, Scotty.«

»Nein, das war es nicht«, stimmte er zu, stellte dann jedoch klar: »Zu der Zeit hatte ich keine Vergleichsmöglichkeit.«

»Na, bist du etwa ohnmächtig geworden?«, fragte sie, obwohl sie die Antwort darauf kannte. »Das wäre doch ein ziemlich klarer Hinweis gewesen, oder findest du nicht?«

Er verzog den Mund. »Ich habe auch schon von Fällen gehört, in denen es anfangs nicht zur Ohnmacht kommt, weil beide Lebensgefährten sich noch nicht restlos vertrauen und dadurch nicht bereit sind, sich völlig gehen zu lassen.«

Als Beth ihn nur weiter finster ansah, fuhr er fort: »Um ehrlich zu sein hatte ich den Eindruck, dass etwas fehlte, aber ich dachte, es läge möglicherweise daran, dass sie mir nicht völlig vertraute. Erst als ich in Spanien war und die geteilten Träume erlebte, in denen ich dich sah, wusste ich, dass mir ein Fehler unterlaufen war. Da allein schon der Traumsex so viel heißer und leidenschaftlicher war als echter Sex mit Odilia, war mir klar, dass ich mich geirrt hatte.«

»M-hm«, machte Beth grimmig. »Und dass sie eigentlich in eine Zwangsjacke gehörte, ist auch völlig an dir vorübergegangen?«

»Ja, ist es«, bestätigte er völlig ernst.

»Du konntest sie nicht lesen, Scotty«, betonte sie.

»Ich weiß, aber nach dieser ersten Nacht hatte ich keine Veranlassung mehr gehabt, nochmals zu versuchen sie zu lesen. Die hatte ich erst, als ich aus Spanien zurückkehrte und bereits wusste, dass sie nicht meine Lebensgefährtin ist. Da war ich dann auch in der Lage sie zu lesen.«

»Tatsächlich?«, fragte Beth überrascht.

Scotty nickte. »Als ich reinkam, muss sie mir angesehen haben, was ich ihr zu sagen hatte. Ich weiß nicht, ob sie wütend auf mich war oder nicht. Und ich kann dir auch nicht sagen, ob ich sie tatsächlich gelesen habe oder ob sie mir die Gedanken aufgedrängt hat, die ich lesen sollte. Jedenfalls konnte ich sie lesen, und ich erklärte mir die Tatsache, dass ich zuvor dazu nicht in der Lage gewesen war, damit, dass sie vorübergehend selbst keinen Gedanken fassen konnte. Vielleicht war es durch das ausgelöst worden, was sie im Haus gesehen hat. Ich habe es mir so erklärt, dass es sie an ihre entsetzlichen Kindheitserlebnisse erinnert haben könnte und dass sie unter Schock stand, der ihren Verstand leer gefegt hatte.«

»So etwas wie eine vorübergehende geistige Störung?«, überlegte sie.

»Aye«, stimmte er ihr zu. »Als ich ihr sagte, dass wir doch keine Lebensgefährten sind, schien sie es problemlos zu akzeptieren, also …« Er zuckte hilflos mit den Schultern.

Beth stieß einen leisen Seufzer aus, mit dem auch ihre Verärgerung über Scottys Verhalten verflog. Nach einem Moment des Schweigens sagte sie: »Das Letzte, an das ich mich erinnern kann, ist der Moment, als Odilia ein weiteres Mal mit der Betäubungspistole auf mich geschossen hat. Was ist danach passiert?«

Scotty erzählte in groben Zügen, was sich im Anschluss daran zugetragen hatte, dann schwiegen sie beide eine Weile.

»Es tut mir leid, was Odilia passiert ist, Scotty«, sagte Beth schließlich.

Er schüttelte nachdenklich den Kopf. »Vermutlich war sie doch extrem traumatisiert durch das, was ihrer Familie zugestoßen war. Sie war ja damals noch ein Kind gewesen. Ich fürchte, ich habe mir eine Menge Fehleinschätzungen geleistet, was dich und Odilia angeht.

Erst habe ich sie für meine Lebensgefährtin gehalten, obwohl du diejenige bist. Dann dachte ich, es wäre für dich das Beste, deine Erinnerung löschen zu lassen, obwohl das völlig unnötig war. Inzwischen glaube ich, dass Odilia diejenige ist, deren Gedächtnis man hätte löschen sollen. Vielleicht hätte ich darauf bestehen sollen, dann hätte sie irgendwo noch ihr Glück finden können.«

»Sie hat ihr Glück gefunden«, versicherte Beth ihm. »Als du dachtest, sie sei deine Lebensgefährtin, da war sie glücklich.

Selbst wenn du nicht hinter die Wahrheit gekommen wärst, wäre es nicht von Dauer gewesen. Aber für eine Weile war sie glücklich.«

Scotty senkte den Blick, was sie ins Grübeln brachte, ob es für ihn nun gut oder schlecht war, dass sie ihm all das sagte. Dann jedoch seufzte er ein Mal kurz, straffte die Schultern und entgegnete: »Wir müssen noch das Gespräch fortsetzen, bei dem wir gestört wurden.«

Beth wusste sofort, worauf er anspielte. Als Donny sie gestört hatten, war Scotty gerade im Begriff gewesen, ihr ewige Wiedergutmachung für all das zu versprechen, womit er ihr jemals wehgetan hatte. Sie musste ihm nur die Chance dazu geben und sich einverstanden erklären, seine Lebensgefährtin zu werden.

»Aber zuerst einmal«, beeilte er sich zu sagen, bevor sie etwas erwidern konnte, »will ich wissen, ob du noch irgendetwas benötigst. Mehr Blut vielleicht? Oder möchtest du etwas essen?«

Beth wollte das einfach nur verneinen, damit sie endlich ihre Unterhaltung fortsetzen konnten, doch ihr Magen meldete sich mit lautem Knurren zu Wort und machte ihr so einen Strich durch die Rechnung.

Scotty, der sich ein Lachen nicht verkneifen konnte, stand sofort auf. »Ich gehe kurz runter und hol dir was zu essen.«

Als er zur Tür ging, zögerte sie kurz, rief dann aber: »Ich komme mit!«

Überrascht drehte er sich um. »Das ist nicht nötig, Mädchen. Ich bringe dir gern was her.«

»Danke, aber ich möchte unbedingt mal raus aus diesem Zimmer. Ich kann es nämlich wirklich nicht mehr sehen«, gestand sie ihm und schlug die Bettdecke zur Seite. Dann hielt sie inne, da sie feststellte, dass sie nicht wieder eines dieser verhassten Krankenhausnachthemden, sondern ein übergroßes

T-Shirt trug. Sie sah das Teil verwundert an, da sie wusste, dass es ihr nicht gehörte.

»Rachel hatte dich wieder in eins von diesen Krankenhausnachthemden gesteckt, aber ich weiß ja, dass du die nicht magst. Darum habe ich ihr eins von meinen T-Shirts gegeben und ihr gesagt, sie soll dir das anziehen. Ich fände es zwar schöner, wenn du nackt schläfst, aber du solltest nicht den Eindruck bekommen, dass ich mir irgendwelche Freiheiten herausnehme«, erklärte er, während er zu ihr zurückging und ihr die Hand hinhielt, um ihr aus dem Bett zu helfen.

Beths Blick wanderte von seinem T-Shirt zu seiner Hand, während ihr bewusst wurde, wie rücksichtsvoll beide Gesten waren. Dann sah sie ihm bestimmt eine Minute lang in die Augen und sagte schließlich nur: »Ja.«

Als Scotty keine Regung zeigte, bekam sie das Gefühl, ihm wohl doch erklären zu müssen, was mit ihrem Ja gemeint war, doch dann fragte er hoffnungsvoll: »Ja? Du willst meine Lebensgefährtin sein?«

Sie biss sich auf die Lippe und nickte.

»Gott sei Dank«, hauchte er und beugte sich vor, um sie aus dem Bett zu heben und an seine Brust zu drücken. »Danke, Beth. Ich verspreche dir, du wirst es niemals bereuen. Ich weiß, dass ich ein Idiot war, aber für den Rest unseres Lebens werde ich das alles wiedergutmachen.«

»Notfalls werde ich dich daran erinnern«, entgegnete sie, schlang die Arme um seinen Hals und schmiegte sich eng an ihn.

Ihre Drohung brachte ihn zum Lachen, aber dann legte er den Kopf in den Nacken und betrachtete sie mit ernster Miene. »Das wird nicht nötig sein, Mädchen. Es wird mir nämlich ein Vergnügen sein, dich so zu behandeln, wie du schon dein Leben lang hättest behandelt werden sollen.«

»Und wie?«, wollte sie wissen, während er sie zur Tür trug.

»Wie eine Königin.« Er wartete kurz, damit sie nach dem Knauf griff und aufmachte. »Oder besser noch wie eine Göttin, denn die bist du für mich.«

»Eine Göttin?«, fragte sie belustigt und atmete erleichtert auf, als er mit ihr das verhasste Zimmer verließ.

»Aye«, versicherte er ihr auf dem Weg Richtung Treppe. »Du bedeutest mir einfach alles, Mädchen. Alles, was ich mir je wünschen könnte, und alles, was ich jemals brauchen werde.«

»Ich schätze, deshalb sind wir auch Lebensgefährten«, sagte Beth und fragte sich, woher die Nanos so etwas wissen konnten.

»Du bist mehr als nur meine Lebensgefährtin, Beth.« Er blieb stehen und sah ihr tief in die Augen. »Ich liebe dich, Elizabeth Sheppard Argenis. Ich liebe dich, und ich werde den Nanos und dem Universum an jedem Tag meines Lebens dafür danken, dass ich dich als Lebensgefährtin bekommen habe.«

»Ach«, hauchte Beth und musste ein paar Mal zwinkern, da ihr auf einmal Tränen in die Augen stiegen. »Ich liebe dich auch, Scotty.«

»Das musst du nicht sagen, wenn es nicht wahr ist, Mädchen«, sagte er mit sanfter Stimme. »Ich hoffe, es wird eines Tages wahr sein. Aber ich weiß, ich war ein Idiot, und …«

»Das warst du allerdings«, unterbrach Beth ihn. »Du warst stur und herrisch und manchmal einfach nur dämlich.«

»Aye, das war ich«, konnte er nur zugeben.

»Und wenn du das alles nicht gewesen wärst, hätten wir schon vor Jahrzehnten diesen Punkt erreicht«, machte sie ihm deutlich.

»Stimmt auch«, bestätigte er betreten.

»Aber du bist auch intelligent, du hast einen beißenden Humor, du bist stark und zuverlässig und geduldig, und ich kann mir ein Leben ohne dich nicht mehr vorstellen«, fuhr sie fort. Mit einer Hand strich sie über seine Wange und fügte hinzu: »Und das will ich auch nicht. Ich liebe dich, Cullen MacDonald.«

»Ich danke Gott dafür«, hauchte Scotty und beugte sich vor, um ihr einen sanften Kuss auf den Mund zu geben. Zumindest begann er als sanfte, herzzerreißend zärtliche Berührung, die sich wie ein wortloser Schwur anfühlte. Beth konnte den Kuss auf ihrer Seele spüren, und sofort hatte sie wieder Tränen in den Augen, während ihr Herz dahinschmolz. Aber sie war nicht Odilia. Sie war Beth, und damit war sie Scottys Lebensgefährtin, weshalb das Sanfte, Zärtliche schon ins Hitzige, Leidenschaftliche überging. Sie wusste nicht mal genau, wann dieser Wechsel stattgefunden hatte, auf jeden Fall drängten auf einmal Scottys Lippen gegen ihre. Sie machte bereitwillig den Mund einen Spaltbreit auf und drückte dabei den Rücken durch, um sich enger an ihn zu schmiegen.

Stöhnend ließ er ihre Beine los und drehte sich mit ihr so, dass er sie gegen die Wand lehnen konnte. Er legte die Hände an ihre Oberschenkel und hob ihre Beine an, die sie sofort um seine Hüften schlang. Als er sich dann an ihr rieb, kam ihr ein lautes Stöhnen über die Lippen. Scotty nahm eine Hand weg und begann durch den Stoff ihres T-Shirts hindurch ihre Brust zu massieren.

Sie drückte ihre Beine so gegen ihn, dass er noch enger an sie gepresst wurde und sie seine Erektion zwischen ihren Schenkeln spürte. Während sie erneut stöhnte, unterbrach er leise fluchend den Kuss und ließ seine Stirn gegen ihre sinken.

Nachdem er wieder zu Atem gekommen war, fragte er: »Mädchen, wie groß ist dein Hunger?«

»Sehr, sehr groß«, keuchte sie. Als er sich daraufhin gegen sie sinken ließ, fügte sie leise hinzu: »So groß, dass ich als Erstes dich vernaschen möchte.«

»Gott sei Dank«, seufzte er und streckte einen Arm aus, um den Knauf einer Tür zu fassen, die ihr gar nicht aufgefallen war. Er öffnete sie und trug Beth in den Raum dahinter, der ganz in Blau gehalten war. »Dein Zimmer?«, fragte sie, während er die Tür hinter sich mit dem Fuß zudrückte.

»Unser Zimmer«, korrigierte er sie und ging mit ihr zum Bett. »Du hast gesagt, du bist dein Zimmer leid, also bleiben wir hier. Vorläufig jedenfalls«, fügte er hinzu und setzte sie behutsam ab.

»Und dann?«, fragte sie und drehte den Kopf so, dass sie ihn ansehen konnte. Sie war gerade erst nach Kanada umgezogen, aber er war der Chef der britischen Jäger, also musste er dort leben.

»Nachdem wir geheiratet haben, werden wir da leben, wo es dir gefällt«, antwortete er in ernstem Tonfall. »Hier in Toronto. Oder in diesem Dorf, in dem Dree lebt. Wo du willst«, bekräftigte er.

»Du würdest meinetwegen deinen Posten als Chef der britischen Jäger aufgeben?«

»Ich würde für dich alles aufgeben«, erwiderte Scotty. »Du bist jetzt meine Lebensgefährtin, meine Liebe, und damit meine ganze Welt.«

Beth sah ihn mit großen Augen an. Seine Worte hatten sie so berührt, dass sie nicht wusste, was sie sagen sollte.

Da ihr eindringlicher Blick ihn nervös machte, sah er zur Tür und sagte unschlüssig: »Vielleicht sollte ich Blut für dich holen. Oder …«

Beth legte ihre Hand auf seinen Mund und schüttelte den Kopf. »Ich will kein Blut. Jetzt und hier will ich nur dich, sonst nichts.«

»Gott sei Dank«, murmelte er, schloss sie in die Arme und sank mit ihr aufs Bett.

Beth ließ ihn gewähren und begann zu lachen, verstummte aber gleich wieder, als er sie stürmisch zu küssen begann. Im Geiste hörte sie immer noch sein »Gott sei Dank«, dem sie nur zustimmen konnte. Ihr Leben hatte manchmal einer langen, holprigen Straße geglichen, doch die hatte sie an diesen Ort und zu diesem Mann geführt. Sie dankte Gott für jede Prüfung, die sie hatte bewältigen müssen, um hier anzukommen. Wenn dieser Mann die Belohnung war, dann war er jeden Stein wert, den ihr das Leben in den Weg gelegt hatte.

ENDE

Katie MacAlister
BLACK DRAGONS - EIN FLIRT MIT DEM FEUER
Übersetzt von Theda Krohm-Linke
320 Seiten
ISBN 978-3-7363-0188-7

Aoife Dakar wird zufällig Zeugin eines übernatürlichen Mordes, doch niemand glaubt ihren Erzählungen. Als sie an den Tatort zurückkehrt, um nach Beweisen zu suchen, begegnet sie einem vorlauten Dämonenhund und einem herrlich nackten Mann, der sich nicht nur in einen Drachen verwandeln, sondern auch göttlich küssen kann. Aoife findet sich plötzlich in einer fantastischen Welt wieder, die gleichzeitig so aufregend wie furchteinflößend ist. Und sie lernt, dass man sich beim Spiel mit Drachen auch ordentlich die Finger verbrennen kann ...

LYX